KB046863

미스터리
책

조심해, 독이야!

조젯 헤이어 지음 — 이경아 옮김

Behold, Here's Poison

오, 세상에! 우리 가족은 정말 끔찍해요!

엘릭시르

차례

등장인물

그레고리 매슈스
매슈스가의 가장, 포플러스 저택의 주인

거트루드 럽턴
그레고리의 누나

해리엇 매슈스
그레고리의 여동생

조이 매슈스
그레고리의 제수

가이 매슈스
조이의 아들

스텔라 매슈스
조이의 딸

랜들 매슈스
그레고리의 조카, 스텔라의 사촌 오빠

데릭 필딩
의사, 스텔라의 연인

자일스 캐링턴
그레고리의 변호사

에드워드 럼볼드
매슈스가의 이웃

해너사이드
런던 경찰청 소속, 경정

헤밍웨이
런던 경찰청 소속, 경사

1

그날은 청명한 하루가 될 것 같았다. 한 손에 쓰레받기를 들고 층계참에 서서 높은 창문 바깥을 내다보던 메리는, 히스 언덕 위로 하얀 안개가 화환처럼 몽글몽글 퍼져 나가는 모습을 보아 하니 점심 즈음이면 하늘이 활짝 개고 햇살이 따사로우리라 예감했다. 하인 중 누군가가 반나절만 일하는 날은 꼭 비가 온다며 로즈가 김새는 소리를 하기는 했지만 오늘은 푸른 보일로 만든 옷을 입어도 될 것 같았다. 메리가 날씨를 점칠 줄 알건 모르건, 오늘은 비가 내리지 않을 듯했다.

그녀는 창문으로 상체를 내밀 듯 기대어 안개를 물끄러미 바라보았다. 굵은 이슬방울들이 회색 양탄자처럼 저택 앞 풀밭 위에 깔려 있었다.

이른 아침이었다. 잠시 후면 히스 언덕 위로 아이들이 뛰어놀고 유모들이 유아차를 밀고 다니겠지만 지금은 텅 비어 삭막하기까지 했다. 포플러스 저택의 철문으로부터 히스 언덕까지 난 길에도 쥐새끼 한 마리 얼씬하지 않았다. 메리는 목을 죽 빼고 나뭇가지들 틈새로 옆집을 살펴보았다. 뒤쪽 계단을 따라 난 창문마다 여전히 커튼이 쳐져 있는 게 보였다. 고작 이런 일로 홀리 로지의 하녀들을 흉볼 필요는 없다. 주인 내외가 해변으로 휴가를 떠났다면 남은 하인들에게 시간을 융통성 있게 쓸 권리 정도는 있지 않겠는가. 하지만 솔직히, 옆집의 하녀들이 성실하다는 말은 빈말로도 할 수 없었다. 그뿐 아니라 그들에게는 상스러운 구석도 있었다. 언젠가 로즈는 이렇게 말했다. "그 안주인에 그 하녀들이지." 그 말대로다. 홀리 로지의 안주인인 럼볼드 부인에게 품위라고는 찾아볼 수 없었다.

메리는 홀리 로지에서 시선을 거두고 이번에는 반대편에 위치한 이웃집으로 고개를 돌렸다. 그 집은 그리 크지 않아서 자세히 보이지는 않았지만 차고의 문이 열려 있는 건 확실했다. 즉, 의사 선생님이 새벽같이 왕진을 갔다는 뜻이었다. 스텔라 아가씨에게 듣기론, 사람들은 염치도 없이 아무 때나 의사 선생님을 찾았다. 게다가 다급하게 달려가면 막상 부른 이유가 소화불량인 경우가 허다하단다. 또한 의사 선생님은 신사인데다가 무척 미남이기까지 했다! 그러니 스텔라 아가씨가 의사 선생님을 연모하는 것도 전혀 놀라운 일이 아니었다. 주인어른이 의사 선생님을 그렇게 싫어하다니 안타까운 일이다.

이 저택의 하인들은 주인어른이 이웃집 의사를 어떻게 생각하는지 다 알았다. 주인어른과 가이 씨의 갈등을 다 아는 것처럼 말이다. 브룩이라는 사람과 동업중인 가이 씨는 괴상한 사업에 투자할 자금이 필요한데, 주인어른은 돈을 대주기는커녕 조카를 어떻게든 남미로 보내버리려고 했다. 멍청이가 아니고서야 이런 집에서 일하면서 무슨 일이 벌어지는지 모를 수는 없었다. 주인어른은 항상 성질을 버럭 내고는 혈압 문제로 의사를 불렀고, 해리엇 양은 부엌 하녀든 누구든 아무나 붙잡고 온갖 이야기를 시시콜콜하게 늘어놓았다. 매슈스 부인은 '가여운' 가이 씨 걱정에 허구한 날 침대에서 일어날 줄 몰랐고, 가이 씨는 누가 듣거나 말거나 스텔라 아가씨와 온갖 이야기를 종알종알 주고받았다. 그렇다! 여기 포플러스 저택은 대단한 비밀 같은 것은 눈 씻고 찾아보려야 찾아볼 수가 없는 곳이었다.

'너무 많은 사람들이 한 집에서 부대끼고 살아서 그래.'

메리는 마지막 계단 여섯 개를 쓱싹쓱싹 쓸면서 생각했다. 한 지붕 아래 두 가족이 살다니 평화로울 리 없다. 늘 식구들끼리 옥신각신하며 다툴 게 뻔했다. 특히 해리엇 양처럼 평소에는 속없는 사람처럼 굴다가도 툭하면 바늘처럼 뾰족한 성정을 드러내는데다 인색하기까지 한 사람이 있다면 더 말할 필요도 없었다. 메리는 해리엇 양만큼 인색한 사람이 또 있을까 싶었다. 누가 뭐래도 머릿속에 아낄 생각밖에 없는 구두쇠였다. 자기 자신에게는 한 푼도 쓰기 싫다는 듯 거의 다 쓴 비누 조각까지 전부 모아 끝까지 쓰는 해리엇 양의 모습을 보면 누구라도 그런 생각이 들 것이다. 잡동사니나 긁어모으는 늙은 까치, 그녀는 딱 그런 사람이었다.

한편 매슈스 부인은 그렇게까지 궁상스럽지 않았다. 하지만 그녀 또한 성가시기는 마찬가지였다. 유리컵에 뜨거운 물을 담아 오라거나 식사를 자신의 방까지 가져오라는 등 주문이 많았다. 그나마 매슈스 부인은 식료품 선반에 무엇이 있는지 참견하지 않았으며 언제나 상냥하게 말하고 숙녀처럼 행동했다. 그러니 부인의 비위를 맞추며 시중을 드느라 바쁘더라도 별로 심통이 나지는 않았다. 스텔라 아가씨는 절대 물건을 제자리에 두지 않고 해야 할 일도 아닌 것까지 시킨다는 흠이 있지만, 그다지 신경 쓰이지는 않았다. 가이 씨는 매우 잘생겼기 때문에 그의 시중을 드는 건 은근히 즐거웠다. 그러나 해리엇 양과 주인어른은 상황이 백팔십도 달랐다.

'두 사람이 남매 사이라니 신기하지 뭐야.'

메리는 깨끗하게 손질해놓으라고 방 밖에 내어둔 구두를 챙기러 느릿느릿 계단을 오르며 생각했다. 실제로 두 사람은 조금도 닮은 구석이 없었다. 반면에, 히스 언덕 건너편 페어뷰에 사는 럽턴 부인이라면 언제 어디서 마주쳐도 주인어른과

피를 나눈 형제라는 사실을 단박에 알아볼 수 있을 것이다. 럽턴 부인은 주인어른만큼 무섭지는 않았지만 그에 못지않게 사람들을 고압적으로 대했다. 이 집의 주인인 매슈스 씨는 매사를 자신의 뜻대로 해야 직성이 풀리는 사람이었다. 그의 뜻을 거스르는 사람에게는 불호령이 떨어졌다. 주인어른이 일단 화를 내기 시작하면 다리가 솜으로 채워진 것처럼 부들부들 떨렸다.

'이 집 사람들은 모두 주인어른이라면 벌벌 떨겠지?'

메리는 그의 방문 앞에 놓인 구두를 집어 들며 생각했다. 심지어 매슈스 부인도 아주버님을 두려워했다. 물론 이 집에서 주인어른을 설득할 수 있는 사람은 그녀 정도뿐이겠지만 말이다.

옆방 문 앞에 놓인 구두는 매슈스 부인의 것이었다. 오늘은 비싼 하이힐이었다. 메리는 찬탄의 눈빛으로 구두를 요모조모 뜯어보았다. 마치 구두에 '본드 스트리트'[1]라고 큼지막하게 써 붙인 것 같았다. 부인이 옷에 얼마나 아낌없이 돈을 쓰는지! 그것만 봐도 매슈스 부인이 아주버님을 다루는 법을 터득한 건 분명했다. 주인어른의 막냇동생인 아서 매슈스가 아내와 두 아이에게 많은 유산을 남겨주지 못했다는 사실

[1] 런던의 대표적인 명품 거리.

은 이 집에서 모르는 사람이 없을 정도였기 때문이다. 주인어른은 이 세 사람에게 깊은 애정이 있는 것도 아니면서 자신의 집에서 살게 해주고 용돈까지 주었다. 그가 결코 인색한 사람이 아니기 때문이기도 하겠지만, 부인의 매력적이고 뛰어난 외모도 한몫한 게 분명했다.

'해리엇 양은 막냇동생네 가족이 탐탁지 않을 거야. 돈 때문에 이 집에 들어와 살면서 돈이 목적이 아닌 척하니까.'

메리는 해리엇 양의 굽이 낮고 많이 닳은, 광택이 나는 검은색 구두를 겨드랑이에 끼우며 생각했다. 그녀와 매슈스 부인 사이에도 가족의 정이라고 할 만한 감정은 없었다. 그래도 이 늙은 구두쇠가 가이 씨와 스텔라 아가씨는 조카라며 아끼니 마음 한구석은 따뜻한 사람인 듯했다.

가이 씨의 방문 앞에는 스웨이드 구두가 놓여 있었다. 이런 신발은 겉보기엔 근사하지만 손질이 까다로웠다. 이건 직접 손질해야겠다. 보조 정원사에게 맡겼다간 실수로 구두에 광택제를 바를 게 분명하니 말이다.

마지막이 스텔라 아가씨의 방이었다. 오늘은 문 앞에 신발이 두 켤레 놓여 있었다. 히스 언덕에서 신었던 브로그와 시내에 갈 때 신었던 푸른색 운동화였다.

메리는 거둔 신발들을 앞치마로 감싼 다음 뒤쪽 계단을 통해 부엌으로 내려갔다. 부엌에 들어가니 요리사인 비처 부인이 차를 마시라며 불렀다. 메리는 아무리 형편없는 집이라도 그곳에 성격 좋은 요리사가 있다면 버틸 만하다고 생각하며 집사인 비처 씨와 로즈 사이에 앉았다. 로즈는 양 팔꿈치를 탁자 위에 올린 채 양손으로 찻잔을 쥐고, 지난밤 주인어른과 스텔라 아가씨가 도서실에서 벌인 설전을 신이 나서 들려주는 중이었다.

"……그러더니 주인어른이 스텔라 아가씨에게 대뜸 이러는 거예요. '내 집에서 필딩이 네게 치근거리는 꼴을 더는 두고 볼 수가 없구나!' 주인어른이 의사 선생님을 뭐라고 불렀는지 아세요? 말해봤자 믿지 못하실 거예요. 또 이렇게 호통을 쳤죠. '그 의사가 얼마나 전망 없는 멍청이인지 내가 진작에 말했지? 네 어머니도 그런 이유로 반대하는 거야. 그러니 아무도 내 생각을 바꿀 수 없어.'"

"네게 한 말도 아닌데 엿들으면 어떻게 해." 요리사가 나무랐다.

"의사 선생님과 스텔라 아가씨를 생각하면 참 안된 것 같아요. 그렇게 신사적인 분도 없을 텐데." 메리가 끼어들었다.

"흥, 보이는 게 다가 아닐 수도 있어." 집사가 자신의 잔을 아내에게 내밀며 말했다. "듣자 하니 의사 선생이 술을 좋아한다더군. 아직까지 의사 선생이 술에 취한 모습을 본 적은 없지만 아니 땐 굴뚝에 연기 나겠어?"

“나는 그런 말 안 믿어요! 여보, 어떻게 그런 뜬소문을 함부로 입에 올려요!” 비처 부인이 강력하게 말했다.

로즈는 금방 들은 추문을 기억해두며 다시 말문을 열었다. “그럴 줄 알았어요. 매슈스 부인이 또 신경 발작을 일으켰어도 전혀 놀랍지 않은 상황이었어요. 부인을 보자마자 전…….”

“그럴 리가 없어.” 비처 부인의 말투가 꽤 단호했다. “부인이 신경 발작을 일으키다니 말도 안 돼. 그럴 일은 앞으로도 없을 거야. 만에 하나 발작을 일으킨대도 스텔라 아가씨 때문은 아닐 거야. 자기 딸에게는 무심하잖니. 가이 씨가 브라질로 쫓겨날까 봐 그러면 몰라도.”

“어머, 주인어른이 정말로 가이 씨를 보내버리시지는 않겠죠, 그렇죠?” 메리가 깜짝 놀라 되물었다.

“안 그러실 거라고 생각한다.” 비처 부인이 끙 소리를 내며 일어서더니 스토브로 다가갔다. “내가 남의 사생활을 캐묻고 다니는 사람이라 이런 말을 하는 게 아니라, 지난 화요일에 해리엇 양에게 직접 들었어. 식전 차 내어 갈 시간이구나. 로즈, 그 차통 좀 주겠니. 고맙구나.”

로즈는 차통을 건넨 후 비처 부인이 작은 찻주전자와 은제 받침대에 올린 유리잔에 물을 따르는 동안 기다렸다. “스텔라 아가씨의 차는 네가 대신 가져가.” 로즈가 비처 부인에게 뜨거운 물이 담긴 잔을 받아 작은 쟁반 위에 내려놓으며 메리에게 일렀다.

메리는 마시던 차를 두 모금 만에 끝내고 자리에서 일어났다. 그녀에게도 해야 할 일이 있었다. 그것도 잔뜩. 하지만 하급 하녀는 상급 하인들과 척을 지지 않아야 잘리지 않고 오래 일할 수 있었다. 그녀는 스텔라 아가씨의 차 쟁반을 들고 로즈의 뒤를 따라 뒤쪽 계단을 올라갔다. 비처는 주인어른과 가이의 방으로 가져 갈 쟁반을 솜씨 좋게 양손으로 들고 두 사람의 뒤를 따라나섰다.

스텔라 매슈스는 아직 일어나지 않았고 지난밤 벗어둔 옷가지는 늘 그렇듯이 바닥에 널브러져 있었다. 메리는 커튼을 걷고 바닥의 옷가지를 정리한 후 재빨리 방을 빠져나왔다. 깨워봤자 스텔라 아가씨는 고마워하지도 않을 것이다.

홀로 나와보니 가이 매슈스를 위한 차 쟁반이 복도 탁자 위에 놓여 있었다. 로즈는 매슈스 부인의 방에서 아직 나오지 않은 모양이었다. 닫힌 문 너머로 살짝 투덜거리는 듯한 부인의 목소리가 들렸다. 메리가 온수 통에 물을 채우고 막 발걸음을 떼려는데, 주인어른 방의 문이 벌컥 열리며 집사가 헐레벌떡 뛰어나왔다.

메리는 어리둥절한 표정으로 집사를 바라보았다. 웬일인지 그는 겁에 질린 기묘한 표정을 짓고 있었다. 메리가 물었다.

"왜 그러세요, 비처 씨?"

그가 마른 입술을 혀로 훑더니 충격을 받아 마구 떨리는 목소리로 대답했다.

"일 났어. 주인어른이, 주인어른이 돌아가셨어."

메리는 입을 열었지만 아무 말도 떠오르지 않았다. 머릿속에서 온갖 장면이 만화경처럼 순식간에 나타났다 사라질 뿐이었다. 하나같이 충격적이고, 끔찍하고, 소름 끼치는 장면들이었다. 조만간 검시 배심이 열릴지도 몰랐다. 메리는 그런 일에 절대 휘말리고 싶지 않았다. 세상을 다 준대도 싫었다.

그때 로즈가 매슈스 부인의 방에서 나오며 잔소리를 했다.

"어휴! 다들 한가한 모양이네! 따뜻한 물은 아직이니?"

메리가 간신히 목소리를 냈다. "오, 로즈! 주인어른이 돌아가셨대!" 그녀의 목소리는 심하게 떨리고 있었다.

"식구분들에게 이 소식을 전해야 하는데. 누가 전해야 좋을지 모르겠구나." 집사가 굳게 닫힌 네 개의 문을 둘러보며 말했다.

그 문제는 로즈 덕분에 쉽게 해결되었다. 그녀가 요란하게 울음을 터뜨렸던 것이다. 주인어른을 유난히 좋아했다거나 별안간 집 안에서 사람이 죽어서가 아니라 단순히 놀랐기 때문이었다. 발작처럼 흐느끼는 소리에 어느새 메리도 눈시울을 붉히더니 금방이라도 눈물을 뚝뚝 떨어뜨릴 것만 같았다.

그 소리에 잿빛 머리를 구불구불하게 말아 올린 해리엇 매슈스가 낡은 플란넬 가운의 앞섶을 여미고 방 밖으로 나왔다. 안경을 깜박 잊고 나온 탓에 두 눈을 가운데로 모아 초점을 맞추며 그녀가 하인들에게 호통을 쳤다.

"아침부터 웬 소란이야? 로즈, 너니? 부끄러운 줄 알아! 도자기라도 깼으면 네 급여에서 제할 거야. 울어봐야 소용없어. 이 집에서 물건을 파손하면……."

"오, 마님! 주인어른이!" 메리가 울먹이며 말했다.

옆방 문이 열리고, 복숭아색 실크 잠옷 차림인 스텔라가 문간에 나와 하품을 하면서 짧은 머리를 마구 헝클었다. 부스스한 머리카락 탓에 얼굴 주위로 후광이 생긴 것 같았다. 그녀가 짜증을 내며 물었다. "아침부터 웬 소란이야?"

"스텔라! 가운이라도 걸치렴." 해리엇이 나무랐다.

"괜찮아요. 로즈, 입 좀 다물어. 무슨 일이니?"

두 하녀는 아예 엉엉 울기 시작했다. 할 수 없이 집사가 대신 대답했다. "아가씨, 주인어른이 말이죠, 돌아가셨어요."

해리엇이 짧게 비명을 질렀다. 스텔라는 집사를 똑바로 바라보며 말했다. "말도 안 돼! 지금 그 말을 믿으라는 거야?"

"정말이에요, 아가씨. 주인어른이, 주인어른 몸이 얼음장 같아요."

스텔라는 어쩐지 이 상황이 우습게 느껴졌다. 급기야 그녀는 소리를 죽여 킥킥 웃기 시작했다.

해리엇이 조카를 나무랐다. "어떻게 너는 거기 그러고 서서 웃을 수가 있니! 너 같은 요즘 아가씨들을 나는 도무지 이해 못 하겠구나. 아니, 이해하고 싶지도 않아. 어쨌든 나는 못 믿겠어. 직접 가서 내 눈으로 확인해야겠다. 내 안경을 어디에 뒀더라? 메리! 얼른 내 안경을 찾아 오거라!"

"제가 가볼게요."

스텔라가 복도로 성큼 나서자 해리엇이 다시 소리를 질렀다. "스텔라, 잠옷 차림으로 어딜!"

스텔라는 또 웃음이 나왔지만 입술을 깨물며 간신히 소리를 죽였다.

삼촌의 방은 저택의 앞쪽으로 난 방으로, 어머니의 방과는 욕실을 사이에 두고 있었다. 집사가 커튼을 걷어두었기 때문에 침대 옆 탁자에 올려놓은 차 쟁반 위로 아침 햇살이 곧장 떨어졌다. 죽은 사람을 한 번도 본 적 없는 스텔라의 눈에도 더이상 그레고리 매슈스가 차를 마실 일은 없을 것 같았다.

침대에 누운 그레고리 매슈스의 시신은 부자연스럽게 뒤틀린 채 뻣뻣하게 굳어 있었다. 양팔은 이불 밖으로 나와 있었는데, 최후의 경련이라도 일어났던 것처럼 양손으로 시트를 꽉 움켜쥐고 있었다. 부릅뜬 두 눈 속의 동공은 수축되어 있었다. 침대 옆에서 삼촌의 얼굴을 빤히 바라보던 스텔라의 얼굴에서 천천히 핏기가 사라졌다. 방 밖에서 고모의 투덜대는 목소리와 발소리가 점점 가까워지자 스텔라는 얼른 문으로 다가가며 소리쳤다.

"고모! 오지 마세요. 너무 끔찍해요!"

하지만 해리엇은 떨리는 손으로 코안경을 콧잔등에 단단히 올리더니 조카를 밀치고 방에 들어와 곧장 침대로 향했다.

"세상에, 정말 죽었잖아!" 그녀는 요란을 떨더니 갑자기 몸을 흠칫 움츠리며 말했다. "혈압 때문일 거야. 이럴 줄 알았어! 오리고기를 먹지 말았어야 했는데. 그레고리 오빠가 그걸 먹은 건 내 탓이 아니야. 내가 지시한 음식은 커틀릿이었는걸. 그걸 먹지 않겠다고 한 건 오빠였으니 아무도 날 탓할 수는 없지. 오, 세상에, 어떻게 이런 일이! 너무 참혹한 모습이잖아! 이렇게 되기를 바란 적은 한 순간도 없었는데. 우리 남매가 닮은 구석이 없기는 하지만 피는 물보다 진한 법이라잖니! 너희는 절대로 그렇게 생각하지 않겠지만, 그레고리도 한때는 사랑스러운 소년이었단다! 오, 이제 뭘 어떻게 해야 하지?"

"저도 모르겠어요. 일단 여기서 나가요. 오, 고모! 제발 그만하세요. 제발요!" 스텔라는 고모의 팔을 잡아 문으로 끌어당기며 말했다.

좀처럼 울음을 그치지 못하는 해리엇은 조카의 손에 이끌려 방을 나갔다. 스텔라는 꼬맹이 시절의 그레고리 매슈스에 대한 추억이 그간 고모가 겪은 갖은 불화를 보상하리라고 생각할 수 없었고, 그래서 지금 눈물을 펑펑 쏟고 있는 고모가 짜증스러웠다. 그녀는 메리에게 고모를 돌봐달라고 맡기며 안도의 한숨을 쉬었다.

여전히 꺽꺽 울고 있던 로즈는 떨리는 목소리로 매슈스 부인이 당장 자신의 방으로 오라고 했다고 스텔라에게 전했다.

조이 매슈스는 맵시 있는 베드재킷 차림으로 침대에 쌓아 놓은 베개에 기대 있었다. 이런 변고가 일어난 중에도 밤새 발라놓은 값비싼 나이트크림을 닦아내고 화장을 할 마음의 여유는 있었던 것 같았다. 스텔라가 방에 들어오자 그녀는 딸에게로 고개를 돌리더니 떨리는 손을 내밀었다.

"얘야!" 조이가 힘없는 목소리로 말문을 열었다. "불쌍한 아주버님! 내가 얼마나 충격을 받았는지 모른단다. 로즈가 뜨거운 물을 가지고 들어왔을 때 불길한 예감이 들더라니."

"해리엇 고모는 삼촌이 어제저녁에 드신 오리고기 때문인 게 분명하대요." 스텔라는 하마터면 또 키득거릴 뻔했다.

조이가 짜증 섞인 한숨을 내쉬며 말했다. "너희 고모의 장점을 나보다 더 잘 아는 사람이 어디에 있겠니. 하지만 이런 일이 벌어졌는데도 그런 무신경한 말을 하다니 다소 우울해지는구나. 난 로즈에게 소식을 전해 듣는 순간 이런 아름다운 구절이 떠올랐단다. '하느님의 길은……'"

스텔라가 얼른 엄마의 말의 잘랐다. "네, 그러셨겠죠. 그런데 지금 중요한 건 그게 아니에요. 이제 뭘 어쩌죠? 해리엇 고모는 금방이라도 발작을 일으킬 것 같아요. 오빠를 깨워요?"

"불쌍한 가이! 그 어린 것이 이런 비극을 피할 수 있다면 무슨 짓이라도 할 텐데. 어떻게든……."

"엄마, 오빠는 저보다 세 살이나 많아요." 스텔라가 지적했다. "오빠가 큰 도움이 될 것 같지는 않지만 그래도……."

조이가 딸의 손을 꼭 쥐며 말했다. "얘야, 그 건방진 말투 좀 어떻게 할 수 없겠니? 죽음의 그림자가 이 집에 드리워져 있다는 사실을 명심해. 게다가 네 오빠는 너보다 마음이 훨씬, 훨씬 더 여리단다."

"엄마, 그만하세요! 화를 꾹 참고 있는데 자꾸 그러시면 당장이라도 폭발할 것 같다고요. 무엇부터 해야 하죠?" 스텔라가 간청하듯 물었다.

조이는 손을 쑥 빼더니 이렇게 말했다. "쌀쌀맞기는! 우리 같은 마르타들이 없으면 이 세상의 마리아들은 어떻게 될지![1] 아무리 그래도 잠시 차분하게 상실의 슬픔을 받아들일 시간이 필요하지 않겠니? 절대 추악해서는 안 되는, 아주 아름답

1 마르타와 마리아는 『누가복음』 10장 38~42절에 나오는 자매다. 예수가 집으로 찾아오자 마르타는 저녁을 준비하느라 분주했지만 마리아는 예수의 이야기를 경청하며 마르타를 돕지 않은 이야기를 한 것이다.

게 이루어져야 할 일의 누추한 면모를 다 보기 전에 말이다."

스텔라가 헉하고 놀라더니 누가 목을 조르기라도 한듯 꺽꺽 소리를 내며 웃기 시작했다. 바로 그때 가이가 방으로 들어왔는데, 아직 잠에서 덜 깼는지 멍하고 정신이 없어 보였다.

"그, 그러니까……." 그는 말까지 더듬었다. "삼촌이 돌아가셨대요! 엄마, 들으셨어요? 비처가 삼촌 방을 잠그고 필딩에게 연락하러 갔어요. 의심의 여지가 없다면서."

"얘야, 조용히 해! 스텔라, 그만해라! 당연히 의사를 불러야겠지. 그렇지만 하필 네 삼촌이 끔찍이도 싫어했던 필딩 선생이 이런 일로 방문한다니 꺼림칙하구나. 내가 과민반응하는 걸 수도 있겠지만. 의사를 부르기는 불러야겠지. 하지만……."

"왜 의사를 불러야 해요?" 가이는 침대 발판의 가로대를 쥐고 서서 어리둥절한 눈빛으로 어머니를 내려다보며 말을 이었다. "이해가 안 돼요! 그러니까 삼촌이 그렇게 돌아가신 거 말이에요. 물론 다들 삼촌이 결국 그리 되리라 짐작은 했을 거예요. 혈압이 안 좋으셨잖아요. 왜 갑자기 돌아가신 걸까요? 뇌졸중이었을까요? 언젠가 뇌졸중을 일으키실 것 같아 예전부터 조마조마하기는 했어요. 안 그러니, 스텔라? 검시 배심이 열릴까? 그걸 꼭 열어야 하나? 너도 그렇게 생각하지? 삼촌께서 심장이 안 좋았다는 사실을 모르는 사람은 없었잖아.

분명히 심장마비 같은 거였겠지."

"그렇고말고. 얘야, 이런 이야기는 그만하자꾸나." 조이의 태도는 단호했다. "지금 흥분해서 아무 말이나 마구 하는 것 같구나. 지금 엄마가 어떤 심정일지 생각을 해보렴. 난 가끔 네 삼촌이 자기 누나와 여동생보다 나를 더 아끼는 게 아닌가 싶을 때가 있었단다. 나는 늘 사람들의 좋은 면을 보려고 하지. 그래서인지, 지금 생각해보니 그레고리는 늘 나를 행복하게 해주고 싶었던 것 같구나."

"엄마, 그만하세요." 가이가 버릇없이 말했다.

조이는 잠시 입을 꾹 다무는가 싶더니 더할 나위 없이 상냥한 어조로 말했다. "가이, 이제 가서 옷을 갈아입거라. 검은 정장으로 입도록 해. 오렌지색 스웨터는 꿈도 꾸지 마. 너도, 스텔라."

"오렌지색 스웨터는 생각도 안 했어요." 가이가 으스대듯 말했다. "그렇지만 상복에 대해서라면 나이절 말에 동의해요. 그가 그러는데, 상복은 현대까지 이어져온 야만적인 풍습이래요. 게다가……."

"가이, 엄마의 기분을 상하게 하려고 일부러 그런 말을 하는 건 아니지?" 조이가 애처로운 표정을 지으며 아들의 말을 끊었다. "경건한 전통을 그런 식으로……."

이번에는 가이가 엄마의 말을 끊었다. "엄마, 저는 순수 불가지론자라고요. 죽음이 아무리 신성하다고 하셔도 저한테는 아무 의미가 없어요.”

“그만해! 오빠의 종교관은 누구도 궁금해하지 않으니까.” 스텔라가 가이를 문 쪽으로 밀었다.

“나 혼자만의 생각이 아니야. 현실적인 사고방식을 가진 현대인의 일반적인 견해라고.”

“오호, 그러셔?” 스텔라는 이렇게 쏘아붙이곤 자기 방으로 향했다.

필딩이 새벽부터 왕진을 갔을 것이라는 메리의 짐작은 옳았다. 비처가 전화를 했을 때 그는 집에 없었다. 스텔라와 가이가 씻고 옷을 갈아입었을 즈음 의사는 포플러스 저택으로 향했다. 한편 울음을 그친 해리엇도 옷을 갈아입은 뒤, 언니인 거트루드 럽턴에게 전화로 비보를 알렸다. 뿐만 아니라 그녀는 식구들에게 식욕이 없을 것이라는 구실을 대며 아침 식사로 준비된 생선과 달걀을 나중에 먹을 수 있도록 보관해놓으라고 일러두기까지 했다. 하지만 이 사실을 알자마자 스텔라와 가이는 곧장 아침을 준비하게 했다. 어쨌거나 두 사람은 배가 고팠기 때문이다. 그렇게 아침 식사를 놓고 고모와 조카들이 한창 입씨름을 벌이는 중에 의사가 저택 안으로 걸어 들어왔다.

필딩은 삼십 대 중반으로 키가 크고 회색 눈동자를 지녔으며, 미간이 넓고 입술이 익살스럽게 생긴 남자였다. 그가 현관으로 들어오자마자 스텔라가 맞이했다. 마주친 두 사람의 눈빛이 일순 의미심장해졌다.

"오, 데릭! 하느님, 감사합니다. 드디어 왔군요!" 그녀는 필딩의 손을 잡으며 말했다.

"스텔라, 네 삼촌이 지금 위층에 죽어서 누워 있는데 어떻게 그런 말을!" 해리엇이 심란한 표정으로 조카를 나무랐다. "의사 선생님이 탐탁지 않다는 뜻이 아니야. 그레고리 오빠가 험한 말을 하기는 했지만 사람이 죽은 마당에 의사 선생님도 다 잊고 애도하시겠지. 어떻게 그럴 수 있는지 모르겠지만 다들 그러잖니. 마른하늘에 날벼락이라고, 이런 일이 벌어지니 얼마나 당황스러운지! 이렇게 번거롭고 불쾌할 거라고 한번 상상이라도 해봤다면 나는 오빠가 절대 죽지 않기를 간절히 바랐을 거야. 의사 선생, 이게 다 오리고기 탓이에요. 그렇게 먹지 말라고 말렸는데 말을 들어야 말이죠. 그러더니 간밤에 덜컥 세상을 떠버렸어요. 먹음직스러운 양고기 커틀릿 두 조각만 낭비했지 뭐예요. 부엌 식구들이 다 먹었죠! 어린 양고기였는데!"

필딩은 자신의 손을 꼭 잡는 스텔라의 손을 맞잡더니 독백이나 다름없는 해리엇의 말을 끊고 그레고리 매슈스의 시신을 당장 보러 가겠다고 했다.

"어머, 그러셔야죠." 해리엇이 허둥지둥하며 주위를 둘러보았다. "물론 그러셔야죠! 내가 직접 2층까지 같이 가드려야겠지만 그 방에는 다시 들어가고 싶지 않네요. 가이, 이제부터 이 집의 가장은 너야!"

"괜찮습니다. 어느 방인지는 저도 아니까요." 필딩이 냉큼 말했다.

그러자 집사가 헛기침을 하더니 계단 쪽으로 성큼 나서며 말했다. "선생님, 괜찮으시다면 제가 주인어른의 방까지 모시겠습니다."

의사가 그를 바라보았다. "자네가 매슈스 씨의 시신을 발견했다면서? 그렇다면 같이 가지."

계단을 다 올라가자 조이가 의사를 맞이했다. 어느새 잘 어울리는 검은색 드레스로 갈아입은 그녀는 평소보다 훨씬 더 힘없는 목소리로 인사를 했다. 그녀는 개업의의 실력을 좀처럼 믿지 못해서 필딩에게 진료를 받은 적은 없었지만, 그간 자주 보아왔던 터라 그의 인간적인 면은 매우 마음에 들어 했다. 그레고리 매슈스의 반대도 일거에 해결되었으니 그녀는 언제라도 필딩을 사위로 인정할 준비가 되어 있었다. 그러므로 그에게 보낸 조이의 미소에서는 호의적인 기색이 엿보였다.

"스텔라에게 이미 들으셨겠죠. 아직 실감이 나지 않아요. 차라리 그편이 더 다행스러울지도 모르겠네요. 오늘 아침에 눈을 뜨면서 어떤 예감이 들었답니다. 어떻게 설명하면 좋을지 모르겠지만, 이 세상에는 유난히 감이 좋은 사람들이 있잖아요. 아마 내가 그런 부류인 것 같아요. 그런 사람들은 남들보다 더 민감하게…… 그걸 뭐라고 부르면 좋을까요. 그래요, 기운. 기운에 더 민감하죠."

"그러셨군요." 의사는 매슈스 부인의 성격을 잘 알았기에 그렇게만 대답했다.

"아마 급성 소화불량이 먼저 오고 심장마비가 뒤따랐을 거예요. 아시겠지만 아주버님은 가끔 독불장군처럼 구셨죠."

"그러셨죠. 몹시 완고하셨죠." 의사가 맞장구를 치며 그녀를 지나치려 했다.

조이는 의사에게 길을 비켜주곤 그대로 아래층으로 내려갔다. 한편 비처는 잠가두었던 그레고리 매슈스의 침실 문을 열어 의사를 들여보냈다.

의사는 입을 꾹 다물고 침대의 시신을 살펴보았다. 그러더니 눈살을 찌푸리는 것이 아닌가. 곁에서 시신을 살피는 의사를 지켜보던 비처가 불쑥 말을 걸었다.

"선생님, 자연사였겠죠?"

필딩이 얼른 고개를 들며 물었다. "달리 생각해야 할 이유라도 있나?"

"아, 아닙니다. 그렇지만 표정이 너무 참혹하지 않습니까.

게다가 저렇게 눈을 홉뜬 모습도 예사롭지 않고요."

"그만하게! 충고 하나만 하지. 입단속을 잘하게. 자칫하면 곤란해질 수도 있으니까." 의사는 그렇게 경고한 후 다시 시신을 살피기 시작했다. 이윽고 검안이 끝나자 몸을 일으켜고 똑바로 섰다.

비처는 의사에게 문을 열어주며 살짝 감정이 상한 말투로, 8시에 차를 가져왔을 때 이미 시신이 차갑더라고 알려줬다. 의사는 고개를 끄덕인 후 방에서 나가 곧장 계단으로 향했다.

현관 홀에서는 매슈스 집안 사람들이 거트루드 럽턴과 그녀의 남편을 맞이하고 있었다. 럽턴 부부는 히스 언덕 반대편에 있는 저택에 살고 있는데 연락을 받자마자 차를 몰고 온 참이었다. 헨리 럽턴은 체구가 아담하고 연갈색 콧수염을 길렀으며 푸른 눈동자를 지닌 남자였다. 걱정스러운 눈빛을 하고 어쩔 줄 몰라 하는 그에 대해서는 다들 그다지 신경을 쓰지 않는 듯했다.

하지만 거트루드 럽턴의 존재감은 위압적일 정도였다. 그만큼 그녀는 이 집에서 달갑지 않은 손님이었다. 오십 대 중반으로 체구가 당당한 거트루드 럽턴은 등을 꼿꼿이 펴고 서 있었다. 고래수염을 덧댈 수 있는 곳이라면 어디든 덧대어 자세가 한 치도 흐트러지지 않았다. 심지어 항상 그녀가 목에 두르는 망사 스카프에도 고래수염이 대어져 있을 정도였다. 거트루드는 언제나 챙이 넓고 머리 부분이 높이 솟은 모자를 썼으며 연보라 색조의 파우더로 화장을 했다. 그녀는 그레고리 매슈스와 나이가 엇비슷했고 성격도 마찬가지였다. 두 사람은 본질적으로 타인을 강압적으로 대하고 자기 손아귀에 넣고 휘둘러야 직성이 풀린다는 점에서 똑 닮았지만, 성격이 겉으로 드러나는 양상은 하늘과 땅 차이였다. 그레고리 매슈스가 분노를 터뜨리며 상상도 못 할 공포를 자아내는 반면, 거트루드 럽턴은 절대 감정을 드러내지 않았다.

지금도 그녀는 속에서는 격렬한 감정에 휩싸였으면서도 겉으로는 조금도 흔들림 없이 침착했다. 그녀는 홀 가운데에 있는 접이식 테이블에 한 손을 올린 채 세 치 혀로 가족들을 찍소리도 못 하게 만드는 중이었다. 필딩이 계단 꼭대기에 서서 아래층을 살펴보니, 거트루드는 끝도 없이 이야기를 늘어놓는 해리엇에게 자제하라며 단박에 입을 다물게 하는가 하면, 눈치 없이 또 '예감' 운운하는 올케의 말문을 이렇게 막아버렸다.

"나는 그렇게 어리석은 이야기는 듣고 싶지 않네. 불쌍한 내 동생과 피 한 방울 안 섞인 사람이 그런 걸 느끼다니 얼토당토않아. 조이, 아무리 자네라도 지금처럼 경황없는 상황에서 굳이 주인공이 되려고 나서지 않으리라 믿네. 물론 여태껏 봐온 대로라면 지금쯤 스포트라이트를 한 몸에 받고 싶어서 안달이 났겠지만."

거트루드 럽턴의 거리낌 없는 (그리고 분명 적나라한 진실이기도 한) 말에 허를 찔린 조이는 당혹감을 감추지 못했다. 그러나 그녀는 금세 언짢은 기색을 감추고 이렇게 맞받아쳤다.

"어머나, 형님. 형님처럼 강단 있는 여자들은 저처럼 예민한 사람들을 늘 이해 못 하시겠죠."

그 모습에 계단을 내려가던 필딩은 대단한 자제력이라며 감탄을 금치 못했다.

"나는 자네를 완벽하게 이해해. 늘 그랬지." 거트루드 럽턴은 단번에 조이의 말문을 막더니 의사가 다가오는 기척을 느끼고 몸을 돌려 그를 마주 보았다. "필딩 선생이시겠군요. 그레고리에게서 이야기 들었어요."

말투로 보아 결코 좋은 이야기는 아닌 것 같았다. 그가 방어적인 태도로 뻣뻣하게 대답했다. "한동안 매슈스 씨의 주치의였습니다. 그러니 당연히 들으셨겠죠."

거트루드가 의사를 훑어보며 물었다. "그건 그렇고 동생이 급사한 이유는 뭐죠?"

"제가 보기엔……." 필딩이 살짝 빈정거리듯 말문을 뗐다. "사인은 혈행 부족으로 인한 실신입니다."

"실신이라고요?" 스텔라가 불쑥 끼어들었다. 그녀는 식당에 있다가 필딩의 말소리를 듣고 서둘러 홀로 나온 참이었다.

“어떻게 된 일인지 좀더 구체적으로 설명해주세요.” 거트루드가 조카의 질문을 못 들은 척 물었다.

“그러죠. 알고 계시겠지만, 동생분께서는 고혈압이셨던데다가 판막에 경미한 질환이 있었…….”

“동생이 심장 문제로 선생님에게 치료를 받았다는 사실은 알고 있어요.” 거트루드가 의사의 말을 딱 잘랐다. “그게 정말이라면 내 동생은 우리 집안에서 유일하게 심장에 문제가 있는 사람이었을 거예요. 나는 그 말이 통 믿기지 않더군요. 우리 집안사람은 누구보다 건강한 체질을 타고났으니까요. 심장이 약하다니, 매슈스가에서는 절대 있을 수 없는 일이에요.”

“뭐, 그럴 수도 있겠죠. 하지만 매슈스 씨의 심장이 약했다는 사실은 아무도 부인할 수 없습니다. 저는 기회가 날 때마다 과도하게 흥분하지 않도록 유의하고 적절한 식이요법을 해야 한다고 주의를 드렸습니다. 그런데도 항상 제 충고를 무시하셨죠. 이를 감안하면 사인이 실신이라는 점에는 의심의 여지가 없습니다. 십중팔구 급성 소화불량 탓에 실신이 유발되었겠죠.”

“오리고기! 그럴 줄 알았어.” 해리엇이 소리쳤다.

“맞아요. 오리 요리를 시키다니, 저도 그다지 현명한 선택이 아니라고 생각했죠. 하지만 해리엇 형님의 소관에는 간섭하지 않는 게 제 원칙이니까요. 이런 일을 미리 알았다면 얼마나 좋았을까!" 조이가 맞장구를 쳤다.

"어제저녁에 매슈스 씨께서 뭘 드셨습니까?" 의사가 물었다.

"오리 구이였어요. 오빠에게 맞지 않는 요리였죠. 먹음직스러운 양고기 커틀릿이 두 조각이나 있었는데 그건 손도 대지 않더군요. 그 생각만 하면 아까워죽겠지 뭐예요." 해리엇이 애처로운 표정으로 대답했다.

그러자 조이가 다시 의사의 관심을 자신에게 돌렸다. "내 생각에는 엊저녁에 나온 요리가 소화기관이 예민한 사람에게 알맞지 않았어요. 로브스터 칵테일만 해도……."

"하지만 삼촌은 그걸 다 드시지도 않았어요! 한 입 드시더니 사람이 먹을 게 아니라고 하셨죠." 스텔라가 말했다.

"스텔라, 제발 엄마가 말하는데 끼어들지 마!" 조이가 딸에게 주의를 준 후 계속 말했다. "그리고 가자미는 소스가 상당히 기름졌어요. 치즈는 어땠게요. 나는 그런 것들은 소화에 좋지 않다고 생각해요."

"해리엇이 주문했을 만한 식단이네." 거트루드가 뚱한 어조로 한마디 하더니 계속 말을 이었다. "그나저나 그레고리가 소화기관에 문제가 있었다니 금시초문이군. 아무래도 이 죽음에는 겉으로 보이는 것과 달리 복잡한 사정이 있을 것만 같은 인상이 들어. 당장 동생 시체를 봐야겠어요."

그 말에 조이가 흠칫 놀라며 눈을 질끈 감더니 속삭이듯 말했다. "그만하세요! 형님, 어떻게 그런 끔찍한 표현을 아무렇지도 않게 입에 담죠?"

"나는 그런 감상에 젖어 있을 만큼 인내심이 많지 않네. 그리고 매사 정확한 명칭으로 불러야 한다는 게 내 지론이야. 지금 내 동생의 상태를 '시체'가 아닌 다른 명칭으로 부를 수 있다면 기꺼이 그렇게 하지. 헨리, 지금 당장 그레고리의 방으로 가야겠어요. 당신도 따라와요."

그때까지 눈에 띄지 않게 뒤로 물러나 있던 헨리 럽턴이 대답했다. "그래요, 물론 그래야죠!" 그러더니 비난하는 표정으로 의사를 힐끔 보고는 아내를 따라 계단을 오르기 시작했다.

럽턴 부부가 홀에서의 대화 소리를 듣지 못할 정도로 멀어지자 남은 사람들이 앞 다투어 입을 열었다. 필딩이 유감이라는 듯 미소를 지으며 스텔라를 바라보았다. 조이는 의자 깊숙이 앉더니 될 대로 되라는 표정을 지었고, 해리엇은 혼잣말이라도 하는 듯 입술을 달싹거리나 싶더니 느닷없이 분통을 터뜨렸다.

"절대 용서 못 해! 절대로! 지난 몇 년간 그레고리 오빠의 식사는 늘 내가 책임지고 지시해왔어. 지금껏 아무 일도 없었는데 어제저녁이라고 다를 게 뭐야. 누가 무슨 말 좀 해봐!"

"아, 해리엇 형님!" 조이가 애석하다는 듯 고개를 저었다.

"'아, 해리엇 형님'이라고 하지 말게! 그러고 보니 오빠가 정말 살해된 거라면 범인은 자네일 거야. 가이를 걱정하느라 제정신이 아니잖아. 스텔라 문제도 있었고." 해리엇이 매섭게 쏘아붙였다.

"오, 데릭! 우리 가족은 너무 끔찍해요." 스텔라가 속삭였다. 아주 잠깐이었지만 두 사람은 손을 꼭 쥐었다.

"가당치도 않은 이야기는 그만하세요!" 갑자기 식당으로 통하는 문가에서 가이가 언성을 높였다. "삼촌의 사인이야 빤하죠. 살인이라뇨? 말도 안 돼요!"

"한 번만 더 오리 이야기를 꺼내면 소리 지를 거예요." 스텔라가 말했다.

바로 그때 위층에서 문이 닫히는 소리가 났다. 거트루드가 곧 돌아온다는 경고나 다름없었다. 잠시 후 그녀가 입을 굳게 다문 채 계단을 내려왔다. 홀에 다다를 때까지 단 한 마디도 하지 않은 그녀는 가족들이 모여 있는 곳까지 오자 마침내 "휴!" 하며 숨을 내뱉더니 감정에 복받쳐 말했다. "끔찍해! 그 모습을 보고 얼마나 놀랐는지. 불쌍한 내 동생!"

"맞아요, 그랬어요. 끔찍하군요!" 헨리 럽턴은 어느 때보다 험악한 표정을 한 채 맞장구를 쳤다.

"그만해요, 헨리. 이렇게 떠든다고 문제를 해결할 수는 없으니까요.” 거트루드는 남편에게 면박을 준 후 의사를 쏘아보았다. “선생님은 당장이라도 사망진단서에 서명을 하실 생각이죠?”

그 말에 필딩이 언짢은 표정으로 거트루드를 보았다. 그의 눈빛에서 일말의 불안함이 엿보였다. “의료인으로서…….”

“의료인이니 뭐니 그런 말은 집어치우세요! 나는 다른 사람의 의견도 들어보아야 한다고 생각합니다.”

모두 충격에 빠져 말이 없었다. 이윽고 조이가 정적을 깼다. 평소와 다름없이 고상한 말투였지만 살짝 갈라진 목소리에서 그녀가 받은 충격을 짐작할 수 있었다. “거트루드 형님, 흥분한 상태에서 한 말일 테니 놀랍지도 않네요. 사람들에게 상처를 주려고 하신 말씀은 아닐 거라고 믿어요.”

“다른 사람의 감정 따위 내 알 바 아니네.” 거트루드가 말했다. “다시 한번 말하죠. 다른 의사의 의견을 들어보겠어요.”

그러자 필딩이 그녀의 눈을 똑바로 바라보며 물었다. “제가 동생분의 사망 사실을 검시관에게 통보해야 한다는 말씀이신가요?”

“그래요. 바로 그런 뜻입니다.” 거트루드가 딱 잘라 대답했다.

꼬박 일 분간 아무도 입을 열지 않았다. 모두 거트루드의 말을 제대로 알아들었지만 그 의미를 완전히 깨닫기까지 잠시 시간이 걸린 것이다. 모두 한 방 먹은 표정으로 그녀를 바라보는 가운데, 필딩만이 반들반들한 탁자의 표면을 내려다보며 줄곧 인상을 쓰고 있었다.

제일 먼저 해리엇이 격앙된 목소리로 거트루드를 몰아붙이기 시작했다. "내가 그레고리를 독살했다고 어디 말해보지그래. 언니가 지금까지 잠자코 있던 게 더 놀랍네! 언니는 자신의 살림 솜씨가 나보다 한 수 위라고 생각하겠지만 언니 집에서 흥청망청 써대는 꼴을 보니 내가 다 창피하더라. 내가 오빠를 죽이려고 일부러 오리고기를 줬다고 생각하나 본데, 그렇지 않다는 걸 증명할 커틀릿이 남아 있어!"

"아뇨, 없어요. 하인들이 다 먹었잖아요." 스텔라의 표정은 불안해 보였다.

조이는 핸드백에서 담배 케이스를 꺼냈다. 그리고 덜덜 떨리는 손으로 한 개비를 꺼내 불을 붙였다. “스텔라! 입 다물어!”

가이가 몇 발자국 걸어 나오며 말했다. “고모, 지금 부, 부검을 하자는 말씀이세요? 말도 안 돼요! 그리고 도대체 무슨 권리로 이 집에서 이래라저래라 하시는 거예요? 삼촌이 돌아가셨으니 제가 이 집의 가장으로서…….”

“아니야, 가이. 네가 아니다.” 거트루드가 조금도 흔들림 없는 태도로 말을 이었다. “너야 당연히 네가 이 집의 가장이라고 생각하고 싶겠지. 그레고리가 너를 상속자로 삼게 하려고 너희 모자가 갖은 술책을 부린 것도 잘 안다. 네 삼촌이 네게 유산을 남겼는지는 아직 모르는 일이다만 당분간 이 집안의 가장이 누구인지 내가 일깨워주마. 지금 이 집의 가장은 네 사촌 형인 랜들이다.”

느닷없는 고모의 통보에 가이가 버럭 화를 냈다. “어쨌든 고모도 가장이 아니잖아요. 그러니 어떤 권리도…….”

“랜들이 설치고 다닌다면 차라리 이 집을 나갈래요. 다른 건 얼마든지 참을 수 있지만 랜들은 안 돼요. 만에 하나 삼촌이 정말로 독살당한 거라면 범인은 분명 랜들일걸요.” 스텔라가 진저리를 쳤다.

“어리석은 소리. 말하기 전에 한 번 더 생각할 걸 그랬다고 후회하게 될 거다. 나도 특별히 랜들 편을 들 생각은 없다. 오히려 정반대지. 하지만 그 애에게 그레고리를 독살했다는 혐의를 씌우다니 말도 안 돼. 랜들은 지난 일요일 이후로 그린리히스에 방문한 적도 없잖니."

조이가 자연스럽게 대화에 끼어들었다. "다들 너무 흥분한 거 아니에요? 아주버님이 급성 소화불량이 아닌 다른 이유로 돌아가셨다고 생각하는 사람은 아무도 없잖아요? 범죄가 일어났다고 의심할 근거가 조금이라도 있다면 누구보다 먼저 제가 철저한 조사를 요구할 거예요. 하지만 어느 누가 아주버님이 돌아가시기를 원했겠어요. 게다가 검시 배심이니 뭐니 하는 일을 생각하면 영 꺼림해서……."

"나는 그런 이유로 겁먹을 사람이 아니네." 거트루드가 말허리를 잘랐다. "게다가 그레고리가 죽기를 바란 사람이 아무도 없다고 장담하나 본데, 내 생각은 다르네. 모두 내가 지금 누굴 비난하려는 게 아니라는 점을 알아줬으면 좋겠어. 하지만 이 저택 안의 불화를 모르지 않는 마당에, 내 동생의 죽음으로 누군가 이익을 취할 수 있다는 생각을 접을 수 없어. 물론 나도 마음이 편하지만은 않아."

바짝 얼어 있던 거트루드의 남편이 느닷없이 가벼운 헛기침을 하더니 말문을 열었다. "여보, 의사 선생님의 의견을 존중해야 할 것 같아요. 당신도 어떤 식으로든 물의를 일으키고 싶지 않잖아요? 음, 일이 커져서 사방에 소문이 나는 건 당신도 원치 않을 테니까요."

“미안하지만 내 마음은 내가 제일 잘 알아요, 여보. 적어도 당신과 나는 수사를 한다고 해도 전혀 두려워할 이유가 없어요.” 그녀의 말투에서 찬바람이 쌩쌩 불었다.

“그럼요, 여보. 당연하죠. 하지만 일을 벌이기 전에 좀더 생각해보는 게 좋지 않을까요?” 그러나 자신 있는 말과 달리 헨리는 어딘지 겁에 질린 표정이었다.

“데릭, 삼촌이 독살당했다고 생각하는 건 아니죠?” 스텔라는 불안한 표정을 감추지 못했다.

필딩이 그녀에게 살짝 미소를 지으며 대답했다. “물론 아니죠. 하지만 내 의견과 별개로, 럽턴 부인이 미심쩍어하는 구석이 있다면 나는 부검을 하는 편이 낫다고 생각해요.” 그는 문제의 인물을 힐끔 쳐다보며 말을 이었다. “적어도 저는 이 일을 검시관에게 넘기는 데 이의가 없습니다.”

가이가 분통을 터뜨렸다. “제 생각엔 반대할 이유가 충분해요! 거트루드 고모를 뺀 나머지 사람들은 필딩의 의견에 완전히 동의해요. 삼촌을 부검하는 것도 모자라 우리 가족의 사생활을 까발리는 게 무슨 의미가 있어요? 물론 삼촌이 독살되셨을 리 없죠. 그렇지만 부검과 검시 배심을 하는 순간 사람들은 호기심을 품기 시작할 테고, 여기저기서 아니 땐 굴뚝에 연기 나겠냐며 수군거릴 거예요. 그러면 여기는 지옥이 될 거라고요!”

"가이 말대로예요. 아주버님이 부검을 어떻게 받아들이실지 생각해보지 않을 수 없네요."

조이가 아들의 말을 거들자 해리엇도 맞장구를 쳤다.

"당연히 좋아하지 않겠지. 오빠는 의사들과 엮이는 일은 싫다고 늘 입버릇처럼 말했으니까. 그리고 나도 싫어. 이 집에서 내 기분에 신경 쓰는 사람이 있기나 하는지 모르겠지만. 아니, 아무도 날 신경 쓰지 않지? 앞으로 무슨 일이 벌어질지는 뻔해. 우리는 이 사건과 아무 관계도 없는 질문에 일일이 대답을 해야 할 거야. 오빠와 한집에 살면서 한 번도 싸우지 않은 사람이 있어? 누가 나한테 물어보면 어릴 때 놀이방에서 그레고리 오빠와 가장 많이 다툰 사람은 거트루드 언니였다고 말할 거야. 이건 누구도 부정 못 할 사실이지. 휴버트와 아서가 날 두고 먼저 가지만 않았어도 내 말을 증명해줄 텐데."

그녀는 무심결에 이미 죽고 없는 두 동생의 이름을 입에 올리고는 다시 울음을 터뜨렸다. 그리고 주머니에서 커다란 손수건을 꺼내 코를 힝 풀며 말했다.

"이럴 때 의지할 남자가 있다면 얼마나 좋을까! 남자 형제들은 전부 죽었고 럼볼드 씨마저 여기 없으니 너희는 입맛대로 나를 속여먹겠지!"

"바보 같은 소리 마, 해리엇! 아무도 네가 연루되었다고 생각하지 않아." 거트루드가 쏘아붙였다.

"그건 언니 생각이지!" 해리엇이 맞받아쳤다. "사람들은 오리고기에 관심을 갖고 커틀릿에 대한 내 주장은 한마디도 믿지 않을걸. 오리고기 탓이 아니라는 사실이 밝혀지더라도, 그 다음엔 가이를 의심할 거야. 왜냐하면 그레고리가 가이를 남미로 보내버리려고 했잖아. 오빠다운 행동이지. 혹시 가이가 제 삼촌을 죽인 거라면 분명 그럴 만한 이유가 있었을 거야. 그러니 내가 죄다 털어놓을 거야! 왜냐하면 가이는 이 늙고 불쌍한 고모에게 정을 주는 유일한 사람이니까. 거트루드, 언니가 왜 이러는지 내가 모를 줄 알아? 순전히 우리를 괴롭히려는 속셈이잖아!"

가시 돋친 말을 몽땅 토해낸 해리엇은 감정이 복받쳐 통곡하기 시작하더니 느닷없이 언니와 올케에게 달려들었다. 그 바람에 가이와 스텔라가 그녀를 부축해 방으로 데려갔다. 가이는 특별히 애정을 드러내지 않고 무덤덤하게 고모를 부축했다. 스텔라는 인상을 잔뜩 찌푸린 채 필딩을 힐끔 보았지만, 그래도 고모가 어느 정도 냉정함을 되찾을 때까지 곁에 머물렀다. 마침내 스텔라가 고모의 방에서 나와 아래층에 내려와 보니 필딩은 이미 돌아간 후였고 엄마는 포치에서 렙턴 부부를 배웅하고 있었다.

스텔라는 도서실에서 통화를 하고 있는 오빠를 발견했다. 통화 상대는 일 년 전부터 그와 위태로운 동업 관계에 있는 나이절 브룩인 듯했다.

브룩은 실내장식가였다. 예술에 관심이 많았던 가이는 자신보다 네 살 연상인 나이절 브룩을 동경한 나머지 두 번 생각 않고 실내장식이 자신의 천직이라고 믿어버렸다. 두 사람에겐 아버지를 일찍 여읜 외아들이라는 공통점이 있었지만, 브룩이 물려받은 재산을 마음대로 쓸 수 있는 반면 가이의 경우 아버지인 아서 매슈스가 그에게 남긴 얼마 안 되는 돈이 몽땅 신탁에 묶여 있었다. 신탁의 관리자는 어머니인 조이 매슈스와 삼촌인 그레고리 매슈스였으나, 가이는 삼촌을 잘 구워삶는 엄마 덕분에 나이절 브룩과 동업을 할 수 있었다. 그레고리는 조이의 꼬드김에 넘어가 조카의 첫 사업에 천 파운드를 댔다. 예쁜 여자에게 약했던데다가 조카의 사업 수완에 대해서 눈곱만큼도 알지 못했던 탓이었다.

그후로 조카의 능력을 다시 평가할 기회가 그레고리에게 수도 없이 찾아왔다. 경영난에 시달리던 브룩과 가이가 자금 지원을 부탁하자, 그간의 뼈아픈 교훈을 잊지 않은 그레고리는 가이에게 브라질에서 고무 농장을 경영하는 사업상의 지인이 사무직으로 일할 젊은 남자를 찾고 있다는 이야기를 꺼냈다. 이번만큼은 '미인계'도, 눈물 젖은 호소도 그레고리의 마음을 되돌릴 수 없었다. 그는 가이를 '돈만 축내는 놈'이라고 부르며 속마음을 숨기려는 수고조차 하지 않았으며, 심지어 그가 눈앞에 보이지 않으면 속이 후련하겠다고까지 말했다. 아마 그때 조이 매슈스는 이번만큼은 자신의 뜻대로 되지 않으리라 직감했을 것이다.

아들을 계속 품 안의 자식으로 두려면 조이는 자신의 재산 일부를 떼어주어서라도 그에게 야망을 이룰 기회를 주어야 했다. 하지만 그녀의 수입으로는 당장의 지출을 감당하기도 벅찼기 때문에 그 방법은 자연스럽게 고려 대상에서 제외되었다. 사실 깊은 고민조차 하지 않았다. 그녀는 이러지도 저러지도 못해 분통이 터졌지만 그레고리 매슈스에게는 내색하지 않았다. 무턱대고 맞서는 건 어리석을 뿐만 아니라, 자칫 잘못했다간 한 푼도 쓰지 않고 머물고 있는 안락한 저택에서 쫓겨날지도 몰랐기 때문이다.

물론 이 집에서 지내기가 마냥 좋지만은 않았다. 무엇보다 이 저택은 그녀 소유가 아니었고, 함께 사는 해리엇은 눈엣가시였다. 그나마 그레고리 매슈스가 생각하는 '이상적인 여성상'과 해리엇이 정반대였기 때문에, 조이는 어쩌다 그녀와 의견이 일치하지 않아도 손 하나 까딱하지 않고 그레고리를 제 편으로 끌어들일 수 있었다. 매슈스 부인은 바닥이 드러나지 않는 인내심과 상냥함으로 자신과 아이들을 위해 원하는 바를 손에 넣었다. 저택의 안주인 자리를 꿰차지는 못했지만 지난 오 년 동안 어떻게든 버틴 끝에 적어도 저택에서 자신의 편의가 최우선으로 고려되는 귀한 손님 대접은 받게 되었다. 언젠가 랜들 매슈스가 기다란 속눈썹 아래에서 심술궂게 반짝이는 두 눈을 치켜뜨며 이렇게 중얼거린 적도 있었다. "아무튼 무자비하셔, 조이 숙모님은."

가이가 통화를 마치기를 기다리는 동안, 스텔라는 랜들을 생각했다. 마침내 가이가 수화기를 내려놓자마자 그녀는 다짜고짜 이렇게 물었다.

"오빠, 삼촌이 랜들에게 재산을 남겼을까?"

"그럴걸. 전부는 아니어도 거의 다 랜들 몫으로 남겼을 거야. 그 자식이 몇 달 전부터 유산을 노리고 작업을 했잖아. 특별한 이유도 없이 불쑥 나타나지 않나, 갑자기 삼촌에게 살갑게 굴면서 알랑거리질 않나. 정말 불공평해! 나는 옥스퍼드를 나와 곧장 직업을 구해서 일을 하고 있는데 랜들이 하는 건 뭐야! 멋이나 부리고 여기저기 놀러나 다니면서 돈이나 펑펑 쓰고. 해리엇 고모 말로는 휴버트 삼촌이 재산을 꽤 남겨줬다더라. 그러니 일은 하지도 않고 할 생각도 없잖아. 그 생각만 하면 속이 뒤집어지는 것 같아! 그렇게 꼴 보기 싫은 녀석은 또 없을 거야."

스텔라가 담배에 불을 붙였다. "다음 손님은 랜들일 거야. 느끼한 목소리로 사람들 속을 뒤집어놓는 말을 잔뜩 하겠지. 삼촌이 엄마에게는 유산을 남겨줬을까?"

"그랬을 거야. 그랬을 것 같아. 삼촌이 어떻게 돌아가셨건 이제 내 신탁관리인은 엄마뿐이야. 그 말은 나이절과 계속 동업할 수 있다는 뜻이지." 가이가 꽤 자신만만하게 대답했다. 그러나 곧 맑은 하늘에 먹구름이 끼듯 표정이 어두워졌다. "망할 노인네, 거트루드 고모만 아니면 걱정할 일이 없을 텐데. 도대체 무슨 생각으로 쓸데없는 참견을 하는지 모르겠어."

"샘이 나서 그럴 거야. 고모는 분명 당신보다 엄마가 받을 몫이 더 클 거라고 생각할 테니까. 이야기는 소름 끼치지만 어차피 헛소동으로 끝날 거야. 부검 말이야." 스텔라가 심드렁하게 대답했다.

"헛소동?" 되묻는 가이의 말투가 상당히 신랄했다. "아까 해리엇 고모가 난생 처음 옳은 말을 했어! 조만간 경찰이 불쑥 찾아와서 대답하기 곤란한 질문들을 해댈 거야. 너는 아무렇지 않을지 몰라도 나는 아니야! 삼촌이 날 남미로 보내려고 계획하는 바람에 분위기가 험악해졌고 심하게 다투기도 했잖아. 그 사실을 모르는 사람이 없어. 경찰이 브라질 건을 알게 되면 내 입장이 곤란해질 게 뻔해."

스텔라는 오빠의 말을 듣고도 덤덤하게 양탄자 위로 담뱃재를 톡톡 털었다. "부검을 해도 독이 나오지 않으면 경찰이 우리를 조사할 이유가 없잖아."

"그렇겠지. 하지만 정말 독이 나온다면?"

"그럴 리 없어. 세상에! 설마 삼촌이 살해됐다고 생각해?"

스텔라가 흠칫 놀라며 고개를 들었다.

"아니. 다만 그렇게 될 가능성도 염두에 둬야 한다는 말이야. 너는 허무맹랑한 소리라고 하겠지만 빌어먹을 필딩이 가타부타 확답을 주지 않잖아."

"어떻게 데릭에게 '빌어먹을'이라고 할 수가 있어? 곧 동생이 결혼할 사람인데." 스텔라가 쌀쌀맞게 말했다.

"음, 너도 경찰에게 네 입장을 해명하는 유쾌한 시간을 보내게 될 거야. 그에 대해 삼촌이 뭐라고 했는지도 다 밝히도록 해. 알코올의존자 요양원 이야기도 빠뜨리지 말고."

"닥쳐! 아버지가 알코올의존자인 게 데릭의 잘못이야?" 스텔라는 감정이 격해져 언성을 높였다.

"잘못은 아니지. 그래도 그 사람에게 불리한 사실인 건 맞잖아. 게다가 삼촌이 생전에 툭하면 그 사람을 가지고 놀았잖아. 너를 포기하지 않으면 비밀을 다 불어버리겠다고 필딩에게 으름장을 놓은 이야기가 새어 나가면 그저 불리한 정도로 끝나지 않을걸."

담배를 입으로 가져가는 스텔라의 손이 파르르 떨렸다. 하지만 스텔라는 감정을 터뜨리지 않고 이렇게만 말했다. "오빠가 지금 한 말, 다분히 악의적인데다가 천박하기까지 해."

"천박한지는 몰라도 결코 악의로 이러는 게 아니야. 네가 지금 어떤 입장인지 알려주려는 것뿐이지. 나는 필딩의 아버지가 구제불능 주정뱅이라고 비난하지 않아. 하지만 그린리히스의 주민들이 그 소문을 듣고 대수롭지 않게 넘길 거라 생각한다면 그건 터무니없는 착각이지. 혹시라도 삼촌이 그의 비밀을 여기저기 흘렸다면 지금쯤 필딩이 바쁘게 환자를 볼 수 있었겠어! 그 사람이 아무리 믿을 만한 의사라도 해도 그건 아닐걸. 절대 아니지."

"남의 험담이나 하는 비열한 자식! 데릭이 삼촌을 독살했다는 말을 하고 싶나 본데, 내 말 똑똑히 들어둬. 그 말을 믿느니 차라리 오빠 짓이라고 생각할 거야!" 스텔라가 얼굴을 붉히며 불같이 화를 냈다.

"오, 그래? 그렇게 나오신다 이거지?" 가이도 버럭 화를 냈다. "정말 고맙구나! 그런데 나는 삼촌을 죽이지 않았어. 그러니 내가 범인이라고 흘리고 다니지 말기 바란다. 네가 그와 비슷한 말이라도 나불거리면 나도 네 소중한 데릭에 대해서 입을 다물고 있지 않을 거니까. 알았어?"

"오빠는 내가……." 스텔라는 말을 잇지 못하고 마주 선 가이를 향해 어색하게 웃기 시작했다. "이런 쓸데없는 말싸움을 시작한 이유가 도대체 뭐야? 지금 오빠 말은 삼촌이 독살된 걸 우리가 다 안다는 투잖아. 그게 아무 근거 없는 억측이라는 걸 오빠도 잘 알면서."

어느새 화가 가라앉은 가이가 맞장구를 쳤다. "그래, 내 말이 그 말이야. 헛소리지. 미안해. 네 마음을 상하게 하려던 게 아니야. 혹시라도 곤란한 일이 생기면 우리가 똘똘 뭉쳐야 한다는 뜻이었어."

스텔라는 잠시 후 다시 입을 열었다. "이제 어떻게 될까? 거트루드 고모가 경찰에 신고했을까?"

"아니. 필딩이 검시관에게 연락할 거야. 그러면 그쪽에서 사람들이 나와서 삼촌의 시신을 넘겨받겠지. 하루나 이틀 정도는 별다른 소식이 없을 거랬어. 필딩에게 물어보니 장기를 내무부인지 어딘지로 보낼지 말지가 관건이래. 어쨌든 삼촌의 변호사에게 연락했으니 곧 유언장을 가지고 곧 여기로 올 거야. 솔직히, 당장 확실해진 것도 없는데 평소처럼 런던에 가면 안 되는 이유를 모르겠어."

마침 방으로 들어오던 조이가 아들의 마지막 말을 듣고는 고인을 존중해야 한다며 애정 어린 질책을 한참 했다. 가이가 꾸지람을 귓등으로도 듣지 않자 이번에는 엄마의 심정을 헤아려 달라며 간청하다시피 했다. 스텔라는 엄마가 또 남편을 먼저 보내고 혼자되어 외롭다는 신세타령을 할 것 같은 예감에 잽싸게 방에서 빠져나와 위층으로 올라갔다. 그녀는 곧장 방으로 가려다가, 우연히 열려 있던 삼촌의 욕실 창문으로 자신의 걱정거리를 잊을 만큼 놀라운 장면을 목격하고 말았다. 해리엇이 그레고리의 새 약병을 모두 세면대에 던져 산산조각 내고 있었던 것이다.

"꼭 그러셔야 해요? 다른 사람의 약을 그렇게 버리면 안 되잖아요?"

스텔라가 퉁명스럽게 말하자 해리엇이 차갑게 대답했다.

"네 말이 맞아. 하지만 약사가 약병은 어떻게 처리하든 신경 안 쓰잖니."

스텔라는 고모가 자기 손가방에 쑤셔 넣은 물건들을 보자 살짝 역겹기까지 했다. 친척 중에 해리엇 고모 같은 사람이 있는 상황에서 어떻게 가족의 죽음을 경건하게 애도할 수 있을까 싶었다. 그도 그럴 것이, 해리엇은 죽은 오빠의 욕실에서 아무렇지도 않게 수세미 몇 개와 수건(전부 걸레로 쓰면 좋겠네), 비누 한 덩어리, 칫솔 두 개(은 세공 접시를 닦을 때 쓸모가 있겠어), 반쯤 쓴 치약 한 개(쓰던 치약을 다 쓰면 이걸 써야겠어), 구강 청결제 한 병, 목욕용 스펀지까지 다 챙겼기 때문이다.

"이 목욕용 스펀지는 가이가 좋아하겠구나. 좋은 물건이야. 면도용 비누 끄트머리도 남아 있단다."

"부탁이니 오빠에게 그런 말씀은 마세요. 비위가 꽤 약하거든요."

그러자 해리엇이 선언하듯 말했다. "내가 이 세상에서 제일 싫어하는 게 뭔지 아니? 바로 낭비야!"

그날 오전 내내 그녀가 벌인 일들을 보면 놀랍기 그지없었다. 일단 점심으로 차가운 양고기와 라이스푸딩을 내라고 지시를 냈다. 요리사가 식욕을 돋울 음식이 어떻겠냐고 하자, 그녀는 상황이 상황이니만큼 점심으로 무슨 음식이 나오든 식구들은 개의치 않을 거라며 그 제안을 물리쳤다. 그것도 모자라 이번에는 그레고리 매슈스의 방을 정리하겠다고 했다. 앰뷸런스가 도착해 시신을 내가자마자 그녀는 부리나케 로즈와 메리를 위층으로 불러 청소를 시켰다. 로즈는 주인어른의 방에는 도저히 못 들어가겠다며 울음을 터뜨렸고, 해리엇은 그제야 찾아온 찜찜한 기분을 지워버린 뒤 바보 같은 소리 말고 버려야 할 그레고리의 속옷을 몽땅 챙겨서 세탁 바구니에 넣어놓으라고 재촉했다. 로즈는 도저히 안 되겠다며 흐느끼며 자리를 떴다.

그때 2층으로 올라온 조이가 오늘처럼 비통한 날은 가족이 다 함께 조용히 묵상을 하며 보내자고 했다. 하지만 해리엇은 꼭 해야 할 일을 두고 어떻게 미루느냐고 쏘아붙일 뿐이었다. 머쓱해진 조이는 두 아이들을 찾아 그 자리를 떠났다. 그러나 가이는 도킹의 어느 주택에 설치할 벽난로 선반을 디자인하느라 바쁘다며 어머니의 권유를 딱 잘라 거절했고, 스텔라는 어디 있는지 코빼기도 보이지 않았다. 결국 그녀는 애도

하며 그날을 보내려던 계획을 집어치우고 상복을 사러 런던에 가겠다며 운전수에게 차를 준비하라고 지시했다.

그레고리의 양복들을 (팔아먹을 속셈으로) 꼼꼼하게 살피는데 정신이 팔려 있던 해리엇은 매슈스 부인이 자제할 줄도 모르고 외출을 준비한다는 소리를 들었다. 옷에 돈을 흥청망청 쓰고 싶다는 이유만으로 런던에 가려는 올케가 무신경하기 짝이 없었다.

"언제는 고귀한 마음가짐을 갖춰야 하니 어쩌니 하더니. 묵상을 하자며? 무슨 권리로 내게 한마디 말도 없이 차를 쓰려는지 모르겠네!"

무엇보다 차 문제가 해리엇의 신경에 거슬렸다. 그녀는 내내 입속으로 툴툴거리며 집 안을 돌아다녔다. 점심을 먹을 즈음 그녀의 불안감은 한껏 고조되어, 급기야 조카들을 앞에 두고 그레고리의 유언장이 공개되어 모든 문제가 말끔하게 매듭지어질 때까지 마음의 평화가 찾아오지 않을 거라는 선언까지 하고 말았다.

스텔라는 점심으로 양고기에 이어 나온 라이스푸딩을 힐끗 보더니 식탁에서 일어섰다. 그녀는 힘없는 목소리로 통 입맛이 없다며 집을 나서 옆집으로 발걸음을 옮겼다.

스텔라가 도착할 즈음, 필딩은 꼬리를 물고 이어지던 왕진 일정을 마치고 돌아와 막 점심을 먹으려던 참이었다. 그의 방으로 안내받은 스텔라가 나타나자, 필딩은 훑어보고 있던 수첩을 옆으로 던져놓고 벌떡 일어섰다.

"스텔라, 어서 와요."

"점심을 얻어먹으러 왔어요. 집에는 양고기와 라이스푸딩밖에 없거든요. 도저히 못 먹겠어요."

필딩이 미소를 지으며 대답했다. "불쌍한 스텔라! 제너, 스텔라 양의 식사를 얼른 차리게. 이리로 앉아요. 내게 다 털어놓아요. 오전 내내 힘들었죠?"

"말도 마요. 차라리 삼촌이 살아 계시는 편이 더 낫겠다는 생각이 들 정도였어요." 스텔라가 셰리주가 담긴 잔을 받으며 말했다.

필딩이 경고하는 표정을 짓더니 위로를 건넸다. "힘들겠다 싶었어요. 됐네, 제너. 우리가 알아서 먹겠네." 그는 집사가 밖으로 물러날 때까지 잠시 기다렸다가 말을 이었다. "스텔라, 사람들이 있을 때는 말을 조심해야 해요. 남들에게 당신이 삼촌의 죽음을 바랐다는 인상을 주고 싶지 않다면요."

"삼촌이 돌아가시기를 바란 적은 없어요. 그런 일은 상상도 안 해봤는걸요. 삼촌이 언제 돌아가셔도 이상하지 않을 만큼 병약하신 분도 아니었잖아요, 안 그래요?"

"음, 나는 의사예요." 필딩이 미소를 지으며 대답했다.

"설마 이렇게 되리라고 예상했다는 거예요? 그런 말은 없었잖아요."

"아뇨, '예상'했다는 말은 아니에요. 설령 그랬다 해도 당신에게는 말하지 않았을 테지만."

스텔라가 나이프와 포크를 내려놓으며 물었다. "데릭, 한 가지만 말해줘요. 삼촌이 독살당했다고 생각해요?"

"아뇨. 실신이 사망으로 이어졌다고 판단할 만한 징후가 보였으니까요. 하지만 육안으로 수행한 검사만으로 독살의 가능성을 완전히 부정할 수는 없어요."

스텔라는 그의 대답에 불안한 표정을 지었다.

"부검 같은 건 안 하면 좋겠어요. 말은 그렇게 해도 당신은 부검에서 뭔가 나올지도 모른다고 짐작하는 것 같아요."

"그렇지 않아요. 당신 가족을 위해서라도 그런 일이 없기를 바라요. 하지만 조금이라도 의혹이 있다면 말끔하게 규명해야겠죠."

필딩이 차분한 어조로 그녀를 안심시켰지만 스텔라는 좀처럼 진정할 수가 없었다.

"부검이다 뭐다 너무 가혹해요. 솔직히 당신이 거트루드 고모에게 동의하지 않기를 바랐어요. 그때 고모를 말릴 수는 없었나요?"

그 말에 필딩이 살짝 놀란 듯 눈썹을 치켜올렸다. "스텔라! 그랬으면 의사로서 내 평판이 어떻게 되겠어요?"

"모르겠어요. 하지만 당신이 언제든지 사망진단서에 서명할 수 있다고 했잖아요. 그랬던 사람이 간단히 부검에 동의한다니 잘 이해가 안 돼요. 혹시라도 정말 독이 나오기라도 하면요? 나 때문에 삼촌과 당신이 말다툼했다는 사실을 모르는 사람이 없어요. 경찰이 그 사실을 알게 되면 십중팔구 당신이 삼촌을 독살했다고 의심할 거예요."

"경찰은 원래 의심하는 게 일이잖아요. 하지만 내가 매슈스 씨를 독살했다는 증거를 찾아내려면 상당히 영리해야 할걸요. 내 걱정은 하지 말아요, 스텔라. 내가 부검 결과를 두려워할 이유는 전혀 없으니까요." 필딩이 아무렇지도 않다는 듯 말했다.

"물론 당신이 삼촌을 독살했다는 말은 아니에요. 하지만 어느 쪽으로 생각을 해도 상황이 끔찍한 방향으로만 흐를 것 같다는 생각을 지울 수가 없어요. 삼촌과 요란하게 싸우지 않고 당신과 결혼할 수 있게 된 점은 다행이지만요. 엄마는 우리 결혼에 별로 신경 쓰지 않을 거예요. 나보다 오빠를 더 많이 챙기시거든요."

필딩이 팔을 뻗어 마주 앉은 스텔라의 손을 잡았다. "그거 천만다행이네요."

그녀가 고개를 끄덕였다. "그래요, 나는 싸움이 정말 싫어요. 삼촌이 뭐라고 하시든 당신과 결혼했을 테지만, 돌아가셨으니 이제 더 수월해지겠어요."

필딩이 자리에서 일어나더니 식탁을 돌아 그녀의 뒤로 갔다. "제너에게 다음 음식을 가져오라고 해야겠어요." 그리고 양손을 그녀의 어깨에 내려놓았다. "그전에 키스부터 하고요."

그 말에 스텔라가 고개를 들었다. 필딩이 얼굴을 숙여 키스하자 그녀는 손을 들어 그의 홀쭉한 볼을 어루만졌다. 마침내 그가 입술을 떼자 스텔라가 물었다. "지금까지 이렇게 키스를 한 여자가 몇 명이나 되죠?"

"셀 수 없이 많아요." 그가 웃음을 터뜨리며 말했다.

스텔라도 미소를 지었지만 이내 진지한 표정을 지었다.

"그렇겠죠. 나를 좋아하기 전에 베티 메이슨에게 빠져 있었잖아요?"

"말도 안 돼요!"

"질투에 눈이 멀어 투정을 부리는 게 아니에요." 스텔라가 그를 안심시키듯 말했다. "솔직히 말해도 상관없어요. 당신은 이목구비만 제대로 달려 있으면 어떤 여자와도 사랑에 빠질 수 있는 부류 같거든요. 덕분에 결혼을 하면 마음고생을 꽤 할 거예요."

"그 말은 마음고생할 사람이 나일 거라는 소리로 들려요."

필딩이 장난기 섞인 말투로 대꾸했다.

"나와 약혼을 했으니 다른 여자에게 한눈팔지 말아달라는 뜻이에요." 그녀가 솔직히 말했다.

"항상 조심할게요." 그는 이렇게 다짐한 후 벨을 눌렀다.

집사가 들어오자 두 사람의 대화는 거기서 끝이 났다. 그는 진료실에서 환자 두 명이 대기중이라고 전했다.

"누구지?" 필딩이 물었다.

"존스 씨의 아들과 토머스 부인입니다. 부인은 딸의 다리 때문에 왔다고 합니다."

"진료는 2시부터라고 전해주게. 시계를 가져다놓든지 해봐."

"알겠습니다."

"나 때문이라면 얼른 가봐요. 어차피 돌아가려던 참이니까." 스텔라가 말했다.

"별로 중요한 환자들이 아니에요." 필딩이 가벼운 어조로 말했다.

스텔라의 솔직한 눈빛에 엄한 기색이 스쳤다.

"설마 중요한 환자들에게만 신경 쓰는 거예요, 데릭?"

"그럴 리가요. 그 두 사람은 촌각을 다투는 위급한 경우에 해당하지 않는다는 뜻이었어요. 크림 더 넣을래요?"

"아뇨, 괜찮아요. 혹시 토머스 부인이라면 노스 엔드 코티지에 사는 그 토머스 부인인가요? 그렇다면 얼른 가봐요. 해리엇 고모를 통해 들었는데 그 집 딸 미니가 다리에 난 상처를 소독하는 걸 너무 겁낸다고 했대요. 놀랄 일도 아니죠. 나는 아이들이 무서워하는 게 너무 싫어요, 안 그래요? 난 어릴 때 치과에 가는 게 너무 무서웠거든요. 선생님은 언제나 잠시 기다리라고 하셨는데, 치료보다 기다리는 시간이 훨씬 무서웠어요."

필딩이 의자를 뒤로 밀며 자리에서 일어나더니 아쉽다는 듯 말했다. "내게 잠시 숨 돌릴 시간도 주지 않으려고 작정을 했군요. 결혼하면 식사 정도는 평화롭게 끝내게 해줄 거죠?"

"그럼요." 스텔라는 그가 키스할 수 있도록 손을 내밀었다.

그녀는 혼자 음식을 마저 먹은 후 집으로 돌아갔다. 진입로로 들어가는데 건물 전면의 커튼이 모두 내려져 있었다. 얼른 집으로 들어가 까닭을 알아보니 커튼을 친 건 거트루드 럽턴의 뜻이었다. 스텔라가 점심을 먹으러 다녀온 사이에 그녀가 둘째 딸 재닛을 데리고 다시 찾아왔던 것이다.

그 탓에 도서실과 식당이 어둑해지자 사람들은 하는 수 없이 응접실에 자리를 잡았다. 응접실은 넓기는 해도 저택 안쪽에 있어서 우중충했으며 방을 꾸민 가구들이 루이 15세 양식이라 보기에는 우아해도 실용성과는 거리가 먼 공간이었다. 거트루드는 그레고리의 옷가지를 어떻게 처분하면 좋을지 해리엇과 의논하고 있었다. 그녀의 딸 재닛은 스물다섯 살로 안색이 창백하고 늘 진지한 표정을 짓는 아가씨였다. 그녀는 도킹의 저택에 설치될 벽난로 선반의 디자인을 보며 지적으로 보일 만한 말을 하려고 머리를 굴리는 중이었다.

문가에서 응접실 안의 분위기를 알아차린 스텔라는 차라리 도망을 가버릴까 잠시 고민했지만 가이의 간절한 눈빛을 본 순간 동정심이 느껴졌다. 오빠가 차가운 양고기와 라이스 푸딩을 먹는 동안 자신은 제대로 된 점심을 먹지 않았는가. 스텔라는 결국 응접실로 들어가며 재닛에게 인사를 했다.

"재닛 언니, 왔어?"

거트루드가 하던 말을 멈추고 고개를 들어 스텔라를 보았다. 그녀는 평범한 여자이자 엄마일 뿐, 남들보다 특별히 더 심보가 고약한 사람이 아니었다. 그러니 스텔라가 자신의 두 딸보다 훨씬 더 예쁘다고 해서 특별히 더 미워하지 않았다. 다만 스텔라가 화장으로 피부색을 망치고 제 엄마의 돈으로 (정확히는 삼촌의 돈이라고 해야겠지만) 어울리지도 않고 우스꽝스럽기만 한 옷을 사들인다는 사실이 안타까울 뿐이었다.

"왔니, 스텔라? 어딜 갔다 온 거니?"

"나갔다 왔어요." 스텔라가 짧게 대답했다.

거트루드는 자신의 딸들이라면 엄마에게 저렇게 버릇없이 대답하는 건 꿈도 꾸지 않을 거라 생각하니 내심 만족스러웠다.

"오늘 같은 날 정도는 집에 얌전히 있을 줄 알았더니. 그건 그렇고 그 원피스보다 더 얌전한 옷은 없니?"

"네, 없어요."

"검은색으로 입어야지."

"그러죠 뭐. 엄마가 혹시 잊지 않으시면 제 옷도 한 벌 사 오실 거예요." 스텔라의 대답은 한결같이 무성의했다.

거트루드가 의자에 등을 꼿꼿이 세우고 앉더니 이렇게 말했다. "네 엄마의 런던 나들이에 대해서는 입을 다무는 편이 좋겠구나."

그 말에 가이가 고개를 들었다. 그리고 분노로 가득한 눈빛을 이글거리며 이를 꽉 물고 말했다. "그러게요!"

서로 못 잡아먹어 안달인 이 험악한 분위기를 질색하는 재닛이 서둘러 진화에 나섰다. "조이 외숙모는 취향이 정말 근사하세요! 저는 옷을 사러 가도 뭘 사야 할지 잘 모르겠어요. 옷에 큰 관심이 없기는 하지만요. 보석도 마찬가지고. 정말 우습지 않아요? 왜냐하면 애그니스……."

"언니, 재미가 없어서 눈물이 날 정도야." 스텔라는 비꼬는 기색을 누그러뜨리려 따스한 미소를 지으며 말했다. "그 모자를 쓰고 있으니까 외국에서 온 이교도 같아."

"스텔라, 너무해! 진심이야?"

"그래." 이번에는 가이가 심술궂게 대답했다.

“너희 둘 다 장난으로 그러는 거 다 알아. 어차피 상관없어. 이 세상에는 외모보다 훨씬 더 중요한 것들이 잔뜩 있으니까, 안 그러니?”

“내 생각은 언니도 잘 알잖아?”

스텔라의 대답에도 재닛은 굴하지 않았다. “네가 말로만 그러는 거 다 알아. 방금 가이가 벽난로 장식 디자인을 보여줬어. 근사하더라. 녹색 대리석은 생각도 못 했어. 내가 예술에 조예가 없긴 하지. 내 스케치를 보면 아마 비명을 지를걸! 정말 우습지 않니? 왜냐하면 애그니스 언니는 그림 솜씨가 좋잖아. 게다가 취향도 뛰어나지. 그건 그렇고 삼촌이 돌아가셨다는 연락을 받자마자 어머니께서 언니에게도 전화했어. 애그니스 언니가 모두에게 안부 전해달라면서, 삼촌이 돌아가셔서 마음이 아프대. 언니도 오려고 했는데 하필 아기가 요즘 이가 나는 중이라지 뭐야. 그래서 두고 올 수가 없대.”

“아기에게 세례식 선물로 비싼 걸 보내야겠네.” 가이가 진심으로 고마워했다.

재닛이 키득거리며 웃었다. “정말 못됐어! 세례식은 몇 달 전에 했잖아! 아이는 벌써 6개월이야. 어쩌면 시간이 이렇게 쏜살같이 흐르는지. 그렇지 않니?”

스텔라도 가이도 사촌의 말에 대꾸할 말이 좀처럼 떠오르지 않아 입을 다물자 실내에 일순 정적이 찾아왔다. 그러자 재닛이 나지막한 목소리로 말했다. "정말 우습지 않니? 아무리 끔찍한 일이 일어나도 사람들은 결국 일상적인 이야기를 하게 되잖아. 제대로 실감하기까지 시간이 걸려서 그런가 봐."

"그게 아니야. 다들 삼촌에게 정이 없기 때문이야." 스텔라가 생각에 잠긴 표정으로 대답했다.

"어머나, 스텔라! 어떻게 그런 말을 하니?" 재닛이 경악한 표정으로 소리쳤다.

"하지만 사실인걸." 스텔라는 이렇게 대답하며 턱을 양손에 괴고는 이마를 살짝 찌푸렸다. "삼촌이 살아 계셨을 때는 집 안 곳곳에서 삼촌의 존재감이 느껴졌어. 가족에게 독재자처럼 구셨으니까. 성격이 강하시기도 했고. 하지만 아무도 삼촌을 중요하게 생각하지는 않았지. 삼촌을 좋아하지 않았으니까."

"난 항상 삼촌을 좋아했어." 재닛이 고지식하게 반박했다.

세 사람의 대화는 다시 뚝 끊어졌다. 바로 그때 응접실의 저쪽 끝에서 해리엇의 목소리가 들렸다.

"이 훌륭한 상아 브러시와 다른 물건들도 마찬가지야! 뒤에 그레고리의 머리글자가 새겨져 있어서 랜들은 쓰지 못할 테니 가이가 가져야지. 그리고 유품 중 몇 가지는 럼볼드 씨에게 드려야 해."

"그 사람에게 무슨 권리가 있다고." 거트루드가 말했다.

"권리하고 하면 너무 거창하고, 그분은 그레고리와 가까운 사이였잖아. 럼볼드 씨는 아내가 언니 집에 가 있는 동안 우리 집에서 지내기도 했어. 한 가족 같은 사이라는 말이야. 그레고리와 체스를 두기도 하고 같이 어울렸으니 여기를 자신의 집 다음으로 편하게 여겼을 거야. 어쨌든 그런 여자와 결혼을 한 건 늘 안됐지 뭐야."

"해리엇, 넌 늘 감정에 휩쓸리는 바보야. 예나 지금이나."

"그럴지도 모르지." 해리엇이 얼굴을 붉히며 언성을 높였다. "어쨌든 지금은 럼볼드 씨가 휴가지 대신 여기에 계시면 좋겠어. 그런 여자와 결혼을 했어도 그분은 '남자'니까. 게다가 지금 같은 때 요긴한 조언을 해줄 수도 있고."

"나는 남자들을 그리 높이 평가하지 않아. 그리고 지금은 네가 조언을 받을 일도 없을 것 같은데. 유언장이 공개되기 전에는 아무것도 할 수가 없어. 유언장의 내용이 그리 유쾌하지 않을 건 분명해. 무슨 내용이 됐건 지난 오 년간 우리 눈앞에서 벌어지는 꼴을 다 봤는데 더 놀랄 일이 뭐가 있겠어."

스텔라는 고모의 마지막 말만큼은 그냥 넘어갈 수 없었다.

"맞아요. 그렇지 않아도 오늘 엄마가 그러셨어요. 그레고리 삼촌이 친남매들보다 당신을 더 좋아하셨을 거라고요."

거트루드가 냉기가 뚝뚝 떨어지는 눈으로 조카를 노려보았다. "네 어머니가 무슨 소리를 했을지 짐작이 가고도 남는구나. 그레고리가 자신이 아닌 다른 사람에게 진심으로 애정을 느낀다고 생각하다니 네 어머니는 내 생각보다 훨씬 더 멍청하네." 그녀는 해리엇에게로 고개를 돌리며 물었다. "랜들에게 연락했어?"

"나한테 물어봐야 나는 몰라. 그게 아니더라도 오전에 생각해둬야 할 일이 잔뜩 있었으니까." 해리엇이 대답했다.

"안 그래도 힘든데 랜들 때문에 열 배는 더 견디기 힘들어지는 상황만큼은 모두 싫잖아요? 지금 이 상황에서 그보다 더 절실한 게 또 있어요?" 가이가 불쑥 끼어들었다.

"내가 랜들을 어떻게 생각하는지 너도 잘 알 게다. 물론 랜들도 잘 알 테고. 하지만 개인적인 감정은 당분간 접어두자꾸나. 우리가 아는 한 상속인은 랜들이야. 이제부터 그 애가 매슈스가의 가장이다. 그러니 당연히 불러야지." 거트루드가 말했다.

그때 재닛이 진심을 털어놓았다. "솔직히 저는 랜들이 싫어요. 그러면 안 된다는 건 알지만 어쩔 수가 없어요. 그 애는 어딘지 믿음직스럽지 못한 구석이 있잖아요. 이유는 정확히 모르겠지만 어쩐지 그래요."

"능글맞은 뱀 같은 인간이라 그래. 겉으로는 사근사근하지만 날카로운 송곳니를 꽁꽁 숨기고 있지." 스텔라가 별 뜻 없이 말했다.

바로 그 순간, 응접실 문이 활짝 열리더니 집사가 들어와 알렸다.

"랜들 매슈스 씨가 도착하셨습니다!"

3

"젠장!" 가이는 목소리를 낮추려고도 하지 않았다.

그 순간 늘씬하고 잘생긴 청년이 응접실로 들어왔다. 그는 방 안에 들어서자마자 발을 멈추고 조롱기가 다분한 미소를 지으며 한데 모인 가족들을 둘러보았다.

그는 옷차림에 공을 잔뜩 들여 한껏 멋을 낸 모습이었다. 입고 있는 셔츠와 실크 양말, 고가의 넥타이가 조화롭게 잘 어울렸다. 몸매는 우아했고 양손은 잘 관리되어 있었으며 칠흑같이 검은 머리카락은 구불구불한 결을 살려 한 올도 흐트러지지 않게 정리되어 있었다. 치아는 가지런하고 눈이 부실 정도로 하얘서 치약 광고 모델로 나선대도 손색이 없을 정도였다. 다만 입술이 너무 얇은 게 흠이었는데, 세상을 조롱하듯 입꼬리까지 말려 올라가 있어서 보기에 썩 좋지 않았다. 하지만 곧은 눈썹과 기다란 속눈썹 아래 자리 잡은 두 눈은 총기로 반짝였다. 투명하고 깊은 푸른색 눈동자가 근사했는데, 눈빛은 유난히 서늘했다.

평소 살짝 처진 듯한 눈꺼풀에 반쯤 가려져 있던 두 눈동자가 불쑥 나타나 명민한 눈길을 보낼 때면 상대방은 안절부절못하곤 했다. 웃음기를 띤 채 초롱초롱 빛나는 그의 두 눈동자가 친척들을 차례차례 바라보았다.

"이렇게 운이 좋을 수가! 사랑하는 거트루드 고모에 매력적인 사촌 재닛까지!" 랜들의 목소리는 꿀을 발라놓은 것처럼 달콤했다. 그는 고양이처럼 우아한 자태로 나긋나긋 앞으로 걸어와 고모의 볼에 입을 맞추었다. "오, 고모님! 모자가 정말 잘 어울리시네요."

"그렇게 생각하니?" 거트루드가 무심하게 대꾸했다.

"오래전부터 그렇게 생각했죠." 구렁이 담 넘어가듯 대답한 그는 이번엔 해리엇에게 인사를 건넸다. "모두들 내가 와서 얼마나 반가운지 굳이 말할 필요 없어요. 얼굴만 봐도 다 알겠네요. 속마음이 훤히 드러나니까."

랜들은 못마땅한 눈빛으로 스텔라를 보더니 급기야 그녀에게 다가가 말을 걸었다.

"음, 지금 그 원피스 꽤 괜찮아. 그런데 회색 스카프 말이야, 색감이 어울리지도 않고 매는 방법도 순 엉터리구나. 내가 어떻게 하는지 보여줄게, 사랑하는 스텔라."

스텔라가 그의 손을 밀어내며 쏘아붙였다.

"고맙지만 필요 없어."

랜들은 여전히 얼굴에서 미소를 거두지 않고 속삭였다.

"나를 끔찍하게 싫어하는구나, 그렇지? 가이, 너는? 잘 지냈니, 동생?"

랜들에게 동생이라 불리는 걸 싫어하는 가이는 말없이 사촌을 노려보는 것으로 대답을 대신했다.

"삼촌이 돌아가셨다는 소식을 들었구나?" 거트루드가 쌀쌀맞게 물었다. 자신을 향한 칭찬 아닌 칭찬에 분이 풀리지 않았던 것이다.

"오! 그럼요! 팔에 두른 이 상장 보이시죠? 저는 이런 격식을 지키는 게 좋더라고요. 그건 그렇고……." 랜들이 주위를 둘러보며 뜸을 들이더니 이렇게 물었다. "여러분 중에 누가 삼촌을 저 지경으로 만들었나요? 아니면, 아직 누구 짓인지 밝혀지지 않았나요?"

대수롭지 않은 척 던진 질문에 모두 그대로 얼어붙었다. 랜들도 이런 반응을 노렸을 터였다. 그러자 거트루드가 그를 나무랐다. "재미없는 농담이구나. 게다가 지금은 고약한 농담을 하기에 적당한 때도 아니야."

랜들이 그녀를 향해 눈을 활짝 뜨며 말했다. "고모님, 지금 제가 농담하는 것 같으세요?"

"독살이라니 말도 안 되는 생각이지만, 만에 하나 삼촌이 정말 살해당하셨다면 오빠만큼 동기가 확실한 사람이 여기에 또 누가 있어?" 스텔라가 쏘아붙였다.

랜들이 얇은 금제 케이스에서 담배를 한 개비 꺼내 느긋한 태도로 불을 붙였다.

"깜찍한 녀석, 맞는 말이야. 하지만 삼촌이 돌아가실 때 내가 몇 킬로미터나 떨어진 곳에 있었다는 사실을 잊지 마라. 하던 이야기로 다시 돌아가서, 삼촌이 독살당하셨다는 유언비어를 제일 먼저 퍼뜨린 사람이 누구죠?"

"부검 이야기는 내가 꺼냈다." 거트루드가 대답했다.

"저도 고모님이실 거라고 짐작했어요." 랜들이 대답했다

"네 삼촌이 자연사라니 석연치가 않더구나. 특별히 누구를 의심하는 게 아니야. 누군가의 소행이라고 넌지시 비칠 뜻도 없어. 하지만 내 의심이 사실이 아니라면 정말 놀라울 거다."

"고모님이 솔직한 태도를 얼마나 좋아하시는지 제가 잘 알죠. 그러니 이렇게 말씀드려도 마음 상하지 마세요. 이번에는 고모님이 과하셨어요."

"그러니?"

"게다가 무분별하셨죠." 랜들이 생각에 잠겨 대답했다.

"내 생각엔……."

"상당히 어리석기도 하셨고요. 하지만 그렇게 나오실 거라 예상했어요."

"혹시 네가 궁금할……."

"고모님, 지금까지의 경험으로 미루어 보아 고모님이 하시려는 말씀이 무엇이든 전혀 제 흥미를 끌지 못하리라고 자신 있게 말씀드릴 수 있어요."

거트루드가 조카를 한 방 먹일 말을 생각해내려고 머리를 굴리는 사이, 스텔라가 호기심이 어린 표정으로 대화에 끼어들었다.

"그렇다면 오빠는 삼촌이 독살당하셨다고 생각하지 않는구나?"

"알 게 뭐야. 거트루드 고모님이 하시려던 말씀만큼이나, 삼촌의 죽음이 독살인지 아닌지에도 관심 없어."

"무슨 말인지 알겠어. 하지만 삼촌이 독살당하신 거라면 당연히 범인을 잡고 싶지 않겠니?" 재닛이 말했다.

"정말 그렇게 생각해, 재닛?" 랜들이 상냥하게 물었다.

"그럼 너는 그런 짓을 저지른 범인이 죗값을 치르지 않아도 괜찮다는 거야?" 재닛이 되물었다.

"의심 가는 점이 있다면 의혹을 해소하고 싶은 게 사람 마음이지!"

잠자코 있던 가이가 반발하자, 거트루드가 무미건조하게 대꾸했다.

"네 입장이 오늘 오전과 사뭇 다르구나."

"신경 쓰지 마세요, 고모님." 랜들이 말했다. "가이는 고모님에게 잘 보이고 싶어서 그러는 거예요."

그러자 가이가 버럭 화를 냈다.

"야! 내가 이 사건의 진상을 쉬쉬할 이유가 있다고 말하고 싶은 거야?"

"그만해! 오빠를 약 올리려고 저러는 거야." 스텔라가 오빠를 말렸다. 그녀는 비꼬는 기색이 역력한 랜들의 시선을 맞받아치며 퉁명스럽게 쏘아붙였다. "그러는 오빠는 왜 부검에 반대하는데?"

"반대라니, 무슨 소리야? 나는 그저 네 관점에서 이 상황을 봤을 뿐이야." 랜들이 대답했다.

"내 관점이라고?"

"그래. 너와 가이와 해리엇 고모님의 관점이지. 영리한 조이 숙모님의 관점이기도 하고. 여러분은 아주 적절한 시기에 삼촌이 돌아가셔서 감사하고 있겠죠. 굴러들어온 복을 여러분이 뻥 차는 모습을 보고 싶지 않네요. 네 품위 있는 의사 애인을 잘 구슬려서 사망진단서에 서명을 하게 하지 그랬니, 스텔라?"

그 말에 스텔라가 얼굴을 붉혔다 "내가 굳이 설득하지 않아도 데릭은 언제든 사망진단서에 서명할 생각이었어. 거트루드 고모를 빼면 아무도 소동을 일으키고 싶어 하지 않으니까."

"당연하지. 나는 이 지경까지 오지 않으려고 최선을 다했어.” 가이가 말을 보탰다.

“그렇다면 지금부터라도 고상한 척 그만할래, 사촌? 상당히 역겨우니까.” 랜들이 말했다.

그때까지 입을 벌렸다 다물었다 하면서 대화에 끼어들 기회만 엿보던 해리엇이 느닷없이 고함치듯 말문을 열었다. “너는 어떻게 내가 그레고리 오빠가 죽기를 바랐다고 함부로 입을 놀리니? 나는 단 한 순간도 그런 생각은 하지 않았어. 오빠에게 각별한 정은 없었을지 몰라. 하지만…….” 랜들의 미소가 점점 더 환해지자 그녀는 잠시 할말을 잊었지만 이내 진정하고 부들부들 떨며 소리쳤다. “이런 망나니 같은 녀석! 네 애비랑 똑같구나!”

“사랑하는 고모님. 고모님은 삼촌에게 눈곱만큼의 애정도 없으셨잖아요. 스텔라도 가이도, 심지어 조이 숙모님도.” 랜들이 천연덕스럽게 말했다.

“그건 오빠도 마찬가지잖아!” 스텔라가 얼굴을 붉히며 소리쳤다.

“맞아.” 랜들이 부드러운 목소리로 대답했다. “솔직히, 이 세상에서 삼촌을 좋아했을 만한 사람은 단 한 명도 떠오르지 않아. 아차, 거트루드 고모님이 계셨지. 고모님, 삼촌에게 애정이 있으셨나요? 아니면 단지 핏줄이냐 아니냐의 문제인가요?”

“나는 그레고리 삼촌을 무척 좋아했어.” 재닛이 눈치 없이 끼어들었다.

"아이고, 마음씨가 곱기도 해라! 하지만 너는 나도 무척 좋아하잖아?" 랜들이 물었다.

"늘 타인의 가장 좋은 점만 보려고 하거든. 난 네가 하는 말의 반은 진심이 아니라고 생각해." 재닛이 환하게 미소를 지으며 대답했다.

랜들은 그 말에 대놓고 싫은 내색을 했다. "축하해, 재닛. 지난 몇 년 동안 걔들이 내 입을 막으려고 별짓을 다했는데 네가 지금 그 얼빠진 소리로 단번에 내 입을 틀어막았어."

"랜들, 내 딸을 모욕하려는 것 외에 또 여기 온 이유가 있니?" 거트루드가 물었다.

"이유요? 당연히 이런 상황에서 자라난 제 호기심을 만족시키려고 왔죠."

"네 삼촌이 죽은 정황 말이니?"

"그런 건 어찌되든 상관없어요. 삼촌이 돌아가셨고 부검을 할지도 모른다는 연락을 받았어요. 삼촌의 변호사로부터요. 저는 이런 시련을 여러분이 어떻게 헤쳐나갈지 직접 보고 싶었을 뿐이에요. 그리고 어째서 아무도 제게 비보를 직접 알려야 한다는 사실을 떠올리지 못했는지도 궁금했죠."

이렇게 말하며 랜들이 의아한 표정으로 주위를 둘러보자 가이가 대답했다. "네가 여기저기 들쑤시며 분탕질을 하는 꼴을 보고 싶지 않았거든."

"아직까지 내가 그런 상황을 만들지 않았어야 할 텐데." 랜들이 살살 달래듯 말했다.

"말이 나왔으니 말인데, 네가 여기 도착했을 때 마침 네게 연락해야 한다고 해리엇과 이야기하고 있던 참이었어. 어차피 네가 불편할 이유는 없지 않니? 너도 우리만큼이나 그레고리에게 별 관심 없었을 테니까. 이제 네가 가장이 되었다고 해서 거들먹거릴 생각은 꿈도 꾸지 마! 네 삼촌의 유언장이 공개된 후에도 그럴 시간은 충분할 테니까. 유언장 하니 말인데, 해리엇, 편한 시간에 여기로 와달라고 캐링턴 씨와 이야기를 해봐야겠어. 별일이 없다면 장례식 직후에 오면 되겠지만 상황이 상황이니만큼 빠를수록 좋을 것 같구나."

"그렇게 말씀하시니 다행이네요. 캐링턴 씨라면 모레 오기로 했거든요."

거트루드가 눈을 가늘게 뜨고 경멸하는 듯한 눈빛으로 조카를 노려보았다. "가족과 상의도 없이 네 멋대로 약속을 잡았다는 거니?"

"네." 랜들이 선선히 대답했다.

불꽃 튀는 긴장감에 모두 숨죽인 순간, 반가운 구세주가 나타났다. 조이 매슈스 부인이 응접실로 들어온 것이다. 그녀는 장갑을 낀 손을 조카에게 내밀며 말했다.

"밖에 네 차가 세워져 있는 걸 보고 알았지. 어머, 재닛도 왔구나. 조촐한 가족 모임이 되었네. 해리엇 형님, 혹시 갓 구운 케이크를 준비시키셨나요? 어제는 음식이 그저 그랬잖아요. 오늘은 제대로 주문하셨겠죠?" 조이는 해리엇의 어깨에 힘주어 손을 올리고 덧붙였다. "불쌍한 형님! 오늘 얼마나 상심이 크겠어요. 나도 그래요."

"자네는 런던에 쇼핑을 하러 갔다면서." 거트루드가 말했다.

조이는 언짢은 기색을 숨기지 않았다. "거트루드 형님, 오전 내내 상복을 사러 다니느라 힘들었는데 그걸 꼭 쇼핑이라고 불러야겠어요?"

"그걸 쇼핑이라고 부르지 않으면 뭐라고 부르나." 거트루드도 지지 않고 대꾸했다.

그러자 랜들이 숙모에게 의자를 권하며 말했다. "많이 피곤하시죠! 옷 고르기만큼 지치는 일도 없잖아요."

조이는 의자에 편히 앉으며 장갑을 벗기 시작했다. "고른다기보다 적당한 옷을 찾아내야 했지. 이런 때 사람들은 옷차림에 잘 신경을 안 쓰잖니."

"숙모님은 마음씨도 아름다우시다니까요. 아무리 큰 충격을 받으시더라도 숙모님의 고상한 취향에는 흠집조차 나지 않을걸요."

조이는 감동에 찬 눈빛으로 조카의 얼굴을 바라보며 엄숙하게 대답했다. "랜들, 충격을 받는다는 건 좀 어폐가 있어. 나는, 음 이 느낌을 뭐라고 하면 좋을까. 비통함에 빠졌다고 할까. 어쨌든 충격이라고 하기는 그래. 내가 돌아가신 네 삼촌을 많이 생각했잖니."

"조이, 제발 마음에도 없는 소리로 스스로를 우스갯거리로 만드는 짓은 그만하게! 자네 말마따나, 자네가 하루 종일 그 애를 생각했더라도 그 시간을 다 합치면 십 초나 될까 의심스러울 지경이네." 거트루드가 차갑게 쏘아붙였다.

해리엇도 짜증을 이기지 못하고 발끈했다. "자네가 언제 오빠 생각을 했다는 거야? 오빠와 평생 함께 산 사람은 바로 나였어. 나는 그레고리 오빠의 혈육이라고. 오빠를 가장 많이 생각한 사람이 있다면 그건 바로 나야. 그게 사실이기도 하고. 생각해봐. 그레고리가 남긴 옷을 팔아야 할 것과 아닌 것을 나눠 정리한 사람이 나야. 정원사에게나 주면 좋을 낡은 코트도 한 벌 있었지. 새 레인코트는 가이에게 주면 좋아할 텐데."

"제 생각은 좀 달라요, 형님. 오늘 나이츠브리지에 갔었어요. 그곳에서 작은 성당에 잠시 들렀죠. 어찌나 평화롭던지, 그 성당의 분위기를 도저히 말로는 설명할 수 없어요. 그곳에 있으니 제가 제대로 찾아왔다는 느낌이 들더라고요." 조이가 말했다.

“성당에서 피워 놓은 향 때문일 거야. 물론 내가 향냄새를 싫어한다는 뜻은 아니야. 우리 엄마도 예전에 응접실에 향을 곧잘 피우셨던 게 기억나는군. 그보다도 자네가 왜 성당 같은 곳에 간 거야?” 해리엇이 믿을 수 없다는 듯 말했다.

“누군들 알겠어?” 거트루드가 맞장구를 쳤다.

그러자 재닛이 너그러운 태도로 숙모 편을 들었다. “무슨 말씀을 하시려는 건지 저는 알겠어요, 조이 숙모님. 그런 곳에는 뭔가 특별한 게 있잖아요. 물론 가톨릭을 인정할 수는 없지만, 적어도 숙모님이 어떤 기분이셨는지는 알 것 같아요.”

“아닐걸. 다행스럽게도 그런 감정을 이해하기에 넌 너무 젊어. 너는 아직 인생의 어두운 면을 조금도 모르잖니. 신의 가호로 네가 언제까지고 그런 걸 알 수 없으면 좋겠구나!” 조이는 조카가 보여준 선의를 단박에 밀어냈다.

“오, 엄마!” 가이가 도저히 못 견디겠는지 작은 소리를 냈다.

“이런 터무니없이 가식적인 대화의 주제가 그레고리의 죽음이라니, 이런 헛소리는 난생 처음이군!” 거트루드가 퉁명스럽게 말했다.

그러자 랜들이 가늘고 긴 손가락을 하나 들며 말했다. “그만하세요, 고모님! 지금 조이 숙모님께선 자신이 남편을 먼저 보낸 처지라는 걸 상기하신 거잖아요.”

"까불지 마!" 스텔라가 바로 뒤에서 경고했다.

"그래, 랜들. 딱 그 생각을 하고 있었단다. 아주버님마저 세상을 뜨셨으니 이 세상에 나 혼자라는 사실이 더욱 절절하게 와닿았지."

랜들이 험악한 표정을 한 사촌들에게 손짓하며 말했다.

"아! 하지만 숙모님, 눈에 넣어도 아프지 않을 두 남매를 잊으시면 안 되죠." 그는 분노의 불꽃이 활활 타오르는 스텔라의 눈을 내려다보더니 온화한 목소리로 말했다. "사랑하는 스텔라, 오빠에게 막말하면 어떻게 되는지 잘 알겠지?"

매슈스 집안의 두 자매, 거트루드와 해리엇이 노기등등해 동시에 떠들자 그 소리를 방패 삼아 스텔라가 쏘아붙였다.

"빌어먹을 자식!"

그 말에 랜들이 웃음을 터뜨렸다.

"스텔라, 성질 좀 죽여."

"어서 꺼져. 그리고 다시는 오지 마."

"내가 없으면 네가 얼마나 심심하겠니." 랜들은 이렇게 말하고 몸을 돌려 고모들을 보았다. "이런, 이런. 나의 사랑하는 고모님들께서 지금 말다툼이라도 하시는 건가요?"

말소리가 툭 끊어졌다. 바로 그때 해리엇이 찬바람이 쌩쌩 부는 목소리로 물었다. "랜들, 차 마시고 갈 거니?"

"아뇨, 스텔라가 여기서 얼른 꺼지라네요." 랜들이 아무렇지도 않은 듯 대답했다.

“스텔라! 설마 진심은 아니지?” 그녀의 엄마가 나무라듯 물었다.

“한 집안의 가장이 되는 게 이렇게 신나는 일이었다니. 이렇게 인기가 올라갈 줄 몰랐어.” 랜들이 혼잣말이라도 하듯 말하고, 응접실에 있는 가족들에게 작별의 키스를 후 불어 날린 뒤 저택을 떠났다.

랜들이 뿌리고 간 씨앗에서 무럭무럭 자라난 긴장감은 그 후로 며칠이 지나도 뿌리가 뽑히지 않았다. 매슈스가 사람들은 내내 불안감에 시달렸다. 게다가 필딩이 스텔라에게 전해준 소식은 불안감을 더욱 부채질했다. 그도 그럴 것이, 그레고리 매슈스의 장기를 검사하기 위해 내무부로 보냈다는 소식이었으니 말이다. 저택에 내려앉은 막연한 불안감이 사람들의 신경을 팽팽하게 잡아당기는 것 같았다. 그리고 마침내 금요일이 되어 ‘캐링턴, 래드클리프 앤드 캐링턴’사의 변호사 자일스 캐링턴이 찾아와 유언장을 공개하자 그동안 어찌어찌 억눌러두었던 감정이 일거에 폭발하고 말았다.

랜들을 제외하고, 유산에 어느 정도 기대를 품었던 사람들은 유언장이 공개된 후 하나같이 지독한 실망감만 맛보았다. 그레고리 매슈스는 거트루드에게 고작 천 파운드와 자신이 소유한 유화 한 점을 남겼다. 그 그림은 그녀의 마음에 들지도 않을뿐더러, 그렇지 않아도 그녀의 집에는 벽마다 빼곡하게 뭔가 걸려 있는 터라 새 그림을 걸 공간도 없었다. 유언장에서 그녀를 '그레고리의 사랑하는 누나, 거트루드'로 지칭했다는 사실도 그녀의 심기를 건드렸다. 그녀의 두 딸은 언급조차 되어 있지 않았다.

가이의 경우, 재닛과 애그니스도 자신처럼 보기 좋게 무시당했다는 사실로는 도무지 위로가 되지 않았다. 그레고리가 사망하기 삼 주 전에 작성된 유언보충서에는 스텔라의 스물다섯 번째 생일에 2천 파운드를 준다는 조항이 들어 있었다. 단 여기에는 조건이 붙어 있었는데, 스텔라가 그 돈을 받으려면 그때까지 필딩과 약혼도, 결혼도 하지 않은 상태여야 했다. 재산의 대부분은 랜들이 상속받았다.

한편 조이 매슈스와 해리엇 매슈스에게는 재앙이나 다름없는 조항이 기다리고 있었다. 그레고리는 포플러스 저택과 저택에 딸린 모든 것을, 앞으로 저택을 관리하는 데 충분할 돈과 함께 두 사람의 공동소유로 물려주었다. 저택 관리비는 유언집행인인 랜들과 자일스 캐링턴이 집행하도록 되어 있었다. 두 사람은 이런 결과에서 자신들을 향한 그레고리의 지독한 악의를 느꼈다.

매슈스가 사람들은 외부인인 자일스 캐링턴 변호사가 있는 동안에는 체면을 생각해서라도 속내를 드러내지 않았다.

하지만 그가 저택을 떠나자마자 거트루드부터 시작해 너도나도 불만을 터뜨렸다.

“어떤 식으로든 내가 놀랐을 거라고 생각하지 마. 전혀 놀랍지 않았으니까. 그레고리가 살아생전 누군가를 요만큼이라도 배려한 적 있었어? 그런 사람이 죽고 나서 변할 거라고 생각한다면 뭘 몰라도 한참 모르는 거지.”

랜들이 한쪽 눈썹을 치켜올리며 상냥하게 말했다. “고모님, 이 서류는 저 세상에서 보낸 통신문이 아닌데요.”

“고맙지만 나도 잘 알고 있다, 랜들. 또 한 가지, 네가 이 유언장을 작성하는데 깊이 관여했다는 사실을 알게 되더라도 전혀 놀랍지 않을 게다. 나를 ‘그레고리의 사랑하는 누나’라고 적은 거며 내가 좋아하지도 원하지도 않았던 그 애의 초상화를 남긴 걸 보면 네 입김이 강하게 작용했다는 의심을 지울 수가 없어.”

스텔라가 랜들을 노려보며 말했다. “내 2천 파운드에 달린 단서 조항도 오빠 생각이지?”

“스텔라, 나라면 네게 한 푼도 남기지 않아.” 랜들이 달콤한 목소리로 대답했다.

“차라리 그러지 그랬어. 나도 그런 치사한 2천 파운드에 욕심 없으니까. 굶어 죽어도 그 돈은 건드리지 않을 거야!”

유언장이 공개되는 자리에 남편과 함께 참석한 애그니스

크루가 말했다. “삼촌이 유언장에 내 이름을 넣으리라고는 기대도 안 했어요. 하지만 우리 아이를 언급조차 하지 않았다니 속상하네요. 이 어린 것이 이 집안의 유일한 손자잖아요. 그러면 소소한 거라도 애 앞으로 남겨주셔야 하잖아요?”

삼십 대 후반으로 말수가 없는 오언 크루가 짐짓 밝은 어투로 말했다. “삼촌께선 우리 아들이 매슈스가의 일원이 아니라고 생각하셨나 보지, 여보.”

자신의 어머니처럼 공정하고 동생처럼 답답할 정도로 사람 좋은 애그니스가 남편의 말에 동의했다.

“뭐, 그건 그렇기는 해요. 하지만 나는 매슈스가 사람이에요. 그리고…….”

“그건 아니지, 여보. 당신은 나와 결혼하기 전까지 럽턴가 사람이었잖아.” 오언이 지적했다.

그 말에 애그니스가 까르르 웃음을 터뜨렸다. “오, 남자들이란! 언제나 모든 일에 정답을 알고 있군요. 이미 결정 난 일에 투덜거려봐야 무슨 소용이겠어요. 이 문제는 그냥 잊어버릴게요.”

“그거 훌륭한 결심인데, 여보. 당신이 하루에 세 번 이상 약속을 깨지 않기만 바라.” 오언이 진지하게 대꾸했다.

그때까지 대화에 끼지 않고 잠자코 있던 헨리 럽턴이 무언가 마음에 들지 않는 듯 피식 웃으며 말했다. “‘아무것도 기대할 것이 없는 사람은 복 받았으니.'"[1]

"당신이 그렇게 마음을 먹었다면 복을 받았다고 생각할 수도 있겠죠. 하지만 나는 절대 그렇게 생각하지 않아요. 친동생에 대해 이런 말을 하자니 유감스럽지만 그레고리는 뼛속까지 자기밖에 모르는 인간이었어요. 내가 아니었으면 지금쯤 매장까지 끝났을 텐데, 아직 사인도 전혀 밝혀지지 않았다니 일찌감치 손을 떼지 못한 게 한이에요." 거트루드가 엄한 표정으로 말했다.

"그건 아니죠! 고모님이 유령이 된 삼촌을 얼마나 수치스럽게 만들었는지 생각해보세요." 랜들이 투덜거렸다.

"그만 좀 빈정거려, 랜들! 조금도 유쾌하지 않으니까."

"유언장이고 뭐고 다 불공평해! 왜 스텔라는 2천 파운드나 받는데 나는 한 푼도 못 받는 거죠? 그리고 왜 랜들이 재산을 송두리째 물려받아요? 나도 삼촌의 친자식이 아니지만 그건 랜들도 마찬가지잖아요!" 가이가 씁쓸하게 소리쳤다.

"동생, 그게 다 내가 귀여움을 받는 성격을 타고난 덕분이란다." 랜들이 약을 올렸다.

분을 이기지 못한 해리엇이 낮고 부들부들 떨리는 목소리로 말했다. "나보다 불평할 이유가 많은 사람이 있으면 나와

1 영국의 시인 알렉산더 포프의 말이다. 이다음에 '실망할 일도 없을 것이기 때문이다'라는 구절이 따라온다.

보라고 해! 지금까지 나는 오빠가 편하게 지내도록 노예처럼 일했어. 누구들처럼 생활비 한 푼도 허투루 쓰지 않았지. 그런데 내가 받은 보상이 뭐야? 막돼먹은 인간. 죽어서 저세상에 가더라도 그 인간과는 만나고 싶지 않아. 그랬다간 내가 어떻게 생각하는지 다 말해버리고 말 테니까."

해리엇은 이렇게 말하며 방을 뛰쳐나갔다. 랜들은 대단한 애정을 품은 듯 조이에게 몸을 돌렸다. "숙모님은 하실 말씀 없으세요?"

그녀는 품위 있는 태도로 자리에서 일어난 뒤 세상만사가 다 지겹다는 듯 희미한 미소를 지었다. "더 할 말이 없구나, 랜들. 나는 이렇게 세속적이고 시시한 일들은 전부 잊고 좀더 영적인 측면에 집중하려 한단다."

헨리 럽턴은 평소 조이가 다정한 사람이라고 생각했다. 그러나 방금 전 말을 듣고는 발끈한 표정으로 돌아보았다. "그러면 당신이 우리 모두에게 모범을 보여주면 되겠네요, 안 그래요?"

"헨리, 나는 돌아갈 채비를 다 끝냈어요." 거트루드가 싸늘한 목소리로 그를 부르며 말했다.

조이는 결과를 순순히 받아들일 것처럼 굴다가도 주위에 가이든 스텔라든 자신의 아이들만 남으면 유언장에 대해 끊임없이 떠들었다.

"사람들이 유산을 받고 싶어 하는 게 문제가 아니야. 타인을 배려하는 마음이 없어서 문제인 거지. 그러니 너희도 이 사실을 늘 명심해. 이렇게 음울한 세상에서는 타인의 감정을 배려하는 태도가 중요하단다. 나는 아주버님에게 아무것도 바라지 않았어. 물론 이렇게 말해도 믿지 않는 사람들이 있겠지. 내가 그 사람의 죽은 동생의 아내니까. 어쨌든 나는 돈 따위를 바란 게 아니야. 나를 생각했다는 작은 증표만 보여줬어도 마음의 위안이 되었을 텐데. 나는 아주버님이……."

그러자 스텔라가 엄마의 말을 툭 끊었다. "증표가 없기는 왜 없어요. 이 저택과 저택에 딸린 것들의 절반이 엄마 소유잖아요. 게다가 저택 관리에 엄마 돈은 한 푼도 들어가지 않을 거고요."

"내 말은 그런 뜻이 아니란다, 얘야." 조이는 감정을 억누르며 말했다. "불쌍한 아주버님! 나는 네 삼촌에 대해서 가장 따뜻한 추억만 간직하고 있어. 하지만 네 삼촌은 무신경한 사람이었지. 결국 남에게 베푸는 기쁨을 알지 못한 채 떠나고 말았잖니. 어떤 면에서는 신기할 정도로 꽉 막힌 사람이었지. 네 삼촌이 상상력이 더 풍부했다면 어땠을까 싶기도 하지만 그래봤자 아무것도 달라지지 않았을까. 가끔은 아주버님이 철저하게 이기적으로 행동하도록 키워졌다는 생각이 들기도 했단다. 여하튼 그 사람에게 정이 참 많이 들었는데 그 사람은 다른 이의 마음을 한 번이라도 헤아려본 적이 있는지 모르겠어."

"삼촌은 비열하고 냉혹한 사람이었어요."

"못써, 그렇게 생각하면. 사람들에게서 가장 좋은 점만 보도록 노력해야지. 네 삼촌도 장점이 없지 않았어. 꽉 막히고, 이기적이고, 못되게 굴 때도 있었지만 전적으로 그 사람 잘못은 아니란다. 우리는 타고난 본성을 거스를 수가 없거든. 본성을 고치려고 노력하는 사람들도 있지만……." 조이 매슈스가 상냥하게 나무랐다.

스텔라는 죽은 삼촌을 맹비난하는 엄마의 속마음을 정확하게 알아챘다. "뭐, 해리엇 고모도 언젠가는 돌아가실 테니 다행이지 뭐예요."

"그런 사람은 잘 죽지도 않더라. 네 고모는 오래오래 살면서 날마다 더 괴팍해질 거야." 매슈스 부인은 그 순간만큼은 자신이 기독교도라는 사실조차 잊고 속내를 털어놓았다.

그 말에 스텔라가 웃음을 터뜨렸다. "힘내세요, 엄마! 어차피 고모는 엄마보다 나이가 많잖아요."

"나도 네 고모처럼 건강하게 태어났더라면 얼마나 좋았을까. 불행하게도 나는 언제나 몸이 약했어. 이 나이에 더 좋아질 리도 없을 테고, 네 고모는 내 연약한 신경을 배려해줄 사람도 아니야. 가만히 보니까 아파본 적 없는 사람들은 평소에 기운이 없고 나른하다는 게 어떤 건지 조금도 모르더라. 물론 나는 아무리 몸이 안 좋아도 겉으로 드러내지 않으려고 해. 그래도 가끔은 약간의 배려 정도는 기대할 수 있지 않니." 조이가 침울하게 말했다.

"해리엇 고모는 그렇게 성질 고약한 노인네가 아니에요." 가이가 읽던 책에서 고개를 들며 말했다.

"너는 네 고모와 하루 종일 붙어 있을 일이 없잖니." 조이가 쌀쌀맞게 쏘아붙였다. 그렇지만 이내 마음을 가라앉히고 말했다. "네 고모에게도 좋은 점이 있다는 걸 나도 알아. 하지만 네 삼촌이 무슨 생각으로 이 큰 저택의 반을 네 고모 몫으로 남겼는지 이해가 안 돼. 해리엇이라면 여기보다 작더라도 자기만의 집에서 혼자 사는 편이 훨씬 행복할 텐데. 이 집이 너무 크다는 둥, 살림하는데 돈이 너무 많이 든다는 둥, 늘 불평을 입에 달고 살잖니. 말이 나와서 말이지만, 이런 저택을 관리하는 일은 네 고모에게 벅차다는 걸 모두가 알잖아. 그래도 해리엇은 계속 살림을 독차지하려고 하겠지."

"하지만 지금 엄마가 혼자서 이 집을 관리하면 건강에 부담이 되실 거예요." 스텔라가 눈치껏 비위를 맞췄다.

"네 말이 맞다. 물론 내 건강만 생각해야 한다는 말이 아니란다. 너희들을 위해서라도 최대한 몸을 잘 챙겨야지. 하지만 나라면 유능한 가정부를 들여서 집을 관리하게 할 거야."

"그런 사람이 바로 해리엇 고모잖아요." 가이가 말했다.

"어디가 유능하다는 거니? 물건을 하나 사면 밑바닥이 드러날 때까지 쓰는 데 광적으로 집착하지 않나, 석탄 같은 생필품에도 돈을 아끼려고 하지를 않나, 내가 제 명에 못 죽을 것 같아! 너희 둘은 괜찮아. 너희는 앞으로 각자의 삶을 살 테고 새로운 즐거움을 찾겠지. 하지만 이만큼 나이를 먹은 엄마도 나만의 집에서 친구들과 즐거운 시간을 보내고 싶어. 손님이 입에 음식을 넣을 때마다 곁에서 투덜거리고, 11시만 되면 온 집의 불을 다 꺼버리는 해리엇이 없는 곳에서 말이다. 이게 그렇게 말도 안 되는 욕심이니?" 조이가 쏘아붙였다.

"엄마 돈을 써서 작은 플랫[1]으로 이사할 생각은 없으세요?" 스텔라가 물었다.

"일고의 가치도 없어! 그런 문제는 신중하게 결정해야 해."

누가 뭐라든 조이는 속이 쓰렸다. 스텔라는 엄마가 포플러스 저택을 물려받으리라 내심 기대하고 있었다는 사실을 처음 알았기에 낙담한 엄마를 열심히 위로해보았지만 결과는 신통치 않았다. 스텔라가 보기에도 해리엇 고모는 엄마의 비위를 맞춰가며 살 사람이 절대 아니었고, 솔직히 엄마도 함께 살기에 결코 쉬운 사람이 아니었다. 그래도 자기 엄마라고, 스

1 영국에서 한 세대를 한 개 층에 배치하는, 아파트와 유사한 형태의 집합 주택을 가리킨다.

텔라는 고모가 시도 때도 없이 퍼부어대는 잔소리를 가만히 듣고 있지만은 않았다. 해리엇 고모에게 정이 깊은 편인 가이조차도 자신이나 스텔라 외의 사람이 엄마에게 싫은 소리를 하면 가만히 있지 않았다.

그 결과 해리엇은 이 집에서 시원하게 속마음을 털어놓을 상대가 없었다. 그녀는 집 안을 돌아다니며 쉬지 않고 불평을 늘어놓고 뜬금없이 음울한 말을 주절거렸다. 결국 치명상으로 곧 숨이 넘어가려는 사람처럼 앓는 소리를 하고 있을 무렵, 지난주 내내 이스트본에서 머무르고 있던 에드워드 럼볼드와 그의 아내가 그린리히스에 돌아왔다.

에드워드 럼볼드에게 깊은 애착을 느끼고 있던 해리엇은 기쁨에 겨워 어쩔 줄을 몰랐다. 그녀를 대하는 그의 태도는 언제나 정중했으며, 그는 해리엇의 두서없는 이야기에도 절대 지루한 기색을 내비치지 않았다. 더욱이 해리엇은 남자의 말은 다 옳다고 굳게 믿는 사람이었다. 실제로 럼볼드의 조언이 도움이 된 경우도 꽤 있었다. 그레고리는 생전에 해리엇에게 유부남에 빠져 어리석은 짓을 하지 말라며 조롱인지 경고인지 모를 말을 몇 번이나 했다. 이 모진 말이 해리엇의 가슴을 후벼 팠지만, 그녀는 럼볼드와의 사이에 '아무것도' 없으며 설령 그가 미혼이라고 하더라도 우정 이상의 관계를 원하지는 않을 것이라고 자신했다.

언젠가 랜들은 에드워드 럼볼드가 '가족의 친구'가 되기 위해 태어난 사람 같다고 했다. 럼볼드에게 고민 상담을 한 사람은 해리엇만이 아니었다. 조이와 스텔라, 가이까지도 각각 정도만 다를 뿐 그에게 자신들의 속내를 털어놓았다. 이들이 돌아가며 같은 고민을 털어놓으면 지겨울 만도 한데 워낙 매너가 좋은 럼볼드는 절대 그런 티를 내지 않았다.

에드워드 럼볼드는 휴가지에서 신문을 통해 그레고리 매슈스의 사망 소식을 접했다. 그는 토요일에 휴가지에서 돌아오자마자 곧장 포플러스 저택에 들러 애도를 표하고 자신이 도울 일이 있으면 기꺼이 돕겠다고 했다. 럼볼드 부인도 남편과 함께였는데, 포플러스의 시누이와 올케는 이 사실이 영 마음에 들지 않아 보였다.

"그런 여자의 어디가 좋다는 건지 모르겠네"와 "그 여자가 어떻게 그런 남자를 잡았는지 모르겠어"가 옆집 부부에 관한 두 여자의 입버릇이었다. 아내를 향한 럼볼드 씨의 애정을 뻔히 알면서도 두 사람은 남몰래 그를 가엾게 여겼다. 해리엇은 늘 럼볼드 부인을 '그 여자'라고 불렀고 조금 더 너그러운 조이는 '안쓰러운 럼볼드 부인'이라고 불렀으며 '저런 부류'가 남자를 망치는 법이라고 늘 말했다. 조이는 가끔 럼볼드 부부에게 아이가 없어 안타깝다는 말까지 했다. 그녀가 생각하기에 그 사실은 럼볼드 부인의 또 다른 오점이었다.

에드워드와 도러시 럼볼드 부부만큼 호들갑 떨지 않고 서로에게 헌신하는 부부는 찾기 힘들었다. 이 부부는 그린리히스의 사교 모임에는 좀처럼 얼굴을 내밀지 않았다. 대신 일 년 중 상당 부분을 여행으로 보냈다. 다른 동행도 없이 단둘만 떠나는 여행에 만족하는 것 같았다. 오십 대인 에드워드 럼볼드는 은은하게 세어가는 머리와 균형 잡힌 이목구비, 먼 곳을 바라보듯 흔들림이 없으며 앞일을 내다보는 듯 명민한 눈빛을 한 남자였다. 즉, 한마디로 미남이었다. 그에 비해 도러시 럼볼드는 언뜻 호감이 가는 인상이 아니었다. 하지만 매슈스가의 두 귀부인과 달리 편견 없는 눈으로 그녀를 본다면 에드워드 럼볼드를 사로잡은 매력이 무엇인지 쉽게 알 수 있었다. 스텔라는 이렇게 말하기도 했다. "도러시 아주머니는 젊었을 때 눈에 확 띄는 미인이었을 거예요."

나이가 든 지금도 호감을 가지고 보면 도러시 럼볼드는 여전히 예뻤다. 커다란 푸른색 눈은 아름다웠고 끝이 살짝 올라간 코가 얼굴에 상큼한 분위기를 더해주었다. 그녀는 원래 금발이었지만 아쉽게도 색이 금방 바라고 말았다. 그래서 본인에게 잘 어울린다고 할 수는 없는 염색과 화장으로 젊음을 되찾으려 했다. 자연의 흐름을 따랐다면 그녀는 은발에 포동포동하게 살이 붙은 마흔일곱 살이 되었어야 했지만 각종 화장품과 몸매 관리를 위한 운동 덕분에 갈색 머리채와 요정 같은 몸매를 갖게 되었다. 도러시는 늘 화려하게 화장을 했는데, 요즘은 눈꺼풀을 선명한 푸른색으로 칠하고 손톱을 요란한 진홍색으로 칠했다. 한편 그녀는 평범한 만큼 친절하기도 해서 스텔라와 가이는 (앞다투어 그녀의 과거를 지어내기는 해도) 그녀를 좋아했으며 "매력적인 분"이라고 말하곤 했다.

남편과 함께 애도를 표하러 온 도러시는 해리엇과 나란히 소파에 앉아 이렇게 말했다.

"얼마나 상심이 크세요! 충격을 많이 받으셨죠? 신문에서 부고를 읽고 얼마나 놀랐는지 몰라요. 처음에는 다른 사람인 줄 알았지 뭐예요. 그런데 주소를 보니 우리가 아는 그레고리 씨 아니겠어요? 실감이 나지 않더라고요. 그렇죠, 에드워드?"

"이런 일이 일어날 줄 누가 알았겠습니까." 에드워드 럼볼드의 차분한 목소리는 아내의 새된 목소리와 대조적이었다.

그의 정중한 한마디에 그만 해리엇의 말문이 봇물처럼 터지고 말았다. 그녀는 그레고리 매슈스의 체질과 그가 평소 건강에 무심했던 사실, 마지막 식사가 된 오리 요리, 거트루드의 쓸데없는 참견, 치욕스러운 부검 결정까지 그간의 사정을 두서없이 쏟아냈다.

"정말 유감입니다. 뭐라 말씀을 드려야 할지……. 여러분 모두 힘든 시간을 보내고 계시겠군요." 럼볼드가 위로했다.

"럽턴 부인은 어떻게 그런 무서운 일을 벌이실 수 있죠? 마치 매슈스 씨를 죽이고 싶어 했던 사람이 있었던 것 같잖아요! 그럴 리가 없죠. 이 일은 누가 뭐래도 도가 지나쳤어요. 안 그래요, 에드워드?"

"부인이 흥분하신 거지." 럼볼드 씨가 대꾸했다.

"그건 우리도 마찬가지였어요. 그렇다고 독살이라는 말을 하지는 않았죠! 그때 럼볼드 씨가 계셔서 제게 조언을 해주셨다면 얼마나 좋았을까요. 어쨌든 부검은 막았어야 했다는 느낌을 지울 수가 없네요." 해리엇이 불만을 터뜨렸다.

럼볼드가 엷게 미소를 지으며 말했다. "아마 막을 수는 없었을 겁니다. 조금이라도 의심스러운 부분이 있다면 후련하게 밝혀서 논란을 가라앉혀야죠."

그러자 대뜸 해리엇이 말했다. "의심이 풀려서 논란이 가라앉는다면 응당 그래야죠. 그런데 말이죠, 가만히 두면 지나갈 일을 휘휘 젓기 시작하면 생각지도 못한 충격적인 사실이 튀어나올 수도 있잖아요."

"누군가 그레고리를 독살했다니 더 들을 가치도 없는 헛소리예요. 저는 그렇게 확신해요." 조이가 거들었다.

"당연히 그렇게 말하겠지. 그렇지만 자네도 알다시피 얼마 전에 가이가 제 삼촌과 심하게 다퉜잖아. 스텔라도 그렇고."

해리엇의 말이 불러온 효과는 극적이었다. 조이가 온화한 기독교도의 모습에서 흡사 궁지에 몰린 호랑이처럼 돌변한 것이다. 양손으로 팔걸이를 부러져라 움켜쥔 채 몸을 앞으로 쑥 내민 모습은 흡사 도사리고 앉은 암호랑이 같았다.

“하고 싶은 말이 뭔지 정확히 말해요, 해리엇 형님!” 그녀의 목소리는 나지막했지만 노기등등했다. “어서 말씀해보세요! 방금 언급한 두 사람이 ‘내 아이들’이라는 사실을 잊지 말라고요!”

그만 기가 팍 꺾인 해리엇은 눈물을 글썽이며 별 뜻은 없었다고 변명했다.

“아! 그렇다면 다행이고요.” 조이는 그제야 잔뜩 경직한 몸에서 힘을 뺐다.

조이는 화장을 곱게 했지만 얼굴에 핏기가 하나도 없었다. 가이는 그녀의 의자 뒤에서 몸을 숙여 제 어머니의 얼굴을 보며 가볍게 말했다. “엄마, 한 방 먹이셨네요.”

그녀는 아들의 손을 꼭 쥐며 말했다. “버릇없는 소리. 엄마가 그런 말 싫어하는 거 알잖아.”

해리엇은 손수건을 찾아 주머니에 손을 넣어 더듬거리며 말했다. “조이, 내게 발톱을 세울 필요 없어. 가이를 나보다 더 아끼는 사람이 어디에 있어. 스텔라도 마찬가지야. 그저 이 일이 남들 눈에 어떻게 보일지 생각해봤을 뿐이야.”

어느새 평온한 태도를 되찾은 매슈스 부인이 말했다. “이 문제는 그만 이야기해요. 형님이 어미의 마음을 이해하기를 바라는 건 무리겠죠." 그러더니 도러시를 향해 몸을 돌리며 우아하게 물었다. "해변에서 보낸 휴가는 즐거웠나 봐요, 럼볼드 부인?"

"그럼요, 근사했어요! 고마워요. 제게 기분 전환이 필요하단 걸 알아주는 사람은 오직 에드워드뿐이라니까요." 그녀는 남편을 향해 따뜻한 눈빛을 보낸 후 이렇게 덧붙였다. "이이 덕분에 제가 얼마나 행복한지 상상도 못 하실 거예요."

조이는 예의 바르게 미소를 지었지만 아무 대꾸도 하지 않았다. 한편 해리엇은 무시무시한 눈빛으로 그녀를 노려보더니 럼볼드에게 플룸바고를 보여주겠다며 의기양양하게 그를 온실로 데려갔다. 하지만 막상 럼볼드와 단둘이 있게 되니 이 기회를 빌려 자신의 걱정거리를 모두 털어놓고 싶은 욕심과, 열정적인 원예가로서 각자가 키우는 희귀 식물들의 생장 과정에 대해 의견을 교환하고 싶은 더 큰 욕심 사이에서 갈팡질팡하게 되었다.

그녀는 결국 두 가지 욕심을 모두 채우기로 했다. 그렇지만 어찌 된 일인지 생각이 꼬이는 바람에 계속 그에게 흙투성이의 화초 화분을 건네주며 (굳이 화분을 들어서 보지 않아도 꽃이 잘 보였는데도 말이다) 자신이 그 저택의 유일무이한 소유자라도 된 듯 이제부터 자신이 어떻게 행동할지 잘 지켜보라는 다소 엉뚱한 말까지 하고 말았다. 럼볼드는 손을 씻겠다는 구실로 그녀에게서 벗어나 위층으로 올라갔다가 내려오던 중, 이번에는 마침 그를 찾고 있던 조이에게 붙잡히고 말았다.

얼마 후 스텔라가 럼볼드 부부를 정문까지 배웅했다. 진입로를 함께 걸으면서 그녀는 눈을 반짝이며 이렇게 말했다.

"해리엇 고모가 구구절절 늘어놓으신 걱정거리를 엄마가 재탕하셨죠?"

에드워드 럼볼드가 웃음을 터뜨렸다. "스텔라, 넌 역시 버릇없는 말괄량이구나. 네 어머니에게 들을 만큼 들었단다."

"마침내 아저씨와 이야기를 나누셨으니 두 분이 마음을 가라앉히시면 좋겠어요. 요즘 서로 신경을 긁어대시는 중이거든요."

"왜 아니겠니. 가족이 죽었다는 사실만으로도 힘든데 검시 배심이니 부검 같은 이야기가 나오니 오죽하겠어. 잔뜩 날카로워질 수밖에 없을 거야." 도러시 럼볼드가 상냥하게 말했다.

"그건 모두 마찬가지예요. 삼촌이 독살을 당하셨을 리가 없는데도 이런 상황에 처하니 저도 모르게 누구의 짓일지 자꾸 생각하게 돼요. 정말 끔찍해요."

"나라면 그 문제는 더이상 생각하지 않을 거다." 에드워드 럼볼드가 차분하게 조언했다. "그런 문제는 럽턴 부인이 아니라 필딩의 전문 분야 아니냐."

"네, 알아요." 스텔라가 고분고분하게 대답했다. "하지만 혹시라도 의심이 사실로 밝혀지고 경찰이 찾아와 우리에게 질문을 퍼붓기 시작하면 가이와 필, 아니 가이와 제가 삼촌과 심하게 다퉜다는 사실이 수상쩍게 보이지 않을까요?"

"그럴 리가. 말싸움을 좀 했다고 무턱대고 체포하지는 않아! 너도 참 지레 걱정을 하는구나." 에드워드 럼볼드가 스텔라를 안심시켰다.

"제발 그 걱정이 현실이 되지 않기만 바라요." 스텔라가 힘없는 목소리로 말했다.

"그런 일은 없을 거야." 에드워드가 말했다.

그러나 월요일 아침 오전 10시, 집사 비처가 해리엇을 찾아 식료품 저장실로 급히 달려가야 할 일이 일어나고 말았다. 그는 명함을 올려놓은 은쟁반을 말없이 그녀에게 내밀었다. 그 모습은 어딘지 불길했다.

명함에는 런던 경찰청 범죄수사과 소속 해너사이드 경정이라고 적혀 있었다. 해리엇은 그걸 읽자마자 헉하고 숨을 내쉬고는 뜨거운 물건이라도 되는 듯 명함을 툭 떨어뜨렸다.

마침내 비처가 입을 열었다.

"방금 그분들을 도서실로 안내했습니다."

4

도서실에서 세 사람이 해리엇을 기다리고 있었다. 하나는 머리가 희끗희끗한 중년 남성으로, 푹 들어간 눈과 각진 얼굴에서 풍기는 인상이 좋았다. 다른 한 사람은 체격이 호리호리하고 짧은 콧수염의 남자로 목이 유난히 가늘었다. 그리고 나머지 한 사람은 필딩이었다. 그가 가이의 팔을 꼭 붙잡고 도서실로 들어서는 해리엇에게 한 발 다가와 무거운 어조로 말을 건넸다.

"해리엇 양, 유감스럽게도 일이 제 예상보다 심각해졌습니다. 여기 계신 분은 런던 경찰청에서 오신 해너사이드 경정님이십니다." 필딩은 수염을 기른 남자를 가리키며 대신 소개했다. "그리고 이분은 이 지역 경찰서의 데이비스 경위님이시고요."

해리엇은 경정이 거대한 뱀이라도 되는 것처럼 노려보다 겨우 인사를 건넸다. 놀란 나머지 목소리도 잘 나오지 않았다. 경위에게는 인사조차 건네지 않았다.

해너사이드 경정이 사뭇 유쾌한 어조로 인사를 했다. "안녕하십니까. 데이비스 경위와 저는 그레고리 매슈스 씨의 죽음에 대해 몇 가지 질문드릴 것이 있어 왔습니다."

"삼촌이 정말 독살당하신 건 아니죠? 말도 안 돼요! 도대체 누가 삼촌을 죽이고 싶었겠어요?"

놀라서 소리치는 가이에게 해너사이드가 대답했다. "그건 저도 모르죠. 음, 가이 매슈스 씨 맞으시죠? 그걸 알아보려고 겸사겸사 온 겁니다."

"믿어지지 않아! 도저히 믿을 수가 없어요!" 가이는 좀처럼 흥분을 가라앉히지 못했다.

"유감스럽게도 검사 결과는 확실합니다. 니코틴이 검출되었어요." 필딩이 끼어들었다.

"니코틴이라고요?" 가이가 눈을 껌벅거리며 되물었다. "하지만 삼촌은 담배를 피우지 않으셨는데요."

"필딩 선생도 그렇게 말씀하시더군요." 해너사이드가 말했다.

마침내 목소리가 제대로 나오게 된 해리엇이 소리쳤다. "그렇다면 절대 오리고기 탓은 아니겠군요?"

"오리고기요?" 해너사이드가 영문을 몰라 되물었다.

"네. 오리고기에 독이 들어 있었다면 우리도 다 죽었을 거예요! 만약을 대비해서 제가 양고기 커틀릿 두 덩어리의 영수증을 보관해두었죠. 그리고 아무나 붙잡고 물어보세요. 양고기는 본래 그레고리의 몫이었다고 증언할 테니까요. 결국 오빠는 그 양고기를 먹지 않았지만요."

"해리엇 양은 고인이 저녁으로 드신 구운 오리고기가 탈을 일으켰을지 모른다며 걱정을 하셨거든요." 필딩이 요령 있게 설명했다.

"그렇군요. 니코틴이 오리고기에 들어 있었을 가능성은 없습니다, 해리엇 양. 그레고리 씨가 사망한 날 밤에 혹시 달리 마시거나 먹은 음식이 있습니까?"

그러자 해리엇이 저녁으로 나온 음식을 읊기 시작했다. 해너사이드는 냉큼 그녀의 말을 끊고 다시 물었다.

"아뇨, 그 이후에 말입니다, 해리엇 양. 혹시 잠자리에 들기 전에 고인이 마신 게 있을까요? 예를 들면 오벌틴[1] 한 잔을 마셨다거나."

"그레고리는 맥아가 든 음식은 입에도 대지 않았어요." 해리엇이 딱 잘라 말했다. "평소에 잠을 잘 이루지 못하길래 한번 먹어보라고 그렇게 말했는데, 절대 내 말은 듣지 않았어요. 어릴 때부터 그랬죠."

"그렇다면 불면증을 해결하려 다른 걸 드셨나요?" 해너사이드가 물었다.

1 맥아추출물로 만든 가루 우유.

“어머, 불면증이라고 할 정도는 아니었어요. 솔직히 오빠는 잠을 푹 못 잤다고 했지만 실은 잘 잤을 거라고 생각해요.”

해너사이드는 의사를 향해 한쪽 눈썹을 치켜올리며 무언의 질문을 던졌다.

눈치 빠른 필딩이 곧장 대답했다. “저는 따로 처방해드린 약이 없습니다. 고인이 개인적으로 아스피린 정도는 드셨을 수도 있습니다만, 거기까지는 저도 잘 모릅니다.”

“아스피린도 먹지 않았을 거예요. 애초에 약을 불신했는걸요.” 해리엇이 대답했다.

“그렇다면 해리엇 양, 식사 후부터 잠들기 전까지 고인은 아무것도 먹지 않았다는 말씀이십니까? 알코올음료든 뭐든? 위스키소다 한 잔 정도도 안 마셨다는 거죠?”

“아, 그런 거요? 그레고리는 종종 잠자리 들기 삼십 분쯤 전에 위스키소다를 한 잔 마시곤 했어요. 매일은 아니어도 꽤 자주 마셨죠. 우리 집에서는 10시에 응접실로 간식 트레이를 가져다놓게 해요. 쓸데없는 짓이죠. 괜히 젊은 사람들이 늦게까지 깨어 있으면서 술이나 마시고 담배를 피우며 빈둥대는 바람에 아까운 전기만 날리잖아요.”

“그레고리 씨가 지난 화요일 밤에 위스키소다나 다른 음료를 마셨는지 기억하십니까? 가이 씨, 혹시 도움이 될 만한 사실을 알고 계십니까?”

"글쎄요, 잘 기억이……."

가이가 이렇게 대답하려는데 갑자기 해리엇이 말을 끊었다. "맞아요, 마셨어요. 네 말을 들으니 기억이 나는구나, 가이. 그레고리가 위스키를 조금 마셨어요. 위스키를 조금만 달라고 할 때는 탄산을 섞지 말라는 뜻이었죠. 그때 네가 사이펀 레버가 살짝 '올라가' 있다고 했잖니. 기억 안 나니?"

"그게 그날이었어요? 그러고 보니 그런 것도 같네요." 가이가 인상을 쓰며 어쩔 수 없이 인정했다.

"가이 씨, 고인에게 직접 위스키를 따라드렸습니까?"

"네. 자주 그랬습니다." 가이가 대답했다.

"대략 몇 시였습니까?"

"잘 모르겠어요! 아마 늘 드시던 시간이었을 거예요. 대략 10시 반 정도요."

"고인이 언제 위층으로 올라갔는지 아십니까?"

"아뇨, 저는 동생과 당구실에 있었거든요."

"집에 손님이 왔을 때가 아니면 오빠는 늘 11시에 자기 방으로 올라갔어요. 우리는 어릴 때부터 일과를 지켜 생활하도록 배웠거든요. 하지만 그레고리 오빠는 밤마다 한참을 꾸물거리다가 잠자리에 들곤 했죠."

"고인이 방으로 들어간 후 무엇을 했는지 혹은 언제 잠자리에 들었는지 아십니까?"

해리엇은 불쾌한 기색을 내비쳤다. "그런 걸 알 리 없잖아요! 나는 오빠를 몰래 감시하는 짓 따위는 하지 않아요!"

"제 말은 그런 뜻이 아니었습니다, 해리엇 양. 혹시 방 안을 서성이는 소리를 들으셨을 수도 있지 않습니까." 해너사이드 경정이 차분하게 해명했다.

"아, 그런 소리는 못 들었어요. 집을 워낙 잘 지었거든요. 게다가 오빠의 옆방은 내 방이 아니에요."

"알겠습니다. 그렇다면 옆방은 어느 분이 쓰시죠?"

"음, 올케요. 정확히 말하자면 두 방 사이에는 욕실이 있어요." 해리엇이 설명했다.

해너사이드가 가이를 보며 물었다. "매슈스 씨는 언제 방으로 올라갔습니까?"

"글쎄요. 아마도 11시 반에서 12시 사이였을 거예요." 가이가 경박스럽게 대답했다.

"그때 고인의 방에 불이 켜져 있었는지 혹시 보셨습니까?"

"아뇨, 유심히 살펴보지 않았거든요. 하지만 동생은 알지도 모르겠어요. 같이 올라갔으니까요."

"그렇다면 제가 직접, 음, 스텔라 양과 이야기를 해봐야겠군요. 그리고 조이 매슈스 부인과도요." 해너사이드는 수첩으로 이름을 확인하며 말했다.

"어머니는 아침 식사 시간 후에 일어나십니다. 하지만 제가 가서 어머니를 모시고 오죠." 가이는 이렇게 자청한 후 방을 나갔다.

가이가 엄마의 방문을 두드렸을 때, 조이는 화장대 앞에 앉아 머리를 매만지고 있었다. 그녀는 방으로 들어오는 아들을 보자 미소를 지으며 물었다. "얘야, 아직 출근하지 않은 거니?"

"지금 출근이 문제가 아니에요. 못 들으셨어요? 지금 런던 경찰청에서 경관들이 와서 우리 가족을 신문하고 있다고요!"

빗을 든 조이의 손이 허공에서 그대로 멈췄다. 충격에 빠진 그녀는 거울에 비친 아들과 눈이 마주쳤다. 잠시 후, 조이는 빗을 내려놓고 아들을 마주 보기 위해 의자에서 빙그르르 몸을 돌렸다.

"경찰청이라고? 그렇다면 네 삼촌이 정말 독살당한 거로구나."

"네, 니코틴이었다나 봐요. 니코틴으로 사람을 죽일 수 있다니 금시초문이에요. 하지만 필딩이 그렇다니 그런 거겠죠. 지금 경정이 고모와 이야기하고 있어요. 어머니와 스텔라와도 이야기를 하고 싶대요. 지금까지는 고모와 제가 질문을 잔뜩 받았는데, 고모는 처음에 놀라서 얼굴이 사색이 되셨더라고요. 하지만 저는 꽤 재미있었어요."

"네 고모가 무슨 말을 했니?" 조이가 재빨리 물었다.

"평소처럼 뒤죽박죽이었죠. 대부분 쓸데없는 말이었어요. 삼촌이 돌아가신 날 삼촌에게 위스키를 따라준 사람이 저라는 사실을 유난히 강조한 걸 제외하면 말이죠." 가이가 살짝 웃더니 말을 이었다. "고모에게 절대 말하지 말라고 하면서 비밀을 슬쩍 흘리는 것도 나쁘지 않을 것 같아요. 시간만 주면 우리 가족에 대해 경찰에게 시시콜콜 다 털어놓을 거예요. 아마 삼촌이 요람에 있던 시절까지 거슬러 갈걸요."

조이는 머리를 매만지며 말했다. "당장 내려가봐야겠다. 옷을 갈아입어야 하니 나가 있으렴. 아, 가이! 스텔라를 데려와. 내가 보자고 했다고 해. 이 점을 명심하렴. 말은 적게 할수록 좋은 거야. 우리가 무엇 하나 숨길 것 없이 떳떳하기는 하지만 스텔라와 너는 말을 함부로 하는 경향이 있잖니. 그래서 사람들에게 엉뚱한 인상을 줄 때가 많은 거야. 제발 부탁이니 너희 둘 다 말을 할 때는 주의하렴."

"당연하죠!" 가이가 짜증스럽게 대답했다. "제가 아무 말이나 다 털어놓을 거라고 생각하시는 거예요, 엄마?"

"그런 얘기가 아니잖니. 너와 스텔라가 평소처럼 어리석게 허세를 부릴까 봐 그러는 거야. 네 삼촌과 관계된 일에는 꼭 그러잖니."

"알았어요, 알았다고요. 저도 바보가 아니에요, 엄마!"

방을 나와 곧장 아래로 내려간 가이는 목소리를 잔뜩 낮춘 채 이야기를 나누는 스텔라와 필딩의 목소리를 들었다. 가이가 계단을 돌아 나타나자 두 사람이 고개를 들어 그를 바라보았다. 스텔라는 평소보다 더 창백해 보였다.

"엄마가 올라오래. 싱글벙글하는 형사 아직 못 봤지?"

"응. 무서워죽겠어." 스텔라가 속내를 털어놓았다.

"스텔라, 그러지 말아요. 경정님은 무서운 사람이 아니니까." 의사가 겁에 질린 스텔라를 안심시켰다.

"막상 이야기를 시작하면 바보 같은 소리나 떠들어댈 것 같아요. 경찰을 보면 겁부터 덜컥 나거든요." 스텔라가 긴장감을 이기지 못하고 어색하게 웃기 시작했다. "삼촌이 독살당했을 가능성도 생각해봤고, 앞으로 어떤 일이 벌어질지 궁금하기도 했지만 정말로 현실이 될 줄은 몰랐어. 안 그래, 오빠? 데릭이 니코틴 때문이었다던데. 난 니코틴은 담배에 들어 있는 줄로만 알았어."

"그러게 말이야. 니코틴을 독으로 쓸 수 있다는 사실을 오늘 처음 알았어. 흔히 있는 일인가요?"

"아뇨, 그렇지는 않을 거예요." 필딩이 간단하게 대답했다.

"삼촌이 우연히 니코틴을 먹을 수는 없었겠죠?" 스텔라가 일말의 희망을 버리지 못한 채 물었다.

의사는 어깨를 으쓱했다. "그럴 확률은 극히 낮다고 봐야겠죠."

“저녁 식사가 아니면 삼촌은 언제 독을 먹었을까요?”

“스텔라, 이제 와서 내게 물어봤자 무슨 소용이겠어요. 나도 확답을 줄 수 없는걸요.”

“그렇게 답답하게 굴 필요 없잖아요. 당신은 니코틴을 잘 모른다고 하지만 실은 잘 아는 거 아니에요?”

“니코틴에 대해서는 아는 게 거의 없어요. 이 일 때문에 나에 대한 호감이 사그라든다면 무척 아쉽겠지만, 개업의가 진료를 하면서 니코틴 같은 독과 마주치는 경우가 얼마나 되겠어요.”

“정말 다행이네요. 그러니까 비소처럼 평범한 독이었다면 의사 선생님부터 의심했을지 모르잖아요.”

“경찰이 왜? 데릭을 의심할 이유도 없는데!” 스텔라가 발끈했다.

필딩이 미소를 지었다. “아니에요. 이유는 있어요, 스텔라. 가이 말에도 일리가 있어요. 나를 향한 의심을 기꺼이 인정해요. 의사의 약품 선반에서 흔히 찾을 수 있는 독이었다면 대번에 내가 범인으로 보였을 거예요. 나와 매슈스 씨의 사이가 좋지 않았다는 걸 모르는 사람이 없잖아요. 매슈스 씨가 날 협박했다는 사실도 여기 식구들은 다 알고 있고요. 제 병원에 상당한 타격을 줄 수 있는 추문을 퍼뜨리겠다고 위협하셨죠.”

"그랬죠. 하지만 우리는 절대 말하지 않을 거예요." 가이는 살짝 어색한 표정을 지어 보였다.

"그렇게 감추지 말아요, 제발요. 경찰이 그 일에 대해 물으면 나는 숨김없이 다 말할 작정이니까." 필딩이 차분하게 말하더니 희미하게 미소를 지으며 이렇게 덧붙였다. "어차피 해리엇 양이 당신이나 스텔라처럼 입조심을 하실 것 같지도 않고요."

같은 시각 도서실에서는 해리엇이 자신을 향한 불신의 이유를 제대로 입증하는 중이었다. 해너사이드 경정이 상대의 말을 잘 들어준다는 사실을 간파한 해리엇은 최초의 두려움은 까맣게 잊고 그녀가 입을 다문다면 가족들이 좋아할 만한 이야기를 남김없이 털어놓았다. 오리고기부터 시작해서 죽은 그레고리가 생전에 사람들에게 얼마나 못되게 굴었는지까지 전부. 심지어 악의가 느껴질 정도로 불공평한 유언장에 대한 불평까지 늘어놓았다.

"난 말이죠, 이 집에서 우리가 같이 산 시간을 생각한다면 이 집 정도는 내 앞으로 남겨줄 줄 알았어요. 그 정도 상식은 있을 줄 알았죠. 그런데 그냥 그렇게 생겨먹은 인간이었던 거예요. 누가 독을 먹였다고 해도 놀랍지 않아요. 다시 만날 수 있다면 그레고리는 그 사실을 듣고도 웃어댈 거예요. 생전에 늘 으스대며 사람들을 비웃어대던 태도로 말이죠. 궁금해하시니 말씀드리는데요, 그레고리는 사람들을 불편하게 만드는 걸 즐겼던 게 분명해요. 그러니 이렇게 성가시게 독살당하고 불공평한 유언장이나 남긴 것 아니겠어요?"

"고인과는 언제부터 함께 사셨습니까, 해리엇 양?"

"어머니가 돌아가신 후부터니까 십팔 년, 아니 십칠 년인가? 아니에요, 십팔 년 되었어요. 물론 처음부터 내가 여기 들어와서 살림을 하려던 건 아니었어요. 거트루드 언니만 아니었다면 나는 혼자 사는 편을 택했을 거예요. 어릴 때부터 그레고리와는 사이가 좋지 않았거든요. 오빠는 늘 남들을 이겨먹으려고 했죠. 나는 그게 잘못된 태도라고 생각해요. 물론 가족이라고 무조건 내 의견을 중요하게 여겨야 한다는 말은 아니에요. 어쨌든 언젠가는 이 집의 주인이 된다는 생각으로 그 세월을 버텼다고요. 그런데 절대 집을 나눠 갖고 싶지 않은 사람과 느닷없이 공동소유를 하게 되었으니……."

"이 집을 해리엇 양과 다른 사람의 공동소유로 남겼습니까?"

"네, 올케요." 해리엇이 냉큼 대답했다. "경정님도 그 여자를 보면 얼굴이 반반하고 매력적인 여자라고 생각하시겠죠! 다들 그러거든요. 하지만 내 눈은 못 속여요. 그 여자가 겉은 번지르르하지만 그보다 더 이기적인 사람은, 그게 누군지 궁금하지도 않지만, 아무튼 그런 사람은 평생 본 적이 없어요.

그 여자는…….” 그녀는 잠시 호흡을 가다듬더니 이렇게 덧붙였다. “원하는 걸 손에 넣기 위해서 무슨 짓이든 할 거예요. 그 여자가 뭐라고 하든지 오빠의 유언에 다른 사람들만큼 실망했다는 사실이 나의 유일한 위안거리죠. 이제 와 털어놓자면, 그 여자는 이 집을 독차지하게 될 거라고 기대했답니다. 돈까지 말이죠. 혹시라도 그 여자가 형편이 좋지 않다고 한탄하더라도 절대 믿지 마세요. 혼자 살 돈은 충분하니까. 아니지, 훨씬 더 많을 거예요. 그레고리 오빠에게 받을 유산만 바라지 말고 가이에게 돈을 주면 좋았을 텐데요!”

“가이요? 조금 전에 함께 왔던 조카분 말씀이시죠?” 해너사이드가 되물었다.

“네, 맞아요.” 해리엇이 대답했다. “정말 착한 아이랍니다! 거트루드 언니가 그 애에 대해 악담을 해도 귀담아듣지 마세요. 오빠도 그 애에게 너무 차갑게 대했어요. 그러니 가이도 당연히 제 삼촌을 싫어하지 않겠어요. 어떻게 가이를 남아메리카로 보낼 생각을 했는지! 그 애가 삼촌을 독살했다고 해도 전혀 놀랍지 않아요! 물론 그 애가 저지른 짓이라는 뜻은 아니에요. 저는 절대 가이 짓이라고 생각하지 않아요. 혹시 심증이 가는 사람이 있냐고 물으신다면 랜들이라고 하겠어요. 그 애도 내 조카인데, 그날 랜들만 여기에 없었거든요. 음, 그러니 그 애도 범인이 아닐 것 같네요.”

데이비스 경위는 해리엇이 홀로 미주알고주알 털어놓는 이야기를 살짝 멍한 표정으로 듣다가 꺽꺽 소리를 내더니 얼른 입을 손으로 가렸다. 경정은 눈동자 깊은 곳을 반짝거리며 조금도 흐트러지지 않고 진중한 목소리로 말했다.

"그렇습니다. 일단은 그분을 용의 선상에서 제외해야 할 것 같더군요. 그런데 매슈스 씨가 조카를 남미 어디로 보내려고 하셨습니까?"

해리엇은 (에드워드 럼볼드를 제외하면) 자기 말에 맞장구를 쳐주는 사람과 대화를 한 경험이 거의 없었기에 완전히 들떠서 냉큼 대답했다. "브라질 어디라고 하던데. 정확한 지명은 잊어버렸어요. 정말 말도 안 돼요! 가이는 고무에 관심이 없어요. 게다가 지금 하는 사업도 잘되고 있고요. 아주 기발하답니다. 그러니까 그 일을 하는 방식 말이에요. 게다가 생각해보세요. 사업을 시작하자마자 돈이 굴러들어올 거라고 기대할 수는 없잖아요?"

"그렇죠. 혹시 가이 씨가 무슨 사업을 하는지 여쭤도 될까요?" 해너사이드가 맞장구를 치며 슬쩍 물었다.

"음, 그걸 실내장식이라고 한다더군요. 나는 금박 천장이나 검은색 패널에 끌리지 않지만 그런 걸 좋아하는 취향도 있겠죠. 다 이해해요. 하지만 그레고리 오빠는 예술이라면 질색을 했어요. 돌이켜보면 가이를 좋아하지 않았던 것 같네요.

가이도 쓸데없이 삼촌에게 버릇없이 굴었고요. 물론 오빠가 그럴 빌미를 충분히 제공했어요. 그러다가 남미 건이 터졌고 둘이 한바탕했죠! 가이가 그렇게 나올 만했어요. 왜냐하면 가엾은 가이는 너무나 필사적이었거든요. 본인이 직접 그렇게 말했어요. 그런 상황이면 당연하지 않겠어요? 전반적으로 상황이 복잡했어요. 오빠의 죽음이 기대했던 만큼 좋은 일을 불러오지는 않았지만, 적어도 걸핏하면 말싸움을 하거나 서로 꼴사나운 모습을 보지 않아도 될 거예요."

"그 말씀은 가이 매슈스 씨만 아니라 가족 전부와 고인과의 관계에 금이 가 있었다는 소리로 들리는군요." 해너사이드가 미소를 지으며 말했다.

"금이 간 게 아니라 박살이 났다고 해야겠죠." 해리엇이 감정을 솔직하게 드러냈다. "불쌍한 걸로 따지면 스텔라가 가장 불쌍했어요. 그 애는 필딩 선생과 결혼하고 싶어 하거든요. 그런데 이번에는 오빠가 말도 안 되는 이유를 들며 그 사람이 싫다는 거예요. 아버지가 잘못을 했다면 자식이 욕을 먹는 건 당연하다는 투였죠. 자세한 이야기까지 굳이 할 필요는 없겠죠. 물론 나도 절대 말하지 않을 거예요. 오빠의 행동에 대해 하나부터 열까지 수치스럽게 여겼으니까요. 저는 그건 엄연한 협박이라고 따졌답니다. 이 이야기는 더이상 하지 않는 편이 좋겠네요. 제발 이 이야기는 묻지 마세요."

"이해합니다. 분명히 해리엇 양과 조이 매슈스 부인 모두 힘겨운 시간을 보내셨겠군요. 따님을 위해서라도 매슈스 부인은 결혼을 반대하지 않으셨겠죠?"

해리엇이 코웃음을 쳤다. "글쎄요, 그 여자가 무슨 생각을 하는지 잘 모르겠어요. 그 여자 말은 한마디도 믿을 수가 없거든요. 게다가 그 여자가 애정을 쏟는 건 가이지 스텔라가 아니에요. 말이 나왔으니 말인데, 남미 이야기를 처음 들었을 때 그 여자 반응을 보고 깜짝 놀랐어요. 그 문제로 그렇게 흥분할 줄이야. 오빠와 말다툼까지 벌일 줄은 꿈에도 몰랐어요. 이제 완전히 등을 돌리려나 보다 싶었어요.

하지만 이번만큼은 절대 오빠를 설득할 수 없다는 사실을 깨닫자마자 그 여자는 태도를 완전히 바꿨어요. 언제 그랬냐는 듯이 다시 알랑거리더군요. 거트루드 언니 말이 옳았어요. 하지만 이 자리에서 굳이 언니가 한 말을 되풀이하려는 건 아니에요. 내게 살림 실력이 형편없다니 너무 못됐잖아요. 그렇지만 달리 다른 말이 생각나지 않네요! 오빠가 거트루드 언니에게 자신의 초상화와 푼돈을 남긴 건 다 인과응보에요. 일종의 심판이죠. 그러니 이번 일로 언니도 교훈을 얻었으면 좋겠어요. 앞으로는 부검을 해야 한다느니 하는 소리를 하지 않기를 바라요!"

해리엇의 마지막 말에 경위가 느닷없이 몸을 꼿꼿이 세우더니 해너사이드 경정을 잽싸게 바라보았다. 그는 보일락 말락 인상을 썼지만 해리엇에게 시선을 고정하고 질문했다.

"검시관에게 이 사건을 넘긴 사람이 바로 거트루드 럽턴 부인이었습니까, 해리엇 양?"

"엄밀히 말하자면 검시관에게 전화로 사실을 알린 사람은 의사 선생이었어요. 하지만 거트루드 언니가 아니었다면 절대 그런 연락은 하지 않았을 거예요. 애초에 독살은 고려하지도 않았거든요. 솔직히 말해서 필딩은 부검을 반대했답니다. 하지만 거트루드 언니를 누가 말리겠어요! 언니는 항상 남의 일에 참견을 하고 싶어 하죠. 수상하다며 터무니없이 소란을 피우니 의사 선생도 한발 물러날 수밖에요. 이런 짓을 해서 무슨 이득이 있죠? 그러니까 내 말은 오빠가 죽었다면 죽은 거예요. 우리는 고마울 따름이고요. 아, 말이 그렇다는 거죠. 어쨌든 내가 무슨 말을 하고 싶은지 아시겠죠?"

"알고말고요. 괜찮으시다면 필딩 선생이 아직 저택에 있는지 알아봐주시겠습니까? 잠시 이야기를 나누고 싶군요." 해너사이드가 말했다.

해리엇은 마음껏 떠들어댈 기회가 금방 끝나서 살짝 실망했지만 경찰의 부탁을 받아들여 선선히 방을 나섰다. 의사는 마침 홀에서 스텔라와 잡담을 나누고 있었기에 금방 찾을 수 있었다. 덕분에 경위에게는 고작 한마디 할 여유밖에 없었다.

“우리가 모르는 정보가 있긴 있네요.” 바로 여기까지 말했을 때 필딩이 도서실로 들어왔다.

“어서 오십시오, 선생님. 드리고 싶은 질문이 몇 가지 있습니다.” 해너사이드는 필딩을 반갑게 맞이한 뒤 펼쳐놓은 수첩을 내려다보았다. “고인의 시신을 처음 보셨을 때만 해도 사인이 실신이라는 판단에 부합하지 않는 증상은 발견하지 못했다고 증언하셨더군요.”

“맞습니다. 피상적인 검안만으로 중독 증상을 찾아낼 사람이 있을지 의문이군요.”

의사의 말에 해너사이드가 고개를 끄덕였다. “한동안 매슈스 씨를 진료하셨더군요, 그렇죠?”

“일 년 정도였습니다.”

“이 집 사람들과는 상당히 친밀하시겠군요. 이것저것 모르는 게 없으시겠군요?”

의사는 선뜻 대답을 하지 못했다. “뭐라 대답을 해야 할지 모르겠습니다. 저는 얼마 전부터 스텔라 양과 매우 친밀한 사이가 되었습니다. 사실 결혼을 약속한 상태죠. 의사로서 해리엇 양을 진료한 적이 있고요. 다른 식구들에 대해서는 잘 모릅니다.”

“매슈스가 사람들 사이에 반목이 상당히 심했다는 사실을 알고 계셨다고 봐도 되겠죠?”

"모르는 사람이 없는걸요." 의사가 선선하게 인정했다.

"혹시 그 점을 염두에 두시고 경찰에 신고하셨습니까?"

의사가 눈을 치뜨더니 해너사이드를 똑바로 바라보았다.

"경정님은 지금 착각을 하고 계십니다. 검시를 해야 한다고 고집을 피운 사람은 제가 아니라 럽턴 부인이었습니다."

"그 이야기는 하지 않으셨습니다만." 해너사이드가 말했다.

"죄송합니다." 필딩의 태도가 금세 누그러졌다. "그때 깜박했나 봅니다. 제가 보기엔 신고자가 누군들 별로 중요하지 않을 것 같은데요. 럽턴 부인에게 들으시겠지만, 저는 부검에 대해 전혀 반대하지 않았습니다. 오히려 그 반대였죠. 조금이라도 살인의 의혹이 있다면 당연히 제가 제일 먼저 철저한 조사를 원했을 겁니다."

그러자 경위가 질문했다. "고인과의 관계는 좋았습니까?"

필딩이 재미있다는 표정으로 그를 보며 대답했다. "아뇨, 경위님. 전혀 좋지 않았습니다."

"이유를 말씀해주시겠습니까?" 해너사이드가 물었다.

필딩은 자기 손톱을 물끄러미 보며 말했다.

"물어보시니 솔직하게 대답해드리겠습니다. 제 입장에서는 편하게 이야기할 만한 주제는 아닙니다만 경정님이 중요하다고 생각하실지도 모르는 사실을 숨기고 싶은 생각은 눈곱만큼도 없습니다. 매슈스 씨는 저와 스텔라 양의 약혼을 격렬하게 반대하셨습니다."

"왜요?" 경위가 물었다.

의사는 한동안 침묵을 지키다 목이 졸린 듯한 목소리로 대답했다. "매슈스 씨가 어떻게 알아내셨는지 모르겠습니다만, 아무튼 제 아버지가 알코올의존자 요양소에서 돌아가셨다는 사실을 알고 계시더군요."

의사의 고백에 경위는 대단한 충격을 받은 표정을 짓더니 당황한 듯 헛기침까지 했다. 반면 해너사이드는 아무런 감정도 드러나지 않는 목소리로 말했다. "개인사에 대해 왈가왈부했다니 불쾌하셨겠군요. 매슈스 씨가 이 사실을 스텔라 양에게도 알렸습니까?"

"예, 하지만 그녀의 마음은 변하지 않았습니다."

"그렇군요. 그렇다면 고인이 스텔라 양을 어떤 식으로든 통제하려 들었습니까?"

"매슈스 씨가 뭐라 해도 우리는 결혼했을 겁니다. 이게 궁금하신 거죠?" 필딩이 안쓰러운 미소를 지으며 두 사람을 번갈아 보았다. "그냥 말씀하시죠, 경정님. 빙빙 돌리지 마시고요. 매슈스 씨가 그 사실을 폭로하겠다며 저를 협박했는지 궁금하시겠죠, 아닙니까? 짐작하신 대로입니다. 게다가 정말 그 사실이 밝혀졌다면 저로서는 몹시 달갑지 않은 상황에 처했겠죠."

"고맙습니다." 해너사이드가 인사를 건넸다. 바로 그때 문이 열리는 소리가 나 고개를 돌려 문 쪽을 바라보았다.

조이 매슈스가 먼저 방 안에 들어서고 그 뒤를 따라 스텔라가 따라 들어왔다. 목과 손목 부분을 하얀 천으로 덧댄 검은 드레스를 입은 조이는 몹시 매력적이었다. 서둘러 머리를 틀어 올렸다고 하나 굽이치는 머리카락이 잘 정돈된 것만 봐서는 그런 사실을 조금도 짐작할 수 없었다. 그녀는 문가에 서서 주위를 둘러보며 말했다. "제가 방해가 되었나요? 그랬다면 정말 죄송해요. 하지만 가이가 경정님께서 절 보고 싶어 하신다더군요."

"방해라뇨. 어서 들어오시죠." 탁자 옆 의자에서 앉아 있던 해너사이드가 일어서며 말했다. "이제 가보셔도 됩니다."

조이는 필딩이 방을 나갈 때까지 기다렸다가 해너사이드에게 다가갔다. 탁자를 사이에 두고 마주 보는 자리에 앉은 그녀는 경정에게도 앉으라며 우아하게 손짓했다. 스텔라는 그 근사한 자태에 마음속으로 감탄하며, 엄마가 앉은 의자의 팔걸이에 비스듬히 걸터앉았다. 그리고 침울한 눈빛으로 경정을 바라보았다.

"제 딸과도 이야기하고 싶다고 하셨죠?" 조이가 물었다. 그녀는 스텔라의 손에 자기 손을 얹으며 마치 경정에게 속마음을 털어놓기라도 하듯 웃음을 터뜨렸다. "그 자리에 제가 있어도 괜찮겠죠? 이 아이는 무척 양심이 바르답니다. 그러니 미등을 켜지 않고 운전한 일처럼 난처한 질문을 하실까 봐 전전긍긍하고 있어요."

"엄마도 참!" 스텔라가 불편한 듯 꼼지락거리며 말했다.

"그건 제 담당이 아닙니다, 스텔라 양." 해너사이드가 말했다.

"알아요." 스텔라가 발끈하며 대답했다.

그러자 조이가 순간 딸의 손을 꽉 쥐었고 스텔라는 즉시 입을 다물었다. 대신 부인이 상냥하게 말했다. "뭐든 물어보세요, 경정님! 솔직하게 다 터놓기를 꺼려하는 사람도 있지만 이 과정은 꼭 필요하잖아요? 그러니 본능적으로 느껴지는 불쾌감은 어떻게든 극복해야죠. 저는 돌아가신 아주버님에게 정이 많이 들었답니다. 그래서 이런 상황이 무척 속상해요. 미리 말해두겠지만 전 신경이 예민해요. 하지만 대답할 수 있는 거라면 뭐든 대답해드리죠."

"고맙습니다. 얼마나 상심이 크실지 압니다. 지난 몇 년 동안 고인과 이곳에서 사셨지요?"

조이가 고개를 끄덕였다. "여기로 들어온 지 오 년이 되어가네요. 제가 깊은 상심에 빠져 있을 때 아주버님이 신경을 많이 써주셨어요. 그 사실만으로도 늘 감사하는 마음이었죠."

"오 년 전에 아빠가 돌아가셨어요. 그후로 삼촌이 제 어머니와 함께 저와 오빠의 공동 후견인이자 신탁관리인이 되셨죠." 스텔라가 설명했다.

"알겠습니다. 그렇다면 아드님을 남미로 보내는 건은 고인이 후견인의 재량으로 추진하신 겁니까?" 해너사이드가 물었다.

조이가 한쪽 눈썹을 치켜올리며 대답했다. "말도 안 되는 계획이었어요! 사실 저는 그 제안을 진지하게 받아들이지도 않았어요. 해리엇 형님이 벌써 다 말씀드렸겠죠? 정말 마음이 따뜻한 분이시죠. 하지만 이걸 아셔야 해요. 이미 알아채셨겠지만 해리엇 형님은 뭐든 과장하는 경향이 있어요. 이런 말을 당사자 앞에서야 하지 않겠지만, 형님은 아주버님을 제대로 이해하지 못했어요. 서로 맞지 않는 사람들 사이에는 그런 일이 종종 있더군요. 공감할 능력이 모자라니 상대의 성격을 꿰뚫어볼 수도 없는 거예요. 아주버님을 나만큼 잘 이해한 사람이 또 있을까 싶었던 적이 종종 있었답니다."

데이비스 경위와 해너사이드 경정의 눈빛이 일순 마주쳤다. 경위의 눈빛에는 많은 생각이 담겨 있었다. 무엇보다도 매슈스가에는 입심 좋은 여자들 천지라고 말하는 것 같았다.

"그렇다면 가이 매슈스 씨를 브라질로 보낼 구체적인 계획은 없었나요?" 해너사이드가 물었다.

"아주버님은 남미행이 그 애에게 새로 시작할 좋은 기회가 될 거라고 하셨죠. 하지만……."

"부인은요? 부인도 그렇게 생각하셨습니까?" 해너사이드가 단도직입적으로 캐물었다.

조이는 경정의 직설적인 태도까지도 다 이해한다는 듯 미소를 살짝 보였다. "경정님이 여성이었다면 그런 질문은 하지 않으셨을 거예요. 전 가이의 엄마입니다. 누구도 반박할 수 없는 확실한 이유가 아니라면 내 아들을 그런 식으로 보낼 수 없어요."

"그러니까 반대하셨다는 거죠, 매슈스 부인?"

그녀가 서글서글하니 웃음을 터뜨렸다. "네, 그래요. 내가 '반대했다'고 생각하셔도 될 것 같군요. 하지만 아까도 말했다시피, 나는 아주버님의 의도를 잘 알고 있었어요. 게다가 그 계획이 결국 유야무야될 것도 짐작했죠."

해너사이드가 이번에는 스텔라에게로 시선을 돌렸다. 그녀는 시선을 아래로 향한 채 입을 꾹 다물고 미동도 없이 가만히 앉아 있었다. 경정이 다시 조이에게 시선을 돌리며 물었다.

"그 일을 둘러싸고 두 분 사이에 앙금이 남았습니까?"

"설마요, 전혀 그렇지 않았어요! 아주버님이 돌아가셨을 때만 해도 우리 사이는 예전처럼 화목했답니다."

"두 분이 말다툼을 한 적도 없었고요?"

그녀가 목소리를 낮췄다. "있긴 있었지만, 다툼이라기보다,

뭐라고 하면 좋을까요? 그래요, 내 쪽에서 마음을 다쳤다고 할까요. 그래서 유감스럽게도 말을 좀 심하게 했어요. 아주버님이 브라질 건에 대해서 처음 이야기를 꺼냈을 때 그만 발끈하고 말았죠. 엄마로서 당연한 반응이었지만 결코 현명한 대처는 아니었어요. 다행히 금방 화를 누그러뜨렸죠. 결국 아주버님도 내 바람에 반하는 일을 끝까지 고집하지는 않으시리라는 걸 잘 알고 있었으니까요. 요령껏 굴어야 했어요. 아주버님이 돌아가셨을 즈음 우리 사이에 앙금은 전혀 남지 않았다는 말을 떳떳하게 할 수 있어서 얼마나 마음이 편한지."

"그러시리라 생각됩니다." 해너사이드가 말했다.

그로부터 한 시간 후 경정과 경위는 나란히 포플러스 저택을 떠났다. 데이비스 경위는 완전히 기진맥진해 있었다. 그는 해너사이드와 발을 맞추어 진입로를 걸어 나가며 말했다. "이 저택에 사는 해리엇 양이 별난 사람이라는 말은 들었습니다만 조이 매슈스 부인에 비하면 아무것도 아니군요! 어떻게 상대해야 할지 전혀 모르겠어요. 진심입니다."

"그래, 보통내기가 아니더군. 그런 여자들을 상대할 때는 그들이 언제 진실을 말하고 언제 진실이라고 생각하는 이야기를 들려주는지 분간하기가 쉽지 않지……. 많이 기다렸나, 헤밍웨이!" 해너사이드가 부하를 불렀다.

헤밍웨이 경사는 반짝거리는 두 눈과 호감 가는 미소가 인상적인 쾌활한 남자였다. 정문 밖에서 두 사람을 기다리고 있다가 경정을 보자 그의 곁으로 다가서며 유쾌하게 말했다.

"경정님, 제 말 좀 들어보세요. 아무래도 이 사건이 싫어질 것 같습니다. 단연코 말씀드릴 수 있어요. 하인들 구역에서 무슨 냄새가 나는지 아시나요? 어이쿠, 진한 완두콩 수프에요!"

그를 잘 모르는 데이비스 경위가 어리둥절한 표정을 지으며 되물었다. "뭐라고?"

"그냥 그렇다는 말입니다." 경사가 이렇게 정리하며 경정에게 물었다. "뭐라도 건지셨습니까, 경정님?"

"별로 없네. 아직 시작 단계니까."

"아무래도 독살 사건은 마음에 안 들어요. 차라리 깔끔하게 총알이 박힌 사건을 맡겨주세요. 그런 사건이면 뭘 해야 할지 알기 쉽지 않습니까. 게다가 서로 다른 소리를 하는 의사들이 잔뜩 몰려와서 사건을 뒤죽박죽으로 만들지도 않겠죠! 혹시 니코틴 독살 사건을 전에도 수사하신 적 있습니까, 경위님?"

"아니, 처음이네." 경위가 대답했다.

"제가 독살 사건에 대해서 아는 게 있다면 이겁니다. 이 사건이 해결될 즈음이면 경위님은 두 번 다시 독살 사건을 맡고 싶지 않으실 겁니다. 저도 그렇고요. 경정님은 징조 같은 걸 믿지 않으시죠. 하지만 저는 방금 그런 징조를 봤어요." 경사가 마치 예언하듯 말했다.

"자네가 징조를 본 게 이번이 처음도 아니지." 해너사이드가 퉁명스럽게 대꾸했다.

"아니라고는 말 못 하겠네요." 상사의 핀잔에도 경사는 전혀 움츠러드는 기색 없이 말했다. "이번 사건을 보고 뭔가 떠오르는 게 없으신가요, 경정님?"

"없네. 짚이는 구석이 있다면 얼른 말해봐. 뭐가 떠올랐나?" 해너사이드가 부하를 재촉했다.

경사가 그를 의미심장한 눈빛으로 바라보며 말했다. "베러커 사건[1]입니다."

"베러커 사건! 그건 척살 사건 아닌가!"

"제가 언제 독살 사건이라고 했나요? 이번 사건이 일어난 무대의 배경을 이해하고 등장인물들을 살펴보니 무심코 그 사건이 떠오르더라 이 말입니다."

잠자코 있던 경위가 느릿느릿 말문을 열었다. "저는 말이죠. 이 사건에서 무엇보다 니코틴이 마음에 안 들어요. 경정님이 보여주신 보고서를 읽어보니 의사들도 잘 모르는 것 같아요. 위에서는 미세한 흔적밖에 남아 있지 않았기 때문에 다량을 삼켰을 거라고 보기는 힘들며 혈액을 분석해 독을 발견할

1 해너사이드 경정과 헤밍웨이 경사가 처음으로 등장하는 전작 『차꼬를 찬 시체』에서 일어난 사건을 말한다.

수 있었다죠? 아, 그리고 입에서도, 그렇죠? 그 뭐더라……."

"점막과 혀였죠." 경사가 아는 척을 하며 끼어들었다. "의사들 말로는 니코틴을 찾으려면 입을 살펴봐야 한답니다. 간과 신장도요. 왜 어떤 사람들은 하고많은 직업 중에 의사가 되고 싶은 걸까요?"

"그렇다면 그는 어떤 방법으로 독약을 먹었을까요?" 경위가 물었다.

"그가 독을 삼키지 않았을 가능성이 높네." 해너사이드가 말했다.

"뭐라고요?" 경위가 깜짝 놀라 되물었다.

"지금까지 밝혀진 사례들을 보면……." 해너사이드가 이렇게 운을 뗐다. "니코틴이 피하주사로 주입되었거나 피부로 흡수된 경우도 있더군. 결과는 치명적이야. 몇 년 전에 이런 일도 있었지. 어느 경기병 중대원 전원이 담뱃잎을 피부에 붙여서 밀수하려다가 된통 고생을 했다네."

"그거 보세요! 제가 뭐랬습니까!" 헤밍웨이가 불쑥 끼어들었다. "우리 앞에 떨어진 단순한 사건을 보세요. 그 불운한 사람이 치사량의 독약을 먹었는지 누가 그 사람에게 끼얹었는지조차 모르는 성가신 상황이에요. 그렇지만 한 가지는 분명합니다. 살인자가 누구든 독에 대해 잘 아는 사람일 거예요."

"그럴 거야. 아니면 독에 대해 이것저것 조사를 했거나. 내가 알기론 그리 복잡하지는 않아. 화학 지식이 조금만 있어도 니코틴을 추출할 수 있다더군. 하인들에게서 알아낸 건 없나, 헤밍웨이?"

"많죠." 경사가 즉각 대답했다. "제가 보기엔 너무 많아서 탈이에요. 하인들은 매슈스가 사람들이라면 누구나 매슈스 씨를 해치울 기회를 반겼을 거라더군요. 죽은 매슈스 씨가 어지간히도 가족들을 쥐락펴락했나 봐요. 요리사는 조이 매슈스 부인의 짓일 거랍니다. 영감이 그 부인의 아들을 브라질에 보내버리려고 했거든요. 하지만 죽여봐야 무슨 소용입니까? 심리학적 관점에서 좋은 동기가 아니라는 말은 아닙니다. 동기로는 괜찮아요. 하지만 당장은 매슈스 부인에 대한 판단은 보류하겠습니다. 증거가 없으니까요. 그리고 로즈 대븐트리라는 예쁘장한 하녀가 있는데요, 그 아가씨에 대한 인상을 물어보신다면 경위님이 충격을 받으실지도 모를 단어는 쓰고 싶지 않다는 말밖에 드릴 말씀이 없군요."

데이비스 경위가 씩 웃으며 말했다. "나도 그 하녀를 아네."

"음, 그 하녀는 조카딸을 지목했습니다. 삼촌이 의사와의 결혼을 반대했거든요. 말은 그렇게 했지만, 스텔라 양이 이 앙증맞은 장미 꽃송이에게서 불평이 나올 정도로 일거리를 만들어대니 하는 소리겠죠. 로즈 밑에 있는 하녀와도 이야기했습니다. 시골에서 온 아가씨인데, 성은 스티븐스라고 하더군요. 그녀는 사건에 대해 쓸 만한 정보는 물론이고 아무 생각이 없더군요. 정원사 두 명과 주방 하녀를 제외하면 집사가 남습니다. 집사의 증언은 경정님을 위해서 따로 기록해뒀습니다. 그나마 집사의 증언이 제일 쓸 만했다고밖에 드릴 말씀이 없네요. 집사의 증언에서 주목해야 할 부분은, 해리엇 양이 그레고리 씨의 방에서 나오는 모습을 목격했다는 부분입니다. 11시 직후에 자러 올라가는 길에 봤다더군요."

"확실한가?" 해너사이드가 되물었다. "그거 흥미롭군. 해리엇 양은 오빠가 방으로 올라간 후로 전혀 보지 못했다고 했거든."

"음, 경정님이 흡족해하시니 저도 좋네요. 경정님이 저보다 정보를 더 많이 알아내셨다면 그 여자가 오빠를 해친 동기를 짐작하실 수 있겠죠." 헤밍웨이 경사가 말했다.

"그 괴상한 여자! 정말 지긋지긋해요." 데이비스 경위가 생각에 잠겨 말했다.

"괴상한 사람이라서 살인을 저지른 경우는 한 번도 못 봤는데요. 앞으로도 그런 사건이 절대 없으리라고 장담은 못 하지만요. 하지만 이제부터 말씀드릴 내용은 구미가 당기실 겁니다. 집사가 매슈스 씨의 욕실에서 뜯지도 않은 강장제 따위의 약병들이 세면대에 버려져 있는 걸 봤답니다. 누군가 세면대에 던진 탓에 병은 산산조각이 났고요. 해리엇 양이 그 난

장판을 보고 유리병 조각을 전부 주방 화덕에 넣어버렸다고 합니다. 제가 보기엔 꽤 수상쩍은 행동인데 하인들은 전혀 의심하지 않더군요. 그 여자가 또 바보 같은 짓거리를 한 거라고만 생각해요.

지금부터 말씀드릴 마지막 정보는 추문으로 번질 수도 있습니다. 하인들 말로는 의사에게 술과 관련한 문제가 있답니다. 집사는 매슈스 씨가 의사에게 아주 불리한 사실을 쥐고 있었을 거라고 철석같이 믿더군요. 하지만 의사가 술병을 끼고 사는 게 아니라면 자기도 더이상은 모르겠답니다."

"의사 선생이 그 점에 대해서는 솔직하게 털어놓았다네. 피살자가 필딩에게 조카딸과 헤어지지 않으면 그의 아버지가 알코올의존자 요양소에서 죽었다는 사실을 퍼뜨리겠다고 으름장을 놓은 모양이야." 해너사이드가 말했다.

경사가 눈을 휘둥그레 뜨며 대단하다는 듯 소리쳤다. "이 시골 마을에서 무슨 일이 벌어지고 있는 겁니까. 그게 바로 공갈이고 협박 아닙니까!"

해너사이드가 고개를 끄덕였다. "나도 그렇게 생각한다네."

"공갈 협박은 살인의 가장 강력한 동기 중 하나지 않습니까, 경정님?"

"그렇지. 하지만 필딩이 살인까지 저지르면서 스텔라 양을 얻으려 할 정도로 필딩이 그녀를 열렬히 사랑한다는 느낌이 들지 않았어."

잔뜩 인상을 쓰고 두 사람의 대화를 듣고 있던 데이비스 경위가 말했다. "그 의사는 아마도 스텔라 양이 유산을 꽤 물려받을 거라고 기대했을 겁니다. 저도 그레고리 매슈스가 조카딸에게 재산을 남길 거라 짐작했거든요. 전부는 아니라도 상당 부분 그녀에게 물려줄 거라고 예상했습니다. 조카딸을 끔찍이 아낀다는 이야기를 여기저기서 들었으니까요. 반년 전에는 라일리 스포츠카도 사줬어요. 그레고리 매슈스는 마음에 들지 않는 사람에게는 국물도 없는 사람입니다."

해너사이드는 그 말을 다 듣고도 쉽사리 입을 열지 않았다. 그러더니 마침내 말문을 열었다. "왜 니코틴일까? 필딩은 한때 그레고리 매슈스의 주치의였어. 게다가 그의 생활 방식은 건강한 것과 거리가 멀었지. 만약 필딩이 그를 죽이고 싶었다면 왜 서서히 죽이지 않았을까? 그러면 아무도 의심받지 않을 것 아닌가."

"그건 그렇죠. 하지만 뒤집어 생각해볼 수도 있잖아요. 의사가 절대로 쓰지 않을 것 같은 독이 있다면 바로 니코틴 아닐까요? 어떻게 생각하세요, 경정님?"

"그래, 나도 그 생각을 해봤다네." 해너사이드가 말했다.

"바로 여기서 심리학이 등장하는 겁니다." 경사가 쾌활하게 말했다. "이제 뭘 해야 하죠?"

"나는 피살자의 누나인 럽턴 부인을 만날 생각이네. 알고 보니 부검을 요구한 사람이 바로 그녀더군."

"이런, 이런, 이런!" 경사가 깜짝 놀라며 말했다. "그렇다면 '우리 의심을 요리조리 잘도 피해 가는 그 미꾸라지'가 아니었군요? 마침내 수사가 진전을 보이네요!"

"필딩이 아니었다는 뜻이라면, 그래. 그 사람이 아니었어. 하지만 지금까지 내가 들은 증언들을 종합해보면 진전이라고 할 수 있을지 모르겠군. 의사에게는 완벽한 동기가 있었어. 또 부검을 걱정하는 것처럼 보였다고도 하고. 일단 럽턴 부인의 이야기를 들어보고 나서 다시 생각하기로 하지. 상속자도 찾아가봐야 해." 해너사이드가 차분히 대답했다.

"상속자가 누군데요?" 경사가 대뜸 물었다.

"런던에 살고 있는 그레고리 매슈스의 장조카라네. 꼭 만나봐야 할 것 같아. 친척들 사이에서 꽤나 미움을 받는 고약한 사람이라더군." 해너사이드가 느릿느릿 대답했다.

"그 사람에 대해선 금시초문인데요. 도대체 그자가 이 사건과 무슨 관련이 있죠?" 경사가 물었다.

해너사이드가 웃음을 터뜨렸다. "바로 그게 문제라네, 이 친구야. 아무 관계가 없어. 그런데도 나는 이자야 말로 분명 사건과 연관이 있을 거라는 느낌을 지울 수가 없단 말이야."

5

그로부터 삼십 분 후, 데이비스 경위는 분통을 터뜨렸다. "여자들이란!"

그들은 거트루드 럽턴과의 면담을 끝내고 막 나오는 길이었다. 그러니 이를 바득바득 가는 데이비스를 조금 이해해줘도 되리라. 해너사이드는 웃음을 터뜨렸다. 한편 처음 보는 인간형에 늘 관심을 보이는 헤밍웨이 경사는 이렇게 말했다. "이게 바로 제가 '좋은 아침'이라고 부르는 아침이죠. 그저 재미로 집안에서 추문을 일으키는 사람들이 있다니 믿어지세요?"

"재미가 아니야, 질투지. 어쩌다 보니 그녀의 판단이 맞아떨어진 거야." 해너사이드가 바로잡았다.

"그 판단이 옳았든 아니든 그 여자가 부검을 요구할 만한 근거는 전혀 없었습니다. 남편이 그렇게 안절부절못하는 것도 이해가 되네요. 아내가 그렇게 설치는데 휘어잡지도 못하다니. 남자 망신은 다 시키고 있어요!" 데이비스가 씩씩거리며 말했다.

"불쌍한 작자! 어쨌든 그녀가 아니었다

면 사건이 드러나지도 않았을 테니 우리가 불평할 이유는 없네. 그녀의 속셈이 뭐였든 말이지." 해너사이드가 다독이듯 말했다.

헤밍웨이가 코끝을 긁으며 말문을 열었다. "속셈 같은 게 아니에요. 그럼 뭐냐! 그냥 여자의 감이죠. 재미있는 존재예요, 여자들이란."

"진심인가?" 데이비스가 경멸하듯 말했다.

헤밍웨이는 날카로운 눈빛으로 데이비스를 보았다. "경위님은 결혼하셨습니까?"

"아니."

"방금 질문이 '하나마나한 질문'이라는 거겠죠. 경위님이 미혼이라는 사실을 아니까요. 만약 결혼을 하셨다면 여자의 감을 믿으실 겁니다. 여자들은 감이 있어요. 아주 용한 사람들도 있죠. 어쨌든 열 번에 한 번 정도는 딱 맞아떨어진다 이겁니다. 찔러도 피 한 방울 안 나올 것 같은 거트루드 럽턴은 누군가 동생을 해쳤다는 '감'을 느낀 겁니다. 경위님이 저처럼 여자의 '감'을 믿는다면 부인의 심보가 못돼먹어서 그런 말을 꺼냈다는 생각은 못 하실걸요. 그게 아닙니다! 그녀는 분명 이렇게 생각했을 겁니다. '이 집구석에 사는 인간들은 다 맘에 안 들어.' 경위님, 여자는 말이죠, 일단 머릿속에 그런 생각이 자리 잡으면 그들에게 불리한 '감'이 두 배는 빠르게 반응합니다."

하지만 거트루드 럽턴이 무조건 싫은 경위는 그 말에 동의하지 않았다. "나는 그 여자가 스스로 범행을 저지르고 의심을 피하려고 법석을 피웠다고 해도 전혀 놀라지 않을 걸세."

헤밍웨이는 '아무렴'이라고 말하는 듯한 눈빛을 해너사이드와 주고받은 후 말했다. "억측입니다. 그녀는 깨끗해요."

"시간만 날렸군요! 그녀의 증언은 전부 아는 이야기 아닙니까, 경정님?"

해너사이드는 툴툴거리는 데이비스의 말을 듣는 둥 마는 둥하며 대꾸했다. "동의하냐고? 음, 나는 자네들의 의견 모두 동의하지 않네. 그녀에게는 그저 감이라고 할 수만은 없는 확실한 근거가 있어. 게다가 몇 가지 정보를 알려줬지."

헤밍웨이가 고개를 끄덕였다.

"역시 실마리를 찾아내셨군요."

"그런 뜻은 아닐세. 럽턴 부인은 상대하기 껄끄러운 사람이기는 하지만 고지식할 정도로 정직해. 매슈스가 사람들과의 면담을 생각해보게. 다들 겁에 질려서 자신이 위험해지지 않겠다 싶은 선까지만 대답했지. 헌데 럽턴 부인은 나든 자네들이든 경찰을 전혀 겁내지 않아. 게다가 어느 누구도 비난하지 않지. 그녀의 행동은 악의에서 비롯된 것이 아니야. 그녀의 동기는 정의라네. 그러니 그녀가 한 말을 귀담아들을 필요가 있어. 해리엇 양 같은 사람이 올케가 무슨 짓이라도 할 사람이라고 한다면 나는 믿지 않을 걸세. 마찬가지로 그레고리가 조용히 사라져주면 해리엇 양이 좋아했을 거라는 조이 매슈스 부인의 은근한 암시도 무시할 거고. 하지만 렙턴 부인처럼 어떤 경우에도 타협하지 않고 솔직하게 말하는 사람이, 올케라면 목적을 위해 뭐든 할 거라고 하면 나는 똑바로 앉아서 귀를 기울일 거라네. 그런 그녀가 지금 의심하는 사람은 조이 매슈스 부인과 그녀의 아들, 그리고 의사야."

"그 여자가 의심하지 않는 사람이 있긴 한가요." 경위가 투덜거렸다.

"당연히 있고말고. 그녀는 스텔라 양을 제외했어. 렙턴 부인은 조카딸을 뼛속 깊이 싫어하는 듯하더군. 그런데도 스텔라 양이 그런 일을 했을 리 없다고 단언하지 않았나. 그 말을 들은 순간 나는 그 세 사람 중 누군가에게 살의가 있었을 거라는 그녀의 주장에 무게를 두게 된 거라네. 헤밍웨이, 나는 여자의 감에 대해서 아무것도 모르네. 그렇지만 렙턴 부인이 살인을 의심했다면 그것은 동생의 시신에서 이상한 점을 찾아냈기 때문이 아니야. 포플러스 저택의 상황이 살인을 부를 만큼 험악했다는 사실을 알고 있었기 때문이지. 나는 그걸 꼭 밝혀내고 싶은 거라네."

헤밍웨이가 고개를 끄덕였다. "알겠습니다."

하지만 데이비스는 해너사이드의 의견에 좀처럼 수긍이 가지 않는 기색이었다. “그건 그렇다 쳐도 그레고리 매슈스가 어떻게 독을 먹었는지는 여전히 의문입니다. 제일 우려되는 부분이기도 하고요. 저녁 식사 후 마셨다는 강장제를 제외하고 오로지 그 사람만 마셨을 문제의 음료를 아직도 알아내지 못했잖습니까.”

“가이 매슈스가 손에 작은 독약병을 숨기고 있다가 위스키소다에 몰래 독약을 탔을지도 모르지.”

데이비스는 해너사이드의 추측에 동의할 수 없다는 듯 코웃음을 쳤다. 그러자 헤밍웨이가 끼어들었다.

“너무 조바심내지 마세요, 경위님. 경정님이 분명 숨겨진 실마리를 추적하고 계실 테니까요, 그렇죠?”

“그런 셈이지. 어쨌든 런던으로 돌아가서 랜들 매슈스를 만나보세.”

경찰서에 도착해 데이비스 경위와 헤어진 해너사이드 경정과 헤밍웨이 경사는 지하철을 타고 런던으로 돌아갔다. 랜들 매슈스는 세인트제임스 스트리트에서 갈라져 나온 길에 위치한 플랫을 빌려 살고 있었다. 해너사이드가 1시에 그의 집을 방문했지만 마침 집에 없었다. 랜들의 하인은 경찰을 못마땅한 눈초리로 바라보며 주인이 언제 귀가할지 좀처럼 대답해주지 않았다. 해너사이드와 헤밍웨이가 3시에 다시 와보니 집 앞에 벤츠 자동차가 서 있었다. 그 차의 주인이 랜들 매슈스일 것이라고 짐작했다.

처음 방문했을 때 현관문을 최소한으로 열어 좁은 틈으로 경찰을 상대했던 것과 달리, 하인은 내키지 않는 티를 내기는 했지만 문을 활짝 열어 경정 일행을 집 안으로 들였다.

두 사람이 안내를 받아 간 곳은 온통 잿빛으로 장식된 작은 홀이었다. 벤슨이라는 하인이 주인에게 손님의 방문을 알리러 간 동안 그들은 그곳에서 기다렸다.

헤밍웨이가 미심쩍은 표정으로 주위를 둘러보며 중절모 테두리로 턱 끝을 긁더니 말을 꺼냈다. "이런 걸 두고 예술이라고 하는 걸까요? 경정님, 이곳의 실내장식이 꽤 의미심장하지 않습니까? 저 소파를 보세요."

"그게 뭐 어떻다는 건가?" 해너사이드는 그가 말한 물건을 못마땅한 눈빛으로 바라보았다. 다리가 짧고 쿠션 부분이 널찍한 소파는 흑진주색 벨벳으로 싸여 있었다.

"잘 모르겠어요. 만약 저 소파에 황금색 술이 달린 쿠션이라도 잔뜩 쌓여 있었다면 집주인의 취향을 짐작할 수 있을 겁니다. 하지만 저래서는 아무것도 모르겠어요. 어쨌든 이 작자의 취향이 고급스럽다고 적어둘 수밖에 없겠죠. 저 그림들은 동양화인가요?"

"중국화군." 해너사이드가 간단하게 대답했다.

"어련하겠어요. 모든 게 제가 짐작한 대로네요." 헤밍웨이가 말했다.

그때 홀 한쪽에 있는 창이 달린 문이 열리며 랜들 매슈스가 모습을 드러냈다. 그는 엄지와 검지로 해너사이드의 명함을 쥔 채 그들에게 다가왔다.

헤밍웨이가 소곤거렸다. "저기도 장식이!"

일부러 맞춘 것은 아니겠지만 랜들이 입은 흑진주색의 플란넬 정장은 배경과 아름답게 어우러졌다. 그는 보고 있던 명함에서 눈을 들며 말했다. "아하, 만나서 반갑습니다, 경정님! 누추한 제 집까지 오시느라 고생이 많으셨습니다. 이렇게 인사를 해야 할까요? 어서 들어오시죠." 그는 자신이 나온 방을 가리켰다. "물론 두 분 다요. 친구분을 소개해주시겠습니까, 경정님?"

"헤밍웨이 경사입니다." 그때까지 조금도 동요하지 않던 해너사이드가 두 눈을 살짝 찌푸렸다.

"반갑습니다, 경사님. 벤슨, 경사님의 모자를 받아주게." 랜들이 사근사근하게 지시를 내렸다.

헤밍웨이는 평소 어떤 취급을 받아도 개의치 않았으나, 이번만큼은 매순간 호기심을 억눌러야 하는 아가씨가 된 기분으로 해너사이드를 졸졸 따라갔다. 그들이 들어선 방은 거리 쪽으로 나 있었는데, 책장을 제외한 모든 것이 스페인산 가죽으로 마감되어 있었다.

랜들은 러시아 담배가 든 상자를 집어 두 방문객에게 권했다. 두 사람이 거절하자 랜들은 한 개비를 꺼내서 불을 붙인 뒤 의자를 가리키며 말했다. “일단 앉으시죠. 그리고 본론으로 들어가기 전에 불쌍한 제 삼촌이 어떻게 독살당하셨는지 말씀해주세요.”

해너사이드가 한쪽 눈썹을 치켜올리며 물었다. “랜들 씨도 독살이라고 생각하셨습니까? 제가 듣기론 럽턴 부인이 그런 가능성을 내비쳤을 때 근거가 없다고 일축하셨다면서요.”

“네, 그렇습니다. 거트루드 고모님의 의견이라면 저는 앞뒤 재지 않고 무조건 반대하거든요. 하지만 저도 감이 꽤 좋은 편입니다. 경정님이 친히 저를 찾아오신 것을 보면 분명 제 판단이 틀렸다는 뜻이겠죠. 제 실수를 떳떳하게 인정합니다. 가끔이지만 저도 실수를 하니까요.”

“짐작하신 대로입니다. 그레고리 매슈스 씨는 독살되셨습니다.” 해너사이드가 무미건조하게 사실을 전했다.

“역시 그렇군요. 그게 아니면 저를 찾아오셨을 리 없겠죠. 좀더 자세히 들려주시겠습니까?”

“사인은 니코틴중독입니다.” 해너사이드가 알렸다.

“어떻게 그런 일이! 그렇게 흔한 걸로 말입니까? 그런 방식을 택하다니 저속하기까지 하군요. 담배를 죄다 버려야겠어요." 랜들이 말했다.

"시간을 많이 빼앗지 않겠……."

"'귀중한 시간'이라고 하셔야죠." 랜들이 부드럽게 참견을 했다.

"……필요 이상으로 빼앗지 않겠습니다, 랜들 씨. 어쨌든 랜들 씨는 고인의 재산을 모두 물려받을 유일한 상속자인데다가 집안의 가장이 되셨으니 꼭 만나야 했습니다. 경찰은 고인의 서류를 모두 검토해봐야 하거든요."

"아하, 삼촌의 변호사를 만나고 싶으신 거군요. 마음에 드실 겁니다." 랜들이 대답했다.

"변호사가 누구인지 아직 모릅니다. 혹시……."

"물론 알려드려야죠." 랜들이 해너사이드의 말을 끊으며 대답했다. "삼촌의 변호사는 캐링턴 씨입니다."

해너사이드가 수첩에 이름을 받아 적으려다가 고개를 들고 되물었다. "캐링턴이라고요?"

"자일스 캐링턴. 같은 성을 지닌 변호사가 여럿 있을 텐데, 제가 말하는 캐링턴 변호사의 사무실은 애덤 스트리트에 있습니다."

"고맙습니다. 자일스 캐링턴 씨와는 잘 아는 사이입니다. 한두 가지 질문에 대답해주시면 더이상 시간을 빼앗지 않겠습니다. 삼촌을 마지막으로 본 건 언제였습니까?"

랜들이 이마를 찡그렸다. "그런데 경정님의 질문이 왜 이렇게 익숙하죠? 삼촌이 아니라 '아버지'가 되어야 하는 거 아닙니까?"[1]

해너사이드는 치밀어 오르는 부아를 꾹 누른 후 다시 담담하게 물었다. "언제 만나셨습니까?"

"그때가 청교도혁명 시기였죠? 오, 죄송합니다. 우리가 그림 이야기를 한다고 생각했지 뭡니까! 삼촌이 돌아가시기 전 주 일요일에 뵌 게 마지막이었습니다. 그러니까 날짜가……."

"5월 12일이겠군요. 그날 그린리히스에 갔습니까?" 해너사이드가 물었다.

"그렇습니다." 랜들이 희미하게 진저리를 치며 대답했다.

그 반응을 눈여겨본 해너사이드가 놓치지 않고 물었다. "제 호기심을 용서해주시기 바랍니다. 그런데 랜들 씨, 그날의 방문을 특별히 기억하는 이유라도 있습니까?"

"제 기억에 깊이 각인이 되었다고나 할까요. 그날 제 사촌 애그니스도 삼촌을 만나러 왔더군요. 그러니까 크루 부인이라고 하는 게 맞을 겁니다. 확실하지는 않지만요."

"그게 답니까?"

"아뇨, 그럴 리가요. 사촌이 변변찮은 아들을 데리고 왔

[1] 영국의 화가 윌리엄 프레더릭 짐스의 대표작 <아버지를 마지막으로 본 것은 언제입니까?>를 말하는 것이다.

는데, 제가 그 아이를 예뻐해주려고 방문한 것처럼 여기지 뭡니까."

해너사이드는 랜들의 대답을 무시하고 최대한 퉁명스럽게 다음 질문을 던졌다. "그날 고인을 마지막으로 보셨습니까?"

"그렇습니다." 랜들이 간단하게 대답했다.

"고인과 사이는 좋았습니까?"

"그럼요." 랜들이 무덤덤하게 대답했다.

"친밀하셨나요, 랜들 씨?"

눈을 내리깐 랜들이 속눈썹 사이로 경정을 바라보며 대답했다. "그렇게 받아들여주시기 바랍니다."

"그러면 질문을 바꾸죠. 삼촌에게서 신뢰를 받으셨나요?"

"그 정도는 아닌 것 같군요. 말로 설명할 수는 없는 저의 어떤 면 때문에 제 가족은 저를 통 믿지 않거든요." 랜들이 대답했다.

"혹시 삼촌에게 적이 있었습니까?"

"모릅니다. 마찬가지로 삼촌에게 친구가 있었는지도 저는 모릅니다." 그의 말투는 부드러웠다.

"오!" 랜들을 바라보는 해너사이드의 눈빛이 날카로웠다. "그럼 매슈스 씨가 죽기를 바랄 만한 이유가 있는 사람을 알고 계십니까?"

"저를 제외하고 말입니까?" 랜들이 되물었다.

경사가 자리에서 펄쩍 뛸 듯이 놀랐다. 해너사이드는 침착하게 대답했다. "그럴 만한 이유가 있습니까, 랜들 씨?"

랜들이 미소를 지으며 대답했다. "이유요? 경정님, 저는 상속자입니다. 까놓고 말씀드리죠! 빙빙 돌려서 질문하지 않으셔도 됩니다. 무슨 질문을 하시든 기꺼이 대답해드리죠. 솔직히 말씀드리면 저는 경찰을 도와서 살인범을 추적하고 싶어 몸이 근질거리거든요."

"고맙습니다." 해너사이드가 말했다.

"천만에요. 빼실 것 없습니다. 우선 제 은행 잔고가 궁금하시겠죠. 이 자리에서 제가 대충 대답해드릴 수 있는 성질의 문제가 아니니 제 은행 담당자에게 소개서를 써드리겠습니다."

"그것보다 5월 14일의 행적에 대해서 설명해주시면 더 고맙겠습니다." 해너사이드가 요청했다.

"그건 더 간단하죠. 그날이라면 당연히 뉴마켓에 있었습니다." 랜들이 대뜸 대답했다.

"경마를 좋아하십니까, 랜들 씨?"

"무척 좋아합니다." 랜들은 이렇게 대답하며 책상으로 자리를 옮기더니 편지지 반절에 뭔가를 적기 시작했다. "3시 반 경주가 끝난 후에 런던으로 돌아왔습니다. 함께 간 친구는 프랭크 클러터벅인데, 그의 주소를 적어드리죠. 거기서 곧장 집으로 돌아와 옷을 갈아입었습니다. 그 사실은 벤슨에게 확인해보세요. 그리고 듀발로 갔습니다. 그곳이 레스토랑이라는 사실은 잘 아시겠죠. 그곳 지배인에게 제 이름을 대면 사실을 확인하실 수 있을 겁니다. 그곳에서 친구 둘과 합석을 했습니다, 그들의 이름과 주소도 지금 바로 적어드리죠. 식사를 마치고 우리는 펄라디엄 극장으로 갔습니다. 1층 B열의 8번, 9번, 10번 좌석이었죠. 공연이 끝나기 직전에 그곳을 나서면서 화장실에 들렀고요. 그곳에서 택시를 타고 사우스 스트리트로 갔는데, 이런, 어리석게도 택시 기사의 번호를 받아두지 않았군요. 사우스 스트리트에 도착해서, 늦었지만 우아하게 매싱엄 부인의 댄스파티에 입장했습니다. 부인의 주소도 알려드리죠. 새벽 3시 즈음, 사우스 스트리트에서 집으로 돌아와 잠자리에 들었습니다."

랜들은 여기까지 말한 후 일어서서 해너사이드에게 종이를 건넸다.

"어디까지 말했죠. 아, 이튿날 자일스 캐링턴 씨 전화 때문에 잠에서 깼습니다. 오전 11시에서 정오 사이였죠. 전화로 삼촌이 돌아가셨고 부검 절차가 진행 중이며 곧 경찰 조사가 시작될 거라는 연락을 받았습니다."

해너사이드는 건네받은 메모를 반으로 접어 수첩에 끼워 넣었다. "그 소식에 놀라셨습니까?"

"경정님이라면 안 놀라시겠습니까?" 랜들이 되물었다.

“물론 놀라겠죠. 살인을 할 만한 동기가 있는 사람을 아무도 모른다면요.” 경정이 대답했다.

랜들이 미소를 지으며 살짝 비웃듯 대답했다. “아하, 제 가족의 불화를 염두에 두고 계시군요. 제가 가족 중 누군가에 대해 불리한 증언을 해 범인으로 몰아가기를 바라십니까? 어차피 저는 제 가족들을 전부 싫어합니다.”

“다른 사람을 유죄로 몰아가라는 말이 아닙니다, 랜들 씨. 혹시라도 이번 사건과 관련해서 알고 계신 게 있다면 들어보고 싶을 뿐입니다.”

랜들은 손을 뻗어 담배 상자에서 다시 한 개비를 꺼냈다. 그리고 그 담배로 엄지손톱을 톡톡 두드리기 시작했다. “글쎄요. 사건과 관련이 있을 만한 사실은 전혀 모릅니다.” 그가 애석한 표정을 지으며 대답했다.

“그렇다면 더이상 시간을 빼앗지 않겠습니다.” 해너사이드가 이렇게 말하며 자리에서 일어났다.

랜들이 책상 위의 벨을 누르자 곧 벤슨이 나타났다. 그는 특유의 나른한 태도로 손님들을 배웅하라고 지시했다.

헤밍웨이는 경정과 나란히 계단을 내려가며 말했다. “지나치다 싶을 정도로 대답에 빈틈이 없네요. 지나쳐요.”

해너사이드가 끙 하고 앓는 소리를 냈다.

“알리바이까지 전부요. 너무 딱 떨어져요. 알리바이를 물어봐줘서 기쁘다는 듯이 술술 불지 않았습니까. 허점이 있으면 찾아보라는 투던데요. 과연 빈틈을 찾아낼 수 있을까요?"

"어려울 것 같군. 일단 형식상이지만 확인은 해보게. 나는 캐링턴 변호사를 만나보지."

"이런 게 불행 중 다행인가요." 헤밍웨이가 이야기의 주제를 돌렸다. "신기하잖아요. 제가 베러커 사건 이야기를 꺼냈더니 갑자기 그분이 등장하셨으니 말이죠. 베러커 양, 아차 지금은 캐링턴 부인이죠? 아무튼 그분이 아직도 불테리어를 키우는지 궁금하네요."

"물어보겠네." 해너사이드가 말했다.

"젊은 베러커 씨 기억하시죠? 겸사겸사 그 사람이 목을 매달았는지도 알아봐주세요." 헤밍웨이가 덧붙였다.

자일스 캐링턴은 해너사이드가 오래 기다리게 하지 않았다. 그는 해너사이드가 방으로 안내받아 들어오는 모습을 보자마자 잔뜩 어질러져 있는 커다란 책상에서 일어나 그에게 손을 내밀며 다가왔다. "이렇게 불쑥 찾아오다니 반갑군! 잘 지냈나, 해너사이드? 어서 앉게!"

해너사이드는 변호사와 반갑게 악수를 나눈 후 의자에 앉아 담배를 받아 들었다. "자네는 어떻게 지내나, 캐링턴? 캐링턴 부인도 잘 계시지?"

"그럼. 우리 모두 잘 지낸다네, 고맙네!"

"그럼 베러커 씨는? 헤밍웨이라고 기억하나? 그 친구가 베러커 씨가 아직도 목을 매지 않았는지 궁금해하더군. 아직도 경찰을 그린 스케치에 앙심을 품고 있는 모양이야!"

그 말에 자일스가 껄껄 웃었다. "사건이 해결되자마자 곧장 외국으로 나갔다네. 기쁘게도 결혼이 결정되어 곧 식을 올릴 예정이야."

"리버스 양과? 그거 잘됐군. 내가 축하하더라고 꼭 전해주게."

"기꺼이 그렇게 하지. 혹시 저녁에 우리 집에 들를 수 있나? 그러면 직접 축하 인사를 할 수 있을 걸세. 지금 우리 집에서 머무르고 있거든."

"그럴 수 있다면 더할 나위 없겠군. 그런데 나를 보면 고통스러운 기억이 되살아날 텐데 괜찮을까?" 해너사이드가 물었다.

"자네가 케네스를 몰라서 그래. 그럴 일은 없을 거야." 이렇게 대답하며 자일스는 속내를 짐작해보려는 듯이 경정을 바라보았다. "그건 그렇고 무슨 바람이 불어서 날 찾아왔나? 일 때문인가? 아니면 잡담이나 나누려고?"

"둘 다라네. 자네와 함께 일할 때는 정말 즐거웠네."

"그렇게 말해주니 고맙군. 하지만 소용없네. 나는 죽은 그레고리 매슈스에 대해 아무것도 몰라."

해너사이드의 눈이 반짝하고 빛났다. "이런, 이런, 캐링턴! 셜록 홈스가 따로 없군! 내가 매슈스 집안 사건으로 온 걸 잘도 알아차렸으니."

"독살이었나?" 자일스가 물었다.

"그렇다네. 니코틴이었어. 그의 서류를 살펴보고 싶은데."

"좋아. 내일은 어떤가?"

해너사이드가 고개를 끄덕이며 말했다. "어차피 아무 소득도 없을 거야. 우리 경찰은 사건 발생일로부터 닷새나 뒤처졌거든. 더 일찍 사건을 맡았어야 했는데! 그레고리 매슈스에 대해 아는 걸 다 말해주게나, 캐링턴."

"별거 없어. 그가 우리 고객이 된 지는 오 년쯤 되었네. 원래 디그비 브라이언트의 고객이었는데, 그가 죽은 후 그레고리 매슈스가 우리를 찾아왔지. 브라이언트 2세와는 잘 맞지 않았던 모양이야. 그와 관련된 업무는 그리 많지 않았네. 통상적인 업무 몇 가지뿐이었지. 그는 나를 솔직하게 대하지도 않았어."

"그는 어떻게 재산을 모았나?"

"주식 투자 아닌가? 그 사람은 시티[1]에 사무실을 두고 있었네. 증권과 주식을 굴리는 것 같더군. 내가 알기로 처음에는

1 영국 런던의 중심 지구로, 세계 최대의 금융 시장 중 하나이다.

증권 사무소에서 근무했는데, 거기서 대박이 난 모양이야."

"시티에 있는 사무실도 조사해봐야겠군. 유족에 대해서는 아는 게 없나?"

"그 사람들과는 유언장을 공개하러 갔을 때 처음 만났어."

"그다지 도움이 안 되는군." 해너사이드가 투덜거렸다. "랜들 매슈스에 대해서는 어떻게 생각하나?"

자일스가 담뱃재를 털며 대답했다. "음, 물어보니 하는 말인데, 별로 마음에 들지 않아."

"나도 그렇네. 그 청년에 대해 아는 거 없나?"

자일스가 고개를 가로저었다. "런던에서 흔히 볼 수 있는 젊은이지. 다시 말해서 내 전문 분야가 아니라는 뜻일세. 그에게 관심 있나?"

"사건과 관련이 있다면 다 관심이 있지. 헤밍웨이는 이 사건이 완두콩 수프 같다고 하더군. 진상이 좀처럼 보이지 않는다는 뜻이지. 이게 다 빌어먹을 니코틴 때문이야. 피살자는 니코틴을 삼키고 죽었을 텐데 검사 결과 그럴 가능성이 없다는 거야. 하기야 왼손 손등에 심하게 긁힌 상처가 있기는 했어."

"마치 보르자 가문 같군!"[II] 자일스가 믿기지 않는다는 듯 말했다.

II 르네상스 시기의 보르자 가문은 마음에 들지 않는 사람을 집으로 초대해 '보르자가의 독약'을 먹여 독살했다고 전해진다.

"비슷하지, 안 그런가? 검시관 한 사람이 피부로 독을 흡수했을 수도 있다는 의견을 내놓았네. 피살자가 죽던 날 그를 마지막으로 본 사람은 해리엇 매슈스였어. 본인은 털어놓지 않았지만. 자네 짐작처럼 그녀가 상처를 냈을 가능성도 있어. 하지만……"

"독을 바른 손톱 가위로 말이지." 자일스가 놀리듯 끼어들었다. "계속 해보게. 낭만에 빠진 자네 모습이 궁금하니까."

해너사이드가 친구의 놀림에 미소를 지었다. "그만해. 이건 농담이 아니라네, 캐링턴. 실수로 가장해서 긁힌 상처를 낸 후에 독을 섞은 로션을 발라준 건 아닐까?"

"잠깐. 해리엇 매슈스가 무조건 살림을 아껴야 한다는 괴상한 여자인가?"

"그래, 바로 그 사람이야."

"하고많은 용의자들 중에 왜 하필 그 여자를! 그 여자는 독에 대한 지식은 고사하고 그런 일을 저지를 만한 머리도 없어 보이던데."

"두서없이 떠드는 괴상한 여자들이 범죄와 무관해 보여도 그 인상이 늘 들어맞는 건 아니라네, 캐링턴. 물론 그녀의 짓이라고 단정하는 건 아니야. 그렇게 생각하지는 않아. 문제는 혐의를 둘 만한 사람이 전혀 없다는 걸세. 겉으로 봐서 가장 유력한 용의자는 상속자야. 사치스럽게 살고 있더군. 씀씀이가 헤퍼서 본인의 소득으론 감당이 안 될 걸세. 내 짐작이 크게 빗나가지 않았다면 내기로 진 빚도 많이 있을 테고. 영리하지만 냉혹해 보였어. 게다가 철벽같이 빈틈없는 알리바이까지 넙죽 안겨주지 뭔가. 그 탓에 아직까지는 그에게 혐의를 둘 수가 없어. 자네로부터 소식을 전해 들었다고 하던데. 그때 반응은 어땠나?"

자일스가 그때를 떠올리며 말했다. "알겠지만 전화로 전했어. 상당히 침착하더군. 그레고리 매슈스 씨가 사망했다고 전한 후, 사인에 의심스러운 구석이 있어서 부검을 실시할 예정이라고 덧붙였어." 그는 잠시 잠자코 있다가 덧붙였다. "그 사실에 좀 짜증을 내는 것 같더군. 하지만 누군들 안 그러겠나. 집안이 추문에 휩싸이는 걸 좋아할 사람은 없을 테니까."

"그자가 뭐라고 하던가?"

"정확하게는 기억이 안 나. 의사들이 무능하다는 이야기를 했던 것 같아. 그리고 나를 직접 만나봐야겠다고 하더군."

"그날 자네를 바로 만나러 왔다고? 언제?"

"1시 직전이었지. 침착하기 그지 없더군. 유언장을 공개하는 문제를 협의하고 다른 업무도 겸사겸사 처리하고 갔네."

"자신이 재산을 물려받는다는 사실을 알고 있던가?"

"물론이지. 그는 나와 같은 유언집행인이네."

"그린리히스에서 무슨 일이 있었는지 알아내려고 안달하

는 기색은 없었나?"

"특별히 이상한 점은 없었네. 누가 제일 먼저 살인이라고 호들갑을 떤 바보인지 묻더군. 그건 나도 알 수가……."

"살해 의혹이 있다고 말해준 사람이 누군가? 자네인가?"

자일스가 친구를 마주 보며 대답했다. "아니야, 난 아닐세. 그렇지만 부검을 할 거라는 말을 들으면 누구라도 그런 의심부터 하지 않겠나, 안 그런가? 그 청년도 나처럼 독살을 의심하는 것 같았네. 하지만 진상에 대해서 그리 진지하게 생각하는 것 같지 않더군. 자신의 가족이라면 그런 일을 벌이고도 남을 거라면서 또 무슨 어리석은 짓을 벌일지 직접 보고 싶어 당장이라도 내려가야겠다는 말도 했었지. 아마 그날 오후에 그린리히스에 갔을 걸세."

"그랬네. 당연히 서둘러야 했을 거라는 생각이 드는군. 그린리히스에 서둘러 없애버려야 할 증거가 있었다고 생각하면 더 말할 필요도 없겠지." 해너사이드가 말했다.

"짜증을 내는 것처럼 들리는데, 친구. 평소의 자네답지 않군."

"이런 상황이면 성인聖人이라도 욕을 할 걸세, 캐링턴. 말해 뭣 하겠나. 5월 14일 밤에 어떤 남자가 독살을 당했네. 그의 주치의는 자연사라고 판단을 내렸지. 언제라도 사망진단서에 서명을 할 참이었어. 그런데 가족 중 누군가 이의를 제기한 거야. 결국 부검을 해야 할 가능성을 떠올리게 되었지. 주치의가 내린 진단에는 현지 검시의도 이의가 없었어. 하지만 규정에 따라 시신의 내장을 내무부로 보냈네. 그런데도 정작 그린리 히스에서는 아무도 이 상황을 진지하게 받아들이지 않았고 경찰도 구체적인 조치를 취하지 않았지. 그 결과 피해자가 사망하고 닷새가 흐른 후에야 우리가 사건을 맡게 되었네. 그동안 사건 관계자들은 부검이 진행되리라는 사실을 알고, 남아 있던 증거를 몽땅 처리할 시간도 충분히 있었지. 고인의 침실은 말끔하게 정리되어 있었고 약병은 누군가 죄다 박살낸 뒤 유리 조각까지 치워버렸더군."

"아하, 알겠어. 시체가 사망한 상태로 보존되고, 누군가의 유죄를 입증할 편지가 쓰레기통에 버려져 있고, 독극물의 흔적이 있는 잔이 탁자 위에 남겨진 채 자네가 올 때까지 방이 잠겨 있었어야 했다는 거군."

해너사이드는 웃으면서도 불편한 심기를 숨길 수가 없었다. "그렇다면 수사도 훨씬 수월하지 않겠나. 그건 그렇고 고인의 열쇠는 다 가지고 있겠지?"

"그래. 하지만 내가 열쇠를 인수한 건 금요일이었어. 검사 결과를 기다리는 동안 랜들이 지니고 있다가 내게 넘겼지."

해너사이드가 그를 똑바로 바라보며 물었다. "랜들 매슈스는 모든 것을 계산해두는 것 같군, 그렇지 않나? 그의 입장에서는 더없이 적절한 판단이었어. 게다가 온 가족이 그를 미워하지." 그는 자일스의 책상으로 손으로 탁탁 두드렸다. "랜들 매슈스를 조사해보라고 해야겠어. 지금 바쁜가, 캐링턴?"

"왜 그러나?"

"그레고리 매슈스의 사무실로 같이 가세."

자일스가 시계를 보더니 대답했다. "좋아. 하지만 5시까지 돌아와야 해. 선약이 있거든."

두 사람을 태운 택시가 시티의 건물 숲으로 향했다. 그레고리 매슈스는 생전에 어느 건물 4층에 방을 하나 빌려 그곳에서 업무를 처리한 듯했다. 작은 방 하나짜리 사무실에는 책상 하나와 가죽 의자 두 개, 타자기를 놓아둔 탁자, 커다란 쓰레기통, 서류 캐비닛, 금고가 있었다. 모든 것이 깔끔하게 정리되어 있었지만 환기가 잘되지 않아 퀴퀴한 냄새가 났다.

"여기에 개봉된 편지 같은 건 없다네." 자일스가 말했다. "매일 아침 청소부가 여벌 열쇠를 사용해 들어와서 사무실 주인이 출근하기 전에 청소를 마치는 편리하고 현대적인 빌딩이지." 그는 책상에 앉아서 손에 쥐고 있는 열쇠 뭉치를 요모조모 뜯어보기 시작했다. "어떤 것부터 살펴보겠나? 책상? 금고? 아니면 서류 캐비닛?"

해너사이드가 책상에서 수첩을 집어 들더니 내용을 죽 살펴보았다. "뭐든 상관없어. 책상부터 볼까." 그가 수첩에 정신이 팔린 채 말했다. "파커와 스넬. 그레고리 매슈스의 중개인들 같군. 5월 14일에 그들과 약속이 잡혀 있었어. 별로 건질 게 없군."

"그래, 매슈스 씨의 중개인들이야." 자일스는 책상의 제일 위쪽 서랍의 열쇠 구멍에 열쇠를 끼우며 말했다. "자, 살펴보게."

"잠깐." 해너사이드가 수첩을 앞으로 넘겨 살펴보며 말했다. "업무 약속은 거의 남아 있지 않군. 대신 매일 주가가 적혀 있어. 투자는 꽤 보수적으로 한 것 같아……. '5월 13일, 월요일 : 헨리 럽턴, 정오.'" 그는 보고 있던 수첩을 내리며 말했다. "헨리 럽턴? 피살자의 매형이잖아. 무슨 일로 매형과 만날 약속을 잡았을까?"

"헨리 럽턴이라면 아내에게 꽉 잡혀 사는 별 볼 일 없는 남자 말인가?" 자일스가 물었다.

"그래, 맞아. 왜 매형과 같은 동네에 살면서 따로 만날 약속을 했을까? 꽤 쓸 만한 정보가 나올지 모르겠군."

자일스가 재미있어하는 표정으로 말했다. "무시무시한 발상을 떠올렸군. 나는 그럴듯한 이유를 열 개는 떠올릴 수 있어, 해너사이드."

"오, 나도 그래. 하지만 자네는 그게 뭔지 모를 거야. 혹시 글래디스 스미스라는 여자를 아나? 사는 곳은 골더스그린에 있는 페어리 코트 531번지인데."

"모르겠는데. 이 사건과 관계가 있는 여자인가? 아니면 내게 들려줄 재미난 이야기라도 있나?" 자일스가 방금 연 서랍에서 서류를 몇 장 꺼내며 말했다.

"5월 9일 자에 그 여자의 이름과 주소가 적혀 있어서 그러네. 약속 시간은 적혀 있지 않아. 그렇다면 직접 만날 약속을 잡은 건 아닐 수도 있겠군."

"당장 지푸라기라도 잡고 싶은가 보군." 자일스가 들고 있는 서류를 호기심 어린 눈빛으로 넘기며 대꾸했다.

해너사이드가 글래디스 스미스의 주소를 옮겨 적었다. "붙잡고 싶어도 잡을 게 없네. 가끔 중요한 것도 나오지만 그래봤자 지푸라기는 지푸라기일 뿐이야. 자네는 뭘 좀 찾았나? 뭐라도 있어?"

"흥미를 끄는 건 없군." 자일스가 대답했다.

두 사람은 함께 책상을 조사한 후 금고로 갔다. 역시 금고에도 중요한 증거는 전혀 없었다. 해너사이드는 일단 통장과 커다란 거래 장부를 가지고 책상으로 돌아가 그것들을 한동안 말없이 검토했다.

자일스가 파이프에 담배를 채우며 말했다. "지겹군." 해너사이드가 툴툴거리자 그가 물었다. "통장 쪽은 어때?"

"이렇게 봐서는 별게 없어. 꼼꼼하게 기록하지 않은 것 같

아. 이렇게 주식을 뭉텅뭉텅 사려면 뭘 팔았을 텐데 그런 내역이 꼼꼼하게 기록되지 않았어." 그는 한숨을 쉬며 통장을 덮었다. "가져가서 더 철저하게 살펴봐야겠네. 이번에는 서류 캐비닛을 보지."

이번에도 두 사람은 빈손이었다. 캐비닛에 들어 있는 내용물은 몇 가지 안 되었다. 두 사람은 그것들을 재빨리 훑었다. 자일스가 하품을 하며 경찰이 아니라 다행이라고 할 정도로 지루한 작업이 이어졌다.

"우리 일이 대부분 얼마나 지루한지 알면 놀랄 사람들이 많을 거야. 캐링턴, 나는 일단 저 통장과 거래 장부, 수첩을 압수하고 싶네. 여기서는 더 나올 게 없을 것 같군. 행운이 그의 집에 있기를 바라야겠지. 내일 오전 10시까지 포플러스 저택에 와주겠나?"

"내 차로 같이 감세. 이제 글래디스 스미스 부인을 만나러 가겠지?" 자일스가 물었다.

"글래디스 스미스 부인도 어찌된 일인지 설명을 해야 해. 그 여자는 누굴까? 왜 주식 시세들 사이에 적혀 있을까? 그 일정은 또 뭐고?" 해너사이드가 침착하게 말했다.

"나야 모르지. 하지만 자네라면 알아낼 걸세. 어쩌면 매슈스 씨가 새로 뽑는 타자수 자리에 지원한 여성일지도 모르지. 어쨌든 자네의 열의는 대단하군." 자일스가 격려하듯 말했다.

"타자수를 고용한 흔적은 아무 데도 없어."

"그렇다고 고용하지 않을 작정이었다는 말은 아니야." 자일스가 반박했다.

"자네 말이 맞을 거야." 해너사이드가 순순히 대답했다.

하지만 이튿날 아침, 자일스의 차에 올라탄 해너사이드는 놀라운 소식을 전했다. "지푸라기들이 어느새 밧줄이 되고 있네, 캐링턴. 그 여자는 일거리를 찾는 타자수가 아니더군."

"뭐라고? 아, 글래디스 스미스? 정말로 그 여자를 찾아가서 만났군! 어떤 여자던가?"

해너사이드는 성냥을 그어 파이프에 불을 붙였다. "아담하고 예쁘장한 여자였어. 그렇게 젊지는 않고 평범하더군. 자네라면 편안한 타입이라고 하겠지. 눈이 예쁘고 어머니처럼 미소가 푸근한 여자였다네." 그는 담배 연기를 한번 뿜은 후 다시 말을 이었다. "그레고리 매슈스라는 이름은 처음 듣는대."

그 말에 자일스가 웃음을 터뜨렸다. "오, 이건 내 예상을 훨씬 뛰어넘는 결과로군! 불쌍한 해너사이드, 이게 무슨 낭패란 말인가!"

"나는 그렇게 생각하지 않네." 해너사이드는 넓적한 엄지손가락으로 담뱃대 안에 든 담배 가루를 꾹 눌렀다. "지금까지 밝혀진 상황 중에서 가장 흥미로워. 잘 생각해보게, 캐링턴. 그녀가 이름을 들어본 적도 없는 남자의 수첩에 그녀의 주소와 이름이 적혀 있다니 이상하지 않나?"

"그레고리 매슈스를 가명으로 알고 있었던 건 아닐까?" 자일스가 가볍게 받아쳤다. "음모의 냄새가 강하게 나는군. 사귄 건가?"

"오, 그건 아니야. 그녀는 사진 속 얼굴도 못 알아봤거든. 그런 쪽은 절대 아니야." 해너사이드가 딱 잘라 말했다.

"확실히 묘한 구석이 있군. 하지만 별로 도움은 안 되겠어. 그런데 밧줄이 되었다더니, 그건 무슨 말인가?"

"그녀가 나를 응접실로 안내해줬어. 작은 방이지만 여기저기 쿠션이 놓여 있고 장식품도 많고 아늑하게 잘 꾸며놓았더군. 어떤 분위기일지 짐작이 되지? 그런데 벽난로 선반 정중앙에 커다란 인물 사진이 있는 거야. 그녀는 사진 속 남자가 자기 남편이라고 했네."

"보통 그렇겠지." 자일스가 짐작이 간다는 듯 대답했다.

"그런데 그게 그렇게 단순하지 않아." 해너사이드는 무덤덤한 어조로 계속 말했다. "사진 속 주인공이 헨리 럽턴이었거든."

6

"헨리 럽턴?" 자일스가 한 방 맞은 표정으로 되물었다. "설마 그 공처가 남편을 말하는 건가? 그 사람이 정부를 두고 있다고? 이렇게 흥미진진한 전개가 있나!"

해너사이드가 대꾸했다. "사태의 심각성에 달린 문제이기는 하지만 그리 흥미진진진한 일이 아닐지도 모르네. 글래디스 스미스로부터 구체적인 소득은 없었네. 그녀 말로는 남편이 영업 사원이라서 집을 자주 비운다고 해. 꽤 유복하게 사는 눈치였어. 불쌍하기는!"

"누가? 헨리가? 그곳에서 위안을 찾았나 보군."

"이 일이 아내 귀에 들어갔다가는 위안은 구경도 못 하는 신세가 될 걸세."

"음, 이 상황을 어떻게 해석해야 하나? 럽턴의 개인적인 비행이 그레고리 매슈스의 죽음과 무슨 관계일까?"

"아무 관계도 없을지 몰라. 하지만 생각해보게. 글래디스 스미스의 이름이 5월 9일에 적혀 있었잖아. 그리고 13일에는 럽턴과 만나기로 했지. 뭔가 아귀가 맞아떨어지는 것 같지 않나?"

자일스가 눈살을 찌푸리며 대답했다. "그래, 가능성이 있군. 그레고리가 글래디스 스미스의 존재를 알게 되었고, 그녀와 헤어지지 않으면 사람들에게 알리겠다고 럽턴을 협박했다. 이런 전개를 예상한 건가? 그레고리가 럽턴 부인에게 정이 있었나?"

"다른 가족에 비하면 그랬지. 그리고 탐문한 바에 따르면, 그 정도로 무자비한 협박이 그의 특기였어."

"꽤나 냉혹한 자였군. 케네스가 그랬던 것처럼 이제 럽턴이 주요 용의자가 되는 건가. 그것참 유감이군. 자네를 기쁘게 해줄 소식을 가져왔는데."

"뭔가? 어서 말해 봐." 해너사이드가 재촉했다.

자일스가 미소를 지으며 말했다. "랜들 말일세. 지난밤에 내게 전화를 했지 뭔가. 자네가 어떻게 움직일지 알아내려고 말이야. 내 눈치에는 그랬네. 어쨌든 오늘 포플러스 저택으로 올 거야."

"그자가 뭐 하러?" 해너사이드가 물었다.

자일스가 어깨를 으쓱했다. "음, 그 사람은 자네가 그레고리 매슈스의 서류를 검토할 때 참관할 권리가 있어. 유언집행인이니까."

"오, 나도 반대하는 건 아니라네. 다만 오늘 포플러스 저택에 오는 이유가 궁금하군."

"직접 물어보게. 나는 물어보지 않았으니까."

"알겠네." 해너사이드는 이렇게 대답하고 가만히 생각에 잠겼다.

이윽고 포플러스 저택에 도착했지만 랜들의 차는 보이지 않았다. 안내를 받아 저택으로 들어가자마자 거트루드의 목소리가 그들을 반겼다. 탁자 위에 나란히 놓여 있는 갈색 가죽 장갑 한 켤레와 남성용 모자를 보니 남편도 함께 온 것 같았다. 해너사이드는 보지 않는 척하면서 그의 모자를 눈여겨 봐두었다. 그리고 손님을 맞이하러 도서실에서 나오는 해리엇과 인사를 하려고 몸을 돌렸다. 그녀는 허둥거리며 짜증을 내는 것 같았다. 그래서인지 평소보다 더 두서없이 말을 늘어놓기 시작했다.

"아! 오셨군요! 나 때문에 오신 건 아니겠죠? 어머나, 안녕하세요, 캐링턴 씨? 함께 오신 걸 못 봤네요. 그런데 그레고리의 개인적인 서류에 경찰이 무슨 볼일이 있는지 모르겠네요. 너무 주제넘는 조치 아닌가요? 어차피 내 말에는 전혀 신경 쓰지 않겠지만요. 뭔가 발견할 거라고 기대하지는 마세요. 발견하고 말고 할 것도 없다는 걸 내가 누구보다 잘 알거든요. 혹여 브라질 건에 관한 편지를 찾아낸다고 해도 그걸로 뭘 증명하겠어요. 물론 언니는 내 말과 정반대로 말하겠죠. 분명 그랬을 거예요!"

해리엇이 이런 말을 한참 하고 있는데 남편을 꼬리처럼 달고 도서실에서 나온 거트루드가 평소처럼 당당한 태도로 말했다. "바보짓 좀 그만해, 해리엇! 안녕하세요. 그레고리의 서류를 조사할 거라면서요?"

"조사를 하건 말건 언니랑 무슨 상관이야? 내 집에서 날 멍청이 취급하지 마! 이 집에 아무 볼일도 없으면서 꼭 자기와 협의를 해야 하는 것처럼 굴다니! 누가 언니더러 오라고 했어? 이 집에 언니를 보고 싶어 하는 사람은 아무도 없어!"

해리엇이 흥분해서 소리치는데 계단 쪽에서 또 다른 목소리가 들렸다.

"어머나, 오셨군요, 캐링턴 씨!" 조이 매슈스가 자일스에게 우아한 미소를 보내며 인사를 했다. 하지만 해너사이드에게 보인 미소는 좀더 형식적이었다. "정말 근사한 아침이죠? 어머나, 거트루드도 왔군요! 어쩐 일이세요! 헨리도 왔네요."

해리엇이 여전히 분이 풀리지 않은 눈빛으로 조이를 노려보았다. "오늘은 무슨 바람이 불어서 이렇게 일찍 내려왔어, 조이? 대단해! 어차피 그 속을 누가 알겠어. 어느 누가 알겠냐고!"

"내 몸 상태를 봐서는 그리 현명한 행동이 아닐지도 몰라요. 하지만 이렇게 아름다운 아침에는 살아 있다는 사실만으로도 행복해지잖아요." 조이가 천연덕스럽게 대꾸했다. 그러고는 자일스를 향해 미소를 지었다. "내가 가망 없는 환자라는 이야기를 실컷 들으시겠네요."

"나보고 들으라고 하는 얘기야? 난 캐링턴 씨에게 그런 이야기를 하지 않아. 애초에 변호사와 자네 이야기를 할 생각도 없고. 혹시라도 그럴 기회가 생긴다고 해도 자네를 '가망 없는 환자'로 묘사할 일은 없을 거야. 상상병 환자라고 하면 모를까. 캐링턴 씨, 그레고리의 열쇠를 보관하고 계시죠? 이쪽으로 오세요."

조이가 진저리를 치며 말했다. "고인의 개인 서류를 보다니 불경스럽군요. 하지만 꼭 필요한 절차겠죠."

"유감스럽게도 그렇습니다." 자일스가 상냥하게 말했다.

"반대할 권리가 있다면 그건 나예요. 내 남동생의 처가 아니라! 그렇다고 반대하지는 않아요. 내가 왜 그러겠어요?" 해리엇이 매섭게 쏘아붙였다.

바로 그 순간 랜들 매슈스가 집으로 들어왔는데, 고모의 마지막 말을 들은 게 분명했다. 이런 식으로 대화에 슬며시 끼어든 것을 보면 말이다. "아무도 이 일을 반대할 권리는 없어요. 이런, 거트루드 고모님. 또 무슨 일로 행차하셨나요?"

"너는 지금 우리가 무슨 이야기를 하는지도 모르잖아!" 해리엇이 버럭 화를 냈다.

"모르죠. 하지만 제 말이 정답이라는 느낌이 드네요." 랜들은 이렇게 응수하며 다시 거트루드에게 시선을 돌렸다. "고모님, 오실 줄 몰랐던 건 아니지만 굳이 오실 필요는 없었는데요."

"네 속셈이 뭔지 모르는 척할 생각은 없다, 랜들. 네 눈에는 내가 올 이유가 안 보이겠지만 나도 내 동생의 사인에 대해서 너만큼의 관심은 있어. 개인 서류에서 사건을 해결할 단서를 찾는다면 꼭 이야기를 듣고 싶구나."

"무슨 일이 일어나건 온 세상이 알게 될 겁니다. 변호사님, 푸른 수염의 방 열쇠를 갖고 계시죠? 자, 어서 이리로 와서 문을 여세요!"

랜들의 경박한 표현에 그를 나무라는 호통이 쏟아졌다. 그는 그런 비난을 귓등으로도 듣지 않은 채 자일스와 해너사이드를 삼촌의 서재로 안내했다. 그리고 무심한 표정으로 자일스가 맞는 열쇠를 찾아 자물쇠에 끼우는 모습을 지켜보았다.

해너사이드는 나름 배려한답시고 이렇게 말했다. "유감스럽지만 숙녀분들은 지켜보는 동안 마음이 불편하실 겁니다. 남은 가족에게는 꽤 고통스러운 과정이거든요."

그를 바라보는 랜들의 눈이 반짝했다. "글쎄요, 모르는 일이죠. 안 그렇습니까? 살다 보면 망각 속에 영영 파묻어버리고 싶은 소소한 일들이 잔뜩 있지요."

"예를 들면 어떤 일이죠, 랜들 씨?"

"글쎄요, 아직 삼촌의 서류를 보지 못해서요." 랜들이 받아쳤다.

자일스가 열쇠를 돌린 후 문을 밀어 열었다. 마침내 그들은 고인의 서재로 들어갔다. 터키산 양탄자를 깔고 견고한 가구들로 꾸민 정사각형의 방이었다. 랜들은 창가로 성큼성큼 다가가 창문을 열더니 주머니에 손을 넣고 어깨를 벽에 기댄 채 그 자리에 섰다. 그는 해너사이드가 뭘 찾아내든 특별히 관심을 보이지 않았다. 실제로 별로 흥미로운 것도 없었다. 청구서 몇 장과 영수증이 잔뜩 있었고, 가이 매슈스를 브라질로 보내는 일과 관련하여 타자로 작성한 편지가 몇 통 나왔다. 그리고 5월 13일 날짜가 적힌, 헨리 럽턴이 보낸 쪽지가 한 통 있었다. 자일스는 말없이 그 쪽지를 해너사이드에게 건넸다.

필체를 보아 몹시 서둘러서 쓴 듯한 쪽지는 거두절미하고 이렇게 시작했다. "이날 만나서 다시 이야기를 하겠지만, 무슨 짓을 저지르기 전에 한 번 더 만나야겠네. 지금쯤이면 생각을 고쳐먹었으리라 믿네. 경고하는데 나를 막다른 길로 몰아 극단적인 선택을 하게 만든다면 후회하게 될 거야."

해너사이드가 메모를 재빨리 읽고 반으로 접으려는 찰나, 창가에 서 있던 랜들이 그에게 다가왔다. "읽어봐도 될까요?" 그는 작은 목소리로 웅얼거리듯 말한 후 해너사이드의 손에

서 메모를 채어가듯 가져갔다.

“별로 중요한 내용은 아닙니다.” 해너사이드가 재빨리 말했다.

“중요해서 관심 있으신 게 아니고요?” 랜들의 목소리는 더할 나위 없이 부드러웠다. 그는 메모를 얼른 읽고 경정에게 돌려주며 말했다. “배짱도 없으면서 성질만 부리네요.”

“이 편지가 무슨 뜻인지 아십니까, 랜들 씨?”

“경정님은 아십니까?” 랜들이 미소를 지으며 되받아쳤다.

“네, 랜들 씨. 그런 것 같군요.”

“그렇다면 왜 물어보십니까?” 랜들이 물었다. 그리고 자일스가 연 서랍을 내려다보며 말했다. “이렇게 실망스러울 수가! 이보다 더 충격적인 편지는 삼촌께서 이미 처분하신 것 같군요.”

서랍에는 자질구레한 물건들이 너저분하게 들어 있었다. 해너사이드가 라벨 꾸러미를 뒤집으니 그 아래에는 뿔테 선글라스와 아무렇게나 널브러진 클립, 세커틴 접착제 튜브가 나왔다. 나머지는 수입인지가 붙은 서류 한 뭉치와 봉랍, 주머니칼, 붉은 잉크 한 병, 접착테이프 하나가 전부였다. 이 물건들을 책상 위에 전부 꺼내봤지만 숨겨진 물건은 없었다.

랜들은 눈을 살짝 찌푸린 채 잡동사니를 바라보았다.

“평범하게 잡다한 물건을 넣어두는 서랍이군.” 자일스가 물건을 다시 집어넣으며 말했다.

랜들이 고개를 들어 자일스를 보고 예의 바르게 맞장구를 쳤다. "말씀하신 대로군요. 김이 팍 새네요."

나머지 서랍에도 흥미를 끌 만한 물건은 전혀 없었다. 자일스가 마지막 서랍을 닫자마자 누군가 가볍게 문을 두드리는 소리가 들렸다. 곧이어 헨리 럽턴이 용건이 있는 듯한 표정으로 열린 문 사이에 머리를 들이밀었다.

"제가 방해한 건 아니겠죠? 실은 아내가 궁금해해서요. 아시다시피, 저희는 수사의 진척이 궁금해서 들렀는데 오래 있을 여유가 없거든요. 그러니 저희가 없어도 괜찮다면……." 그는 말을 제대로 끝맺지 않고 해너사이드와 자일스를 번갈아 바라보았다.

잠시 후 해너사이드가 대답했다. "일단 들어오시겠습니까? 사실 럽턴 씨에게 드릴 질문이 몇 가지 있습니다."

헨리 럽턴은 방으로 들어와 문을 닫았지만 선뜻 안쪽으로 발걸음을 떼지 못한 채 다급하게 말했다. "오, 물론 그러시겠죠! 제가 도울 수 있는 일이 있다면 정말 기쁠 겁니다. 하지만 아시다시피 저도 다른 사람들처럼 아는 게 없어서요. 이 사건은 도무지 뭐가 뭔지 모르겠군요! 지난밤에도 아내에게 그렇게 말했답니다. 살면서 이 소식을 들었을 때만큼 충격받은 적이 없었어요."

랜들이 담배 케이스를 꺼냈다. “적당히 하세요.” 그는 이렇게 말하면서 환하게 웃었는데 비웃는 기색이 역력했다.

해너사이드가 그를 보며 말했다. “이제 당신을 더 붙잡아 둘 필요가 없는 것 같군요, 랜들 씨.”

“곧 제 도움이 필요하실 것 같은데요.” 랜들이 딸깍하고 라이터를 켜며 덧붙였다. “제가 틀릴 수도 있겠지만. 아니군요, 틀리지 않았어요.”

문이 또 열렸다. 이번에는 아무런 예고도 없이 거트루드가 들어왔다. “조사는 어떻게 되고 있나요?” 그녀의 말투에 불쾌한 기색이 가득했다. “내가 오전에 얼마나 바쁜지 당신도 잘 알잖아요, 헨리. 지금쯤이면 내 전갈을 두 번은 전했겠네요.” 그녀는 잔뜩 인상을 구긴 채 해너사이드를 보며 말했다. “제가 없어도 된다면 그만 가볼게요.”

“그러십시오. 하지만 잠시 남편분과 이야기를 나누고 싶군요.” 해너사이드가 말했다.

“내 남편과요? 그이와 무슨 할 말이 있죠, 경정님?” 그녀가 되물었다.

얼굴이 하얗게 질린 헨리 럽턴이 말했다. “저, 여보, 경, 경정님이 나와 단둘이서 이야기하겠다고 하시는데. 무, 물론 당신만 괜찮다면…….”

“뭐라고요! 난 남편과 아내가 늘 일심동체여야 한다고 생각해요." 그녀는 여기까지 말한 후 해너사이드를 보며 말을 이었다. "경정님, 저는 개의치 말고 말씀하시죠. 나와 남편은 서로 비밀이 없으니까요."

"비밀이고 말고의 문제가 아닙니다, 럽턴 부인. 저는……."

해너사이드가 말문을 열었지만 거트루드에게 저지당해 말을 끝내지 못했다.

"남편에게 궁금한 게 있다면 내 앞에서 물어보세요. 어차피 이 집 사정이라면 남편보다 내가 훨씬 더 대답을 잘할 거예요."

"이해를 못 하시는군요, 럽턴 부인. 해너사이드 경정은, 음, 정해진 절차대로 수사를 해야 합니다. 그러니까……." 자일스가 나섰지만 소용이 없었다.

"헨리!" 변호사의 말이 다 끝나기도 전에 거트루드가 버럭 소리쳤다. "당신이 직접 경정님에게 말해요. 내가 함께 있는데 어떤 불만도 없다고."

"여보, 다, 당연히 나는. 당연히 난……."

"고모부가 몹시 불만이 있다는 건 누가 봐도 잘 알겠네요. 고모님, 자리를 비켜주시는 게 좋겠는데요. 곧 헨리 고무부의 이중생활이 적나라하게 드러날 것 같은 예감이 강하게 드니까요. 고모부가 지난 몇 년 동안 정부를 둔 게 분명해요." 랜들이 말했다.

자일스는 조롱기가 다분한 랜들의 잘생긴 얼굴에서 시선을 떼고 헨리 럽턴의 얼굴을 슬쩍 보지 않을 수 없었다. 그의 얼굴은 이미 사색이었다. 헨리 럽턴이 아무렇지 않은 척 웃어 보려고 했지만 눈에서 웃음기는 찾을 수 없었다. 한편 이 와중에도 해너사이드 경정은 꿈적도 하지 않았다.

거트루드가 얼굴을 붉히며 화를 냈다. "아주 막돼먹은 녀석이구나, 랜들. 그 썩어빠진 농담으로 내 남편을 모욕하는 꼴을 내가 가만히 보고 있을 것 같니?"

"저는 고모부를 모욕한 적 없어요. 고모부가 정부를 두면 왜 안 되죠? 제가 고모부라면 고려해봤을 것 같은데요. 제가 고모 남편이면 지금쯤 정부가 몇 명은 될 거예요."

방 건너편에 있던 자일스가 잠깐이지만 해너사이드와 강렬한 눈빛을 교환했다. 랜들이 마침내 경정을 확실하게 놀라게 한 것이 분명했다.

거트루드의 얼굴은 분노로 붉으락푸르락했다. "방금 보인 건방진 태도에 대해 사과해라, 랜들. 안 그러면 당장 이 방에서 나갈 테니까. 지금껏 내게 그런 식으로 말한 사람은 한 명도 없었어!"

"고모!" 랜들이 자신의 손가락에 입을 맞추더니 고모를 향해 불어 보냈다. 그러자 거트루드는 몸을 홱 돌려서 방에서 나가버렸다. 랜들이 담배 연기를 가슴 깊이 빨아들였다. "제

도움이 필요하실 거라고 했죠?" 그는 이렇게 말하고는 느긋하게 문으로 발걸음을 옮기기 시작했다.

바로 그때 헨리 럽턴이 누군가에게 목이 졸리는 듯한 목소리로 그를 불러 세웠다. "잠깐만, 랜들! 방금 그 황당한 농담은 뭐냐? 그, 그러니까 무슨 뜻이냐고."

랜들이 그를 업신여기듯 내려다보며 대답했다. "고모부, 제가 아수라장에서 꺼내드렸으니 지금부터는 직접 해결하세요." 그 말을 끝으로 그는 여유롭게 방을 나갔다.

자일스가 랜들의 뒤를 따라 나가려고 하는데 이제야 얼굴에 핏기가 살짝 돌아온 럽턴이 그를 붙잡았다. "제발 가지 마세요, 캐링턴 씨! 제가, 제 생각에는 여기 계시는 편이 좋겠어요. 변호사시지 않습니까. 그러니 제가……."

"저는 조언을 해드릴 입장이 아닙니다, 럽턴 씨. 돌아가신 그레고리 매슈스 씨의 사무 변호사로 온 거니까요." 자일스가 대답했다.

"네, 옳으신 말씀입니다. 하지만 지금 제 입장이……."

"괜찮으니 남아주게." 마침내 해너사이드가 입을 열었다. 그는 헨리 럽턴 앞에 쪽지를 내려놓았다. "럽턴 씨, 이 쪽지를 쓰셨습니까?"

럽턴은 이제 죽었구나 하는 눈빛으로 쪽지를 바라보았다.

"네, 그렇습니다. 우리, 그러니까 처남과 저는, 음, 개인적인 문제로 약간의 의견 대립이 있었습니다. 아무리 화목한 집안이라도 그런 문제가 있지 않습니까. 그래서 만나서 이야기를 나누는 게 최선이라고 생각했죠. 편견 없이요."

"그래서 만나셨습니까?" 해너사이드가 물었다.

"아뇨, 못 만났어요! 아시다시피 만나기도 전에 죽었으니까요."

"이 쪽지에 고인이 답장을 썼습니까?"

"전화를 걸어왔더군요. 시간을 낼 수 없다고요. 아실지 모르겠지만, 죽은 처남은 다른 사람의 부아를 돋우는 버릇이 있었죠."

해너사이드가 늘 그렇듯 차분하게 말문을 열었다. "럽턴 씨, 이 점을 명심하세요. 이 사건과 관련이 없는 한 나는 당신의 사생활에 대해서 아무 관심도 없습니다. 마찬가지로 당신의 가정에 괜한 분란을 일으킬 생각도 없습니다. 저는 여기 있는 캐링턴 씨와 함께 고인의 사무실에 있는 서류를 검토하다가 글래디스 스미스라는 여성의 이름과 주소가 적힌 메모를 발견했습니다. 당연히 그 실마리가 어디로 이어지는지 추적했으리라 짐작하시겠죠. 어제 글래디스 스미스 부인을 만나러 그분 댁에 갔습니다. 그곳에서 보고 들은 내용으로 미루어 보아 당신이 그녀와 친밀한 사이라고 충분히 확신하겠더군요."

헨리 럽턴이 도움을 청하듯 자일스를 바라보았다. 하지만 그에게서 아무 반응도 없자 덮어놓고 화부터 냈다. "그렇다고 하면 어쩔 겁니까? 도대체 그 일이 이 사건과 무슨 상관이 있다는 건가요?"

"나도 그게 궁금하네요, 럽턴 씨." 해너사이드가 잠시 대답을 기다렸지만 헨리 럽턴은 아무 말도 하지 않았다. 그러자 경정이 다시 말을 이었다. "매슈스 씨와 5월 13일, 월요일에 만나기로 하셨더군요."

럽턴이 불안한 듯 의자에서 몸을 꼼지락거렸다. "네, 그렇습니다. 하지만 이건 말도 안 됩니다! 스미스 부인을 이 사건과 연결할 근거가 어디에 있습니까!"

"그렇다면 매슈스 씨와의 약속은 스미스 부인과 아무 관계 없다는 뜻입니까? 고인의 수첩에서 그 부인의 이름과 주소를 찾았는데도요?"

그 순간 헨리 럽턴은 말문이 막힌 게 분명했다. 그는 처음에는 변호사에게 상담을 해봐야겠다는 말을 웅얼거리더니 이내 생각을 바꾼 듯했다. 그런 다음 자신이 그레고리 매슈스에게 보낸 쪽지를 힐끔 보더니 결국 감정을 터뜨렸다.

"제가 처남을 독살했다고 의심하시나 본데 절대 아닙니다! 그래요, 압니다. 무슨 생각하시는지 알아요. 그런 편지를 보내다니 제가 멍청했어요. 하지만 그 편지를 보면 아시지 않습니까. 이렇게 될 줄은 꿈에도 몰랐습니다."

"의심하지 않습니다. 다만 그레고리 매슈스 씨는 사망할 무렵 당신과 사이가 좋지 않았다는 사실이 명약관화합니다. 관계가 틀어지게 된 배경에는 스미스 부인이 있으리라는 점도 명백하고요. 당신의 변호사가 이 자리에 없으니 캐링턴 씨가 솔직하게 말하라고 당신에게 조언할 수도 있겠군요." 해너사이드에게서는 아무런 감정의 동요도 느껴지지 않았다.

자일스는 어떤 반응도 보이지 않았다. 이윽고 헨리 럽턴이 양손에 얼굴을 파묻으며 신음 소리를 내더니 사실대로 털어놓기 시작했다. "경찰의 수사를 방해하려는 의도는 조금도 없습니다. 당연히 경정님의 입장도 충분히 이해합니다. 하지만 제 입장이 몹시 난처합니다. 제 아내는 아무것도 몰라요. 두 딸도 생각해야 하고요. 그러니 저의 목적은, 그러니까……."

"럽턴 씨, 나는 당신의 도덕관을 조사하려고 여기까지 온 게 아닙니다. 한 점 거짓 없이 말씀드리죠. 당신과 스미스 부인의 관계가 들통 난다면 그건 지금 제게 자발적으로 진술을 했기 때문이라기보다 솔직히 털어놓기를 거절했기 때문일 겁니다." 해너사이드의 말투에서 찬바람이 쌩쌩 부는 것 같았다.

"네." 럽턴이 침울한 표정으로 경정의 말에 수긍했다. "물론 저도 잘 압니다. 경찰이 수사를 진행할 테고 그러면 소문이 새어 나가겠죠."

그는 상상만으로도 끔찍하다는 듯 진저리를 치더니 고개

를 들고 이야기를 시작했다. 그는 말하는 내내 해너사이드와 눈도 마주치지 않았다.

"글래디스와 알고 지낸 지는 벌써 몇 해나 되었습니다. 이런 이야기를 깊이 할 필요는 없겠죠? 저는 일 때문에 여기저기 자주 출장을 갑니다. 그러니 얼마든지 의심을 사지 않고도 만날 기회가 있었죠. 극도로 조심하기도 했고요. 처남이 그 사실을 무슨 수로 알아냈는지 모르겠어요. 지금도 수수께끼입니다. 어쨌든 처남에게 들키고 말았습니다. 어느 날 제게 사무실로 오라고 하더군요. 무슨 용건인지 전혀 짐작할 수 없었죠. 그저 별일도 다 있다고 생각했습니다. 원래 이상한 구석이 있는 사람이었으니까요. 설마 그 일로 보자고 했을 줄은 정말 몰랐습니다……. 사무실로 찾아갔더니 처남이 제게 글래디스와의 관계를 추궁하더군요."

럽턴의 얼굴이 뒤틀렸다. 그는 자신의 무릎을 꽉 쥐더니 목이 졸린 듯한 목소리로 말을 이었다.

"다 알고 있더군요. 제가 그녀와 언제 마지막으로 만났으며 그 동네 사람들이 제 직업을 영업 사원으로 알고 있다는 사실도요. 모든 사실을 빠짐없이 조사한 게 틀림없었습니다. 잡아떼봐야 소용이 없었죠. 다른 사람이 절대 알 수 없는 사실까지 모르는 게 없었습니다! 그는 저와 글래디스의 관계를 불쾌하게 생각했습니다." 그는 잠시 말을 끊고 호소하는 듯한 눈빛으로 자일스를 보며 말을 이었다. “캐링턴 씨, 당신도 그가 어떤 사람인지 아시죠. 경정님에게는 설명해봐야 소용없습니다. 그레고리를 모르는 사람이라면 결코 이해하지 못할 겁니다.”

“저는 그 사람을 잘 모릅니다.” 자일스가 말했다.

“그런 타입의 사람을 분명 만나보셨을 겁니다. 권력! 그가 좋아하는 것은 바로 힘이었죠. 짐작하시겠지만 애초에 제 아내는 안중에도 없었습니다. 누나를 향한 애정 때문이었다면 제게 불륜을 폭로하겠다고 협박했을 리 없어요. 그런 이유가 아니었어요. 그의 잔인한 천성 때문이었죠. 이 집 사람들은 어떤 면에서는 서로 비슷해요. 매슈스가 사람들 말입니다. 그레고리는 꼭두각시의 줄을 조종해서 춤을 추게 만들고 싶었던 겁니다. 저는 그런 수법은 통하지 않을 거라고 확실히 말했습니다.

그래요, 제가 평소 아내에게 잡혀 사는 거 압니다. 하지만 이 문제는 달랐어요. 글래디스와의 관계를 단순한 불륜으로 생각하지 마세요. 절대 그런 관계가 아닙니다. 그녀는 제 아내나 다름없습니다. 할 수만 있다면 저는 그녀와 부부로 살고 싶습니다. 하지만 보시다시피 그건 도저히 불가능하죠. 딸들도 생각해야 하고 지위도 있고요. 아내와 헤어질 수 없어요. 게다가 손자까지 얻지 않았습니까. 이혼은 도저히 불가능해요. 제가 이 쪽지에 쓴 건 그런 의미였습니다." 그는 해너사이드 앞에 놓여 있는 쪽지를 가리켰다.

해너사이드가 책상에 놓여 있던 쪽지를 집었다. "그러면 '경고하는데 나를 막다른 길로 몰아 극단적인 선택을 하게 만든다면 후회하게 될 거야'라는 문장은 이혼을 심각하게 고려하겠다는 뜻이었습니까?"

"네, 그런 뜻이었던 것 같습니다. 모르겠어요. 저는 걱정이 돼서 미칠 것만 같았죠. 이 상황을 어떻게 헤쳐나가야 할지 막막하더군요. 그 쪽지를 쓸 때는 처남을 겁줄 생각이었죠. 가정이고 뭐고 풍비박산이 나더라도 글래디스를 지킬 각오가 되어 있다는 사실을 알면 나를 압박하기 전에 망설일지 모른다고 생각했거든요. 어차피 그도 가족의 일로 추문을 일으키고 싶지는 않을 테니까요. 그렇게 하면 아내도 저와 글래디스와의 관계로 고통받을 일이 없을 것 아닙니까."

"이해합니다. 그래서 매슈스 씨에게 다시 만나자고 했는데 거절당하셨다는 거죠?"

헨리 럽턴이 고개를 끄덕이며 침을 꿀꺽 삼켰다. "네, 맞습니다. 그게 처남과의 마지막 대화였습니다. 그가 죽은 날 아침에 한 통화였죠. 사무실에서 제게 전화를 걸었더군요. 그후로 못 봤습니다."

"언제 전화가 왔습니까?"

"꽤 이른 시간이었어요! 11시는 넘지 않았죠."

"알겠습니다. 전화를 끊고 난 후에 무엇을 하셨습니까?"

럽턴이 그를 빤히 바라보며 대답했다. "아무것도 안 했습니다. 그러니까, 그때 저는 제 사무실에 있었거든요. 해야 할 업무가 있었죠. 그러니 손을 쓰고 싶어도 어쩔 수가 없었어요."

"매슈스 씨를 직접 만나려고 하지는 않으셨습니까? 이를테면 점심시간에요."

"설마요. 그래봐야 부질없었을 겁니다. 저는 그레고리를 잘 알았습니다. 점심은 혼자 먹었습니다. 생각할 시간이 필요했어요."

"어디서 드셨죠?"

"늘 먹는 곳에서요. '바인'이라고 하는 조용하고 작은 식당입니다. 그곳 직원들은 저를 다 압니다. 제가 그 시간에 거기 있었다고 증언해줄 겁니다."

"점심을 먹고 나서는 무엇을 하셨습니까?"

"사무실로 돌아갔죠. 사실 그날은 평소보다 일찍 퇴근을 했습니다. 오후 차 마실 시간이 되기 전에 회사를 나섰죠."

"어디를 가셨습니까?"

"골더스그린에 갔습니다. 글래디스를 만나고 싶었어요."

"아, 그러셨군요. 당연히 그 문제를 당사자와 의논하고 싶으셨겠죠." 해너사이드가 공감하듯 말했다.

"아뇨, 그게 아닙니다. 저는 그녀에게 입도 벙긋하지 않았어요. 처음에는 이야기해볼 생각이었어요. 하지만 어떻게든 그 상황을 피할 방법이 있으면 좋겠다는 생각을 여전히 버리지 못하고 있었죠. 그리고 우리는 제 가정에 대해서 절대 입에 담지 않았습니다. 게다가 저는 글래디스를 걱정시키고 싶지 않았습니다. 그래서 지금까지도 무슨 일이 벌어지고 있는지 한마디도 하지 않았어요. 가족 중에 누가 죽었다는 얘기만 했죠."

"아하! 그날은 스미스 부인의 집에서 언제 나오셨습니까?"

"잘 모르겠습니다. 하지만 저녁 시간에 맞춰서 집에 도착했습니다. 그러니까 골더스그린에서 곧장 집으로 돌아왔죠."

"그러면 저녁을 드신 후 무엇을 하셨습니까?"

"그날은 브리지를 하러 손님들이 왔습니다. 저녁에 귀가한 후 다음 날 이 저택에 오려고 집을 나설 때까지 한 번도 바깥에 나가지 않았습니다."

"고맙습니다." 해너사이드가 수첩에 뭔가를 적으며 말했다. 그의 어조만으로는 아무것도 짐작할 수 없었다.

럽턴이 불안한 표정으로 경정을 바라보았다. "뭐가 더 궁금하신가요? 아니면 저는 가도 되나요? 아마 아내가……."

"네, 지금은 더이상 없습니다."

"그러면……?" 헨리 럽턴이 자리에서 일어나며 물었다.

"가보십시오." 해너사이드가 대답했다.

기가 팍 죽은 럽턴이 방을 나갔다. 진술을 듣는 내내 창가에 서 있던 자일스가 경정에게 다가가며 말했다. "딱한 사람! 감당하지도 못할 곤란한 상황에 빠지다니. 자네는 그의 이야기에 만족하나?"

"알리바이가 마음에 안 들어."

"어떤 부분이? 오, 글래디스 스미스를 찾아갔다는 부분 말인가? 앞뒤 잴 것 없이 위안을 구하고 싶었겠지. 이렇게 말하고 나니 더 애처롭군."

"그 여자는 럽턴과 함께 있었다고 맹세라도 하겠지."

"그럴지도. 하지만 럽턴이 범인이라면 그 시간에 어떻게 이 집 사람들 눈에 띄지 않고 찾아올 수 있었겠나. 자네가 신경이 쓰이는 게 바로 이 부분이라면 말일세."

"그건 간단하네." 해너사이드는 살짝 깔보듯 대답했다. "현관이 아니더라도 이 집으로 들어올 수 있는 방법은 많아. 예를 들면 정원으로 통하는 문이 있지. 외투 보관실에서 나와 그 문을 통하면 저택 옆으로 난 길로 나갈 수 있어. 누구의 눈에도 띄지 않고 몰래 드나들려면 그 문을 통하면 돼. 뒤쪽 계단으로 내려가면 바로 이 외투 보관실 옆이야. 럽턴은 집으로 숨어들 기회만 잘 맞추면 되었을 거야. 가족과 하인들이 모두 차를 마시고 있을 시간을 노렸겠지. 그때는 정원에도 뒤쪽 계단에도 사람이 없으리라 확신했을 테니까."

"그럴지도 모르지. 하지만 그게 무슨 소용이 있나?" 자일스는 좀처럼 자신의 주장을 거두지 않았다. "그때 그레고리 매슈스는 집에 있지도 않았어. 럽턴이 무슨 수로 그에게 독을 먹이겠나?"

"약병에 독을 탔겠지. 그리고 하늘이 도와서 누군가 그 병을 박살 냈고." 해너사이드가 말했다.

자일스가 이맛살을 찌푸리며 물었다. "그 약병들이 어디에 있을지 그가 어떻게 알았겠나? 게다가 무슨 수로 누군가 병을 깨도록 유도했겠나?"

"어디에 있는지 정도야 알겠지. 그래서 이튿날 아내와 함께 왔을 때 간단히 처리했을 걸세."

"말도 안 돼! 그런 성격을 지닌 남자에게 그런 짓이 가능할까? 저 나약하고 보잘 것 없는 인간이?" 자일스가 의심스러운 태도도 말했다.

"캐링턴, 럽턴은 필사적이었어. 그 점은 그자도 인정하지 않았나. 장담하는데, 이 글래디스 스미스라는 여자는 그에게 가장 소중한 존재일 거야."

"그렇다면 살인보다 이혼을 더 적절한 해결책으로 여겼을 것 같은데." 자일스가 지적했다.

해너사이드가 단호하게 고개를 가로저었다. "나는 그렇게 생각하지 않네. 그자는 그런 추문을 감당할 주제가 못 되거든. 게다가 분명 딸들을 아낄 거야. 그가 살인을 저지른 게 사실이라면, 절대 발각되지 않을 거란 확신이 있었기 때문이겠지. 반면 이혼은 그렇게 쉽게 빠져나갈 수 없어. 그의 아내는 말할 필요도 없고. 이혼을 하려고 들었다가 걷잡을 수 없는 아수라장이 펼쳐질 거야."

"자네 말도 일리가 있어." 자일스는 수긍하는 듯했지만 이내 경정의 의견을 반박했다. "하지만 매슈스를 죽이면 자신이 안전해진다고 자신할 수 있었을까? 매슈스가 벌써 말을 퍼뜨렸을지도 모르잖아. 실제로 그렇게 했고. 시건방진 랜들 녀석은 그냥 찔러본 정도가 아니었어. 그자는 알고 있었어."

"그래, 자네 말대로야. 그런데 자네도 봤지 않나. 랜들이 알고 있다는 사실에 럽턴이 소스라치게 놀라는 모습을. 그는 그레고리 매슈스 혼자 그 비밀을 알고 있다고 철석같이 믿고 있었을 거야." 해너사이드가 럽턴의 쪽지를 자신의 수첩에 끼워 넣었다. 그런 다음 책상을 유심히 살펴보다가 서랍 하나를 열어보고 인상을 찌푸렸다. 서랍에는 잡동사니만 잔뜩 들어 있었다. 그가 말했다. "이 잡동사니 중에서 무엇이 랜들의 흥미를 끌었는지 정말 궁금하군."

"흥미를 보였다고? 나는 몰랐는데."

"뭔가에 흥미를 보였다고 확신하네. 그런데 이 서랍에서 뭔가를 발견하고 흥미를 느낀 건지, 아니면 있으리라 기대한 뭔가를 확인하거나 혹은 찾아내지 못하고 흥미를 느낀 건지 그걸 모르겠어. 유언집행인이라는 이유는 잠시 제쳐두자고. 어차피 유언집행인이라는 입장에 크게 신경 쓰는 것 같지도 않으니까. 그렇다면 우리가 고인의 서류를 살펴보는 자리에 왜 왔을까? 오늘 우리가 찾아낼 거라고 짐작한 게 뭘까?"

"우리가 찾은 바로 그거겠지. 럽턴의 쪽지 말일세."

해너사이드가 친구의 말을 잠시 생각해보더니 말했다.

"그럴지도 모르겠군. 죽은 매슈스가 비밀을 조카에게 털어놓았다면 자네 말이 맞을 거야. 그런데 이 서랍에는 뭐가 들어 있나?"

"어쩌면 서랍에 '없었던' 무엇일 수도 있다는 자네 생각이 맞을지도 모르겠군."

"어쩌면. 수색을 해보니 특이한 점이 딱 하나 보이는군. 피해자의 서재에도 사무실에도 오래된 서신은 거의 없었어."

"답장을 쓰고 나면 습관적으로 서신을 폐기하는 사람들도 있다네. 자네는 혹시 그레고리 매슈스의 서류를 누군가 먼저 뒤졌다고 짐작하는 건가?"

"전혀. 매슈스가 주고받은 서신을 모두 파기할 정도라면 그 일에 광적일 정도로 집착했어야 옳겠지." 해너사이드가 대답했다.

"랜들의 소행일까."

자일스가 재미있다는 표정을 지으며 말하자 해너사이드도 마지못해 어색한 웃음을 지었다.

"내가 랜들을 계속 주시하고 있다고 생각하지? 솔직히 말해 그자가 5월 12일에서 15일 사이에 이 근처 어디든 와 있었다는 증거를 찾을 수 없군." 그는 그래서 유감이라는 듯 이렇게 덧붙였다. "자네 말이 맞아. 나는 랜들 매슈스가 의심스러워. 그자가 진술한 알리바이도 의심스럽고. 허점이라고는 조금도 없는 걸 보면 일부러 만들어낸 것 같단 말이야. 하지만 그가 어떻게 살인을 저지를 수 있었는지는 도저히 모르겠네."

"애석해죽겠다는 투군." 자일스가 웃음을 터뜨렸다.

"아니야, 그렇지 않아. 다만 짙은 안개 속을 더듬어나가는 것 같아 걱정이 될 뿐일세. 그렇게 한 발자국씩 내딛는 길이 엉뚱한 길인 것 같아 불안하고. 독이 어디에 들어 있었는지 알아낼 수만 있다면! 가이 매슈스가 삼촌에게 타준 위스키소다에 들어 있었을 수도 있고 매슈스가 긁힌 상처에 바른 로션에 들어 있었을 수도 있어. 하지만 이 집에서 내가 찾은 로션은 전부 폰즈 익스트랙트의 새 제품이었어. 코르크 마개를 봉인한 종이가 온전히 남아 있더군. 그렇다면 강장제에 들어 있었을까? 그걸 증명해줄 약병들은 죄다 박살 나버렸지.

뭔가 반짝하고 떠오를까 싶어서 머리를 쥐어짜보기도 했어. 피해자가 사망하기 며칠 전 독이 들어갈 수 있었을 만한 기회를 생각해내려고 말일세. 일단 아스피린이 떠오르더군. 그런데 그는 약을 먹지 않았어. 헤밍웨이 경사가 하인들을 체로 거르듯 탈탈 털었지. 하지만 위스키와 강장제를 제외하고 그레고리 매슈스만 먹거나 마신 건 끝내 알아내지 못했다네."

경정은 여기까지 말한 후 자리에서 일어나 다시 말을 이었다.

"여기에 앉아서 자네에게 이런 넋두리를 늘어놓아봐야 무슨 소용이 있겠나. 다시 수사로 돌아가야겠군. 자네도 얼른 런던으로 돌아가고 싶어 좀이 쑤시겠지."

"좀이 쑤시는지는 모르겠지만 이제 돌아갈 시간이긴 해." 자일스가 시계를 재빨리 확인한 후 말했다. "렙턴이 유력한 용의자에서 벗어나 다행이군." 그는 눈을 반짝이며 이렇게 덧붙였다. "그 작자가 딱해."

"오, 그 사람은 여전히 용의선상에 있네. 그를 좀더 면밀하게 조사해봐야겠어. 그렇지만 이 사건은 아주 교묘한 사건이라네, 캐링턴. 만약 렙턴의 짓이라면 우발적으로 욱했기 때문일 거야. 그는 궁지에 몰려 있었으니까. 그런데 이 사건은 우발적으로 보이지 않아. 내가 틀렸을 수도 있겠지만. 이 사건은 독을 어떻게 쓸지 철저하게 계획한 살인 사건이야. 어느 누가 우발적으로 사람을 죽이면서 니코틴을 쓰겠나."

"알겠네. 미리 조사했다고 생각하는군."

"그래. 사전 조사를 했을 거야. 냉혹하고 머리가 좋은 자가 분명해." 해너사이드는 이렇게 말하며 수첩을 챙긴 후 두꺼운 양탄자를 가로질러 문으로 갔다. 그는 문을 열고 밖으로 나가다가 하마터면 해리엇과 부딪칠 뻔했다. "실례합니다."

그녀는 양손으로 꽃을 한가득 담은 볼을 들고 있었는데, 평소처럼 허둥대며 자신의 행동을 얼버무리려 했다. "경정님 때문에 간 떨어질 뻔했잖아요! 꽃을 바꾸려고요. 이 작업은 늘 외투 보관실에서 한답니다. 주위가 지저분해지거든요."

이러게 말한 해리엇은 숨도 쉬지 않고 웃음을 터뜨리며 복도 끝에 있는, 베이즈 천을 댄 문을 열고 들어갔다. 변호사는 경정과 눈빛을 교환하더니 슬쩍 말했다. "우리 이야기를 엿들었군."

"그래." 해너사이드는 아무 감정도 드러내지 않았다. "저 여자는 꼬치꼬치 캐묻고 다니는 걸 몹시 좋아한다는 평판을 얻고 있더군."

7

거트루드 럽턴을 뒤따라 서재에서 나가기는 했지만 랜들이 간 곳은 도서실이 아니었다. 그 무렵 도서실의 문틈으로는 목청을 높여 랜들을 욕하는 거트루드의 목소리가 새어 나오고 있었다. 그는 어슬렁거리듯 계단으로 가더니 텅 빈 홀을 힐끔 보고는 계단을 오르기 시작했다. 서두르는 기색은 아니었지만 최대한 발소리를 죽여 살금살금 걸었다. 마침 2층에는 아무도 없었다. 계단을 올라가면 나오는 첫 번째로 보이는 문은 그레고리 매슈스의 침실로 통했다. 다행히도 방문이 잠겨 있지 않아 랜들은 조용히 손잡이를 돌려 냉큼 안으로 들어간 뒤 문을 닫았다.

방이 넓은데다 온통 마호가니로 꾸민 탓에, 그렇지 않아도 우중충한 실내는 비어 있는 공간이 그렇듯 방문객을 반기지 않는 듯했다. 침대는 먼지가 쌓이지 않게 천으로 덮여 있었고 창문도 닫혀 있었다. 화장대와 서랍장은 물론이고 벽난로 선반까지 생전에 고인이 썼던 물건은 하나도 남아 있지 않았다.

랜들은 주위를 둘러보고 먼저 옷장 쪽으로 발걸음을 뗐다. 문이 셋 달린 옷장은 벽 하나를 거의 다 차지할 정도로 거대했다. 옷장 안에는 그레고리 매슈스의 옷이 말끔하게 정리되어 있었다. 하지만 랜들은 별 관심이 없는지 간단하게 살펴보고 문을 닫은 다음 화장대로 향했다. 화장대 서랍을 다 열어봤지만 시곗줄이 달린 회중시계와 상자 하나 외에는 아무것도 없었다. 그 상자 안에는 커프스단추와 장식용 금속 단추가 들어 있었다. 맞은편에 세워둔 서랍장도 확인해봤지만 남은 물건은 속옷 몇 장이 다였다.

랜들은 어깨를 으쓱한 후 욕실로 통하는 문으로 걸어갔다. 욕실도 눈 닿는 곳마다 휑하니 비어 있었는데, 면도날 가죽숫돌만이 거기 남아 삼촌이 얼마 전까지 세상에 존재했다는 사실을 말해주었다. 벽에 걸린 작은 약장도 확인해봤지만 역시 텅 비어 있었다. 그는 천천히 약장 문을 닫고 층계참으로 나가는 문을 향해 몸을 돌렸다. 그가 문을 열고 밖으로 나가자 마침 가벼운 발걸음으로 계단을 뛰어 올라오는 스텔라가 눈에 들어왔다.

그녀는 랜들을 보자마자 천천히 눈썹을 모아 인상을 찌푸리며 그를 노려보았다. 랜들은 감정이 느껴지지 않는 희미한 미소로 그녀의 눈빛을 맞받아치며 방금 나온 욕실의 문을 닫으면서 말을 걸었다. "좋은 아침이야, 아름다운 스텔라."

스텔라는 난간의 제일 윗부분에 있는 둥그런 나무 손잡이에 손을 올린 채 가만히 있었다. "거기서 뭐 했어?" 그녀의 목소리는 의심으로 잔뜩 날이 서 있었다.

"범죄 현장을 좀 둘러봤어." 그는 이렇게 대답하고는 뚜껑이 열린 담배 케이스를 스텔라에게 내밀었다. "피울래?"

"고맙지만 됐어. 찾는 게 뭐야?"

그가 눈썹을 치켜올리며 되물었다. "내가 뭘 찾고 있다고 했던가?"

"말 안 해도 다 알아."

"음, 그게 무엇이든 간에 굉장히 실망했어. 누군지 몰라도 아주 바빴나 보더라." 랜들이 대답했다.

"삼촌이 돌아가신 날 해리엇 고모가 싹 다 뒤집었지."

담배에 불을 붙인 랜들이 생각에 잠겨 말했다. "해리엇 고모는 보이는 그대로 바보인 건지, 실은 바보가 아닌 건지 헷갈릴 때가 있어."

"세상에, 지금 고모가 증거를 없애려고 그러셨다는 거야?"

스텔라는 믿기지 않는다는 듯 언성을 높였다.

"그 점에 대해서 확신을 못 하겠어. 네 깃털처럼 가벼운 뇌를 앞으로 되감아보렴. 해리엇 고모가 삼촌의 약장에서 뭘 꺼내셨니?"

"나도 잘 몰라! 이것저것 전부 꺼냈지. 티눈 반창고며 아이오딘, 이노사社에서 나온 프루트솔트 같은 거였어."

"물론 삼촌의 강장제도 꺼냈겠지." 랜들이 담배 끄트머리에서 푸른 연기가 피어오르는 모습을 지켜보며 덧붙였다.

"아냐, 그건 깨져 있었어. 새것도."

그는 재빨리 눈을 치켜떴다.

"깨져 있었다고. 정말이야? 이런, 이런! 도대체 누가 그런 짓을?"

"누구 짓이긴. 삼촌이 세면대 위 선반에 올려뒀는데 바람에 날아가 깨졌겠지."

"그 일에 대한 질문을 받았어?" 랜들이 물었다.

"경찰한테? 응, 그럴걸. 나는 아니었지만."

랜들이 한숨을 푹 쉬었다. "거트루드 고모의 주제넘은 행동으로 가장 분통 터질 사람이 누굴까? 매슈스가 사람들? 아니면 해너사이드?"

"알 게 뭐야. 참, 거트루드 고모라고 하니 생각났네. 도대체 고모에게 뭐라고 한 거야? 고모가 평생 이렇게 모욕적인 경우는 처음이었다던데?"

"그러셨겠지." 랜들이 선선히 인정했다.

"뭐라고 했는데?" 스텔라가 계속 물었다.

"그저, 내가 고모랑 결혼했다면 정부를 여럿 뒀을 거라고."

그 말에 그만 참지 못하고 까르르 웃음을 터뜨린 스텔라가 간신히 입을 열었다. "세상에, 정말 갈 데까지 갔잖아! 오빠가 했던 말 가운데 가장 무례한 말일 거야."

"그때는 그보다 더 무례한 말이 떠오르지 않았거든. 어쨌든 고모를 확실하게 서재에서 내보냈지." 랜들이 인정했다.

"고모를 서재에서 내보내려고 그렇게 천박하고 무례하게 굴었다니 말이 돼?"

"내게는 말이 되고, 앞으로도 그러면서 살 거야." 랜들이 침착하게 대꾸했다.

"어련하겠어. 내 주위에서 오빠만큼 말을 못되게 하는 사람도 없어." 스텔라가 쏘아붙였다.

"네가 종종 알려줘서 나도 잘 알고 있지." 랜들이 그녀를 향해 고개를 숙였다. 그러더니 호기심에 찬 미소를 지으며 그녀를 바라보았다. "스텔라, 너는 내가 곁에 있는 것조차 싫지? 내가 너한테 뭘 잘못했니?"

"잘못하긴 뭘. 오빠는 나한테 아무 짓도 안 했어. 그저 악담이나 퍼붓고 도마뱀처럼 얼쩡거릴 뿐이지. 삼촌과 살게 되어서 처음 이 집에 왔을 때는 오빠가 너무 싫었는데."

"지금도 싫어하잖아."

"다시 생각해본 적도 없는걸. 어렸을 때 오빠가 내게 얼마나 끔찍하게 굴었는지……."

“너는 행동거지가 칠칠치 못한 왈가닥이었으니까. 지금도 그 모습이 눈에 선해.” 랜들이 눈을 감고 혼잣말하듯 말했다.

“안 그랬거든!”

“어디 그뿐인가. 풋내기에 무식하고 품위라고는 없었지.”

스텔라는 얼굴이 새빨개지도록 화를 냈다. “그 나이 여자 애들은 다 그래!”

“그렇지도. 하지만 내가 왜 그런 애들에게 친절해야 하지?”

“오빠가 친절하게 대하는 사람이 있기는 해? 어릴 때나 지금이나 가이 오빠를 못 잡아먹어 안달이잖아.”

“동생아, 나는 한낱 평범한 인간일 뿐이야. 가이가 내 미끼를 콱 물면 당하는 게 당연하잖아.”

“오빠는 어릴 때 분명히 파리 날개나 뜯으면서 놀았을 거야.” 스텔라가 분을 참지 못하며 말했다.

“내가 가장 좋아하는 놀이 중 하나였지.”

“그리고 귀 닦고 잘 들어. 나는 오빠가 걸핏하면 엄마를 조롱하는 짓거리도 도저히 못 참겠어.”

랜들이 눈을 살짝 내리깔았다. “그렇게 똑똑한 숙모님을 내가 조롱한다고? 어떻게 그런 오해를 할 수가 있니? 나야말로 숙모님의 진가를 알아보고 누구보다 흠모하는 사람이야.”

“그만해주면 고맙겠네!”

그가 눈썹을 치켜올리며 말했다. “무슨 말을 해도 네 기분이 좋아지지 않는구나, 스텔라. 그럼 네 남자 친구 이야기를 해볼까?"

"데릭은 건드리지 마! 우리는 약혼한 사이야."

랜들의 눈이 심술궂게 반짝거렸다.

"오, 아직도 안 깨졌어?"

그녀는 화가 나 얼굴이 벌게져서는 말을 잇지 못했다. 하지만 이내 화를 가라앉히고 이렇게 쏘아붙였다. "잘 들어, 랜들! 어떻게든 나를 도발해보려나 본데, 꿈 깨. 데릭과 포스터 가족에 대해서 어디서 말도 안 되는 헛소리를 주워들었구나? 어련하겠어! 데릭이 메이지 포스터의 파트너로 호프가의 댄스 파티에 간 건 맞아. 하지만 나는 그 파티에 갈 상황이 아니었고, 데릭이 나와 알고 지낸 만큼 메이지와도 알고 지냈으니 나는 전혀 질투 안 해. 오빠는 이런 말이 통 믿기지 않겠지만."

랜들의 얼굴이 점점 환해졌다.

"스텔라, 내 도발이 생각보다 더 잘 먹혔나 보구나. 그런 일이 있었는지는 꿈에도 몰랐어."

스텔라가 입술을 깨물었다. "그럼 무슨 말을 하려던 거였어?"

"아무것도. 네 연적에 대해 말해봐. 그 여자는 어디 사니?"

"메이지는 파크 테라스에서 살아. 그리고 내 연적 아니야."

랜들이 눈을 활짝 뜨며 말했다. "탐낼 만한 조건인데? 거기라면 대단한 부촌이잖아. 아마 메이지 포스터 양은 외동딸이겠지?"

그녀가 되받아치려는 찰나, 가이가 나타나는 바람에 그럴 필요가 없어졌다. 마침 방에서 나온 가이가 두 사람을 보고 다가왔다. 랜들은 새로 등장한 먹잇감에게 재빨리 주의를 돌리며 깜짝 놀란 시늉을 했다.

"이런! 너, 내 사촌 동생 맞니? 이제부터 놀고먹는 신사가 된 거야, 아니면 브룩 앤드 매슈스가 파산 절차에 들어간 거야?"

가이가 그를 매섭게 노려보았다. 그는 오늘따라 유난히 피곤하고 안색이 더 창백해 보였다.

"파산을 왜 해? 그리고 이 시간에 집에 있을 권리는 형한테만 있는 게 아니거든!"

"맥이 없어 보인다? 오늘은 영 기분이 안 좋은가 봐?" 랜들이 읊조리듯 물었다.

가이가 몸을 홱 틀며 말했다.

"집안 분위기가 엉망인데 어떻게 기분이 좋을 수 있겠어."

"그래도 나는 평소처럼 평정을 유지하려고 애쓰고 있어. 담배라도 피워봐. 신경을 가라앉혀줄 테니까." 랜들이 말했다.

가이는 기계적으로 담배를 받아 들었지만 손가락 사이에 끼운 후 가만히 서 있었다. 그러자 랜들이 눈썹을 치켜올리며 라이터를 꺼내 딸깍하고 불을 켰다. 가이가 움찔하더니 몸을 숙여 담배에 불을 붙이고는 어색하게 인사를 했다. "어, 고마워." 그리고는 상체를 세우며 물었다. "아래층은 다 끝났어?"

"경찰들 말이야? 끝났으니 내가 여기 있겠지." 랜들이 말했다.

가이는 사촌을 한번 보고는 다시 시선을 돌렸다. "아무것도 못 찾았겠지, 그렇지? 찾고 말고 할 게 있어야 찾지." 그는 짐짓 속을 떠보듯 이렇게 말했다. 하지만 랜들이 잠자코 있자 버럭 화를 냈다. "대답 정도는 해."

"네가 내 수고를 덜어준 줄 알았지. 찾고 말고 할 것도 없다며. 그러니 네가 다 아는 줄 알았어." 랜들이 무심하게 대답했다.

"알긴 뭘 알아! 나는 지금까지 삼촌의 서류는 건드린 적도 없어!"

"오빠! 괜히 열 받지 마! 오빠를 약 올리려고 일부러 저러는 모르겠어?" 스텔라가 가이를 말렸다.

그러자 가이가 웃음을 터뜨리더니 정색을 했다. "그런 의도였든 말든 상관없어." 그러더니 망설이는 듯한 눈빛으로 랜들을 다시 바라보았다. "경찰의 입장은 뭐래? 그 경정 패거리는 상황을 어떻게 보고 있어?"

"딱하기는. 너는 경찰이 그런 걸 내게 말해줄 것 같니?"

"너라면 뭘 좀 알 줄 알았지. 경찰은 지금쯤 엄청 당황하고 있을 거야, 그렇지? 왜 아니겠어. 누구 짓인지 밝힐 증거가 없잖아. 누구라도 범인일 수 있어. 하지만 누구 짓인지 어떻게 증명하겠어?"

"나는 아무것도 몰라. 니코틴이 어떤 식으로 주입되었는지 알아내면 수사에도 진전이 있겠지. 하지만 거기까지 가려면 아직 멀었어. 내일 있을 검시 배심에서 놀라운 사실이 폭로될 가능성도 배제할 수 없고. 검시 배심 이야기가 나왔으니 말인데, 네가 맡은 역이 뭔지 잘 알고 있지?"

"아하, 빌어먹을 위스키소다 말이구나? 가족이 다 모인 자리에서 독을 타는 게 퍽이나 간단하겠다!" 가이가 발끈했다.

"글쎄, 네가 어땠을지 나는 모르지. 나라면 잘할 수 있을 것 같은데." 랜들이 생각에 잠겨 말했다.

"당연하지. 너라면 할 수 있었을 거야! 아주 작은 기회만 잡아도 당장 달려들겠지."

랜들이 부드럽게 웃었다. "하지만 나는 조그만 기회를 구경조차 못 했단다, 동생. 여기에 없었잖아. 미안하지만 나는 용의선상에서 빼줘. 안타깝지만 어쩌겠니. 상황이 그런 걸."

"다들 그만해!" 스텔라가 참지 못하고 두 사람을 말렸다. "우리끼리 이래봐야 무슨 소용이 있어? 안 그래도 힘든데 더 힘들어질 뿐이야. 가이 오빠, 오빠가 왜 걱정하는 건지 모르겠어. 오빠가 범인이 아니라는 사실은 우리 모두 알아. 설령 경찰이 오빠를 범인으로 생각한다고 해도 그 사람들이 뭘 어떻게 하겠어. 그렇게 주장할 근거가 전혀 없잖아. 그러니까 내 말은, 삼촌이 마신 술잔을 검사해볼 수도 없잖아. 경찰이 방문하기 며칠 전에 이미 다 씻어버렸으니까."

"가이의 걱정거리는 그런 게 아니야." 기다란 속눈썹 사이로 가이의 얼굴을 지켜보고 있던 랜들이 불쑥 끼어들었다. "위스키소다에는 독이 없었을 거야."

가이가 입을 삐죽거렸다. "당연하지. 특별히 걱정거리가 있는 게 아니야. 이렇게 의심으로 가득 찬 분위기가 신경에 거슬리는 것뿐이야. 이 사건은 결국 증거 불충분으로 흐지부지 끝날 거야. 경찰이라고 모든 범죄를 해결하는 건 아니잖아."

"애초에 거트루드 고모가 이따위 소동을 벌이지 않았다면 좋았을 텐데." 스텔라가 말했다.

"제길, 고모 목을 졸라버리고 싶어!" 가이는 끓어오르는 감정을 주체하지 못하고 떨리는 목소리로 말했다. 그러나 그는 곧 사촌과 동생이 자신을 빤히 바라보고 있다는 사실을 깨닫고는 어색한 웃음을 터뜨렸다. "음, 나는 내려가서 경찰이 지금 뭘 하고 있는지 알아봐야겠어." 그는 이렇게 말하며 계단 꼭대기에 서 있는 여동생을 지나쳐 아래로 내려갔다.

랜들은 계단을 내려가는 가이를 지켜보다가 팔꿈치 근처

에 있는 양치식물 화분에 조심스럽게 담배를 비벼 껐다. "세상에!"

"이제 다른 사람 신경 좀 그만 긁어. 오빠는 여기 살지 않으니까 이런 분위기에서 지내는 게 어떤 건지도 모르잖아." 스텔라가 야무지게 따졌다.

"부탁받지도 않은 충고를 하려니 입이 안 떨어지네. 하지만 내가 가이를 사랑하는 여동생이라면 오빠에게 평소처럼 출근하라고 말할 거야. 우선은 그게 훨씬 보기 좋잖아."

"내 말을 들을 리가 없어. 나도 평소처럼 일을 하라고 말해봤다고. 심지어 럼볼드 씨에게도 출근하라고 말해달라고 부탁까지 해봤지만 오빠는 지금 노이로제에 걸린 수준이야. 무슨 일만 생기면 금세 신경과민이 돼. 상상력이 과해서 그런가봐. 알다시피 가이 오빠가 상상력이 뛰어나잖아."

"영광스럽게도 유일하게 직접 내 눈으로 볼 수 있었던 가이의 작품으로 판단하건대, 가이의 상상력은 과한 정도가 아니라 병적이야." 랜들이 대꾸했다.

스텔라는 자신도 오빠가 디자인한 실내장식을 그다지 좋아하지 않았기 때문에 랜들의 평가에 대해서는 토를 달지 않고 이렇게만 말했다. "나도 내려가봐야겠어. 미리 말해두는데, 혹시라도 경찰이 내게 물으면 난 오빠가 삼촌 욕실에서 나오는 모습을 봤다고 말할 거야."

"좋은 생각이야." 랜들이 반색을 하며 대답했다. "이참에 우리가 아는 건 다 제보하자. 경찰에게 내가 삼촌의 욕실에서 나오더라고 제보해. 그럼 나는 가이가 뭐라고 했는지 불어버릴 테니까."

"이런 못돼먹은 인간!" 스텔라가 얼굴을 붉히며 화를 냈다.

그러자 랜들이 미소를 지으며 말했다. "휴전할래?"

스텔라는 난간을 꼭 쥔 채 잠시 굳은 듯 서 있다가, 말없이 몸을 돌려 종종걸음으로 계단을 내려가기 시작했다. 랜들은 미소를 거두지 않은 채 느긋하게 그녀의 뒤를 따라 내려갔다.

랜들의 버릇없는 태도와 돼먹지 못한 성품에 대해 한바탕 욕을 퍼부은 거트루드는 남편이 면담을 마치고 나오기를 기다리지도 않고 지역 간호협회 모임에 참석해야 한다며 저택을 나섰다. 랜들이 계단을 다 내려오자 헨리 럽턴이 서재에서 막 나와 이러지도 저러지도 못한 채 현관 주위에서 서성이고 있었다. 그는 스텔라가 2층에서 내려오자 살짝 놀란 기색이었다. 스텔라는 고모부를 보자 짧게 인사한 후 도서실로 들어갔다. 다음 순간 계단이 꺾이는 부근에 서 있는 랜들을 발견한 헨리 럽턴이 가까이 다가왔다. 그러더니 목소리를 낮추고 다급하게 말했다. "잠깐 이야기 좀 하자!"

"고모부하고요?" 랜들은 느릿느릿 계단을 내려오며 대답했다.

"그래, 지금 당장! 나는……." 헨리 럽턴은 고개를 돌려 스텔라가 도서실 문을 닫았는지 잽싸게 확인한 후 하려던 말을 계속했다. "네 말이 무슨 뜻인지 알고 싶구나. 고모에게 한 버릇없는 소리 말이다!"

"멀쩡한 지능을 갖고 있으면서 이미 다 알고 있는 사실을 다시 가르쳐달라는 사람들이 얼마나 많은지 볼 때마다 놀라워요. 하지만 꼭 듣고 싶으시다면 기꺼이 알려드리죠."

고개를 들어 조카를 보는 헨리 럽턴의 눈빛에 궁금증을 억누르지 못하고 잔뜩 긴장한 기색이 역력했다.

"네 삼촌이 나에 대해서 뭐라고 했지? 무슨 말을 했는지 말해봐! 그레고리가 죽기 전 일요일, 네게 서재로 오라고 했을 때 말이야. 진작 짐작했어야 했어! 네게 그 사실을 털어놓을지도 모른다고 의심했어야 했는데."

"물론 그러셨어야 했죠. 설마 삼촌이 비밀을 지킬 거라고 생각하셨어요? 삼촌은 그 이야기를 들으면 제가 재미있어할 거라고 생각하셨어요."

"당연히 그랬겠지." 럽턴이 씁쓸하게 말했다.

"어느 정도는요. 이 이야기는 끝내도 되겠죠?"

"아직 아니야. 말해봐. 앞으로 어떻게 할 거지?"

"어떻게 할 거냐고요?" 랜들은 경멸하듯 단어를 하나하나 뚝뚝 끊어 말하며 고모부의 질문을 되물었다. "고모부의 시시껄렁한 불륜 관계에 제가 계속 관심을 가질 거라고 생각하시는 거예요?"

럽턴은 얼굴이 붉으락푸르락했지만 몸에서는 힘이 빠져나가는 듯했다. "모르겠구나. 너희 가족은 무슨 짓이든 할 수 있을 거야! 무슨 짓이든 말이야! 너라면 못된 짓을 할 기회만 생기면 덥석 물겠지!"

"적어도 사랑하는 거트루드 고모가 배신당하셨다는 사실을 곱씹는 기쁨 정도는 느끼겠군요."

"네 고모는 이런 일로 흔들릴 사람이 아니야!"

"불쌍하기도 해라." 랜들이 말했다.

바로 그때 홀 안쪽의, 천을 댄 문이 열리면서 해리엇이 새로 꽃을 꽂은 화병을 가지고 나왔다. "아, 헨리. 언니는 벌써 갔어요. 그나저나 랜들, 네가 언니에게 무슨 말을 했던 그건 중뿔난 짓이었어. 그렇다고 네가 무슨 말을 했는지 안다는 뜻은 아니다만. 무슨 말을 했는지 나는 몰라. 알고 싶지도 않구나. 그건 그렇고 점심까지 먹고 갈 생각이라면 미리 말해주렴. 너의 조이 숙모는 이 집을 어떻게 꾸려나갈 생각인지 몰라도 내 의견과는 많이 달라서 말이야. 음식이 충분할 것 같지 않구나."

"다행스럽게도 점심까지 먹고 갈 생각은 없네요." 랜들이 말했다.

“어머나, 내가 쌀쌀맞다고 생각하지는 마.” 해리엇이 겸연쩍은 듯이 말했다. “하지만 네가 곧 떠난다니 다행이구나. 입을 더 보태지 않아도 이 집에는 식구가 충분히 많거든. 조이에겐 벌써 똑 부러지게 말해뒀어. 수시로 친구들을 불러 먹고 놀면서 응접실을 브리지 게임장으로 쓰는 건 용납하지 않겠다고 말이야. 그 여자가 무슨 생각을 하고 있는지 손바닥 보듯 훤히 보여. 그러니 절대 맘대로 하게 내버려두지 않을 거야. 이 집은 그 여자 것인 만큼 내 것이기도 하니까. 게다가 집에 대한 각자의 권리가 있다면 차에 대해서도 마찬가지야. 이제부터 차를 사용하려면 먼저 내게 차가 필요한지 묻고 나서 쓰게 할 거야! ……그래, 조이. 자네 이야기를 하고 있었어. 내 말을 누가 듣건 상관없어!”

조이가 해리엇의 목소리를 들었는지 도서실에서 나와 그들에게 다가왔다.

“그래요? 원한다면 하고 싶은 말씀 다 하세요.”

“그럴 거야. 그리고 내가 한 말을 똑똑히 들었기를 바라네!” 해리엇이 엄포를 놓았다.

조이가 관대한 미소를 지으며 대답했다. “아뇨, 못 들었어요. 오늘 오후에 차를 써야 한다는 이야기를 다시 하려고 나왔어요. 형님만 괜찮다면요.”

“안 괜찮아. 엔진 벽에 들러붙은 탄소검댕을 제거하려고 풀린이 차를 가져갔어." 해리엇이 속이 시원하다는 듯 말했다.

순간 조이의 얼굴에서 미소가 싹 사라지더니 표정이 딱딱해졌다. 그녀는 잠시 입을 다물었다가 조심스럽게 말했다. "형님, 제가 오늘 오후에 머리를 손질하러 간다고 했는데, 잊었어요? 내 기억에 분명히 미리 말을 해두었는데. 그때 오늘 차를 쓸 건지도 물어봤잖아요. 검댕 제거하는 건 다른 날 해도 되지 않아요?"

"풀린이 오늘 꼭 해야 한다고 했어." 해리엇이 고집스럽게 말했다.

조이는 입을 꾹 다물었다. 순간 그녀의 눈빛은 선한 기독교인의 것과는 거리가 한참 멀었지만 상냥한 말투는 그대로였다. "그게 최선이라면 그런 거겠죠. 하지만 앞으로는 이렇게 되는대로 지시를 내리기 전에 서로 상의를 하는 게 더 현명하지 않을까요? 그렇게 생각하지 않아요?"

"아니, 난 그렇게 생각 안 해!" 해리엇은 이렇게 쏘아붙이고는 화병을 응접실에 두기 위해 자리를 떴다.

랜들은 고모의 뒷모습을 물끄러미 바라보다가 계단 아래에 서 있는 숙모에게 시선을 돌리며 다정하게 말했다. "조이 숙모님, 앞으로 하루하루가 편치 않으시겠어요."

해리엇의 뒷모습을 물끄러미 보고 있던 조이가 랜들을 향해 고개를 돌렸다. 그녀는 냉소로 가득한 조카의 눈빛을 보더니 짜증스러운 내색도 않고 담담하게 말했다. "아니, 랜들. 결코 그렇지 않아. 얘야, 너도 내 나이가 되면 사람을 가혹하게 판단하지 않는 법을 배우게 될 거야. 나는 해리엇 형님을 좋아해. 너처럼 젊은 사람들은 누군가의 사소한 기벽이 짜증스럽겠지만 내게는 아무렇지도 않단다. 너도 겉만 보지 말고 그 안에 뭐가 있는지 들여다보려는 노력을 게을리 하지 말렴. 그리고 명심해라. 사람들이 못되게 굴 때는 그렇게 굴 만한 사정이 있으리라는 사실을."

"할 말이 없네요." 랜들이 허리를 숙여 절을 했다.

조이는 계단께로 다가와 랜들의 팔에 잠시 손을 내려놓았다. 그리고 다시 발걸음을 떼며 이렇게 말했다. "랜들, 좀더 너그러운 마음을 가지려고 해봐. 다른 사람이 이상하게 행동한다고 해서 덮어놓고 비난부터 해서는 안 돼. 먼저 이해하려고 노력하고 도울 방법이 없는지 찾아보렴."

그녀는 랜들의 팔을 살며시 쥐더니 계단을 올라갔다. 랜들이 짜증을 내며 소매를 보더니 주름을 펴면서 말했다. "여기 있어봐야 시시한 일뿐이겠군요. 집에나 가야겠어요."

"네 숙모는 마음씨가 고운 분이야. 내가 얼마나 존경하는지 말로는 다 표현할 수가 없구나." 헨리 렙턴이 따뜻한 말씨로 말했다.

"저도 그래요. 늘 그렇죠." 랜들이 말했다.

“그러면 적어도 네 숙모를 놀리는 짓은 그만하지 그러니!”

“조이 숙모를 놀린다는 욕을 오늘 하루에만 두 번이나 듣는군요. 저는 결백합니다. 정말이에요. 심지어 숙모님을 흠모하는 마음이 요즘 들어 뭉게뭉게 자라고 있는걸요.”

헨리 럽턴이 못 믿겠다는 듯 조카를 빤히 보았다. 랜들은 진담인지 농담인지 모를 묘한 미소를 짓더니 홀을 가로질러 자신의 모자와 장갑을 챙겼다.

“내일 검시 배심에는 올 거지?” 헨리 럽턴이 물었다.

랜들이 하품을 하며 대답했다. “더 재미있는 일이 없다면요. 검시 배심이 새벽같이 열린다면 다시 생각해야겠죠. 고모들과 숙모를 다시 보시게 되면 인사도 없이 가서 죄송해하더라고 전해주세요.”

랜들은 태평스럽게 작별 인사를 던진 후 화를 내야 할지 안도감을 느껴야 할지 몰라 갈팡질팡하는 고모부를 혼자 세워둔 채 저택을 떠났다.

가족의 예상과 달리 랜들은 이튿날 아침에 열린 검시 배심에 참석하지 않았다. 이 일을 두고 그의 두 고모와 숙모는 짧은 시간이나마 한마음이 되었다. 거트루드 럽턴은 랜들이 자신을 볼 면목이 없었겠지만 예의상 검시 배심에는 참석했어야 한다고 말했다. 해리엇은 랜들이 고의로 삼촌에 대한 기억을 무시하기 위해 나타나지 않았을 것이라 짐작했다. 두 사람에 비해 좀더 너그러운 조이 매슈스는 랜들이 천성적으로 냉혹한 기질이 아닌지 걱정하며 아직 젊어서 그럴 거라고 생각했다.

랜들을 제외한 매슈스가 사람들은 모두 검시 배심에 참석했다. 심지어 거트루드의 사위 오언 크루마저 자리를 함께했다. 물론 자의가 아니었다. 애그니스는 겉으로는 매우 유쾌해 보였지만 자리가 자리이니만큼 목소리를 잔뜩 낮추더니, 남편이 오지 않겠다고 하는 바람에 싸우기까지 했으며 아내에게 힘이 되어 주기 위해서라도 남편이 옆에 있어야 한다는 말을 엄마에게 종알거렸다.

"이 사건이 당신이나 나와 무슨 상관이야." 오언이 일을 하다가 억지로 끌려나와 못마땅한 기색이 역력한 목소리로 말했다.

"처가 제 삼촌 사건으로 걱정이 깊으면 이해해줘야지." 거트루드가 엄한 목소리로 나무랐다.

그러자 단 한 번도 장모의 의견에 맞선 적이 없는 오언이 대답했다. "제가 왜 이런 일에까지 불려 와서 오전 시간을 허비해야 하는지 알 수가 없네요." 그는 이렇게 말한 후 장모와 최대한 멀찌감치 떨어져 앉았다. 랜들이 오지 않았다는 소식을 듣자 그는 살짝 웃으며 말했다. "영리한 친구군!" 그런 반응에, 여전히 유쾌한 애그니스만이 남편은 아침에는 항상 기분이 저조하다며 두둔했다.

오언 옆자리에 앉아 있던 도러시 럼볼드가 목소리를 잔뜩 낮추어서 말했다. "너무 끔찍하네요, 그렇죠? 내 말은, 고인과는 아는 사이잖아요."

오언은 숫기 없는 사람에게 낯선 이가 말을 걸어왔을 때 불쑥 솟는 본능적인 불신감을 느끼며 옆자리 여자를 돌아보았다. 그리고 딱딱한 목소리로 대꾸했다. "그렇죠."

도러시 럼볼드가 화사하게 미소를 지으며 말했다. "나를 기억하지 못하시는군요? 나도 참, 꼭 기억하리라는 법도 없는데. 나는 럼볼드예요. 우리 부부는 고인과 잘 아는 사이였답니다. 이웃에 살거든요."

오언은 그제야 얼굴을 붉히며 엉덩이를 엉거주춤하게 들고 악수를 했다. "아, 그렇죠! 죄송합니다. 제가 사람 얼굴을 잘 기억하지 못해서. 반갑습니다. 아니, 이렇게 와주셔서 정말 감사합니다."

"우리 부부는 친구 된 도리로 참석해야 한다고 생각했답니다." 그녀가 여전히 속삭이듯 말했다. "사실 나는 이런 자리가 싫어요. 하지만 저 두 불쌍한 부인네들이 에드워드가 꼭 와주었으면 해서 왔죠. 에드워드는 내 남편이에요. 그이는 어차피 대단한 일도 없을 거라고 생각하더라고요."

"저도 그렇게 생각합니다." 오언은 문득 조이가 자신을 "불쌍한 부인네"라고 부르는 소리를 들었다면 무슨 반응을 보일지 궁금했다.

"그나저나 오늘 우리 말고도 관계없는 사람들이 많이 왔네요. 방청을 하러 그린리히스 주민의 반은 온 것 같아요. 다들 호기심이 동했겠죠. 어머나, 저기 필딩 선생님도 왔어요! 의사 선생님도 별로 걱정하는 기색은 아니네요."

"그래야 할 이유가 없으니까요." 오언이 대꾸를 했다.

"음, 나는 모르겠어요. 필딩은 매슈스 씨가 독살되었다는 사실을 알아차리지 못했다면서요. 명색이 의사면서! 에드워드는 그런 걸로 의사 선생님을 비난할 수는 없다고 해요. 하지만 의사라면 그 정도는 알아봤어야 하는 거 아닌가요? 안 그래요?" 럼볼드 부인이 의심스러운 표정으로 말했다.

"사실 저는 이런 문제는 잘 모릅니다." 오언은 이렇게 대답했다. 그는 관찰력이 뛰어난 편은 아니었지만 푸른색 아이섀도를 바른 눈두덩이며 커다란 분홍색 장미가 주렁주렁 달려 모두의 시선을 끄는 모자에서 눈을 뗄 수가 없었다. 그는 이렇게 요란하게 치장한 사람과 함께 있는 모습이 남들에게 어떻게 보일지 신경이 쓰여 가만히 앉아 있기 힘들었다. 결국 그는 장인과 할 이야기가 있다며 헨리 럽턴의 옆자리로 가서 앉았다. 그때 검시관이 법정으로 들어왔다.

손에 땀을 쥐게 할 극적인 순간을 목격할지 모른다는 기대감에 방청하러 온 사람들의 의견에 따르면, 그날 아침의 검시 배심은 실망스럽기 짝이 없었다. 제일 먼저 집사 비처가 호명되었다. 그는 5월 15일에 주인의 시신을 발견하게 된 경위를 증언했다. 검시관은 그에게 질문을 별로 하지 않았다. 그는 이내 증인석에서 내려갔고 뒤이어 필딩이 호명되었다.

그때만 해도 사람들은 분위기가 점점 무르익어 간다고 느꼈다. 그랬기에 의사가 자리에서 일어나자 장내가 술렁이기 시작했다. 어떤 숙녀들은 의사가 미남이라고 생각했고, 도러시 럼볼드 같은 사람들은 그가 냉정하다며 옆자리 방청객과 수군거렸다.

실제로 그는 한 치의 흐트러짐도 보이지 않았다. 쓸데없는 말을 떠벌리지도 않고 막힘없이 증언을 했다. 질문을 받자 그는 시신을 검안한 직후에는 사인이 실신이라는 판단과 모순되는 증상을 발견하지 못했다는 사실을 인정했다. 증언이 계속될수록 전문적인 용어들이 자주 튀어나왔다. 그 모습을 보며 방청객의 반은 의사도 모든 것을 다 알 수는 없다고 생각했고 나머지 반은 의사라면 모르는 게 없어야 한다는 생각을 고수했다. 질문이 이어지자 필딩은 훨씬 더 어려운 용어를 써가며 그동안 치료했던 고인의 심장병 증세를 설명했다. 환자의 죽음을 검시관에게 알리게 된 경위를 묻는 질문에서는 조금도 머뭇거리지 않고 이렇게 대답했다. "유가족 가운데 제

진단에 납득하지 못한 분이 있었기 때문입니다."

필딩이 차분한 목소리로 대답을 했음에도 불구하고 법정은 또 한 번 소란스러워졌다. 매슈스가에 숨겨진 충격적인 추문이 곧 낱낱이 드러나리라는 기대감이 법정 안을 가득 메웠다. 그리하여 마침내 거트루드 럽턴이 증언을 하기 위해 자리에서 일어나자 모두의 기대에 찬 눈빛이 그녀에게 쏠렸다. 사람들은 그녀의 입에서 어떤 이야기가 나올지 기대하며 숨을 죽인 채 기다렸다.

거트루드 럽턴은 의사만큼 훌륭한 증인이었다. 다시 말해 그녀의 증언은 전혀 충격적이지 않았다는 뜻이다. 그녀는 동생이 독살되었다고 생각할 만한 근거가 없었다고 밝혔다. 다만 그의 죽음이 자연사일 리 없다는 느낌이 들었다는 것이다. 그녀는 왜 그런 느낌이 들었는지 구체적으로 설명할 순 없을 것 같다고 했다. 왜냐하면 시신을 보자마자 불현듯 그런 예감이 들었을 뿐이었기 때문이다. 하지만 그녀는 자신의 감이 틀린 적이 거의 없다고 강조했다.

"제가 뭐랬어요?" 헤밍웨이 경사가 경정에게 속삭였다.

결국 거트루드 럽턴은 그 자리에 모인 사람들에게 실망감만 안겨준 후 자리로 돌아갔다. 방청객들은 다음에는 누가 호명될지 궁금해하며 매슈스가 사람들에게로 시선을 돌렸다. 그때 검시관이 서기에게 무슨 말인가를 하더니 해너사이드 경정이 일어나 경찰의 수사가 끝날 때까지 휴정을 요청했다. 결국 호기심으로 충만한 사람들의 남은 희망마저 박살이 나고 말았다. 경정의 요청은 받아들여졌고 넌더리가 난 방청객들은 집으로 돌아가 아무 소득도 없을 지레짐작이나 하며 상상력을 발휘하는 것 외에 달리 할 일이 없었다.

오언이 아내를 따라 법정을 나가며 귓속말을 했다. "내가 뭐랬어. 시간만 낭비할 거라고 했지?" 이렇게 집으로 돌아갈 수 있게 되자 기분이 훨씬 좋아진 오언은 사람들에 떠밀려 그에게 바짝 다가와 "더이상 아무 일도 일어나지 않아 감사한다"고 말하는 처제 재닛에게 핀잔을 주고 싶은 마음을 꾹 참을 수 있었다. 건물 밖으로 나오자 오언은 점심을 들고 가라는 장모의 말을 딱 잘라서 거절했다. 그리고 아내에게는 하고 싶은 대로 하라고 하며 자신은 무슨 일이 있어도 런던으로 돌아가겠다는 말을 남긴 채 주차해둔 자신의 차로 성큼성큼 걸어가기 시작했다. 애그니스는 검시 배심에 대해 엄마와 수다를 떨고 싶어 입이 근질거렸지만 그녀가 생각하는 이상적인 결혼은 남편이 어딜 가든 아내가 따라가야 한다는 이론에 바탕을 두었기 때문에 가족과 아쉬운 작별을 한 채 고분고분 남편을 따라갔다.

검시 배심으로 외출하면서 장바구니와 쇼핑 목록을 단단히 챙긴 해리엇은 곧장 중심가로 향했다. 한편 조이는 아들의 팔에 살짝 기댄 채 오다가다 만난 지인들에게 엷은 미소로 알은체를 했다. 그러더니 정신적으로 너무나 피곤하다며 엄숙한 목소리로 이렇게 말했다. "잠시 조용한 시간을 가져야겠어. 스텔라, 이 근처에 풀린이 있는지 찾아봐줄래?"

"풀린은 지금 광장 맞은편에서 대기중이에요."

"그러면 차를 여기로 가져오라고 전해줘. 오, 풀린이 우리를 봤구나!" 그녀는 이렇게 말하며 몸을 돌려 비싸 보이는 장갑을 낀 손을 에드워드 럼볼드에게 내밀었다. "와주셔서 감사하다는 말씀을 아직도 못 드렸네요." 그녀가 은근한 어조로 인사치레를 했다.

"우리 가족이 어떤 심정일지 잘 아시시라 믿어요. 이렇게 끔찍한 시련을 겪는 동안 우리 편이 되어주는 친구가 있다니! 제가 너무 감상적으로 굴어서 바보처럼 보이겠죠? 전 지금 정신적으로 너무나 고통스럽답니다. 수백 개나 되는 눈이 한 사람에 고정되어 있잖아요!" 조이는 이렇게 말하며 진저리를 치더니 에드워드 럼볼드의 손을 조금 더 잡고 있다가 놓아주었다. "불쾌한 일은 모두 그 갑갑한 법정에 버리고 왔다는 기분이 들면 좋을 텐데 말이죠."

"이 일에 너무 마음 쓰지 마세요. 물론 얼마나 힘드실지 압니다. 그래서 우리 모두 유감이고요." 럼볼드가 다정하게 위로했다.

그녀가 결연한 표정으로 희미하게 미소를 지었다. "이 이야기는 더이상 못하겠어요. 생각을 정리할 시간이 있다면……. 이따가 잠시 들르시겠어요? 차 마실 시간에?"

"네, 초대해주시면 가야죠. 그런데……."

갑자기 스텔라가 끼어들었다. "꼭 와주세요! 집에 가족밖에 없으니 분위기가 너무 휑해요."

그는 웃음을 터뜨리지 않을 수 없었다. 그러고는 장난스럽게 말했다. "이렇게 과분한 초대를 제가 어떻게 거절하겠습니까?"

"어머, 그런 뜻은 아니었어요. 도러시 아주머니와 함께 오세요." 스텔라가 덧붙였다.

그러자 조이가 딸을 나무라듯 말했다. "얘야, 그런 말 하지 않아도 럼볼드 씨는 다 아신단다."

럼볼드가 정말로 알았는지는 모르겠지만, 티타임에 맞춰 포플러스 저택에 온 럼볼드는 혼자였다. 진입로를 반쯤 지났을 때 마중 나온 스텔라와 만난 럼볼드는 아내에게 다른 약속이 있다고 해명했다.

"이해해요. 요즘 우리 집 분위기가 우중충하잖아요. 엎친 데 덮친 격으로 하루 종일 기자들을 피해 다니느라 정신이 없었어요. 기자들이 집을 포위했거든요. 엄마는 기자들과 기꺼이 인터뷰까지 하셨지 뭐예요. 내일 신문에 어떤 기사가 실릴지." 스텔라가 솔직하게 털어놓았다.

"그런 말 말아라. 지금 상황에 너무 신경 쓰는 것 같구나, 스텔라."

"어쩔 수 없어요." 스텔라가 럼볼드와 속도를 맞춰 걸으며 대답했다. "이번 일 때문에 요즘 한없이 우울해요. 어떨지 잘 아시겠죠, 그렇죠? 단지 삼촌이 돌아가신 일 때문만이 아니에요. 해리엇 고모를 생각하면 머리가 지끈거려요. 그렇다고 엄마 편만 들 수도 없고……."

"그렇다면 너는……." 럼볼드가 스텔라의 말 사이에 끼어들었다.

"음, 엄마가 어디까지 사람을 짜증나게 만들 수 있는지는 제가 제일 잘 알걸요." 스텔라가 방어적으로 말했다. "하지만 방금 아저씨가 제 말을 끊었을 때 하려던 말은요, 저도 엄마를 무조건 편들고 싶지 않지만 해리엇 고모가 요즘 엄마를 너무 막 대한다는 거였어요. 고모는 온갖 꾀를 짜내서 사사건건 엄마의 계획을 망쳐놓으려고 해요. 하다못해 엄마가 탁자를 원래 자리에서 조금만 옮겨도 고모는 시비를 걸면서 미리 자기와 의논했어야 한다고 하더라니까요."

에드워드 럼볼드는 잠자코 생각을 하나 싶더니 곧 말문을 열었다. "나라면 너무 걱정하지 않을 거다. 네 어머니와 고모는 지금 신경이 바짝 곤두선 상태잖아. 음, 그리고 두 분 다

이 저택을 공동소유로 물려받은 사실에 매우 실망하셨겠지?"

반짝하는 그의 눈빛이 스텔라의 눈에 비쳤다. "두말하면 잔소리죠." 스텔라가 인정했다.

"그렇다면 두 분에게 현실을 받아들일 시간을 드리렴. 시간이 흐르면 결국 원만한 합의점에 도달하게 될 거야."

"어서 그런 날이 오면 좋겠어요. 저는 상황이 정리되면 이 저택을 나가기로 마음을 정했거든요. 해리엇 고모는 가이 오빠가 뭘 하든 이해해주시지만 저는 좋아하지 않으셔요. 그래서 저를 잠시도 가만히 내버려두지 않으시죠. 제가 뭘 하든 잘못했다고만 하세요. 지난밤에 이대로는 안 되겠다고 엄마에게 말했어요."

럼볼드는 걱정스러운 표정을 지었지만 쾌활한 어조로 말했다. "음, 네가 꾹 참아야 할 필요는 없지. 결혼식은 언제 올릴 거니?"

스텔라는 선뜻 대답을 하지 못하고 머뭇거리더니 말문을 열었다. "음, 어쨌든 일 년 후에나 올릴 거예요! 적어도 올해는 계획이 없어요. 아시다시피 상황이 이렇다 보니 사건이 말끔하게 정리되고 장례를 마무리하는 게 우선이잖아요." 그녀의 말투에서 애써 무심한 척하는 티가 났다.

에드워드 럼볼드가 스텔라의 손목을 잡아 그녀를 붙잡아 세웠다. "얘야, 아무 일 없는 거지?"

"그럼요. 아무 일 없죠! 서두르지 말고 잠시 시간을 가지자는 말도 제가 먼저 꺼낸걸요. 제가 꼭 그렇게 해야 한다고 고집을 피웠죠. 데릭의 일도 생각해봐야 하잖아요. 게다가 만에 하나 우리 가족 중에 살인자가 있다면 저와 결혼해 한 가족이 되는 문제를 다시 생각하고 싶어질지도 모르고요."

"의사 선생이 올곧은 남자라면 절대 그러지 않을 거야."

"네, 그 사람도 그런 이야기는 입에 담지도 않았어요. 하지만 상황이 정리될 때까지 결혼을 서두르지 말자는 제 뜻은 받아들여줬어요. 저는 학교에서 알게 된 친구와 작은 플랫에서 같이 지내고 싶어요. 그 친구가 의상 디자이너로 일하고 있는데, 저도 그쪽으로 일자리를 구할 수 있지 않을까 싶어요. 제가 마네킹 정도의 쓸모는 있겠죠? 어떻게 생각하세요?"

"설마, 마네킹보다야 낫겠지. 그런데 어머니는 뭐라고 하시니?"

"오, 엄마는 당연히 반대하시죠. 하지만 결국에는 받아들이실 거예요. 요즘 집안 분위기가 상당히 살벌하다는 점은 엄마도 인정하시니까요. 저는 질렸어요. 엄마는 가이 오빠나 저보다도 당신 자신에게 이 상황이 훨씬 나쁜 영향을 미친다고 불평만 하시거든요."

그 무렵 두 사람은 저택에 도착했다. 홀로 들어서니 해리엇이 럼볼드를 맞으려고 나와 있었다. 그녀는 럼볼드에게 요란하게 인사를 건네더니 그를 데리고 응접실로 향했다. 조이가 방에서 내려오기 전에 잠시 동안이라도 그를 독점하려는 속셈이었다.

하지만 이 깜찍한 계획은 실패로 끝날 운명이었다. 오후의 휴식 시간을 서둘러 끝낸 조이가 작은 자수를 챙겨 와 벌써부터 응접실 소파에 자리를 잡고 있었기 때문이다. 그녀 옆에 놓인 재떨이에는 불을 붙인 담배 한 대가 놓여 있었다.

해리엇은 담배를 발견하자마자 재떨이에 꾹꾹 눌러서 끄고는 방 안이 담배 연기로 자욱하다며 호들갑을 떨며 창문이라는 창문은 다 열었다. 조이는 그런 해리엇을 아랑곳하지 않고 자리에서 일어나 럼볼드와 악수를 하고는 자신의 옆자리에 앉으라 청했다.

잠시 후 문이 열리고 비처가 차 쟁반을 가지고 들어왔다. 그 순간 한 줄기 바람이 휘몰아쳐 커튼이 모두 안으로 휘날려 펄럭이는 바람에 화병이 쓰러졌다. 뒤이어 쾅 하고 닫히려는 문을 집사가 가까스로 잡았다. 연이은 소소한 사고에 해리엇은 창문을 다시 전부 닫아야 했고 그 때문에 그녀는 더욱 짜증이 났다.

바닥에 쏟은 화병의 물을 훔치고 화병을 제자리에 다시 갖다 놓을 즈음 가이가 어슬렁거리며 들어왔다. 아무것도 모르는 가이가 무슨 일이 있었냐고 묻는 순간 해리엇의 짜증은 위험 수치까지 치솟았고, 그만 애꿎은 조카에게 화풀이를 하고 말았다. 물론 가이는 평소 이런 날벼락에 익숙했다.

하필 이렇게 상서롭지 못한 순간 응접실의 문이 또 열렸다. 그 문으로 갈색 정장을 빼입은 랜들이 느릿느릿 들어왔다.

밖에서 누군가 이 순간을 지켜보고 있었다면 그 사람은 랜들의 느닷없는 등장에 배꼽을 잡았을 것이다. 에드워드 럼볼드는 그 자리에 모인 사람들을 휙 둘러보다가 얄궂게도 느닷없이 기침이 나와 잠시 손으로 입을 가려야만 했다. 조이의 얼굴에서는 아름다운 미소가 순식간에 자취를 감추었다. 잔소리를 한창 늘어놓던 해리엇은 그만 말문이 막혀 랜들을 노려볼 뿐이었다. 가이는 인내심이 바닥 난 듯 "오, 제발!" 하고 소리쳤다.

랜들이 반짝이는 눈으로 주위를 둘러보더니 싹싹하게 말했다. "여러분이 이렇게 편안한 시간을 즐기고 계시는 모습을 보니 저도 행복하네요!"

"원하는 게 뭐야?" 가이가 퉁명스럽게 말했다.

"가이!" 조이가 아들을 살며시 말렸다.

"안녕하셨어요?" 랜들은 에드워드 럼볼드와 악수를 하며 안부를 물었다. "여기서 뵈니 정말 반갑네요. 여기 오면 우리 가족밖에 없을 줄 알았는데요. 귀찮게 벨 울리지 마세요, 해리엇 고모. 비처는 제가 온 거 알아요."

"벨을 누를 생각도 없었어! 여기 왜 왔는지 모르겠구나. 검시 배심에는 오지도 않았으면서." 해리엇이 분을 이기지 못해 몸을 파르르 떨었다.

"그랬죠. 그런데 착한 조카라면 무슨 일이 있었는지 제게 알려주실 기회를 고모에게 드리는 것이 도리가 아닐까 싶더라고요." 랜들이 의자를 끌어내 앉았다. 물론 앉기 전에 바짓자락을 조심스럽게 추어올리는 것을 잊지 않았다.

"그 이야기는 더이상 하고 싶지 않아. 특히 너랑은!"

"진심이세요?" 랜들이 의외라는 표정을 지었다. "그러고 보니 저도 고모가 오늘 있었던 검시 배심에 대해 중언부언하며 주절주절 늘어놓으실까 봐 오늘은 고모를 찾아가지 말아야겠다고 생각할 뻔했죠!"

"랜들, 네게 양심이라는 게 조금이라도 있었다면 검시 배심에는 왔어야지!" 해리엇이 요란하게 잔을 여기저기 놓았다. "물론 나야 그런 건 기대도 안 했지. 자신밖에 모르는 네가 새 사람이 되리라는 희망은 벌써 버렸으니까. 어쩜 죽은 네 삼촌과 그렇게 닮았니! 물론 나는 너 말고도 자기밖에 모르는 사람을 여럿 댈 수 있지만." 해리엇이 음울한 분위기로 덧붙였다. "내가 굳이 이름을 대지 않아도 가슴이 뜨끔한 사람들이 있을 거야."

이때 조이가 근심 섞인 목소리로 대화에 끼어들었다. "이러는 거 좀 품위 없지 않아요? 죽음이 우리 집을 찾아온 게 고작 일주일 전이라는 걸 떠올리면 사소한 일로 옥신각신할 게 아니라 좀더 고귀하고 선량한 주제에 마음을 쏟아야죠."

가이는 짜증을 내며 창가로 다가가 사람들로부터 등을 돌린 채 블라인드를 조절하는 끈을 만지작거렸다.

"옳으신 말씀이에요, 숙모님!" 랜들은 관심이 있는 척 공손하게 말했다. "꼭 그렇게 해보죠! 주제는 숙모님이 정해주세요. 그 일에 적합한 사람은 숙모님뿐이거든요."

"마음만 있으면 우리 중 누구라도 적당한 주제를 떠올릴 수 있을 거야. 랜들, 너라도 말이지." 조이가 부드러운 어조로 말했다.

"지금 당장 숙모님에게 천국에 간 골프 선수 이야기를 해드릴 수 있어요. 하지만 그 순간 고귀하고 선량한 이야기로 가득 채운 제 이야기 보따리가 그만 바닥나버리겠죠." 랜들이 말했다.

"내게 충격을 주려고 그러나 본데, 나는 아무렇지도 않단다, 랜들. 내가 신성하게 여기는 주제로 너는 농지거리를 한다는 사실이 애석할 따름이야."

"아, 조이 숙모님은 늘 저를 실망시키지 않으신다니까요."

에드워드 럼볼드는 지금이야말로 자신이 개입해야 할 때라고 느끼고 대화에 끼어들었다. “매슈스 부인, 요즘 젊은 세대는 참담할 정도로 불손하군요. 그런데 요전 날 기독교에 대해 놀라운 견해를 갖고 있는 ‘착실한 젊은이’를 만났지 뭡니까!” 그는 능숙하게 자신이 겪은 일화를 들려주기 시작했다. 어느새 해리엇과 조이마저 그의 이야기를 넋을 놓고 듣기 시작했다.

럼볼드의 이야기가 끝날 즈음 가이가 창가에서 떨어져 나와 사람들에게 찻잔을 돌리기 시작했다. 그때 스텔라가 응접실로 들어왔다. 그녀는 랜들에게 고개를 까닥해 알은체를 하곤 엄마가 앉은 소파 옆 바닥에 놓인 쿠션에 앉았다.

랜들이 짜증스러운 표정으로 스텔라에게 말했다. “스텔라, 내가 여기 있는 거 안 보이니? 나를 봤으면 경악과 분노가 뒤섞인 독설로 맞아주어야 하지 않을까?”

“진입로에서 오빠 차 봤어. 그래서 온 줄 알고 있었지.” 스텔라가 퉁명스럽게 대꾸했다. “검시 배심 결과를 듣고 싶어서 왔겠지. 경찰이 휴정을 요청했어. 덕분에 검시 배심이 열리기 전과 달라진 건 아무것도 없어.”

“경찰이 현명하다면 곧 포기할 거야. 결국 진실은 아무도 알 수 없을 테니까. 경찰이 곧 수사를 그만둘 거라고 생각하지 않으세요, 럼볼드 씨?” 가이가 말했다.

"모르겠구나, 가이. 경찰이 수사를 계속할 만한 정보를 얼마나 알아내느냐가 관건이겠지."

"알아낸 것도 없을걸요. 해리엇 고모가 확실히 처리했거든요." 가이가 살짝 웃으며 말했다.

"그레고리의 물건을 말끔하게 정리한 일이 이렇게 큰 문제가 될 줄 알았다면 손도 대지 않았을 거야! 누구라도 내가 일부러 치워버린 거라고 생각하겠지! 하지만 아무도 날 말리지 않았는걸. 어차피 할 일이라면 당장 해치우자, 이게 내 좌우명이란 말이야! 경정에게도 말했지만, 독이 들어 있었을 만한 물건은 아무것도 없었어. '아이오딘 병과 티눈 반창고에 독이 있을 것 같으면 다 가져가서 직접 확인해보세요!' 이렇게 말해줬지." 해리엇이 흥분에서 떠들었다.

"그래서 경찰이 그것들을 가져갔나요?" 럼볼드가 궁금해했다.

해리엇이 코웃음을 치며 말했다. "네. 다 부질없는 짓이죠! 소금과 간장약을 챙겨가고 싶어 하는 거야 당연해요. 하지만 아이오딘을 마시는 사람이 있다는 이야기는 들어본 적이 없어요. 아무튼 저는 그레고리의 약상자에 있던 것들을 몽땅 경정에게 넘겼어요. 이제 만족하겠죠."

"그런데 해리엇 양, 그레고리가 쓰던 개인용품들로 뭘 하신 겁니까?"

럼볼드의 질문에 해리엇이 화들짝 놀라며 대답했다.

"아무것도 안 했어요! 옷은 전부 남겨뒀어요. 잘 정리해서 옷장에 넣어뒀죠! 그레고리의 상아 빗과 시곗줄 달린 회중시계도요. 내가 버린 물건은 오빠가 쓰던 목욕용 스펀지 같은 것들뿐이에요. 어차피 아무도 못 쓰는 것들 말이에요. 경찰이 그것들도 보자고 했다면 저는 몹시 난처했을 거예요. 다른 잡동사니들과 함께 몽땅 보일러실로 보냈으니까요."

"그렇군요. 말하자면 청소를 하신 거군요."

"아무도 못 쓰는 물건을 가지고 있어 봐야 뭘 하겠어요? 다음에는 방을 청소했다고 욕을 먹겠네요!" 해리엇이 툴툴거렸다.

"아무도 형님을 비난하지 않을 거예요. 이렇게 될 줄 몰랐잖아요. 우리 중 아무도 거트루드 형님의 의심에 진실이 숨겨져 있었을 줄 몰랐어요. 혹시라도 해리엇 형님이 독이 들어 있는 물건을 모르고 태워버렸다면 저는 오히려 기쁠걸요. 무슨 짓을 해도 죽은 아주버님을 되살릴 수 없어요. 그렇다면 아무것도 모르고 지내는 편이 더 낫지 않을까요?" 조이가 말했다.

"그럴 거예요." 가이가 혼잣말을 하듯 맞장구를 쳤다.

반면 스텔라는 인상을 쓰며 말했다. "말도 안 돼요! 삼촌이 독살되셨다면 누구 짓인지 꼭 밝혀내야 해요! 맙소사, 우리 중에 살인자가 있다는 사실을 알면서 어떻게 아무렇지도 않게 지낼 수 있어요?”

“스텔라, 어떻게 그런 말을!” 깜짝 놀란 해리엇이 조카를 나무랐다.

“하지만 그게 사실이잖아요! 지금 가장 무서운 사실이 바로 그거예요. 다들 모른 척하는데, 정말 모르겠어요? 경찰이 범인을 찾아내지 못하면 우리는 죽을 때까지 범인이 누구였을지 의심을 떨쳐내지 못할 거예요!” 스텔라는 물러서지 않았다.

“쓸데없는 소리! 하기야 나도 살인으로 밝혀지기 훨씬 전부터 궁금하기는 했어.” 가이가 말했다.

“정말이야? 나일 수도 있는데? 어쩌면 엄마일지도 모르는데?” 스텔라가 희미하게 공포에 물든 눈빛으로 오빠를 올려다보며 말했다.

“말도 안 되는 소리 그만해!” 감정이 격해진 가이가 소리쳤다.

그러자 조이가 살짝 웃으며 딸의 어깨를 짚었다. “얘, 상상력이 지나친 거 아니니?”

“하지만 스텔라가 한 말은 하나부터 열까지 사실이잖아요. 제법인데, 스텔라.” 랜들이 말했다.

조이가 랜들의 맑은 눈을 응시했다. “내 생각은 다르단다, 랜들. 전에도 나무랐는데, 스텔라가 또 유난을 떠는 거야. 내가 차마 내 아이들을 의심하지 못하는 것처럼 저 애도 나나 제 오빠가 그런 흉악한 범죄를 저질렀을 거라고 의심하지 말아야 할 텐데."

잠자코 있던 럼볼드가 불쑥 끼어들었다. "제 생각에는 여러분이 착각하고 있어요. 매슈스 씨가 여러분 가운데 누군가에게 살해당했다고 짐작할 이유가 없습니다. 가족이 아닌 외부인이 범인일 리 없다고 확신하시는 겁니까?"

가이가 그를 빤히 바라보더니 퉁명스럽게 물었다. "그럼 도대체 누가 이런 짓을 하겠어요?"

"나도 모르지. 하지만 나라면 아무 근거도 없이 가족을 의심하느라 마음고생을 하느니 차라리 외부인의 소행이라고 믿겠다."

럼볼드의 말투는 다정했지만 그의 표정을 본 가이는 얼굴에서 핏기가 빠져나가는 것 같았다.

"저는 하루빨리 사건이 해결되면 좋겠어요." 스텔라가 똑 부러지게 말했다.

럼볼드가 그녀를 내려다보며 미소를 지었다. "그 말은 네 어머니나 오빠가 살인을 저질렀을 거라고 생각하지 않는다는 확실한 증거로구나."

"말도 안 되는 생각이에요." 해리엇이 말했다. "어머, 더 안 드세요, 럼볼드 씨? 차를 거의 다 남기셨잖아요!"

"분명히 다른 곳에서 보충하실 거예요. 그렇다 해도 비난할 수는 없죠." 랜들이 빈약하기 짝이 없는 케이크 스탠드를 힐끔 보면서 한마디 했다. "해리엇 고모의 티파티는 어떻게 즐겨야 하는지 아는 사람이 별로 없죠. 이 파티에는 분명히 구두쇠 유령이 들러붙어 있을 거예요."

그 말에 스텔라가 낄낄거리며 웃었고 조이는 웃지 않으려고 입술을 꼭 깨물었다. 해리엇은 의자에 등을 꼿꼿이 펴고 앉아 조카에게 쏘아붙였다. "네게 차 마시러 오라고 한 적 없다, 랜들. 럼볼드 씨도 마찬가지고. 물론 럼볼드 씨야 언제 오셔도 환영이지. 말 안 해도 잘 아시겠지만. 혹시라도 제 차가 마음에 안 드신다면……."

"잘 마셨습니다. 고맙습니다. 차는 훌륭했어요." 럼볼드가 허겁지겁 말했다. "제가 해리엇 양의 작은 스콘들을 얼마나 좋아하는지 아시지 않습니까. 아내에게도 늘 말한답니다. 아내가 내오는 스콘 맛은 해리엇 양의 것에 절반도 못 미친다고 말이죠. 오, 일어나지 마세요. 저 혼자 나가도 됩니다."

어머니의 눈빛에 가이는 고분고분하게 찻잔을 내려놓고 일어섰다. 그런데 랜들이 일어서더니 가이에게 다시 앉으라고 손짓했다. "마지막 케이크를 먹을 수 있는 기회를 꽉 잡아. 너는 여기서 저녁까지 먹을 거잖아. 럼볼드 씨는 내가 배웅해드릴게." 그는 이렇게 말하며 문쪽으로 다가가 럼볼드가 나가는 동안 문을 잡고 서 있었다.

"굳이 따라 나올 필요는 없는데." 럼볼드가 모자를 집어 들며 말했다.

"제가 좋아서 하는 겁니다. 친척들과 함께 있는 시간을 즐기려면 중간중간 쉬어줘야 하거든요." 랜들이 말했다.

럼볼드가 반쯤은 공감하고 반쯤은 나무라는 표정으로 그를 바라보며 물었다. "그렇게 생각하면서 여기는 왜 오나? 이렇게 말해서 미안하네만, 자네가 오면 이곳의 평화만 깨질 뿐이네."

"맞는 말씀이에요. 하지만 이곳 사람들이 감정을 쏟아낼 계기를 누군가는 마련해줘야 하지 않을까요?" 랜들이 그 어느 때보다 점잖게 되묻고는 이렇게 덧붙였다. "이미 느끼셨겠지만 다들 신경이 잔뜩 곤두서 있거든요."

"형언하기 힘들 정도로 불쾌한 상황을 견디고 있지." 럼볼드가 진지하게 대답했다.

랜들이 그와 함께 집 밖으로 걸어가며 계속 말했다. "오! 형언하기 힘들 정도죠. 검시 배심에서는 흥미로운 이야기가 나왔나요?"

"아무것도. 럽턴 부인이 증언을 마치자마자 경찰이 휴정을 요청했지."

"지금까지 상황을 고려해보면 당연한 결과죠. 우리의 매력적인 의사 선생이 이목을 끌었겠죠?" 랜들이 물었다.

"그랬다네. 증인으로 출석했지. 아주 잘하더군."

"그랬겠죠. 다른 사람들은 그의 증언에 만족하던가요?" 랜들이 다시 물었다.

"그랬지. 안 그럴 이유도 없지 않나. 의사 선생의 증언과 그 태도는 시종일관 흠잡을 데가 없더군."

"네, 그럴 것 같았습니다. 야심만만한 우리 의사 선생은 그 정도로 기가 죽을 위인이 아니죠."

랜들의 말에서 조롱기가 엷게 배어 나왔다. 럼볼드는 선뜻 말문을 열지 못하고 망설이다 결국 입을 열었다. "자네가 무슨 말을 하려는지 모르는 척하지 않겠네. 도대체 왜 그러나? 필딩이 마음에 안 드나?"

"저는 필딩이 정말 싫어요." 랜들이 차분하게 말했다.

"그래서 의심하고 싶은 마음은 이해하네만, 그 의심이 정당화되지는 않네." 럼볼드가 말했다.

"질책은 달게 받아들이죠." 랜들이 절을 하며 대꾸했다.

그즈음 두 사람은 진입로를 지나 저택의 정문에 이르렀다. 럼볼드가 몸을 돌려 랜들에게 손을 내밀었다. "음, 정말 자네를 질책할 의도였는지 나도 확신하지 못하겠네. 하지만 내가 자네보다 훨씬 연장자 아닌가, 랜들 군. 그러니 충고 하나만 하지. 사촌 동생 앞에서는 그런 소리는 절대 하지 말게. 결코 친절한 행동이 아닐뿐더러, 자네가 걱정거리를 더해주지 않더라도 이미 스텔라 양과 의사 선생의 사이가 삐걱거리고 있는 듯하더군."

랜들이 눈을 활짝 떴다. 그때 랜들의 두 눈에서 언뜻 보인 범상치 않은 눈빛에 에드워드 럼볼드는 깜짝 놀랐다. 그의 눈빛에서 드러난 감정이 유쾌함이었는지 확신할 수 없었다. 다음 순간 오만한 눈꺼풀이 스르르 내려와 눈동자를 가렸다.

"그런가요? 충고 감사합니다."

랜들은 발길을 돌려 저택으로 향했다. 응접실로 들어가니 숙모와 고모가 서로를 향한 반감을 잠시 옆으로 밀어두고, 막 떠난 손님의 미덕을 열거하며 극찬하는 동시에 그의 아내의 천박함에 대해 개탄하는 중이었다.

"정말 교양 있는 분이세요!" 조이가 한숨을 푹 쉬며 다시 말문을 열었다. "정말 궁금해하지 않을 수 없지 뭐예요……."

스텔라가 불쑥 끼어들었다. "뭘 보고 결혼을 했는지요? 도러시 아주머니의 예쁘장한 얼굴과 상냥한 마음씨겠죠."

"그 모자 하고는! 분홍색이 뭐예요! 평범하기 짝이 없어요. 게다가 그 나이에 그런 모자를 쓰다니!" 조이가 끔찍하다는 듯 몸서리를 쳤다.

"그보다 더 괴상할 수 없었어! 검시 배심 같은 자리에 쓰고 올 만한 모자가 절대 아니잖아. 보자마자 어찌나 놀랐는지."

해리엇이 맞장구를 쳤다.

스텔라는 앉아 있던 쿠션에서 일어나서 방 반대편으로 걸어갔다. 시누이와 올케는 모처럼 활기 넘치는 대화를 이어나갔다. 분명히 엄청난 부자일 (왜냐하면 양모 수출업자는 다 부자이기 때문이다) 럼볼드 씨가 홀리 로지 같은 집에서 소박하게 사는 유일한 이유는 그의 아내가 공영주택에만 익숙하기 때문이라는데 두 사람의 의견이 일치했다. 그즈음 두 사람 사이에는 완벽한 조화가 찾아온 듯했으나, 이런 평화는 해리엇이 벨을 눌러 찻잔과 접시를 치우라고 말하는 순간 흔적도 없이 사라져버렸다. 그릇을 치우기 위해 해리엇은 남은 차를 한 잔 더 마셔야 했는데, 하필 차의 맛이 너무 강한데다 미지근한 바람에 그녀의 기분은 다시 엉망이 되었다. 결국 에드워드 럼볼드의 완벽함과 도러시 럼볼드의 흠결에 대한 고찰은 그녀의 가슴에 맺힌 불평불만들 틈바구니에서 까맣게 잊히고 말았다.

가이는 분별력 있게 시간을 보낼 방법이 떠오르지 않았던지 또다시 랜들에게 경찰의 수사 진행 상황에 대해 꼬치꼬치 캐물으려 들었다. 하지만 랜들은 철저하게 그를 무시했다. 가이가 자꾸 그 이야기를 하려고 들자 랜들은 모든 게 시들하다는 듯한 태도로 벌떡 일어나더니 작별 인사를 했다.

아무도 그를 현관까지 배웅하려고 나서지 않았기 때문에

랜들은 혼자 집을 나섰는데, 차에 올라타 시동을 거는 순간 진입로를 걸어 들어오는 필딩이 눈에 들어왔다. 그를 바라보는 랜들의 눈빛에는 못마땅한 기색이 역력했다. 그는 곧 시동을 껐다. 필딩이 그의 옆으로 다가설 무렵 랜들의 표정에서 음침한 기색은 사라지고, 대신 얇은 입술이 스르르 말려 올라가며 미소가 나타났다.

"안녕하세요?" 랜들이 느릿한 말투로 인사를 건네며 스웨이드 장갑 한 짝을 벗어 손을 내밀었다.

필딩 또한 랜들과 마주친 탓에 그리 유쾌해 보이지는 않았다. 하지만 기꺼이 악수를 나누고 오랜만이라는 말로 인사를 대신했다.

"검시 배심에서는 미처 뵙지 못한 것 같군요."

"놀랄 일도 아니죠. 거기 없었거든요." 랜들이 대답했다.

"오지 않은 겁니까?" 필딩이 물었다.

"그렇습니다. 지루할 것 같았거든요. 저속할 것 같기도 했고요. 선생님의 증언을 놓쳐서 아쉽습니다." 랜들이 정중한 태도로 덧붙였다. "하마터면 별 볼 일 없었을 법정을 화려하게 빛내주셨다면서요."

"설마요! 그런데 어떤 점에서 말입니까?" 필딩이 경계하는 듯한 눈초리로 그를 바라보았다.

"증인석에 섰을 때의 태도 말입니다. 상류층 못지않았다고 들었습니다. 증언도 능숙하게 하셨겠죠."

필딩이 훅 하고 숨을 내쉬었다. "과찬이십니다. 직업상 법정에서 증언을 하는 일이 꽤 익숙하거든요."

"하지만 이번은 꽤 사정이 복잡하지 않습니까! 안타깝게도 증인들은 대개 그 자리에 서면 당황하죠. 선생님이라면 그런 추태는 보이지 않으시리라 생각했습니다. 두말하면 잔소리겠지만요."

"고맙군요. 어차피 제가 당황할 이유도 없지 않습니까." 필딩이 비꼬는 기색을 숨기지 않았다.

"그렇죠." 랜들이 순순히 인정했다. "모든 과정이 상당히 차분하게 진행된 것 같더군요. 곤란한 질문도 없었고 정신적으로 힘든 반대신문도 없었고요. 아무리 정신력이 강한 사람도 반대신문을 받으면 흔들릴 거라고 생각하거든요."

"그렇다면 당신은 절대 그런 시련을 겪지 않도록 바라야겠군요."

"마음 써주시니 감개무량하네요. 같은 마음으로 보답을 해드려야겠어요. 선생님께서도 그런 시련에 맞설 일이 생기지 않도록 기원하겠습니다." 랜들이 말했다.

"설령 그렇게 된다고 하더라도 전 개의치 않습니다. 이 사건으로 또 법정에 서야 한다면 당연히 출두할 겁니다." 필딩이 엷은 미소를 지으며 대답했다.

랜들이 머리를 절레절레 흔들었다. “참 운도 없지. 살인자 말입니다. 세기의 완전범죄로 손꼽힐 만한 살인 사건을 거트루드 고모님이 직접 나서서 들쑤실 줄 누가 짐작이라도 했겠습니까?”

“가족분들을 생각하면 차라리 그 사실이 드러나지 않는 편이 나았을 듯합니다. 지금 최악의 시간을 보내고 계시니까요.” 필딩은 이렇게 대꾸하며 비꼬는 표정이 역력한 랜들을 똑바로 바라보았다. 그는 신중하게 말을 이었다. “저만 해도 입장이 상당히 곤란해졌거든요. 사람들은 제가 의사라는 이유로 매슈스 씨의 시신을 보자마자 독살이라는 걸 어느 정도는 알아차렸어야 했다고 생각하는 것 같더군요.”

“오, 당연히 그렇게 수군거리기 마련이죠. 사람들은 쉽게 의심하니까요. 장담하는데, 그 사람들은 천만다행으로 강장제 병이 박살났다는 사실에 몹시 주목할걸요.” 랜들이 대수롭지 않게 말했다.

“다행이라고 하셨나요? 제가 보기엔 결코 다행인 일이 아닌데요!”

“제가 다행이라고 했나요? 이런, 불행이라고 말할 생각이었는데.”

“다행히도 그 강장제는 진료실에서 만든 게 아니더군요.”

“그렇더군요. 저도 아닐 거라고 생각했죠.”

필딩이 턱을 내밀 듯 입을 삐죽거렸다. "게다가 니코틴은 평소에 의사가 사용할 만한 독이 아닙니다. 물론 랜들 씨도 의학을 공부하셨으니 잘 아시겠지만요."

랜들이 자동차 앞 유리를 물끄러미 바라보다 마침내 고개를 돌리며 뒤틀린 듯한 미소를 지었다. "알고 계셨군요."

"오, 당연하죠! 돌아가신 매슈스 씨가 언젠가 말씀해주셨지요. 누구보다도 전도유망했는데 아버님이 돌아가시자 의학 공부를 관뒀다고 하시더군요."

"그래서 경찰에 이 사실을 알리셨습니까?" 랜들이 물었다.

"아닙니다. 제가 나설 문제가 아니라고 생각했으니까요."

랜들이 앞으로 몸을 기울여서 시동을 걸며 말했다. "말씀해드리지 그러셨어요. 경정님이 아주 좋아하셨을 텐데."

필딩은 어깨를 으쓱했다. "그런 장난에는 관심 없습니다."

랜들이 훗훗 웃었다. "뭔가 착각을 하시네요, 선생님. 그러실 필요 없습니다. 경찰에 아는 대로 말씀하세요. 그러면 경정의 지루한 삶에 한 줄기 빛이 될 테니까요. 물론 제게는 아무 문제도 없을 겁니다."

"그렇다면 굳이 제가 나설 이유도 없군요." 필딩은 이렇게 말한 후 짧게 인사를 나누고 돌아서서 저택으로 향했다.

사실 필딩은 매슈스 가족에게 기자와 상대하지 말라는 경고를 하러 온 것이었다. 오후 왕진을 다녀오니 그의 집 주위로 기자들이 진을 치고 있었다. 그들에게 시달린 탓에 그의 기분은 과히 좋지 않았다. 그런데 약혼녀가 성가신 언론을 대수롭지 않게 생각하는 듯하자 필딩은 발끈해서 자신의 입장을 좀더 생각해달라고 부탁했다. 조이가 다 안다는 듯한 미소를 지으며 걱정 말라고 필딩을 안심시켰다. 그녀는 자못 엄숙한 목소리로 말했다.

“내가 기자 한 명을 직접 만났어요. 그 기자는 우리 가족이 이 사건으로 어떤 심정인지 잘 이해한 것 같아요. 내가 다 말했죠. 무슨 말을 해야 할지 머릿속에 저절로 떠오르는 것 같지 뭐예요. 결국 그 기자는 자신이 한 짓을 깨닫고 부끄러워하더군요.”

그러나 가이는 엄마의 인터뷰가 통 마음에 들지 않았다.

“엄마, 기자들에게 별말씀 안 하셨죠, 네?”

“얘, 내가 별말 안 했다고 하지 않았니.”

엄마의 대답에 가이는 입을 꾹 다물었다. 필딩은 자신을 배웅하러 나온 스텔라에게 이 문제에 대해 단호하게 다시 못을 박았다.

“스텔라, 어머님이 그 작자들을 만나지 못하게 당신이 어떻게 해보지 그랬어요! 당신은 대중에 알려져도 상관없는지 몰라도 나는 아니에요. 이 사건 때문에 지금도 충분히 피해를 보고 있다고요.”

스텔라가 나지막하지만 단호한 목소리로 물었다. “나와 약혼한 사실이 알려지면 당신에게 피해가 가요? 그래요?”

“그런 이야기를 해서 뭐 해요.” 필딩이 말했다. “내게 전혀 득이 되지 않겠지만, 어쩔 수 없죠.”

“어쩔 수 있을 지도 모르죠.” 스텔라는 고개를 들어 그의 얼굴을 보면서 말했다.

“내 사랑, 제발 내가 약혼을 깨려 한다고 여기지 말아요.”

그때 가이가 홀로 나오는 바람에 두 사람의 대화는 그대로 끝이 나고 말았다. 가이도 필딩만큼 불안해했다. 그는 어머니가 기자에게 온갖 흰소리를 늘어놓았을 거라는 데 돈이라도 걸 수 있다고 했다.

가이의 걱정은 기우로 그치지 않았다. 이튿날 아침 《데일리 리플렉터》는 1면 헤드라인을 굵은 글씨로 처리하고 포플러스 저택의 사진과, 막 검시 배심을 마치고 법정에서 나오는 조이 매슈스의 사진을 실었다. 가이가 아침을 먹으려고 아래층으로 내려가보니 여동생과 고모가 자그마치 신문 네 종을 펼쳐놓고 기사 내용을 요약해 서로에게 큰 소리로 읽어주며 화를 내고 있었다.

“‘교외에서 벌어진 독살극의 유가족이 말하는 죽음의 미스터리’.” 스텔라가 목에 힘을 주고 기사 제목을 읽었다. “‘우리는 이 사건을 더이상 언급하지 않는 편이 현명하다고 생각해요. 런던 경찰청 관계자들을 당혹스럽게 만든, 수수께끼에 싸인 그린리히스 독살 사건에 대해 금발의 우아한 조이 매슈스 부인은 이렇게 말했다.' 엄마가 좋아하시겠어. 오빠, 엄마가 나온 사진 좀 봐! 어서!"

"들어봐!" 해리엇이 떨리는 목소리로 기사를 읽기 시작했다. "이런 소리는 난생 처음 들었어. 난생 처음 말이야! '상복을 입고'. 아니, 그럼 상복 말고 뭘 입겠어! '고 그레고리 매슈스의 죽은 동생의 부인인 매력적인 조이 매슈스 부인은 비통함을 감추지 못한 눈빛에 피곤한 기색이 역력했으나, 어제 햇살이 환하게 들어오는 자신의 저택 응접실에서 본지의 기자를 맞이했다. 그레고리 매슈스 씨는 지금으로부터 일주일 전 그린리히스의 자택에서 의문에 싸인 죽음을 맞았다.' 뭐라고, 자신의 저택 응접실? 기자에게 자기 집이라고 멋대로 떠든 게 분명해. 햇살이 환하게 들어왔다니 무슨 소리야. 그날은 하루 종일 해라고는 보이지도 않았다는 걸 네 엄마도 잘 알 텐데."

이 소식에 기겁을 한 가이가 핏기 없는 얼굴로 서둘러 다가와 고모의 어깨 너머로 문제의 사진을 확인했다.

"'그래도 산 사람은 살아야 한다는 사실을 잊지 말아야죠……. 어마어마한 상실이에요……. 런던 경찰청은 감도 못 잡고 있는 것 같은데, 그건 우리 가족도 마찬가지랍니다……' 세상에, 엄마가 이런 말까지 했을 리 없어요!"

"했으니까 나왔겠지." 해리엇이 날카롭게 쏘아붙였다. "네 엄마라는 사람 입에서 나올 만한 헛소리잖니. '돌아가신 아주버님과 나는 끈끈한 정으로 이어져 있었어요'? 이어지긴 뭐가 이어져? 내 심정에 대해서는 한마디도 없잖아! ……'차분하고 침착한' ……침착하다고! '뻔뻔하다'가 더 정확한 표현이겠지! 더이상은 못 참겠네!"

해리엇이 갈기갈기 찢어버리려는 신문을 간신히 넘겨받은 가이는 그걸 들고 창가로 갔다. 한편 《모닝 스타》를 읽고 있던 스텔라가 헉하고 숨을 들이쉬더니 소리쳤다.

"이건 또 뭐야! 고모, 이것 좀 들어보세요. '매슈스 씨의 죽음에 우리 모두 충격을 받았어요. 포플러스 저택에서 일하는 하녀인 로즈 대븐트리 양이 어제 기자에게 이렇게 말했다. 23세인 대븐트리 양은 푸른 눈동자의 예쁘장한 아가씨다.' 이 뒤로도 구구절절 인터뷰가 이어져요. 심지어 로즈의 남자 친구에 대한 부분도 있고요. 로즈가 하인들도 가족이 죽은 것처럼 애도하고 있다고 했다네요!"

"뭐라고?" 해리엇이 기겁을 했다.

"사진도 실렸어요." 스텔라가 말했다.

해리엇이 조카의 손에서 신문을 홱 빼앗아 들며 말했다.

"이 아이는 당장 해고야. 월급날이건 아니건 상관없어! 뻔뻔스럽기도 하지, 뭐? 가족이 죽은 것 같아? 입에 침이나 바르고 거짓말을 해야지. 하인들 모두 그레고리라면 치를 떨었어! 이런 짓을 벌이다니 해고당할 것도 각오하고 있겠지."

마침 집사 비처가 식당으로 들어왔다가 분노를 주체하지 못해 씩씩거리는 해리엇과 눈이 딱 마주쳤다. 해리엇이 손으로 신문을 탁 치며 물었다. "자네는 이 낯부끄러운 일에 대해 얼마나 알고 있나?"

비처가 헛기침을 하며 대답했다. "그러게 말입니다. 몹시 부끄러운 행동이죠. 아내가 로즈를 따끔하게 혼냈습니다. 그런데 마님, 랜들 씨가 전화를 하셨습니다."

"무슨 일이래?" 가이가 툴툴거렸다.

"용건은 말씀하지 않으셨습니다."

"지금은 전화받을 기분이 아니야. 다 외출하고 아무도 없다고 해." 가이가 식탁에 앉으며 말했다.

"네가 받아, 스텔라. 용건이 뭔지 딱히 궁금하지는 않지만." 해리엇이 말했다.

스텔라가 한숨을 푹 쉬며 읽던 신문을 내려놓았다. "왜 다들 내게 떠넘기는 거예요?" 스텔라는 투덜거리기는 했지만 고분고분 홀로 나간 뒤 싫은 티를 팍팍 내며 전화를 받았다.

"여보세요? 나야, 스텔라. 무슨 일이야?"

수화기에서는 랜들의 달콤한 목소리가 흘러 나왔다. "상쾌한 아침이야, 사촌. 어서 말해봐. 지금 너무 궁금해서 호흡곤란이 올 지경이거든. 푸른 눈동자의 예쁘장한 로즈 대븐트리 양과 얼굴을 마주할 영광을 왜 나는 한 번도 누리지 못했지?"

"실없는 소리 그만해! 원하는 게 뭐야?" 스텔라가 쏘아붙였다. 그녀의 귀에 웃음소리가 들렸다.

"벌써 말했잖아."

"지옥에나 떨어져!" 스텔라는 쾅 하고 수화기를 내려놓았다.

그날 아침 이 집 식구들 외에 사진이 실린 신문을 본 사람은 랜들만이 아니었다. 잠시 후 거트루드 럽턴이 격분한 상태로 포플러스 저택에 들이닥치더니 도착하자마자 질문을 쏟아냈다. 로즈는 해고했느냐, 아직 아니라니 이유가 뭐냐, 올케는 자신이 얼마나 어리석을 짓을 하나 건지 아느냐, 해리엇은 왜 집에 기자를 들였느냐, 그레고리 매슈스를 죽인 범인을 잡기 위한 경찰의 수사는 어디까지 진행되었냐. 마지막 질문에는 아무도 대답을 할 수 없었다. 그러자 거트루드 럽턴이 결코 성급하지 않으며 심사숙고 끝에 객관적인 판결을 내리는 판사라도 된 양 말했다.

"이 사건을 수사하는 경찰들은 무능하기 짝이 없어. 내 동생을 죽인 범인을 검거할 의지가 없는 거야."

그날 해너사이드 경정이 자신을 향한 거트루드의 가혹한 비난을 들었다면 무척 억울했을 것이다. 그도 그럴 것이, 그 무렵 경정은 자일스의 사무실에서 책상 앞에 앉아 그레고리 매슈스의 은행 서류를 검토하는 중이었기 때문이다.

"매슈스와 하이드라는 남자가 무슨 관계인지 아나?" 해너사이드가 물었다.

자일스가 고개를 가로저으며 대답했다. "아니, 전혀 아는 바가 없네. 그게 왜 궁금한가?"

"그레고리의 은행 계좌를 살펴보는 중인데, 그가 입금한 상당한 금액의 수표가 하이드라는 이름으로 발행된 것이더군. 여길 보게. 전부 금액이 크지. 게다가 한 달에 한 번 정기적으로 입금했어."

자일스가 통장을 받아들고 표시가 된 항목을 살펴보았다.

"그레고리 매슈스가 모종의 사업을 운영하고 있었던 것 같군. 그렇다고 해도 나는 들은 바가 없네. 혹시 그자가 전당포나 피시 앤드 칩스 가게라도 운영하고 있었는데 그걸 누구에게도 알리고 싶지 않았던 건 아닐까?"

"자네가 말한 것 같은 상황일 수도 있겠지만 이것만으로는 아무런 판단도 내릴 수가 없어. 지점장과도 이야기해봤는데 그도 자네처럼 아는 게 없더군. 문제의 수표는 전부 포스터 은행의 시티 지점에서 발행됐네. 출납계장이 전부 기억하고 있더군. 거기서 무언가 더 알아낼 수는 없는지 한번 가볼 생각이야." 그는 자리에서 일어나 손을 뻗어 통장을 집었다.

"그전에 자네를 먼저 찾아온 거라네. 은행에서 쓸 만한 정보를 얻어내기란 쉽지 않으니 말일세."

"이거 미안하게 됐군. 나도 자네에게 줄 만한 정보가 없어. 하지만 이 말은 해줄 수 있네. 뭔가 알고 있는 사람이 있다면 바로 랜들 매슈스일 거야. 이 젊은이는 삼촌에 대해서 모르는 게 없어."

그 말에 해너사이드는 어쩐지 으스스한 미소를 지었다.

"그래, 나도 그 청년을 주시하고 있네. 그런데 내게 좀처럼 입을 열지 않아. 수사가 완전히 막다른 골목에 이르면 어떻게든 그를 구워삶아야겠지."

그는 애덤 스트리트에 있는 변호사 사무실에서 나와 동쪽, 즉 시티로 향했다. 포스터 은행 지점장은 점잖았지만 결코 호의적이지 않았다. 은행이란 해너사이드 경정이 구식이라고 여길 만한 곳이라며, 지점장은 못을 박았다. 옛날 방식으로 운영되고 있다는 뜻이었다. 그는 경찰이 은행을 통해 정보를 빼내려고 하는 작금의 방식에 개탄을 금치 못했다. 시대가 어쩌고저쩌고……. 해너사이드는 무턱대고 적을 만드는 사람이 아니었으므로 지점장의 불평에 귀를 기울이고 공감해주고 맞장구도 쳤다. 결국 그는 약간이기는 해도 몇 가지 정보를 얻어내는 데 성공했다.

일단, 지점장은 존 하이드를 잘 알지 못했다. 존 하이드가

이 은행에 계좌를 만든 건 꽤 오래전이었지만 그가 직접 은행에 오는 일은 거의 없었기 때문이다. 은행에서 알기로는, 그는 북부에 위치한 어떤 제조사의 런던 지역 중개인이며 런던 주소는 '개즈비 로 17번지'라는 사실뿐이었다. 지점장은 더이상 정보를 줄 수 없어서 유감이라고 했다.

해너사이드는 그리 어렵지 않게 개즈비 로를 찾을 수 있었다. 시티의 심장부에 자리한 그곳은 좁고 행인으로 북적이는 거리였다. 해너사이드는 개즈비 로와 교차하는 복잡한 도로에서 벗어나 길을 따라 걸었다. 발걸음을 재촉하는 타자수들과 모자도 쓰지 않은 심부름꾼 소년들 사이를 걷다 보니 어느새 17번지가 나왔다. 그곳은 신문 가게였는데, 담배 같은 싸구려 잡화도 함께 팔고 있었다. 밖에서 보니 작고 누추한 느낌에 창문에는 때가 끼어 추저분했고 처마돌림에는 'H. 브라운'이라는 이름이 적혀 있었다. 계단을 두어 칸 올라가니 바로 가게 안이었다. 실내는 어둡고 옹색했으며 퀴퀴한 담배 냄새가 났다. 해너사이드가 안으로 들어가는 것과 거의 동시에 가게의 안쪽 문이 열리더니 오버올을 입은 땅딸막한 여자가 나와서 뭘 찾는지 물었다.

"존 하이드 씨를 만나러 왔습니다. 여기에 계신다고 하더군요."

"지금 없어요. 언제 오는지도 몰라요."

"어디에 가면 만날 수 있는지 아십니까?"

"몰라요."

가게 안쪽의 문이 다시 열리더니 이번에는 중년 남자가 나왔다. 소매가 짧은 셔츠 차림에 콧수염이 성기게 나고 눈동자는 연한 푸른색이었다. 그가 경정을 상대하고 있는 여자에게 물었다.

"손님이 뭘 찾으시는 거야, 에마?"

"하이드 씨를 찾는대." 그녀가 무심하게 대답했다.

"나중에 오십쇼. 지금은 여기 없으니까."

"벌써 그렇게 말했어." 그의 아내가 말했다.

"하이드 씨가 여기 사는 건 맞습니까?" 해너사이드가 물었다.

"아뇨." 해너사이드를 바라보는 브라운의 눈빛에는 못마땅해하는 기색이 역력했다.

"그럼 어디 사는지 말해줄 수 있습니까?"

"미안하지만 안 됩니다. 말할 수 없습니다. 원하시면 메시지를 전해드리죠."

해너사이드가 명함을 꺼내 그에게 건넸다. "이게 내 이름입니다. 기억을 되살리는 데 도움이 될지도 모르겠군요."

브라운은 명함에 적힌 유명한 이름을 보더니 험악한 눈빛으로 경정을 재빠르게 훑어보았다. 그의 아내가 목을 빼고 남편의 어깨 너머로 명함을 보았다. 그걸 보고 낯빛이 변한 여자가 해너사이드를 보면서 입술을 살짝 내밀고 물었다. "짭새가 우리 가게에 얼쩡대는 거 싫어요! 원하는 게 뭐예요?"

해너사이드는 이런 세계의 수많은 브라운 부인으로부터 신뢰받지 못하는 경우를 허다하게 겪었기 때문에, 눈에 뻔히 보이는 불안함을 되도록 자극하지 않고 다분히 사무적인 어조로 대답했다. "뭘 알고 싶은지 이미 말하지 않았습니까. 존 하이드 씨는 어디로 가면 만날 수 있습니까?"

"우리도 모르는데 어떻게 알려줘요. 여기 없어요. 그게 다예요."

그녀가 소리치듯 말하자 브라운이 아내의 옆구리를 슬쩍 찔렀다. "괜찮아, 에마. 부엌에 가 있어." 그는 경정의 명함을 계산대에 내려놓더니 누렇게 변색이 된 치아를 드러내며 미소 지었다. "방금 아내가 한 말대로입니다. 지난 화요일 이후로 하이드 씨를 보지 못했습니다."

"그 사람은 여기서 무슨 일을 합니까?"

브라운이 수염이 웃자라 거뭇거뭇해진 턱을 어루만졌다.

"그러니까, 이곳을 소유하고 있죠."

해너사이드가 인상을 썼다.

"이 가게의 소유자라는 뜻입니까?"

"아뇨, 가게만이 아닙니다. 이 건물이 그 사람 소유죠."

"집주인이라는 건가요?"

"그렇죠. 그 사람은 북부 어디에 있는 큰 회사의 중개인입니다. 런던에 여기 말고 집이 또 있는지는 나도 몰라요. 사업때문에 출장이 잦다고 하대요."

"이곳에 사무실 같은 게 있다는 말입니까?"

"네. 원한다면 직접 살펴보세요. 별거 없지만."

"그가 이곳에서 지내기 시작한 지 얼마나 되었습니까?"

"글쎄요. 기억이 잘 안 나네요. 오래되었죠. 칠팔 년은 되었을 겁니다." 브라운이 애매하게 대답했다.

"나이는 어느 정도입니까? 어떻게 생겼죠?"

"특별히 눈에 띄는 외모가 아니에요. 어떻게 설명하면 좋을지 모르겠군요. 이렇다 할 특징이 있는 얼굴은 아니거든요. 중년이고 다른 사람과 어울리지도 않아요. 그 사람을 왜 찾는 겁니까?"

"그건 알 필요 없어요. 그 사람은 얼마나 자주 옵니까?"

"꽤 자주요." 브라운이 뚱한 표정으로 대답했다.

"이봐요, 똑바로 대답해요! 매일 옵니까?"

"가끔 와요. 아닐 때도 있고요. 나와 무슨 상관이겠어요. 그 사람이 오고 싶으면 오는 거죠."

"그 사람을 마지막으로 본 건 언제입니까?"

"말했잖아요. 지난 화요일요. 그후로 코빼기도 못 봤어요."

"어디 간다고 하던가요?"

"아뇨. 그런 말은 없었어요. 아무 말도 안 했어요."

"우편물이 오면 어디로 보내달라고 하지는 않았습니까?"

브라운이 또다시 못마땅한 눈빛으로 경정을 힐끔 보더니 대답했다. "지금까지 한 번도 우편물이 온 적이 없었는데요."

그에게서는 더이상 알아낼 게 없었다. 해너사이드는 질문을 한두 개 더 했지만 여전히 뚱한 대답만 나오자 가게를 나왔다. 한 시간 전만 해도 그는 존 하이드에 대해 미미하게 호기심을 느낀 정도였지만 이제 이 사람이 느닷없이 중요 인물로 부각되었다는 생각이 들었다. 좀처럼 정체를 파악할 수 없는 하이드를 반드시 찾아내고 그것을 바탕으로 그레고리 매슈스와의 관계를 끝까지 추적해야 했다. 이 조사는 부하 형사들의 몫이었다. 하지만 경찰청으로 돌아가는 도중 그는 갑자기 마음을 바꿔 화이트홀 대신 피커딜리로 가는 버스에 올랐다. 그리고 랜들 매슈스의 집으로 향했다.

9

해너사이드가 랜들의 집에 도착하니 어느새 정오가 다 된 시간이었다. 그런데도 그를 맞이하러 나온 젊고 우아한 신사는 근사한 색깔과 디자인의 양단 실내복을 차려입고 있었다. 상의를 제외한 나머지 부분에 은은한 광택이 감도는 가운으로 폭 감싸여 있는 랜들을 보며, 해너사이드는 그가 게을러서가 아니라 이국적인 것을 좋아하기 때문에 그런 옷차림을 하고 있는 거라고 판단했다. 그는 헤밍웨이 경사가 랜들의 실내복을 봤다면 뭐라고 했을지 생각하며 속으로 미소를 지은 뒤, 말을 빙빙 돌리지 않고 곧장 찾아온 용건을 설명했다.

"이렇게 불쑥 찾아와 미안합니다, 랜들 씨. 하지만 당신이 절 도울 수 있을 법한 일이 있어서요."

"그것참 반가운 소리군요! 일단 셰리주 한잔하시죠."

"고맙습니다만 지금은 안 됩니다. 혹시 하이드라는 이름에서 떠오르는 게 없습니까?"

랜들은 자신이 마실 셰리주를 한 잔 따른 후 디캔터의 뚜껑을 다시 닫더니 대답했다. “음, ‘하이드 파크’를 말씀하시는 걸까요?”

“아닙니다.”

“시간을 좀 주세요. 스티븐슨[1]인가요?” 랜들이 와인잔을 들며 말했다.

“다른 건 더 없습니까, 랜들 씨?” 해너사이드가 랜들의 반응을 유심히 살피며 물었다.

랜들은 어느 때보다 무심한 표정을 하고 경정의 침착한 눈길을 받아쳤다. “지금은 없군요. 이 이야기를 계속하실 겁니까? 그렇다면 무슨 일인지 설명을 해주셔야 할 것 같군요. 오늘 오전에는 제 머리가 잘 돌아가지 않는 것 같거든요.”

“혹시 과거에 그레고리 매슈스 씨가 ‘하이드’라는 이름을 언급한 적이 있는지 기억하십니까?” 해너사이드는 좀처럼 자세한 설명을 하려 들지 않았다.

랜들은 와인잔 너머로 경정을 바라보며 대답했다. “아뇨, 기억이 나지 않습니다.” 그리고 의자로 다가가 팔걸이에 앉으며 물었다. “담배 피우시겠습니까? 아니면 술래잡기라도 할까요?”

1 『지킬 박사와 하이드 씨』를 쓴 로버트 루이스 스티븐슨을 말한다.

해너사이드가 담배를 받으며 말했다. “실망입니다, 랜들 씨. 당신이라면 이 사소한 문제를 풀 실마리를 가지고 있으리라 기대했거든요. 그레고리 매슈스 씨의 은행 기록을 조사했습니다.” 그가 성냥을 그어 담배에 가져갔다. “수입의 상당 부분이 존 하이드라는 사람으로부터 나오더군요. 아니면 하이드가 중개인으로 있는 모종의 사업체에서 나올 수도 있고요.”

랜들이 셰리주를 한 모금 마셨다. 그의 표정에서는 그가 이 이야기에 희미한 흥미를 느끼고 있다는 사실밖에 읽어낼 수 없었다. “상당 부분이라고 하셨는데 정확하게 어느 정도의 규모입니까, 경정님?”

“금액을 모두 더해보지는 않았습니다만 어림짐작으로 연간 1200에서 1300파운드에 달하겠더군요.”

랜들이 은근히 놀란 표정을 지으며 고개를 갸우뚱했다.

“상당하군요. 그 돈이 어떻게 삼촌의 계좌로 들어갔습니까?”

“수표입니다. 액수는 일정하지 않았지만 입금일은 한 달 간격으로 규칙적이었고요.” 해너사이드가 상의 안주머니에서 그레고리 매슈스의 통장을 꺼냈다. “직접 살펴보고 싶으시겠죠?”

“네, 그렇습니다.” 랜들은 와인잔을 내려놓고 통장을 건네

받았다.

랜들이 느긋하게 통장을 훑어보는 동안 주위에는 침묵이 내려앉았다. 이윽고 그는 통장을 경정에게 돌려주며 이렇게 말했다. “저는 경정님이 기대하시는 실마리를 드릴 수 없을 것 같군요. 이 일에 대해 어떻게 생각하시나요?”

“아무 생각도 없다고 해야겠죠. 나는 매슈스 씨와 안면이 없었지 않습니까. 그래서 이렇게 당신을 찾아온 겁니다. 돌아가신 삼촌을 어느 누구보다 잘 아셨죠, 랜들 씨?” 해너사이드가 말했다.

“그런 식으로는 생각해본 적 없군요. 게다가 우리의 유쾌했던 첫 만남 자리에서 삼촌께선 저를 신뢰하지 않으셨다고 말씀드린 걸로 기억하는데요.”

“그러셨죠. 하지만 당신이 지나치게 겸손하지 않았나 의심이 되거든요. 제가 알기로 고인이 럽턴 씨의 이중생활에 대해 털어놓은 사람은 가족분들 중에서 당신이 유일합니다.”

“고작 그 정도를 신뢰 관계의 근거로 여기시는 겁니까? 전 단순히 지저분한 이야기라고 생각했는데요.” 랜들이 말했다.

“그렇다면 신뢰 이야기는 그만하죠. 두 분 사이에 공감대가 형성되어 있었다고 하면 어떨까요.”

해너사이드는 번쩍하는 랜들의 눈빛을 본 순간 마음이 철렁했다. 그 표정의 의미를 곰곰이 따져볼 겨를이 없었다. 그 눈빛은 순식간에 나타났다 사라졌기 때문이다. 그럼에도 불구하고 그는 까닭 모를 충격을 받았다. 뭔지 몰라도 몹시 불쾌한 감정이 느닷없이 치솟았다가 급작스럽게 사라졌다는 느낌이 강하게 들었다.

마침내 랜들이 특유의 느릿한 말투로 침착하게 입을 열었다. "아뇨. 저는 삼촌과 제 사이에 그런 공감대가 있었다고 생각하지 않습니다. 가족 중에 삼촌과 불화를 겪지 않은 사람이 저밖에 없다는 사실 때문에 경정님께서 오해를 하시는 것 같군요."

해너사이드는 어떻게든 그를 회유하려고 했다. "이보십시오, 랜들 씨! 솔직해지는 게 어떻겠습니까? 두 사람 사이의 공감대를 떠나서 당신은 내게 말한 것보다 더 많은 것을 알고 있을 겁니다. 가령, 존 하이드가 송금한 수표만 해도 그래요. 그의 재산을 상속받을 후계자인 당신이 삼촌의 수입원 중 하나를 전혀 몰랐다는 주장을 믿으라는 겁니까?"

"그렇습니다. 어쨌든 한 점 거짓 없는 사실이니까요." 이렇게 대답한 랜들은 의자에서 일어나더니 탁자로 다가가 다시 잔을 채웠다. "정기적으로 각기 다른 금액의 수표가 지불된 것을 보면 삼촌께서 밖으로 드러내지 싶지 않은 수상쩍은 사업을 했다고 추측할 수 있겠죠. 그러니 때가 되면 정체를 밝힐 수 있을 겁니다."

"지금은 그다지 중요한 문제가 아니라고 생각하는군요?"

랜들이 어깨를 으쓱했다. "그렇습니다. 솔직히 말씀드리자면 존 하이드라는 인물을 찾으려고 해봤자 시간 낭비일 뿐이라고 생각합니다. 이 사건에서 그자의 정체는 그리 중요해 보이지 않으니까요."

"그렇기는 합니다." 해너사이드도 선선히 인정했다. "하지만 아무리 사소한 단서라도 파헤칠 필요가 있으면 추적해봐야 하니까요. 이미 은행과 기록상의 거주지를 찾아가 하이드라는 자의 정체에 대해 조사해봤습니다."

"고생한 보람이 있으셨기를 바랍니다만."

"그런 것 같습니다. 존 하이드는 자신을 중개인이라고 소개했더군요. 시티의 개즈비 로에 있는 신문 판매소가 딸린 누추한 건물을 소유하고 있습니다. 1층은 브라운이라는 남자에게 임대를 주었는데, 가게를 운영하고 있죠. 다른 방은 하이드가 개인 용도로 쓰고요." 해너사이드가 태연하게 대답했다.

"그래요?"

"매달 큰돈을 송금할 수 있는 남자의 유일한 주소가 허름한 뒷골목에 있는 방 하나라니 상당히 수상쩍죠. 좀더 조사해야겠다는 생각이 들 정도로요. 랜들 씨는 어떻게 생각하십니까?"

"시간 낭비라고 생각합니다."

"5월 14일 화요일 이후로 존 하이드의 사무실에서 그를 본 사람이 없다면 생각이 바뀌실까요?"

랜들은 담배 상자를 놓아둔 곳으로 다가가더니 순간적으로 해너사이드에게 등을 돌리고 섰다. "5월 14일 이후로 그를 보지 못했다는 말은 누구의 증언입니까?"

"1층 가게 주인이죠. 거짓말을 하는 것 같지는 않더군요."

"그렇다고 해도 그다지 중요한 정보 같지는 않는데요. 분명 어딘가 아프거나 런던에 없는 거겠죠." 랜들은 앉아 있던 의자로 돌아오며 이렇게 대답했다.

"그럴 수도 있죠. 하지만 존 하이드라는 인물에는 꼭 규명해야 할 기묘한 점이 있습니다. 집주소가 없다는 사실보다 더 미심쩍은 뭔가가 있다는 말입니다." 해너사이드는 자리에서 일어나며 이렇게 덧붙였다. "아는 게 없다고 하시니 저로서는 유감이군요."

"실속이 없을 게 뻔한 걸 쫓는 취미는 없거든요. 혹시 찾고 계시는 남자의 인상착의를 알려주실 수 있습니까?"

"확실한 게 전혀 없습니다. 이마저도 엉터리일 수도 있고요."

"아주 유용한 정보로군요! 그래서 어떻게 생겼습니까?"

"흔히 보는 얼굴의 중년 남자라더군요. 지금까지 소득은 이것뿐입니다."

“제가 경정님이라면 포기할 겁니다.” 랜들이 말했다.

“그 충고를 받아들일 거라고 생각하지는 않겠죠.” 경정은 퉁명스럽게 대꾸한 후 그곳을 나섰다.

존 하이드의 행방을 알아내려는 경정의 노력은 끝내 수포로 돌아갔다. 그를 아는 사람이 어디에도 없었다. 수색영장을 발부받아 헤밍웨이 경사와 함께 그의 사무실을 수색했지만 정체를 밝힐 만한 단서는 무엇도 나오지 않았다. 가게 위층에 자리 잡은 허름한 사무실에는 탁자와 책상, 타자기, 금고 외에 아무것도 없었다.

“이자가 제조사의 대리인이라면 제품의 견본품 정도는 있어야 하지 않나요?” 헤밍웨이가 궁금증을 드러냈다.

브라운은 그날도 여전히 소매가 짧은 셔츠 차림이었는데, 휑한 사무실을 둘러보는 눈빛에서 동요하는 기색이 희미하게 느껴졌다. 그는 사무실을 보며 이렇게 말했다. “하이드 씨가 이런 식으로 사무실을 비운 일은 한 번도 없었어요. 어딜 갈 때는 간다고 말을 남겼거든요. 지난 화요일에 본 게 마지막입니다. 목숨을 걸고 말하지만 그 이후로 이 근처에서 그 사람을 한 번도 보지 못했어요.”

특정 날짜 이후 그를 보지 못했다는 증언은 포스터 은행에서도 나왔다. 5월 14일, 액면가 25파운드인 하이드의 수표가 들어왔고 은행은 이 수표를 현금으로 바꿔주었다. 수표를 현금으로 바꿔 간 사람이 누구냐는 질문에 출납계원이 묘사한 인상착의는 브라운과 일치했다. 출납계원은 하이드가 발행한 수표를 늘 지참인에게 현금으로 바꿔주었다는 증언도 덧붙였다. 브라운도 이 사실을 부인하지 않았다. 하이드가 늘 수표를 현금으로 바꿔오게 했다는 것이다. 그는 단지 은행에서 수표를 바꾸기만 했고 돈은 모두 하이드에게 넘겼다고 했다. 그가 꽤 자주 하이드 대신 현금을 찾아왔다는 사실이 밝혀짐으로써 이 증언을 의심할 근거는 없어 보였다. 하지만 왜 그런 일에 고용이 되었으며 하이드와 어떤 관계인지에 대한 질문에는 좀처럼 입을 열지 않았으며 아무것도 모른다는 주장을 반복할 따름이었다. 애초에 하이드가 그에게 아무 설명도 해주지 않았다는 것이다. 하이드를 찾아오는 손님이 있었냐고 묻자 그는 부루퉁해서는 업무상 방문객들을 가끔 보았다고 증언했다. 물론 그 사람들이 누구이며 어디에 사는지는 전혀 몰랐다.

금고를 열자 안에는 반쯤 쓴 수표책과 주권 한 묶음이 달랑 들어 있었다. 수표책의 부본副本은 모두 빈칸이었다.

"이렇게 기묘하게 전개되는 사건은 처음 보네요! 흔적도 없이 사라지는 사람들의 이야기는 들어 봤지만 수표책과 두둑한 은행 잔고를 남기고 사라진 사람은 처음 봐요. 허겁지겁 도망치지 않으면 안 되었던 걸까요. 그자가 14일에 이곳을 떠난 후 어떤 일이 벌어졌고 그 때문에 겁을 먹고 이곳에 못 오는 걸 겁니다." 헤밍웨이가 말했다.

"그 추측이 옳다고 해도 수표책을 금고에 남겨둔 이유는 설명되지 않아." 해너사이드가 그 점을 지적했다. "은행에서 알아낸 바로는 다른 수표책은 없었네. 만약 도망칠 때 한 가지만 가지고 갈 수 있다면 대부분 수표책부터 챙기지 않겠나. 아니면 간혹 찾아오는 사무실이 아니라 집 책상에 고이 모셔두던가."

"점점 오리무중이군요. 도대체 이자의 집은 어딜까요?"

경찰은 철저하게 수사를 진행하고도 끝내 이 질문의 해답을 알아내지 못했다. 신문에 하이드에 관한 제보를 기다린다는 광고를 실었지만 아무 성과도 거두지 못했다. 그의 정체를 알아낼 단서가 될 만한 서류를 은행에서 찾아보았지만 그 또한 실패였다. 그는 은행에 서류를 보관하지 않았던 것이다.

헤밍웨이 경사는 상대가 속내를 털어놓게 만드는 데 재주가 있었다. 그는 자신의 재능을 십분 발휘해 개즈비 로 11번지에 사는 풍채가 좋고 가볍게 수염이 난 안주인을 상대로 목격 정보를 얻어냈다. 그녀가 언젠가 브라운의 가게에 신문을 사러 갔다가 하이드를 본 일을 기억해냈던 것이다. 그녀는 하이드를 유심히 보지는 않았다. 그가 가게로 불쑥 들어왔을 때 그녀는 다들 그러듯이 브라운과 잡담을 나누던 중이었던데다 그도 누군가에게 말을 걸지 않고 곧장 가게 뒷방으로 들어갔기 때문이었다. 그녀는 그 모습이 어쩐지 신기하다 싶어서 브라운에게 누구인지 물어봤다. 그녀는 당시 브라운의 반응을 어제 일처럼 생생하게 기억하고 있었다. "어, 그냥 하이드 씨죠. 그게 다예요." 그녀는 하이드가 어떻게 생겼는지 잘 몰랐다. 하필 그가 모자를 깊이 눌러 쓰고 검은 선글라스를 끼고 있었기 때문이다. 하지만 옷차림은 무척 신사다웠다고 기억했다.

썩 도움이 되지는 않았지만 그 정도가 헤밍웨이 경사가 거둘 수 있는 최선이었다. 그 거리에서 하이드 씨를 본 사람은 아무도 없는 듯했다. 게다가 인근에서 하이드 씨가 들른 적이 있는 가게는 단 한 곳도 없었다.

경찰은 개즈비 로 17번지를 감시하고 동시에 브라운의 과거를 캐기 시작했다. 경찰에게 그의 기록이 남아 있다는 사실에 해너사이드도 헤밍웨이도 전혀 놀라지 않았다. 그는 과거에 사기죄로 칠 년간 복역한 전과자였는데 출옥한 후 지금까지 아무런 말썽도 일으키지 않고 살았다는 사실에는 두 사람도 놀라지 않을 수 없었다. 경사는 브라운이 손을 씻었다는 사실에 회의적이었기에 철저하게 추궁을 했다. 그러자 브라운은 버럭 화를 내더니 경찰은 새사람이 되어 착실하게 사는 사람에 대해 한 번도 못 들어본 거냐며 씁쓸하게 말했다.

검은 선글라스를 쓴 중년 신사를 찾아내라는 임무를 받은 사복형사는 여간 지겨운 게 아니었다. 가게를 찾은 중년 신사가 몇 명 있기는 했지만, 검은 선글라스를 쓴 자는 한 사람도 없었던데다 조간신문이나 담배나 살 정도의 짧은 시간 동안만 머물렀다. 심지어 그들 가운데 '무척 신사답게' 옷을 입은 사람도 없었다. 그런 이유로 잠복중인 두 형사 중 더 나이가 어린 필 형사는 브라운의 손님 중에 옷차림이 무척 신사다운 젊은 남자를 본 순간 호기심이 발동했다. 그 남자는 어느 이른 오후에 가게로 느긋하게 걸어오더니 브라운의 가게로 들어갔다.

그때 브라운은 인부 손님들에게 살담배 2온스를 팔던 중이라 막 들어온 손님을 힐끔 쳐다봤을 뿐 크게 신경 쓰지 않았다. 먼저 온 손님이 잔돈을 주머니에 넣고 가게를 나서려고 하자 비로소 브라운은 양손을 계산대에 올리고는 멋쟁이 신사가 무슨 용무로 찾아왔느냐고 물었다.

랜들 매슈스는 손님이 떠나는 모습을 확인한 후 주머니에서 1실링을 꺼냈다. "트웬티 플레이어스."

브라운이 주문받은 담배를 계산대에 놓고 앞으로 쑥 밀더니 동전을 집었다.

랜들이 포장을 뜯어 담배를 꺼내고 불을 붙였다. 라이터의 작은 불길 너머로 랜들의 시선이 브라운을 좇았다. 그가 부드러운 목소리로 물었다. "하이드 씨 있습니까?"

브라운의 얼굴 위로 경계하는 표정이 장막처럼 스윽 내려앉았다.

"없어요. 언제 오는지도 몰라요."

랜들이 라이터를 집어넣고 비싸 보이는 지갑을 꺼내더니 노곤한 몸짓으로 사각사각 기분 좋은 소리를 내며 지폐를 꺼냈다. "이것참 큰일이네. 꼭 만나야 하는데."

"모르는 걸 어떻게 알려줍니까." 브라운이 랜들의 기다란 손가락 사이에 끼워져 있는 지폐가 10파운드인지 5파운드인지 궁금한 마음에 대뜸 내뱉었다.

랜들이 한숨을 쉬며 말했다. "내가 경찰이 아니라는 사실을 먼저 밝힐 걸 그랬군요. 사복형사 한 명이 주위를 어슬렁거리고 있기는 하지만 말이죠."

"내가 모를 것 같소? 짭새는 사람 많은 거리에서 저만치 떨어져 있어도 알아볼 수 있수다." 브라운이 비웃듯 말했다. 문득 그는 눈앞의 손님도 그런 유용한 능력을 가지고 있을지 모른다는 생각이 들었다. 그래서 목소리에 좀더 존경심을 담아 이렇게 덧붙였다. "손님도 여기서 얼른 나가는 게 좋을 겁니다. 지금까지 귀찮은 일을 잔뜩 겪어서 더이상 엮이고 싶지 않아요. 하이드 씨는 여기에 없습니다. 사실이에요. 그리고 지난 열흘 동안 이 근처에 오지도 않았습니다."

"저 밖에 있는 신사분을 생각해보면 놀랄 일도 아니군요. 하지만 당신이라면 나를 그 사람에게 데려다줄 수 있을 것 같은데. 물론 섭섭하지 않게 신경을 써드리죠."

"음, 그럴 수가 없다니까요. 그 사람은 대체 왜 만나려는 거요?" 브라운의 말투가 다시 퉁명스러워졌다.

랜들이 미소를 짓자 입술이 슬며시 말려 올라갔다. "하이드 씨의 손님들은 당신에게 모든 걸 털어놓습니까?"

잠시 정적이 흘렀다. 브라운이 인상을 쓰며 랜들을 빤히 바라보더니 이윽고 말문을 열었다. "이봐요, 하이드 씨가 지금 어디에 있는지 모르는 건 나도 마찬가지요. 게다가 그 사람도, 그 사람이 벌이는 게임도 이제 다 지긋지긋하단 말이오! 여기서 얼른 나가요. 저기 밖에 있는 짭새들이 언제 냄새를 맡고 따라붙을지 모르니까. 이건 내 충고요."

랜들이 생각이 잠긴 표정으로 그를 바라보았다. "그렇다면……." 그는 이렇게 운을 뗀 후 말을 이었다. "하이드 씨에게 편지를 남긴다면 당신을 통해 그가 받아볼 수 있을까요? 오! 물론 합당한 보수는 지불하죠."

브라운은 마음이 급한지 가게의 입구를 흘낏 보더니 큰 소리로 말했다. "그건 안 될 거요. 어디로 전해야 하는지 모르니까! 도대체 왜 이러는 거요? 급한 용무가 있어서 하이드 씨와 연락하려는 거요?"

"그 이유를 당신이 알아야 할 필요는 없는 것 같군요. 볼일은 하이드 씨에게 있으니까. 아, 어쨌든 중요한 일이죠. 당신이 10파운드를 써야 할 데가 있을까 궁금하군요."

"소용없어요. 말했잖소! 가버렸다고! 사라졌단 말이오!" 브라운이 언성을 높였다.

"알았어요. 잘 알아들었습니다. 그렇지만 당신에겐 아직 10파운드를 벌 기회가 있습니다."

"어떻게요?" 브라운이 자신도 모르게 물었다.

"오, 간단해요! 하이드 씨가 서류를 어디에 보관하는지만 말해주면 됩니다." 랜들이 무심하게 말했다.

브라운이 머리를 거세게 가로저었다. "내게 맡기지 않아요. 게다가 어디에 두는지도 모르고."

랜들은 반쯤 피운 담배를 바닥으로 던진 후 구두 뒷굽으로 밟아 껐다. "실망스럽군요! 그 정보는 꽤 두둑한 값을 치를 만한데. 그것도 현찰로 말이죠. 혹시라도 하이드 씨 앞으로 온 편지를 가지고 있다면 10파운드 혹은 그 이상으로 값을 쳐주겠습니다."

"그런 건 가지고 있지 않아요." 브라운이 투덜거렸다. "그런 게 있다 한들 짭새가 여기저기 들쑤시고 다니는데 여기에 둘 것 같소? 온 게 있다 해도, 왔다고 할 리 없죠. 다 불태웠어요. 조금의 거짓도 없는 사실이라고요. 아까 말했잖아요. 이

제 이 사건은 지긋지긋하다고."

하지만 그는 랜들이 지폐를 지갑에 다시 넣는 모습에서 눈을 떼지 못했다. 돈이 바스락거리며 사라지는 모습을 지켜보는 브라운의 눈이 후회와 탐욕으로 번득였다. 그는 혀끝으로 입술을 핥더니 발끈하며 말했다.

"혹시라도 내가 해줄 말이 있다 치고, 당신이 그걸 경찰에 전하지 않으리라는 걸 내가 어떻게 믿죠?"

"못 믿어도 하는 수 없죠. 하지만 내가 원하는 것을 말해줄 수 없다면 걱정할 필요도 없을 텐데요." 랜들이 사근사근하게 대답했다.

지갑이 딱 닫히고, 그것을 쥔 손이 안주머니로 미끄러지듯 들어갔다. 브라운이 가게 입구를 다시 힐끔 보더니 잠시 망설였다. 마침내 그가 계산대로 몸을 살짝 내밀더니 목소리를 낮추고 재빨리 말했다. "그 사람의 서류에 대해서 뭔가 말해줄 수는 있지만 별 도움은 안 될 거예요. 분명히 경고했어요."

랜들이 다시 지갑을 꺼내며 말했다. "지금 어디에 있습니까?"

"아무도 손에 넣을 수 없는 곳에 있어요. 나도 정확히는 모르지만, 사라질 때 직접 챙겨 갔을지도 몰라요."

"그 정도 위험은 감수해야죠." 랜들이 말했다.

"음, 그 사람은 서류를 보관소에 보관했어요." 브라운이 여전히 내키지 않는 듯 말했다.

“물론 그렇겠죠. 어느 보관소입니까?” 랜들이 살살 구슬렸다.

“그건 나도 몰라요. 그 사람이 말해주지도 않았고 나도 물어보지 않았으니까요. 그래서 도움이 안 될 거라고 말했잖아요.”

“그렇다면 열쇠는 어디에 보관했습니까?”

“시곗줄에요. 절대 몸에서 떼지 않더군요. 열쇠를 여러 번 봤어요. 내가 아는 건 이게 답니다. 충분하지 않다고 해도 내가 아는 걸 다 말해줬으니 날 원망하지는 마쇼.”

“시곗줄이라…….” 브라운의 말을 되풀이하는 랜들의 입술에서 미소가 사라졌다.

그의 표정을 살피던 브라운은 랜들의 기분이 상했다고 짐작했는지 불안한 듯 말했다. “당신이 마음에 들지 않는다고 해도 내 잘못은 아니죠. 사실대로 말했으니까. 그러니까 날 좀 봐줘요. 내가 할 수 있는 이상으로 했잖아요. 얼마요? 내가 같은 이야기를 경찰에게 하지 않는 대가는?”

“당신이 경찰에게 말하고 싶어서 입이 근질거린다고는 생각하지 않습니다. 하지만 내가 지불하겠다고 말한 액수만큼은 되겠군요.”

브라운이 지폐를 잡으려고 손을 내밀었다. 그의 추한 얼굴에 다시 미소가 돌아왔다. "궁금해서 죽을 지경이었죠? 만족하셨기를 바랍니다. 자, 이제 끝났소."

"그렇군요." 랜들이 그의 손에 지폐를 쥐여줬다.

브라운은 지폐에 문제가 없는지 재빨리 살펴본 후 주머니에 그대로 쑤셔 넣고 어리둥절한 표정을 지으며 랜들에게 시선을 돌렸다. 그는 랜들이 지갑을 주머니에 넣고 장갑을 끼는 모습을 가만히 보다 대뜸 물었다. "우리 전에 만난 적 있소?"

"없을 겁니다." 랜들이 말했다.

브라운이 턱을 톡톡 치며 대답했다. "신기하네요. 아까 당신이 가게에 들어오는데 전에 어디선가 본 듯한 느낌이 들더라고요."

랜들이 계산대에 세워놓았던 등나무 지팡이를 집어 들려고 손을 뻗은 채 잠시 멈췄다. 그리고 브라운과 눈을 맞추며 부드러운 음성으로 말했다. "잘 보시죠. 나를 본 적이 있습니까?"

브라운이 호기심을 이기지 못하고 눈에 힘을 주며 랜들을 훑어보았다. "글쎄요, 잘 모르겠어요. 확신은 못 하겠군요. 거동에서 뭔가 익숙한 느낌이 나서 말이요. 그게 답니다. 기분 상하지는 마시오!" 그가 어정쩡하게 대답했다.

랜들이 지팡이를 들며 말했다. "그럴 리가요. 브라운, 장담하는데 당신은 나를 본 적이 없습니다. 앞으로도 볼 일 없을 테고요.”

브라운은 알겠다는 듯 음침한 웃음을 지었다. “입에 자물쇠를 채울 테니 걱정 마쇼!”

방금 전 기분이 상한 듯 보였던 것보다 한층 더 께름칙한 미소가 랜들의 얼굴에 나타났다. “그럼요. 걱정하지 않습니다.” 랜들은 이렇게 말한 후 우아하고 평온한 걸음걸이로 가게를 빠져나갔다.

길 맞은편에서 가게를 나서는 랜들을 지켜보던 필 형사는 잠시 멀찍이 떨어져서 미행을 해볼 가치가 있겠다고 생각했다.

그가 그날 늦게 한 보고는 경정의 관심을 상당히 끌었다.

“랜들 매슈스였다는 거지?” 그가 천천히 말문을 열었다. “그래, 미행하길 잘했네. 가게에는 얼마나 머물렀나?”

“이십오 분가량이었습니다. 주위를 전혀 신경 쓰지 않는 듯 태연하게 걸어가더군요.”

“그래, 그랬을 걸세. 설마 경찰이 잠복을 하고 있을 줄은 몰랐을 테니까.” 해너사이드는 쥐고 있던 연필로 책상을 톡톡 두드리며 말을 이었다. “랜들 매슈스를 감시할 필요가 있을 것 같군. 혹시 가게에서 무슨 이야기를 나눴는지 들었나?”

“아뇨, 못 들었습니다. 주위에 통행인들이 많아서 가게 입구에서 어슬렁거리기 쉽지 않았거든요.” 필이 변명하듯 말했다.

해너사이드가 고개를 끄덕였다. "그래, 알 만해. 그건 중요하지 않네. 하지만 랜들 매슈스의 다음 행보를 주시해야겠군."

랜들 매슈스의 다음 행보는 예상외로 평범했다. 이튿날 오후 랜들은 수수하지만 우아한 모닝코트에 윤기가 흐르는 실크해트를 그보다 좀더 윤기가 흐르는 검은 머리 위에 난봉꾼처럼 삐뚜름하게 쓴 채 대여한 리무진을 타고 어딘가로 향했다. 그가 향한 곳은 삼촌의 장례식이 열릴 그린리히스의 교회였다.

장례식은 교구 교회에서 열렸고 참석한 추모객은 거의 없었다. 유족을 제외하면 럼볼드 부부와 필딩, 가이의 동업자인 나이절 브룩이 전부였다. 나이절 브룩은 곱슬곱슬한 금발에 키가 큰 청년인데, 언젠가 누가 착각하고 옆모습이 그리스인 같다고 한 이후로 지나칠 정도로 옆모습만을 보여주려는 경향이 있었다. 그는 목소리를 잔뜩 낮춘 채 필딩과 대화를 나누는 중이었는데, 자신이 예의를 지켜야 한다고 생각해서 장례식에 참석했을 뿐이라는 이야기였다.

"저는 장례식이 야만적인 풍습의 잔재라고 생각합니다. 의사 선생님도 그렇게 느끼실 것 같은데요."

"글쎄요, 그런 문제는 일부러 생각해본 적 없군요." 필딩이 대답했다.

의사는 이 주제에 별로 관심이 없는 것 같았다. 하지만 브룩은 생각에 잠긴 목소리로 말을 이었다. "그런 견해야말로 시대정신을 확실하게 보여주는 표지판 같군요."

"놀랍지도 않네요." 필딩이 대꾸했다.

그러자 브룩이 화제를 다른 곳으로 돌렸다.

"그건 그렇고, 제 친구가 충격을 많이 받은 것 같습니다."

"그럴 만도 하죠."

그의 대답에 브룩이 고개를 갸우뚱하며 말했다. "삼촌의 죽음을 깊이 애도해서라기보다 타고난 예술적 기질 탓인 것 같아요."

"아마도요."

"사실 돌아가신 매슈스 씨가 상당히 고약하신 분이었잖아요?" 브룩이 무심코 본심을 드러냈다.

의사는 아무런 대꾸도 하지 않았다. 그러자 브룩이 다시 말했다. "여기 말갈기와 쇠 파이프로 머리 모양을 만든 여성분이 있군요."

"뭐라고요?"

"아, 너무 대담하다고 생각하시는군요." 우월감에 취한 브룩은 미소를 지으며 계속 말했다. "그렇지만 대비 효과를 두려워하지 말아야 합니다. 저는 이 일을 하면서 매우 일찌감치 그 교훈을 배웠습니다. 그리고 종종 놀라울 정도로 시대착오적인 발상을 적용해 큰 성공을 거두었죠."

"무슨 말씀을 하시는지 전혀 모르겠습니다." 필딩이 말했다.

브룩의 꿈을 꾸는 듯한 시선이 막 차에 타려던 거트루드 럽턴에게 옮겨 갔다. "저 여자." 그는 이렇게 운을 뗀 후 건조하게 말했다. "느껴지시나요? 붉은 벨벳이 아무리 유혹적이라도 피해야 합니다."

의사는 경멸스러운 눈빛으로 그를 힐끔 본 후 자리를 떴다.

이 무렵 매슈스가 사람들은 교회 안마당에서 뿔뿔이 흩어져 나와 각자의 차를 찾는 중이었다. 오언 크루는 말없이 얼굴을 찡그리며 차를 마시러 처가에 가고 싶지 않다는 무언의 바람을 전하려고 무던히 애를 썼다. 안타깝게도 애그니스는 그런 식으로 전달되는 메시지에는 몹시 둔감했다. 그녀는 한시바삐 런던으로 돌아가야 할 구실을 떠올리기는커녕 엄마의 초대를 덥석 받아들이고는 오언도 좋아할 것이라고 말했다. 오언이 자신의 의도를 이런 식으로 해석한 아내를 노려보자, 눈치 없는 애그니스라도 모를 수 없었다. 그래서 냉큼 되물었다. "여보, 당신도 괜찮죠? 오늘 오후는 쉰다고 했잖아요, 그렇죠?"

"얼른 이 옷을 벗고 싶은데." 이렇게 대답하는 오언은 흡사 자신의 의지와 상관없이 가장무도회에 끌려온 사람 같았다.

"잘 어울리는데 왜요!" 아내가 애정이 담긴 눈빛으로 말했다.

"나는 계집애 같은 당신 사촌 랜들과는 달라. 이런 옷을 입고 있으면 바보가 된 기분이라고." 오언 크루가 말했다.

한편 랜들은 감격한 듯 조이 숙모의 손을 꼭 쥐며, 걱정스러운 목소리로 그녀의 신경이 장례식의 비통한 분위기를 버텨내기 힘들 거라는 말을 해 두 고모를 짜증스럽게 만들고 있었다. 그런 다음, 그는 자신들의 차를 기다리고 있는 럼볼드 부부에게 다가갔다.

"안녕하세요? 인상적인 광경이죠?"

"어머, 그게 무슨 뜻이니?" 도러시 럼볼드가 이렇게 되물었다. 그녀는 평소 랜들이 똑똑하고 재치 있는 젊은이라고 생각했기에 랜들이 던진 미끼를 덥석 물었다.

"제 친척들이 품위 있게 애도하는 척하는 광경 말입니다."

"무슨 말을 하는 거야, 랜들! 다들 진심으로 슬퍼하고 있을 거란다. 그러니까, 그게 이치에 맞잖니. 안 그래요, 에드워드?"

"아내 말대로네. 아무도 애통해하지 않을 거라니, 자네 가족에게 너무 심하지 않나." 럼볼드가 아내의 말에 맞장구를 쳤다.

랜들이 눈썹을 치켜올리며 느릿한 어조로 물었다. "저희

화목한 가족들과 알고 지내신 지 얼마나 되셨습니까?"

럼볼드가 웃음을 터뜨리며 대답했다. "삼 년이 되어가네."

"그런데 아직도 그런 믿음을 갖고 계십니까! 원숙한 판단력을 바탕으로 돌아가신 삼촌을 깊이 사랑했던 가족들 가운데 누구의 혐의가 가장 짙다고 생각하시는지 여쭙는다면 충격이 크시겠군요."

"그렇다네. 물론 자네가 정말 그런 질문을 하리라 생각하지 않네." 럼볼드가 엄격한 말투로 대답했다.

그러자 랜들이 무시를 당했다고 느낄까 봐 도러시 럼볼드가 서둘러 말했다. "그렇지만 그 집 사람들이 자주 티격태격했던 걸 떠올려보면 그 정도 질문은 용서받을 수 있을 거예요. 고인의 험담을 해서는 안 되지만 돌아가신 매슈스 씨도 잘한 건 없어요. 무례했던데다가 다른 사람을 손아귀에 쥐고 마구 흔들었으니까. 그런 사람이 또 어디 있겠어요! 게다가 걸핏하면 이유 없이 시비를 걸었잖아요!"

"여보, 당신은 그렇게까지 말할 필요 없어요."

"알아요. 하지만 전에 매슈스 씨가 가족들과 이야기하는 걸 들은 적이 있어요. 그러니까 내가 하고 싶은 말은 이거예요. 밖에서 남에게 예의 바르게 군다면 자신의 집에서도 그래야 하잖아요. 그런데 매슈스 씨는 남에게조차 늘 예의가 바른 것도 아니었어요. 필딩에게 한 행동도 그렇고 목사님에게는 어땠게요. 어찌나 무례하게 구는지 보는 사람이 기겁을 할 정도였잖아요. 매슈스 씨가 당신을 좋아했다는 사실은 변명이 안 돼요, 에드워드. 당신을 싫어하는 사람은 없으니까요."

"말도 안 돼요! 그 사람이 날 좋아한 건 내가 체스 게임을 져줄 줄 알았기 때문이에요." 뭔가 재미있는 생각이 났는지 그의 눈이 반짝였다. "그리고 늘 나를 이길 수 있다고 생각했기 때문이죠."

"맞습니다. 저는 항상 럼볼드 씨가 삼촌을 요령껏 다룰 줄 아시는 분이라 짐작을 했죠. 저도 그랬습니다. 덕분에 귀찮은 일을 피할 수 있었던 거죠." 랜들이 침울한 표정으로 말했다.

도러시가 피식 웃으며 말했다. "어머 랜들 군! 지금까지 남의 눈치를 보며 산 것처럼 말하네!"

"좀더 자세히 말씀을 드리자면, 저희 집안에서 삼촌을 대하는 조카의 요령은 돈을 달라고 하지 않는 거랍니다."

"좋은 일을 하면 복을 받는다잖아. 나도 랜들 너처럼 요령 있게 굴어서 유산을 물려받으면 좋겠네." 도러시 럼볼드가 말했다.

"그렇지만 단점도 있어요. 무엇보다 경찰의 의심을 사는 빌미가 되거든요. 어느 정도는 재미도 있겠지만 결국 성가신 꼴을 당하기는 마찬가지에요." 랜들이 지겹다는 듯 말했다.

"다 말도 안 되는 생각이야. 네가 그 사건과 관련되었다고 생각하는 사람은 없으니까. 그렇죠, 에드워드?" 도러시 럼볼드가 얼굴을 붉히며 말했다.

랜들이 상냥한 말투로 이렇게 답했다. "실은 이런 뜻이시죠? 제가 그 일과 아무 관계가 없을까 봐 모두들 걱정을 하는 거라고."

도러시는 갑자기 랜들의 말에 뭐라고 대꾸를 해야 할지 몰라 안절부절못하는 듯 보였다. 그러자 럼볼드가 퉁명스럽게 대꾸했다. "자네의 그런 평판에도 불구하고, 자네가 범인이 아닐지도 모른다고 생각하는 친척들 앞에서까지 부인하지는 않겠지."

"오, 말릴 생각은 없습니다! 찬사로 여기고 있는걸요." 랜들이 평소와 다름없이 세련된 태도로 말했다. 그리고 소매에 붙은 먼지를 발견하곤 손에 쥐고 있던 장갑으로 조심스럽게 먼지를 털었다. "가족 이야기를 하다 보니 조이 숙모께서 언론 인터뷰를 통해 세상에 전한 아름다운 이야기를 깜박하고 그에 대한 찬사를 보내지 않았다는 사실이 떠오르네요. 일단 포플러스 저택부터 가야겠어요."

럼볼드가 자신도 모르게 입술을 삐죽거렸다. "굳이 그럴 필요가 있나?"

"오, 아무리 사소한 일이라도 예의는 차려야 하는 법이죠."

도러시 럼볼드는 빌린 차량으로 걸어가는 랜들의 뒷모습

을 지켜보면서 별난 사람도 다 있다고 했다. 럼볼드도 한마디 보탰다.

"괴상한 친구예요. 저 친구를 어떻게 생각해야 할지 모르겠어요. 악질로 보이고 싶어 하는 것 같은데 괜히 저러는 걸까요? 아니면 정말로 악질일까요?"

랜들의 친척들이라면 두말하지 않고 두 번째 가정에 동의할 게 분명했다. 그가 포플러스 저택에 도착하니 제대로 된 반응을 보인 가족은 단 한 사람뿐이었으니, 그 사람은 놀랍게도 스텔라였다. 그녀는 도서실의 창문으로 그가 차에서 내리는 모습을 보며 깜짝 놀라 소리쳤다.

"어머, 이제 좀 숨통이 트이겠네! 랜들이 왔어요!"

조이는 죽음이나 인간사의 덧없음 따위의 상념을 장례식 중에 떠올리곤 혼신의 힘을 담아 설파하던 와중 느닷없이 방해를 받자, 한숨을 푹 쉬며 다름 아닌 자신의 딸이 이런 진지한 문제에 전혀 무관심하다는 사실에 두 배로 서글퍼진다고 말했다. 축축한 손수건에 코를 묻고 훌쩍이는 해리엇은 조이의 입을 막을 필요가 있었다며, 동생의 죽음에 올케가 무슨 상관이 있다는 건지 궁금하다고 쏘아붙였다. 가이는 동생을 빤히 바라보며 소리쳤다.

"숨통이 트인다고? 너 머리가 어떻게 된 거 아니니?"

스텔라가 발끈해 대답했다. "아니, 그런 뜻이 아니잖아. 이런 분위기보다 성질 고약한 랜들과 있는 편이 차라리 더 낫겠다는 거야. 다들 슬픈 척하는 것 좀 봐. 적어도 랜들은 정상이야. 오빠도 엄마도 해리엇 고모도 죄다 러시아 연극에 나오는 등장인물들 같아!"

그 말에 조이가 부들부들 떨며 말했다. "스텔라, 많이 피곤한가 보구나. 그렇지 않으면 네가 그런 말을 할 리 없어. 네 말에 이 엄마가 얼마나 설움이 복받치는지 말이 다 안 나오는구나."

이런 대화가 시작될 즈음 랜들이 도서실에 들어섰다. 그리고는 걱정스러운 목소리로 숙모를 달래듯 말했다. "저런, 저런. 있을 수 없는 상황이 벌어졌군요! 숙모님, 지금 감정을 표현할 능력을 상실하셨군요. 잠시 여유를 가지시면 다시 말솜씨가 돌아올 겁니다. 숙모님은 어떤 경우에도 적절한 표현을 찾아내시잖아요?"

스텔라가 고개를 홱 돌리고 입술을 깨물며 창밖을 바라보았다. 해리엇도 훌쩍거리기를 잊고 심술궂은 미소를 슬쩍 지었다. 조이는 랜들에게 막 장례를 끝마쳤다는 사실을 잊지 말라고 당부했다. 그러자 랜들은 이렇게 응수했다.

"사랑하는 숙모님, 축 처진 기분을 북돋워줄 좋은 말씀이 떠오르지 않으세요? 오늘처럼 비통한 날을 견딜 수 있도록 고상한 생각을 들려주세요!"

"랜들, 너는 신성하게 여기는 게 없니?" 조이가 안타깝다는 듯 물었다.

"없을 리가요. 제가 제 외모를 얼마나 신성하게 여기는데요. 그런 질문을 받다니 충격적이네요. 신성한 기도 없이는 완벽한 결과도 얻을 수 없다는 사실을 숙모님은 지금쯤 깨달으셨으리라 생각했는데요?"

놀란 스텔라가 숨을 헉 들이쉬며 목이 졸린 듯한 목소리로 소리쳤다. "랜들!"

"넌 정말 형편없는 인간이야!" 가이도 한마디 했다.

"나를 오해하고 있구나, 동생아. 사랑하는 조이 숙모님, 그렇게 화난 표정 짓지 마세요! 전 숙모님이 대중에게 보낸 메시지가 얼마나 훌륭했는지 말씀드리고 싶어서 온걸요. 숙모님의 메시지는 푸른 눈의 예쁘장한 로즈 대븐트리 양의 애정 어린 인터뷰에 필적할 만하더군요." 조롱기 가득한 그의 시선이 이번에는 해리엇에게로 향했다. "해리엇 고모님, 미리 말씀드리죠. 저는 오늘 꼭 차를 마시고 갈 겁니다. 다 같이 먹기에는 케이크가 부족하리라는 점은 잘 압니다, 알아요. 하지만 해리엇 고모님도 조이 숙모님도 오늘은 뭘 드실 기분이 아니시겠죠. 저는 이제 위층에 가서 손을 씻고 오죠. 그동안 여러분은 제 코를 납작하게 할 한 방을 준비하시면 되겠네요." 그는 이렇게 말하며 도서실의 문을 열고 고모와 숙모에게 잘해

보라는 미소를 지으며 방을 나갔다.

랜들이 나가자 도서실의 분위기는 그를 향한 적의로 부글부글 끓어올랐다. 시누이와 올케는 한마음으로 혀를 끌끌 차며 랜들은 태도가 불손하고 도덕관념이 부족한데다 제대로 된 감정을 느낄 줄 모른다고 흉을 보았다. 가이는 가족을 조롱하고 비난하는 태도야말로 그의 평소 모습이라고 말했다. 스텔라는 이맛살을 찌푸린 채 꼭 닫힌 문만 쳐다보고 있었다. 이 모습을 본 가이가 물었다.

"왜 그래? 작은 햇살이 비쳐서 반가워하는 줄 알았는데?"

"랜들에게는 관심 없어. 솔직히 분위기를 바꿔줘서 감사하고 있기는 하지만 손 씻으러 간다는 말은 조금도 못 믿겠어." 스텔라가 성마른 태도로 대답했다.

"무슨 말을 하고 싶은 거야?" 가이가 물었다.

스텔라는 오빠를 물끄러미 바라보더니 퉁명스럽게 말했다. "아무것도 아니야!" 그리곤 자리에서 일어나서 잰걸음으로 방을 나가더니 2층으로 뛰어 올라갔다.

스텔라는 계단을 다 오르기도 전에 내려오는 랜들과 딱 마주쳤다. 그녀는 발걸음을 멈추고 난간에 손을 올린 채 그를 올려다보았다.

미소를 지으며 경쾌한 발걸음으로 계단을 내려온 랜들은 손가락으로 그녀의 볼을 무심하게 살짝 건드리며 상냥하게 말했다. "꼬맹이 스텔라는 의심도 많다니까! 내가 위에서 뭘 하는지 궁금해서 나왔구나, 그렇지?"

"그래." 스텔라가 차분하게 대답했다.

"손 씻으러 간다고 했잖아. 손 씻고 왔어!" 랜들이 말했다.

한 시간 후 그는 자택으로 돌아와 해너사이드 경정에게 전화를 걸었다. "오! 경정님!" 랜들은 미안하다는 듯한 투로 말문을 열었다. "꼭 말씀드려야 할 일이 있어서요. 마침 통화가 가능해 정말 다행입니다."

"무슨 일입니까?" 해너사이드가 물었다.

"사복형사 하나가 절 미행하고 있더군요." 랜들이 대수롭지도 않다는 듯 말했다. "그 사람에게 이렇게 전해주세요. 제발 파란색 양복에 갈색 부츠는 신지 말라고요."

10

"뭐가 어떻게 되고 있는 거죠?" 헤밍웨이가 놀라 소리쳤다.

"그러게 말일세." 해너사이드가 심드렁하게 맞장구를 쳤다. 그는 신문을 집어 들어 1면에 나온 부고를 다시 읽었다.

하이드 – 1935년 5월 22일. 개즈비 로 17번지에 주소를 둔 존 하이드가 요양소에서 급사. 향년 50세. 요청에 따라 꽃은 사절.

헤밍웨이가 코를 긁으며 말했다. "이 부고가 사실이라면 '급사'라니 무슨 의미일까요? 혹시 이런 상황이었을까요? 우리가 런던을 이 잡듯이 뒤지고 다니는 동안 그 딱한 남자는 맹장을 떼는 수술이라도 받고 병원에 누워 있었던 거죠. 그렇다면 우리가 못 찾아낸 것도 설명이 되겠네요. 그나저나 저희 수사는 어떻게 되는 겁니까?"

"신문사에 가서 부고를 실은 사람이 누군지 알아보게. 그리고 제발 그 지긋지긋한 상상력은 단단히 붙들어 매어두고!" 해너사이드가 불편한 심기를 숨기지 못하고 부하에게 지시를 내렸다.

헤밍웨이는 서글픈 표정으로 고개를 절레절레 가로저었다. "이럴 줄 알았어요. 사건을 해결하지도 못하고 마음고생만 잔뜩 할 줄 처음부터 알아봤죠." 그러더니 상사가 뭐라고 대꾸할 틈도 주지 않고 쌩하니 자리를 떴다.

얼마 후 헤밍웨이가 경찰서로 돌아왔다 "경정님, 깜짝 놀랄 소식이 있습니다. 그 부고를 실은 사람은 하트포드셔의 크레일리 코트에 사는 몬터규 하이드 장군이었습니다."

"뭐라고? 누구라고?" 해너사이드가 놀라 소리쳤다.

"존 하이드에게 그런 지체 높은 가족이 있을 줄 상상도 못하셨죠?" 그가 유쾌하게 물었다.

"몬터규 하이드 장군이 도대체 누구야?" 해너사이드는 여전히 어리둥절했다.

헤밍웨이는 손에 들고 있는 서류를 뒤적이며 장군의 약력을 주절주절 읊기 시작했다. "어디 보자. 1871년에 태어났고…… 제5대 준남작인 몬터규 하이드 경의 장남으로…… 이튼에서 수학한 뒤에는 샌드……."

"그 사람의 학벌엔 관심 없어. 보어전쟁도, 세계대전도 다 넘어가게. 혹시 훈장을 받았으면 그것도 넘어가고! 그 사람은 어느 클럽의 회원인가? 런던에도 집이 있나?"

"메이페어의 그린 스트리트에 있습니다. 부들스와 캐벌리 클럽 소속이고요." 경사가 즉각 대답했다.

해너사이드가 시계를 힐끔 보았다. "런던에 있다면 지금 집으로 가서 만날 수 있겠군." 그는 자리에서 일어나 모자를 쓰고 부고가 실린 신문도 챙겼다.

장군은 마침 런던 집에 있었다. 하지만 근엄한 분위기의 집사는 해너사이드 경정을 얕잡아 보며 장군이 아침을 먹는 중이라고 쌀쌀맞게 말했다. 해너사이드는 명함을 건네며 장군이 식사를 하는 동안 기다리겠다고 했다. 그는 곧 집 안쪽에 있는 방으로 안내받았다. 잠시 후 집사가 돌아와 장군이 곧 올 거라고 알렸다.

십오 분 후 머리가 하얗게 세고 매부리코를 한 잘생긴 노인이 해너사이드가 기다리고 있는 수수한 방으로 들어왔다. 장군은 해너사이드에게 고개를 끄덕이며 손에 쥔 명함을 힐끔 보고는 한때 군을 통솔하던 권위가 담긴 목소리로 물었다.

"경정이시라고? 무슨 일로 나를 찾아오셨소?"

"이른 시간에 불쑥 찾아와 죄송합니다. 하지만 오늘 자 신문에 장군님이 실으신 부고가 제 관심을 끌었습니다."

장군이 경정을 멍하니 보며 되물었다. "지금 무슨 말을 하시는 거요? 내가 신문에 부고를 실었다고?"

해너사이드가 가져온 신문을 내밀며 부고란을 가리켰다.

장군은 날카로운 눈빛으로 경정을 노려본 후 안경을 꺼내 콧잔등에 얹고는 존 하이드의 죽음을 알리는 부고를 읽기 시작했다. 잠시 후, 그는 신문을 내려놓고 코에서 안경을 내리더니 죽은 사람이 (도대체 누군지 모르겠지만) 자신과 무슨 관계가 있는지 물었다.

"제가 확인한 바로는 이 부고를 실은 사람이 장군님이시더군요."

"확인했다고? 대체 누가 그렇게 확인해줬다는 거요!"

"이 부고를 실은 신문사입니다, 장군님." 경정이 대답했다.

"그렇다면 내가 확실히 말해드리리다. 당신은 엉터리 정보를 받은 거요! 존 하이드라니! 난생 처음 듣는 이름이오!" 장군이 버럭 소리쳤다.

해너사이드 경정이 보기에 장군은 이 상황이 몹시 불쾌한 듯했다. 장군은 그에게 런던 경찰청이 왜 이런 걸 알아보고 다니는지 물었다. 경정은 최대한 간략하게 상황을 설명했다. 그러자 장군은 경찰이 무슨 짓거리를 하는지 관심도 없고 듣고 싶지도 않다며 오직 자신의 이름을 도용한 괘씸한 악당이 누구인지 궁금할 뿐이라고 따졌다. 이 점에 대해서 해너사이드가 해줄 말이 없음을 확인하자, 이번에는 이 악당을 찾아내기 위해 경찰이 어떤 조치를 취할지 물었다. 장군은 악의적인 거짓말을 하고 다니는 악당을 얼른 추적해줄 것을 강력하게 요구했다. 게다가 장군 본인도 이 사건의 진상에 닿기 위해 온 힘을 다 쏟겠다고까지 했다.

이십 분 후, 화가 머리끝까지 나 씩씩거리며 장군의 집을 나온 해너사이드는 잠시 후 그의 전화를 받을 운 나쁜 편집장이 불쌍하기까지 했다. 경정 자신 또한 곧장 신문사를 찾아갔지만 그곳에서도 알아낸 건 거의 없었다. 부고는 캐벌리 클럽에서 쓰는 편지지의 반절에 타자기로 작성되어 있었으며 몬터규 하이드 장군의 이름과 주소도 타자기로 작성한 것이었다.

"브라운 짓은 아니에요. 그자라면 부고를 위조할 용기는 있어도 캐벌리 클럽에 가서 편지지를 달라고 할 배짱은 없을 테니까요. 저라면 꿈도 꾸지 않을 거예요. 어떤 자가 이런 일을 꾸몄는지 몰라도 코뿔소를 때려잡을 만큼 배짱이 두둑할 겁니다." 헤밍웨이가 장담했다.

"맞아." 해너사이드는 달갑지 않은 미소를 지었다. "게다가 유머 감각도 있군. 참, 퍼거슨은 불러들였네."

"그러셨어요? 퍼거슨은 검은 부츠가 한 켤레도 없나 봐요?" 헤밍웨이가 모르는 척 물었다.

해너사이드는 부하의 말에 숨은 가시를 모른 척했다. "다 들킨 마당에 감시를 붙여서 뭘 하겠나. 알다시피 그자는 퍼거슨을 세 번이나 따돌렸어."

"이제야 하는 말이지만, 그자는 퍼거슨을 떼버리려고 부츠를 지적한 거예요." 헤밍웨이가 싸늘하게 말했다.

"내 부아를 돋우고 싶어서 그랬겠지. 자신에게 붙은 형사를 따돌리려면 언제든지 따돌릴 수 있었지 않나. 경찰의 미행을 눈치챌 사람이라면 런던에서 모습을 감추기란 식은 죽 먹기일 텐데." 해너사이드는 이렇게 말한 후 잠시 생각에 잠겼다. "랜들 매슈스가 문제의 부고를 신문에 실었다면 목적이 뭘까?"

"장난질로 잠시 숨을 돌리고 싶었겠죠."

해너사이드는 눈살을 찌푸리며 헤밍웨이를 바라보았다. 그러더니 불쑥 이렇게 말했다. "하이드의 서류. 그걸 가로채려는 사람이 있어."

"어떻게든 그 서류들을 찾아냈어야 했는데. 지금 제가 드릴 수 있는 말은 이것뿐입니다. 랜들 매슈스가 브라운에게서 하이드의 변호사를 알아냈다면 저보다 훨씬 영리한 사람일 겁니다. 그전까지는 몰랐다는 가정하에 말이죠. 그런데 어째 몰랐을 거라는 생각이 들지 않네요."

"변호사가 아니야. 부고 따위로는 변호사가 보관하고 있는 서류를 받아낼 수 없을 거라네. 만약 서류가……. 맙소사. 내가 왜 그 생각을 못 했지? 경사, 귀중품 보관소! 지금 당장 런던에 있는 대형 귀중품 보관소 목록을 가져오게. 해당하는 곳이 그렇게 많지는 않을 거야. 그 서류가 다른 사람의 손에 넘어가서는 절대 안 돼. 늦지 않으면 막을 수 있을 걸세."

하지만 그들은 늦고 말았다. 해너사이드가 제일 먼저 전화를 건 보관소에서 한 시간 전에 존 하이드의 형제인 새뮤얼 하이드가 보관증에 서명을 한 후 고인의 서류를 가져갔다고 알려주었다. 해너사이드는 터져 나오는 욕설을 꾹 누르며 시티에 있는 보관소에 직접 찾아갔다. 존 하이드의 금고에 들어 있던 내용물의 보관증에는 글자 연습용 책에서나 볼 법한 기울어진 필체로 서명이 되어 있었다.

새뮤얼 하이드를 응대한 직원의 말로는 그가 하이드의 급사를 알리는 부고와 자신을 유일한 유언집행인으로 지목하는 유언장을 함께 제출했다고 한다. 그 직원은 또한 자신을 새뮤얼 하이드라고 밝힌 남자가 존 하이드의 열쇠를 모두 소지하고 있었으므로 금고의 내용물을 넘기는 데 아무 문제도 없어 보였다고 했다.

"그 사람은 어떻게 생겼습니까? 옷을 잘 차려입은 젊은 남자가 아니었습니까?" 해너사이드가 물었다.

"아뇨, 전혀 아닙니다. 솔직히 그분을 유심히 살펴보지는 않았습니다. 하지만 머리가 희끗했던 걸 본 기억은 확실히 납니다. 아시아에서 살다 왔는지 안색이 칙칙하더군요. 옷을 잘 입었는지도 모르겠습니다. 입고 있는 코트가 꽤 낡아 보였거든요. 무엇보다 형제가 아주 똑 닮았더군요."

"내가 짐작하는 자가 맞는다면 절대 놓칠 리 없는 특징이 있습니다. 혹시 그 사람이 선명한 푸른색 눈동자와 놀라울 정도로 긴 속눈썹을 지니고 있지 않던가요?"

"잘 모르겠네요. 색이 짙은 안경을 끼고 있었거든요." 직원이 변명하듯 대답했다.

"제기랄!" 헤밍웨이의 입에서 욕설이 튀어나왔다.

잠시 후 두 사람이 건물을 나서는데 그가 불쑥 말을 꺼냈다. "그자입니다, 경정님. 무슨 꼼수를 썼는지는 몰라도 브라운이 귀띔해줬을 거예요. '신출귀몰하는 하이드'를 잡으면 분명 그레고리 매슈스를 죽인 범인도 잡을 수 있을 것 같습니다. 한번 생각해보세요. 우선……."

"고맙네, 벌써 생각해보고 있네. 존 하이드의 부고를 실은 장본인은 하이드 본인일 가능성이 가장 크지. 사라지고 싶었던 거라면 말일세. 그러기 위해서 유언장에 가상의 인물을 자신의 유언집행인으로 지명하는 게 가장 쉬운 방법이었을 거라는 짐작도 쉽게 할 수 있어. 하지만 자기 금고에서 서류를 가져가면서 왜 굳이 얼굴을 감추고 다른 사람 행세까지 했는지 도무지 모르겠단 말이야. 이 의문의 해답을 안다면 좀 가르쳐주게나!"

"음, 그건 제가 알 것 같습니다." 헤밍웨이가 싹싹한 태도로 말문을 열었다. "존 하이드의 부고는 귀중품 보관소 사람들에게 보여주기 위한 게 아니었습니다, 경정님. 그건 우리를 속이려는 눈가림용이었어요. 경찰이 존 하이드가 죽었다고 생각하기를 바란 겁니다. 하지만 그가 직접 보관소로 와서 자신의 서류를 챙긴 걸 우리 경찰이 알게 되었으니 이제 그의 계획대로 될 리 없죠. 안 그렇습니까? 머리가 비상한 자예요. 보관소 사람들에게 존 하이드의 인상착의를 묻자 선글라스에 대해서는 일언반구도 없지 않았습니까. 그걸 보면 선글라스는 개즈비 로에서만 쓰는 것 같아요. 그 사람들에게서 얻어낸 증언에 따르면 하이드는 중년 남자인데다 외모상 특이한 점이 없었죠.

자, 이 모든 정보를 종합해 저는 이런 결론을 얻었습니다. 경정님이 보관소를 떠올리실 때를 대비해 하이드는 자신의 금고에 보관된 물건을 인수한 사람이 자신이 아니라는 증거를 남기고 싶었을 겁니다. 보관소 직원들의 관찰력이 뛰어나 보이진 않지만, 아무리 그래도 존 하이드를 봤다면 분명히 알아봤을 겁니다. 그 경우를 대비해 안경을 쓰고 피부를 거무스름하게 칠한 후에 자신을 하이드의 형제라고 밝힌 겁니다. 간단하죠."

해너사이드는 한동안 말없이 인상을 구긴 채 경사와 나란히 발걸음을 옮기다, 마침내 입을 열었다. "자네 말이 맞을 걸세. 하지만 이제 어떻게 해야 할지 모르겠군. 이보게, 헤밍웨이. 가서 브라운을 만나봐. 겁을 좀 줘서 그날 랜들 매슈스가 무슨 용건으로 찾아왔는지 알아오게. 나는 랜들을 만나보지."

"브라운을 겁주는 거야 문제없지만, 랜들에겐 야생 코끼리 한 떼라도 몰고 가야 하지 않을까요? 게다가 그 사람이 하이드에게 무슨 볼일이 있는지 모르겠어요. 문제의 서류도 마찬가지고요. 두 가지를 다 알아내실 수는 없겠죠. 지금 우리가 하려는 일이 바로 그것 같지만요."

"이 사건이 수렁에 빠졌다는 말을 하고 싶은 거라면 나도 알고 있네." 해너사이드가 씁쓸하게 말했다.

"이 사건은 처음부터 내내 그랬습니다. 우리가 사건을 파헤칠수록 점점 더 수렁에 빠지는 게 문제죠. 말 그대로 아수라장이죠. 그러니까 제 말은요, 만약 우리가 쫓고 있는 사람이 하이드라면, 지금으로서는 이유를 알 수 없지만 랜들은 이 사건과 관계가 없는 겁니다. 만약 랜들이 살인자라면 이번에는 하이드가 사건에서 빠지게 되죠."

"둘 사이에 접점이 있어. 분명히 있을 걸세. 그게 뭔지 안다고 허세 부릴 생각은 없어. 하지만 반드시 밝혀낼 걸세." 해너사이드가 다짐하듯 말했다.

헤밍웨이가 코를 긁었다. "저는 그 접점이 안 보인다고 말하려던 참이었습니다. 우리의 친구 랜들이 삼촌을 죽였다면 동기는 빤하죠. 한편 하이드가 범인이라면 도무지 동기를 모르겠어요. 게다가 랜들이 쏠쏠한 유산을 물려받는데 그 동기가 어떤 식으로 작용을 했는지 모르겠어요. 도무지 말이 안 되지 않습니까, 경정님."

"나도 아네, 알아. 일단은 우리가 찾아낸 단서를 따라가는 수밖에 없지 않겠나. 랜들은 내가 하이드를 조사하지 않기를 바랐어. 그는 별것 아닐 거라는 둥 하이드에게 아무 관심도 없는 척했지. 그랬던 그가 브라운의 가게를 직접 찾아간 것도 모자라 한 시간 가까이 머물렀단 말이야."

"그렇습니다. 게다가 그의 지인 중에 캐벌리 클럽의 회원이 한두 명 있다고 해도 놀랄 일도 아니죠." 헤밍웨이가 맞장구를 쳤다.

"두말하면 잔소리지. 랜들 매슈스를 만나서 좀 흔들어봐야겠어." 해너사이드가 말했다.

"흔드는 건 랜들 아닐까요? 동물원 밖에서 본 인간들 가운데 꼬리 흔드는 방울뱀과 가장 흡사한 게 그자거든요." 헤밍웨이의 표정이 갑자기 어두워졌다.

이 말을 끝으로 두 사람은 헤어졌다. 경사는 버스를 잡아타고 뱅크[1]로 향했으며 해너사이드는 세인트제임스 스트리트

1 런던의 금융 중심가로, 영어에서 '은행'을 의미하는 뱅크(bank)는 이곳의 지명에서 유래했다고 한다.

에 가기 위해 서쪽으로 발걸음을 옮겼다.

다행히 랜들은 집에 있었다. 경정이 찾아왔을 때 그는 책상에서 편지를 쓰던 중이었다. 경정이 벤슨의 안내를 받아 방으로 들어가자 랜들은 책상에서 고개도 들지 않은 채 말했다.

"어서 오십쇼. 편하게 앉으시죠. 어느새 경정님과는 좋은 친구가 된 것 같은 기분이 드는데요. 소파 옆 탁자 위에 담배가 있습니다. 제가 편지를 다 쓸 때까지만 잠시 기다려주시겠습니까?"

"하시던 일부터 끝내시죠. 제 이야기에 집중하실 수 있도록 말입니다."

"그건 걱정하지 마시죠." 랜들은 글을 쓰는 손을 멈추지 않은 채 대답했다. 그는 마지막으로 서명을 하고 봉투에 편지지를 넣은 후 봉인했다. 그리고 전화의 수화기를 들어 다이얼을 돌렸다. 신호가 가는 동안에는 편지 봉투에 주소를 썼다. 주소를 다 쓴 후 신문을 들고 경마란을 펼치더니 통화를 했다. 마권 업자에게 레이스 세 건에 돈을 걸게 한 후 수화기를 내려놓고 일어섰다.

"오늘 일과 중 좀더 힘든 쪽 일을 끝냈으니 이제 경정님에게 온전히 시간을 할애할 수 있겠군요. 갈색 부츠의 미행을 중지시켜주셔서 감사합니다. 그렇게까지 저를 배려해주시다니. 그냥 그분께 검은 부츠만 줬어도 됐을 텐데요. 그 형사에게 개인적인 감정은 절대 없습니다. 인상이 좋은 친구더군요."

"그 말을 들으면 분명 좋아할 겁니다. 어쨌든 우리 형사 때문에 외출에 불편을 끼쳐 죄송합니다. 그럴 의도는 아니었습니다."

"물론 그러셨겠죠." 랜들이 서글서글하게 대답했다.

해너사이드는 그를 똑바로 바라보았다. "오늘 제가 찾아온 이유를 짐작하시겠습니까?"

"글쎄요. 전혀 짐작하지 못하겠군요. 개즈비 로의 구린 냄새가 나는 남자에게서 뭘 알아냈는지 궁금해서 오신 게 아니라면요."

해너사이드는 순간 랜들의 목을 졸라버리고 싶은 것을 꾹 참고 어느 때보다 담담한 목소리로 말했다. "맞습니다. 그걸 묻고 싶어서 왔습니다, 랜들 씨."

"맞혔네요. 하지만 안타깝게도 대단한 사실을 알아낸 건 아니었습니다." 랜들이 중얼거렸다.

그러자 해너사이드가 말했다. "제가 입수한 정보로는 당신이 브라운에게 하이드 씨의 서류가 보관된 장소를 브라운에게 물어봤다고 하던데요."

대담한 공격이었다. 그러나 랜들이 희미하게나마 불안한 기색을 드러내기를 노린 수였다면 완전히 실패였다. 랜들이 정중하게 되물었다. "경정님이 입수한 정보에 브라운의 대답도 있습니까?"

"들은 대로 전부 말해주시기 바랍니다, 랜들 씨. 현명하게 털어놓으시죠."

"경정님, 그렇게 은근슬쩍 협박을 하시면 안 되죠." 랜들이 가볍게 나무라는 투로 말했다. "그러지 않으셔도 됩니다. 하이드의 서류가 어디에 있는지 모르신다면 제가 알려드리죠. 설마 아직도 모르실까 싶지만요. 그 서류는 귀중품 보관소에 있습니다. 너무 시시하죠? 게다가 전 10파운드에 그 정보를 샀답니다."

"왜 우리에게 곧장 그 사실을 알리지 않았습니까?"

"제가 왜 그래야 하죠?" 랜들은 아무것도 모르는 표정을 하고 되물었다. "저 같은 사람이 알아낼 수 있다면 이 분야에 정통한 전문가들이신 여러분도 금방 알아내지 않겠습니까?"

해너사이드가 짜증을 냈다. "저희는 금품으로 정보를 사는 일이 금지되어 있으니까요!"

"아하, 꽤 성가시겠군요." 랜들이 고개를 끄덕였다.

"갑자기 하이드에게 관심을 가지게 된 이유가 뭡니까? 지난번에 만났을 때만 해도 그 사람에게 관심이 없다고 확실하게 말하지 않았습니까."

"경정님의 열의가 전염되었습니다." 랜들이 우아하게 절을 하며 대답했다.

"제 열의 말입니까? 하이드의 행방을 백방으로 수소문하는 나를 보고 갑자기 그 사람의 서류가 어디에 보관되어 있는지 궁금해졌다는 말입니까?"

"엄밀히 말하자면 딱히 서류가 궁금하지는 않았습니다. 다만, 저는 돌아가신 삼촌의 유언집행인으로서 삼촌의 재산을 정리할 의무가 있습니다. 하이드 씨도 남은 것들을 정리하고 싶어 하실 것 같았고요. 안 그렇겠습니까?"

"저도 그 생각에 동의한다는 걸 잘 아실 텐데요, 랜들 씨. 그런데 왜 지난번에는 협조를 거절했는지 도무지 모르겠군요."

랜들이 놀란 표정으로 경정을 바라보며 대답했다. "이런, 지난번 경정님은 존 하이드라는 사람을 아는지 물어보러 오셨던 걸로 기억하는데요. 그때는 그런 사람을 전혀 몰랐기에 솔직하게 대답해드렸습니다. 그날 협조해달라는 요청을 들은 기억은 없습니다만?"

"내가 하이드를 주목한다는 사실을 알지 않았습니까. 왜 제게 알리지 않고 브라운을 찾아갔습니까?"

"어제 제가 경정님에게 굳이 알리지 않고 이발하러 간 것과 똑같은 이유에서지요. 흐음, 제 해명은 굳이 필요 없지 않을까요? 어차피 개즈비 로를 감시하는 형사들이 그날 제가 왔더라고 보고했을 텐데요."

"그 형사는 당신이 무엇을 알아냈는지까지 보고할 수는 없었으니까요. 당신은 그 내용을 말해줄 생각이 없었죠. 이 상황을 제가 어떻게 받아들여야 할까요?"

"내키는 대로 하시죠. 하지만 이점만큼은 확실히 해야겠군요. 우선, 저는 정보를 수집하라고 경찰에게 고용된 사람이 아닙니다. 게다가 제가 경찰이든 누구든 자발적으로 도울 거라고 생각하셨다면 저를 잘못 보셔도 한참 잘못 보셨습니다."

그 말에 해너사이드가 딱딱한 말투로 말했다. "솔직히 말씀드리죠. 지금 당신이 취하는 태도는 스스로에게 전혀 도움이 안 됩니다. 당신만 알고 있는 어떤 이유 때문에 삼촌의 살해범이 드러나지 않기를 원한다는 의심만 점점 더 커지니까요."

감정이 잘 드러나는 랜들의 검은 눈썹이 위로 치켜올라갔다. "단순한 선입견에 빠지시면 안 되죠, 경정님. 지금 제가 귀중한 증거를 감췄다고 비난하시는 건가요? 브라운에게 하이드의 서류가 어디에 보관되어 있는지 실토하게 했느냐고 물어보셨을 때 제가 기꺼이 대답해드렸다는 사실을 상기해드려야 할까요?"

"네, 기꺼이 대답해주셨죠. 하지만 너무 늦어서 아무 소용도 없게 되지 않았습니까!" 해너사이드가 엄한 표정으로 대꾸했다.

“수수께끼 같은 말씀만 하시는군요.” 랜들이 한숨을 쉬며 말했다. “제가 상황을 이해하기를 바라신다면 좀더 이해하기 쉽게 말씀을 해주셔야죠.”

“오늘 아침 누군가 존 하이드의 금고 속 물품을 몽땅 빼돌렸다면 놀라시겠죠?” 해너사이드가 물었다.

랜들이 이마를 살짝 찌푸리며 대답했다. “글쎄요. 제가 놀라야 하는지 모르겠군요.” 그리고 잠시 생각을 하더니 이렇게 말했다. “그 사람이 경정님께서 자신을 주시하고 있다는 사실을 알아차렸나 보죠.”

해너사이드가 주머니에서 신문을 꺼내 랜들에게 건넸다.

“여기 실린 부고를 보세요.”

문제의 부고를 읽은 랜들이 차분하게 말했다. “이럴 수가! 이렇게 당황스러울 수가! 이게 사실입니까?”

“완전히 거짓으로 밝혀졌습니다. 하지만 이 부고를 근거로 어떤 자가 하이드의 형제를 사칭하며 그의 금고에 접근했고, 내용물을 가지고 사라졌지요.”

“경정님의 심기가 불편하신 것도 당연하군요. 이 사람을 추적하실 수는 없습니까? 그런데 보관소 직원은 금고를 어떻게 열었죠? 억지로 파손을 했습니까? 아니면 만능열쇠가 있었나요? 정말 기묘한 이야기로군요.” 랜들이 안됐다는 듯이 말했다.

"그럴 필요 없었습니다. 하이드의 형제를 사칭한 자가 열쇠를 가지고 있었거든요." 해너사이드가 의문을 해결해주었다.

랜들이 신문을 탁자에 내려놓았다. "열쇠를요? 그 이야기를 들으니 경정님이 관심을 보이실 만한 사실 한 조각이 퍼뜩 떠오르네요. 브라운 말로는 하이드가 열쇠를 시곗줄에 달고 다녔답니다."

두 사람은 잠시 말이 없었다. 해너사이드는 가만히 서서 짙은 눈썹 아래 자리 잡은 두 눈으로 랜들을 쏘아보았다. 마침내 그가 천천히 말문을 열었다. "그렇습니까?"

"네." 랜들은 담배를 물고 라이터를 찾아 주머니를 더듬으며 대답했다. 그러나 주머니에는 라이터가 없었다. 주위를 살펴보니 책상 위에 놓아둔 라이터가 보였다. 그는 책상으로 천천히 걸어가면서 다시 이야기를 시작했다. "이 부고에 대해 곰곰이 생각해보면, 물론 깊이 생각할 겨를이 없었지만요, 존 하이드가 정말 죽었거나 그의 형제를 사칭한 자가 실은 하이드겠군요." 그는 담배에 불을 붙이고는 라이터를 주머니에 넣었다. 그러고는 생각에 잠긴 목소리로 말을 이었다. "아니면 달리 생각해볼 수도 있겠죠."

"예를 들면 어떻게 말입니까?" 해너사이드가 관심을 보였다.

랜들이 날씬한 콧구멍으로 연기 두 줄기를 내뿜으며 대답했다. “이를테면, 하이드가 미지의 인물에게 열쇠를 도둑맞았거나 살해당했을 수도 있지 않을까요? 제가 경정님이라면 신원 불명인 시신을 찾아보겠습니다. 그쪽으로 소득이 없다면 부고를 실은 사람이 누구인지 알아내는 방법도 있죠.”

“그렇게 할 겁니다.” 해너사이드는 간단히 대답하더니 느닷없이 질문을 던졌다. “캐벌리 클럽에 가신 적이 있습니까?”

“자주 가죠. 그건 왜 물으십니까?” 랜들이 대답했다.

“최근에도 가셨습니까?”

“네, 이틀 전에 그곳에서 점심을 먹었습니다.” 랜들은 조금도 주저하는 기색 없이 시원시원하게 대답했다. “그건 왜 물으시죠?”

“아무것도 아닙니다. 그 클럽의 종이에 편지를 쓰기도 하십니까?”

“그럴 리가요.” 랜들이 오만한 태도로 대답했다. “저는 그 클럽의 회원이 아닙니다. 제게서 듣고 싶으신 시시한 이야기들이 또 있으실까요?”

“듣고 싶은 이야기야 잔뜩 있죠, 랜들 씨. 하지만 오늘은 더 이상 귀찮게 하지 않겠습니다.” 그는 신문을 집어 들어 다시 주머니에 넣었다.

그 모습을 보며 랜들이 희미하게 미소를 지었다. “경정님은 행방불명인 하이드나 실종된 서류, 아니면 두 사건 모두를 저와 연결 짓고 계시죠? 제가 모르는 경정님만의 근거를 가지고요. 이곳을 수색하실 겁니까?"

한 방 먹은 해너사이드는 이내 정신을 차리고 대답했다. "아닙니다, 랜들 씨. 그럴 생각은 없습니다. 이 집에 대한 수색 영장도 없거니와 수색을 해도 뭔가 나올 것 같지 않군요. 안녕히 계십시오."

랜들은 경정에게 방문을 열어주곤, 곧장 홀로 따라 나가 인사를 했다. "안녕히 가십시오, 경정님." 그는 현관 자물쇠에 손을 얹고는 이렇게 덧붙였다. "우리 사이에는 오르브와[1]라고 하는 게 더 적당할까요? 근처에 오실 일이 있으면 언제든지 들러주세요. 경정님이라면 언제나 환영입니다."

"정말 친절하시군요. 그럼 이만."

해너사이드가 집을 나서는데 계단을 올라온 스텔라 매슈스가 막 층계참을 지나고 있었다.

"이게 누구야? 사랑하는 사촌 동생 스텔라잖아! 네 발로 여기까지 찾아오다니 이게 꿈이야 생시야? 혹시 집을 잘못 찾아온 거니?" 랜들의 목소리에서 놀란 기색이 역력했다.

스텔라는 해너사이드에게 웅얼거리듯 재빨리 인사를 건넨 후 경정이 구부러진 계단을 돌아 내려가 모습이 보이지 않게

1 '다시 만나자'는 뜻의 프랑스어 인사말.

될 때까지 잠시 기다렸다.

"잘못 온 게 아니야. 용건이 있어서 오빠를 만나러 왔어. 캐링턴 씨를 만나러 사무실로 갔는데 마침 외출중이더라. 그렇다면 오빠를 만나서 이야기해보자 싶어서 왔어." 그녀는 비둘기 색으로 치장한 홀로 들어서더니 마음에 들지 않는다는 눈빛으로 주위를 둘러보았다. "방을 희한하게 꾸몄네! 가이 오빠가 솜씨를 발휘한 것 같아."

"뭐라고!" 랜들의 목소리에서 실망한 기색이 역력했다. "무식하기는. 너는 안목이라는 것도 없니?"

"나는 과시하는 걸 좋아하지 않아. 이런 방을 보고 '과하게 잘난 체한다'고 하지."

"그럼 지금 네가 쓰고 있는 모자를 보고 내가 뭐라고 할 것 같아?" 랜들이 달콤한 목소리로 말했다.

"오늘 내 차림새가 별로라는 건 나도 알아. 그러니 입 아프게 떠들지 않아도 돼." 스텔라는 선선하게 지적을 받아들이더니 이렇게 물었다. "잠시 이야기하고 싶은데 어디로 갈까?"

"이쪽으로 와." 랜들이 도서실로 사촌을 안내하며 말했다. "이 방은 어때? 네 감상을 솔직하게 들려줘. 물론 네 의견 따위 전혀 중요하지 않아. 그렇지만 네가 솔직하게 털어놓지 못하는 건 내가 싫거든."

"나쁘지 않아. 장식이 과한 것 같지만 그건 오빠 사정이고.” 그녀는 벽난로로 다가가 벽난로 선반을 장식하고 있는 청동상을 유심히 살펴보더니 머뭇머뭇 이야기를 꺼냈다. “있잖아. 별안간 내가 왜 왔는지 궁금할 거야.”

“전혀. 부탁이 있으니까 왔겠지. 나는 착각은 하지 않아.” 랜들이 손가락을 벨에 올려놓으며 대답했다.

“아니야, 그런 게 아니야. 정확히 말하면 말이야. 일단 설명부터 할게.”

“그러면 그전에 모자 벗고 화장부터 고쳐.”

“모자는 안 벗을 거야. 어차피 금방 갈 거니까.”

“금방 가건 한 시간을 머물다 가건 진저리 나게 흉한 모자를 보고 싶지 않구나. 내가 와달라고 해서 온 거 아니잖아. 그러니까 봐줄 만하게 꾸밀 생각이 없다면 그만 떠나줘.” 랜들이 쌀쌀맞게 말했다.

스텔라는 순간 발끈했지만 못생긴 모자를 벗어서 옆으로 휙 날렸다. “좋아, 그러지 뭐. 밉살스러운 짓을 할 기회는 절대 놓치지 않는구나?”

“네 기대에 맞춰서 행동하려고 애쓰는 것일 뿐이야, 사랑스런 사촌.” 랜들이 이렇게 맞받아치는데 벤슨이 들어왔다. 그는 몸을 돌려 벤슨을 보고 지시했다. “셰리주를 가져다줘. 너는 칵테일?”

“고맙지만 나는 괜찮아.”

“셰리주, 벤슨. 그리고 스텔라 양의 식사도 준비해줘.”

“오, 나는 점심을 먹으러 온 게 아니야!” 스텔라가 다급히 랜들을 만류했다.

“스텔라 양의 점심도 준비하도록.” 랜들이 다시 한번 지시했다. 그는 담배 상자를 들고 스텔라에게 권했다. “내가 하자는 건 다 거절해야 직성이 풀리는 거니? 아니면 내가 독이라도 탔을까 봐?”

“그만해!” 스텔라가 발끈했다. “그 이야기라면 이제 신물이 나니까! 괜히 왔어.”

“왜 온 거야?” 랜들이 물었다.

스텔라는 갑자기 허를 찔린 듯 보였다. 그러더니 우물쭈물하며 말문을 열었다. “그게 그러니까, 오빠든 캐링턴 씨든 일단은 만나야 했거든. 삼촌이 내게 남긴 돈 때문에 말이야.”

“굶어 죽어도 안 쓴다던 그 돈? 내가 뭘 어떻게 해줄까? 집 없는 고양이들의 집이라도 만들까?”

“그런 게 아니야. 내가 무슨 말을 했는지 나도 기억해. 지금은 마음을 바꿨어.”

“스물다섯 살이 될 때까지 다시 마음을 바꿀 시간은 충분해.”

“그렇지. 그게 문제야. 난…….” 그때 벤슨이 셰리주를 가지고 들어오는 바람에 스텔라는 잠시 입을 다물었다. 집사가 탁자에 쟁반을 내려놓고 나가자 그녀는 핸드백을 꼭 쥐더니 다시 말을 이었다. "내가 알고 싶은 건 이거야. 만약 내가, 내가 데릭 필딩과 결혼을 하지 않겠다는 서류에 서명을 하면 그 돈을 지금 받을 수 있어?"

술을 따르던 랜들이 그대로 굳은 채 고개를 들었다.

"남자 친구와 싸웠다는 말을 하려고 온 건 아니지?"

"아니야. 싸움 같은 건 하지 않았어. 그 사람과 결혼하지 않기로 했을 뿐이야. 그게 다야." 스텔라가 짤막하게 말했다.

랜들이 술을 마저 따르며 말했다. "내가 이유를 묻지 않기를 바라겠지? 하지만 인생에서 원하는 걸 전부 가질 수는 없단다. 어쩌다 그런 중요한 결정을 내리게 된 거야?"

"이유야 많지. 정신을 차리고 보니 내가 그 사람을 그다지 사랑하지 않더라. 그게 첫 번째 이유야."

"한편으로는 그 사람이 너를 사랑하지 않는다는 사실을 깨달았고."

"정확해." 스텔라는 감정을 억제하며 대답했다. "그 사람은 내가 유산을 듬뿍 받을 줄 알았어. 그런데 뚜껑을 열어보니 기대와 달랐고, 그대로 마음이 식어버린 거야. 마음껏 비웃어. 나는 아무렇지도 않으니까. 솔직히 내가 생각해도 웃겨. 딱히 마음이 아프지도 않고."

"마음 아플 이유가 없잖아. 혹시 내가 동정이라도 해주기를 바라는 거야?" 랜들이 그녀에게 술잔을 건네며 물었다.

"그럴 리가. 나는 데릭의 이야기를 하려고 여기 온 게 아니야. 약혼이 깨졌으니, 이럴 경우 삼촌의 유산을 받을 수 있는지 물어보러 왔을 뿐이야."

"네가 스물다섯 살이 되면 받을 거야. 확실하게."

"문제는 내가 그 돈을 지금 받고 싶다는 거야." 스텔라가 다시 말했다.

"갑자기 왜 돈이 필요한데?"

"왜냐하면 내겐 돈이 한 푼도 없는데, 독립해서 학교 동기인 여자애랑 작은 플랫에서 지내면서 할 수 있는 일을 찾아보고 싶으니까. 속기든 뭐든 일단 기술부터 배워야 할 것 같아. 어떻게든 돈을 벌지 않으면 당장 먹고살 길이 막막해. 엄마는 내 용돈을 늘려줄 여유가 없대. 물론 독립하겠다는 내 계획도 반대하시고. 그러니 그 돈이 아니면 나는 무일푼이야. 유언장에 따라 내가 스물다섯 살이 되어야 돈을 받을 수 있다는 건 잘 알아. 하지만 내가 데릭과 결혼을 하지 않겠다는 서약서에 서명을 하고 오빠랑 캐링턴 씨가 동의를 하면 어떻게든 돈을 받을 수 있는 거 아니야? 유언집행인 두 사람이 동의를 한다면 말이야."

"내가 알기로는 그렇게 할 수 없어. 게다가 내가 절대 동의하지 않을 테니 일고의 가치도 없고."

“도대체 왜? 내가 서약을 하면 무슨 차이가 생겨? 돈을 흥청망청 써버리겠다는 게 아니야. 나는 그 돈에서 나오는 소득이 필요해.”

“너는 그 돈을 받을 수 없어, 사촌.”

스텔라는 잔을 내려놓고 벌떡 일어섰다. “눈물 나게 고맙네! 여기에 오다니 내가 멍청했지. 오빠가 마음만 먹으면 얼마든지 산통을 깰 수 있다는 걸 모르는 것도 아니면서. 그래도 오빠가 물려받은 걸 생각하면 빌어먹을 2천 파운드 정도는 받게 해줄 줄 알았더니!”

“스텔라, 아직 유언장을 공증하기 전이라 나도 한 푼도 못 받았어. 너도 마찬가지고. 그리고 공증이 끝나면 제일 먼저 눈에 들어오는 자선단체에 유산을 몽땅 넘길 거야.”

스텔라는 너무 놀라서 아무 말도 못한 채 그를 빤히 바라보기만 했다. 마침내 그녀가 입을 열었다. “미쳤군! 내 귀를 믿을 수가 없어.”

랜들이 웃음을 터뜨렸다. “나도 네가 순순히 믿을 거라고 생각하지 않아.”

“도대체 왜 그러겠다는 거야? 속셈이 뭐야?”

그는 어깨를 으쓱하며 대답했다. “음, 나는 유산이 없어도 돈은 충분해. 소박하게 살 정도는 가지고 있다고 할 수 있지.”

“미쳤거나 다른 꿍꿍이가 있겠지. 그 많은 재산을 모두 남들에게 줘버리겠다니, 그런 이야기를 누가 들어보기나 했겠어?" 스텔라가 자신의 생각이 절대 틀릴 리 없다는 투로 말했다.

"그렇지? 내가 생각해도 너무 독창적이라 저지르는 보람이 있어." 랜들이 맞장구를 치며 약을 올렸다. "셰리주 더 마실래?"

스텔라는 고개를 가로저었다. "고맙지만 사양할래. 그리고 아무리 오빠라고 해도 욱해서 그런 짓을 하면 안 돼. 그런다고 오빠가 돈에 쪼들려서 삼촌을 죽였다는 말이 더이상 안 나올 것 같아?"

"사람들이 그런 말을 해? 화목한 우리 가족이나 그런 가설을 진지하게 생각하는 줄 알았는데. 그리고 나는 돈이 궁하지 않아."

그러자 스텔라가 잽싸게 공격했다. "나는 오빠가 삼촌의 죽음에 대해 우리가 모르는 뭔가를 알고 있다고 확신해."

"그런 애매한 표현으로 내가 삼촌의 죽음에 관계되었을 거라는 말을 하고 싶은 거라면 확실히 말해주마. 내가 삼촌을 마지막으로 만난 날은 5월 12일 일요일이었어."

"그건 나도 알아. 그리고 그런 뜻으로 한 말도 아니야. 오빠가 무슨 수로 삼촌을 죽였는지 짐작도 못 하겠고. 경정은 어떻게 생각하고 있어?"

"그분도 내가 범인이라면 삼촌을 어떻게 죽였을지 아직 밝혀내지 못했어. 아마도 그 탓에 몹시 속이 상해 있을 거야."

"오빠, 경찰이 범인을 잡을 수 있을까?"

"그걸 왜 나한테 물어?" 랜들이 되물었다.

"오빠는 뭔가를 알고 있으니까. 아니라고 잡아떼봐야 소용없어. 오빠가 어떻게 삼촌을 죽였는지는 모르겠어. 하지만 어떤 사실이든 단서든, 남이 알지 못했으면 하는 뭔가를 숨기고 있는 건 틀림없어. 난 그날 오빠가 삼촌 방에서 나오는 걸 봤어. 기억이 생생해. 오빠는 삼촌 방에서 뭔가를 찾고 있었던 거야."

"하지만 못 찾았지." 랜들이 눈 하나 깜짝하지 않고 대답했다.

"그게 뭐였는데?" 스텔라가 물었다.

"몰라."

"모른다고?"

"아직은 몰라. 나는 독약이 들었을 만한 물건을 찾고 있었어. 덧없는 희망이었다는 점은 인정해."

"오빠가 하는 말을 모두 믿지는 않아." 스텔라가 말했다.

"그런 말을 들어도 새삼스럽지 않네. 우리 다른 이야기 하면 안 될까? 삼촌의 죽음에 대해 겉도는 이야기를 끝도 없이 하려니 슬슬 지겹다." 랜들이 미동도 없이 대꾸했다.

"럼볼드 씨는 증거가 부족해서 수사가 흐지부지될 거랬어."

"그분 말씀이 맞을 거야. 럼볼드 씨께서는 시련의 시간을 맞이해 비탄에 빠진 내 고모와 숙모를 여전히 지탱해주고 계시니?"

"그분 덕에 엄마와 고모가 가까스로 마음을 가라앉히고 있지. 그렇지만 그렇게 비꼴 필요는 없잖아. 우리 모두에게 누구보다 점잖고 예의 바르게 대해주시는데." 스텔라가 미소를 지으며 말했다.

"난 그분을 마음 깊은 곳에서부터 존경하고 있어."

"그 말은 존경하지 않는다는 뜻이네."

"왜 너는 항상 내 말을 나 자신도 짐작하지 못하는 방향으로 받아들이는 거니?" 랜들이 지겹다는 듯 말했다.

"오빠가 누군가를 좋게 말하면 사실 그 반대 의미니까."

"내 가족이나 지능이 정상 이하인 사람들한테나 그렇지. 나도 똑똑한 사람을 만나면 존경심 정도는 품어."

"정말 고마워! 그렇담 오빠는 나를 멍청이 그룹으로 분류했겠네?" 스텔라가 장난스럽게 말했다.

"오, 그럴 리가. 나는 네가 생각을 하고 말하는 모습을 몇 번이나 봤어. 두뇌 회전이 빠르다고 짐작할 만한 행동도 종종 봤지. 네가 십 대였을 때만 해도 구제불능이라고 생각했어, 그건 인정해. 하지만 이만하면 잘 자랐어."

"그런 말을 들으니 정말 기쁘네. 오빠가 나의 성장에 그렇게 관심이 많았어? 아하, 알겠다. 작년에 오빠가 포플러스 저택을 뻔질나게 찾은 건 나를 만나기 위해서였구나."

"그럼 설마 네 엄마를 만나러 갔겠니?"

스텔라가 그에게 눈을 찡긋하며 대꾸했다. "난 또 삼촌을 만나러 온 줄 알았지!"

"맙소사!" 랜들은 이렇게 말하며 그녀의 팔꿈치 위쪽을 잡아 문 쪽으로 뱅그르르 돌려세웠다. "오늘은 네 머리가 잘 돌아가는 날이 아닌가 보다. 점심이나 먹자."

11

스텔라는 차를 몰고 그린리히스의 저택으로 향하는 내내 랜들에게서 들은 놀라운 이야기를 곱씹었다. 그때는 놀랍기도 해도 반신반의한 탓에 선뜻 그에게 마음을 열지 못했다. 그래서인지 랜들도 그 주제를 더이상 꺼내지 않았다. 대신 그녀를 식당으로 데려가 뉴버그 소스[1]를 얹은 로브스터 요리와 훌륭한 샤블리 와인으로 그녀의 입을 즐겁게 해주었다. 삼촌이 죽은 후로 한 번도 외식을 하지 못했던 스텔라는 솔직히 그 시간이 즐거웠다. 덕분에 커피가 나올 때까지 가족을 둘러싼 골치 아픈 문제를 잊을 수 있었다.

하지만 그때 우연히 랜들이 한 말 때문에 다시 가족의 일이 떠올랐고, 그녀의 얼굴은 구름이 낀 듯 어두워졌다. 그녀는 가족이 살해되다니, 그 일로 남은 사람들 머리 위로 시커먼 구름이 내려앉는 것 같아 너무 끔찍하다며 한숨을 푹 내쉬었다.

1 달걀노른자와 버터, 브랜디로 만든 크림소스.

"모두가 서로를 의심해. 삼촌이 모두에게 못되게 군 건 맞지만, 어떻게 보면 삼촌이 돌아가시는 바람에 우리가 더 힘든 일을 겪고 있어. 그러니까 이런 식으로 말이야. 나를 봐. 삼촌은 생전에 나와 데릭의 결혼을 절대 허락하지 않으셨어. 그 일로 무척 힘들었지. 하지만 삼촌이 돌아가시고 우리는 결혼을 할 수 있게 되었지만 다시 생각하지도 못한 방향으로 일이 꼬여버렸잖아."

"제발 부탁인데 자기 연민 같은 구질구질한 기분에 빠지지 마. 너는 이렇게 매력적인 말동무와 근사한 점심을 먹었고, 덕분에 헤어진 남자 친구는 까맣게 잊어버렸잖아. 헤어졌다고 마음이 아픈 것도 아니고. 그러니 내 입에서 동정하는 말을 끌어내려고 애써봐야 소용없어. 네가 눈곱만큼도 불쌍하지 않으니까."

"대접을 받은 건 사실이니 지금 하고 싶은 말은 마음에만 담아둘게." 스텔라가 고상하게 말했다.

"그러지 마, 스텔라. 나도 포플러스 저택에서 아주 조금 얻어먹은 게 있지만, 그것 때문에 내 혀가 망설인 적은 지금까지 단 한 번도 없으니까."

스텔라는 랜들이 커피를 내리는 모습을 지켜보며 말했다. "음, 혹시나 궁금할까 봐 하는 말인데 나는 자기 연민 따위에 빠진 게 아냐. 진심으로 의지할 수 있으리라 믿었던 사람이 실은 변변찮았다는 사실을 깨닫고 충격을 받긴 했지만."

랜들이 커피를 내리는데 쓴 알코올램프를 치우더니 잠시 스텔라에게로 시선을 돌려 물끄러미 바라보았다.

"여자라면 사족을 못 쓰는 작자가 이런 시련에서 든든한 버팀목이 되어줄 거라고 진심으로 믿었어? 여자들은 어쩌면 이렇게 사람을 잘 믿는지!"

"그린리히스는 지금 의지할 사람이 없어서 힘들어. 헨리 고모부는 아무 도움이 안 되고, 가이 오빠는 아직 한 사람 몫을 해낼 정도가 아니야. 음, 사실 가족을 이끌 재목이 아니지. 럼볼드 씨는 좋은 분이지만 가족이 아니고. 오언 형부는 모든 상황이 불길하다면서 관계되는 것조차 꺼려해."

"그리고 풀숲에 숨은 한 마리 뱀 같은 랜들은 걸핏하면 너희를 비웃기만 하지." 랜들이 갓 내린 커피를 휘휘 저으며 말했다.

스텔라는 살짝 놀란 표정을 지었다. "아차, 오빠도 있지. 오빠 생각은 미처 못 했네."

"너의 소소한 실수가 하나 더 늘었구나. 이제 내 생각도 좀 해. 비탄에 잠긴 우리 집안의 가장은 이제부터 나니까."

"그게 무슨 상관이야?"

"오, 상관이 많지. 집안의 가장으로 충고하는데, 이 상황을 어떻게든 견뎌봐." 랜들이 말했다.

“마음씨도 고우셔라! 그 말을 들으니 정말 힘이 되네. 이제 오빠가 가장이니까 경찰이 우리 중 누구를 체포하려고 하면 둥둥 떠다니는 요정 대모처럼 이 사건을 말끔하게 정리해줄 거지?”

“체포당하는 사람이 거트루드 고모만 아니면.” 랜들은 이렇게 대꾸하며 커피를 따르고 스텔라에게 잔을 건넸다. “네가 잡혀가면 내가 해결해줄게.”

“범인으로 출두해줘.” 스텔라가 비꼬듯 말했다.

“어쩌면 그럴지도. 하지만 걱정 마. 그럴 필요는 없을 테니. 이 시시껄렁한 살인 사건은 절대 해결되지 않을 거야.”

“나는 해결되었으면 좋겠어!” 스텔라가 말했다.

“그렇겠지. 하지만 나는 아니야.”

랜들은 이 이야기는 더이상 하지 않겠다며 대화를 다른 쪽으로 틀어버렸다. 스텔라는 2시 직후에 그의 집에서 나왔다. 그리고 집으로 운전하는 내내 그의 말을 떠올렸다.

그녀는 무슨 일로 런던에 다녀왔는지 포플러스 저택의 누구에게도 말하지 않았지만 쓸데없는 호기심이 많은 해리엇이 꼬치꼬치 캐물었다. 스텔라는 눈 하나 깜짝하지 않고 학교 친구와 점심을 먹었다고 둘러댔다. 해리엇은 코를 훌쩍이며 삼촌의 장례식 다음 날 런던에 놀러가는 일은 삼가야 했다고 투덜거렸다.

그날 저녁 시간은 거트루드 덕분에 시끌벅적했다. 그녀는 남편이 런던에서 늦게 귀가하니 포플러스 저택에서 저녁을 먹겠다고 연락을 하더니 7시 45분에 검은색 실크 원피스를 사락거리며 나타났다. 그녀는 자신의 앞에 음식이 놓일 때마다 흠을 잡았다. 사실 그럴 만도 했는데, 그레고리의 호통으로부터 해방된 해리엇이 무자비할 정도로 허리띠를 졸라매기 시작했기 때문이었다.

"해리엇, 내 말 잘 들어. 진한 소스 맛으로 내 입을 속이려고 했다면 잘못 판단했어. 이 생선은 고작 대구잖아."

그러자 조이가 한숨을 쉬며 추억에 잠긴 듯한 목소리로 말했다. "돌아가신 아주버님이 얼마나 음식에 까다로우셨는지 떠오를 때면……."

"죽은 그레고리의 입맛을 추억할 시간이 있으면 자네 몫의 살림이나 똑바로 하게, 조이. 해리엇은 제대로 된 음식을 주문하는 법을 전혀 모르니까." 거트루드가 말을 뚝 자르며 한마디 했다.

조이는 비루한 건강 상태 탓에 그렇게 고된 일을 감당하기 힘들다고 푸념을 늘어놓았고, 해리엇은 살림의 권한을 절대 조이에게 넘기지 않을 거라고 큰소리를 치고 있는데 다음 코스인 양 다리 고기가 나왔다. 거트루드 렙턴은 단박에 외국산 고기라는 사실을 알아차렸다. 단 후식을 먹을 때는 음식 품평이 쑥 들어갔다. 하지만 세이버리[1]로 나온 정어리 카나페는 심한 원성을 샀다. 거트루드 럽턴은 한 입 먹은 후 접시를 옆으로 밀어놓고 싸구려 브랜드의 정어리를 사는 것은 절약이 아니라고 지적했다. 해리엇은 가족이 전부 옆으로 밀어놓은 정어리 카나페를 와작와작 먹더니 아무 문제도 없다고 큰소리를 쳤다.

저녁을 먹은 후 응접실에는 중년 부인 세 명이 자리를 잡고 앉아 일종의 게릴라전을 펼쳤다. 결국 가이는 도서실로 피신했고, 스텔라는 자동차를 팔면 포플러스 저택을 떠나 독립할 수 있을지 이런저런 생각을 하며 일찌감치 방으로 올라갔다.

다음 날 아침, 가이는 삼촌이 죽은 이후 그 어느 때보다 유쾌해 보였다. 월요일부터 다시 출근을 할 거라는 오빠의 말에 스텔라는 묵은 체증이 쑥 내려가는 것 같았다.

"더이상 아무 일도 일어나지 않을 게 분명하잖아. 수사는 결국 흐지부지될 거야." 가이가 말했다.

"나는 경찰이 뭘 하는지 모르겠어. 불쑥 찾아오는 건 그만둔 모양이지만, 경찰이 수사를 포기했을 것 같지는 않지?"

"그렇다 해도 놀랍지 않아. 그 사람들을 탓할 순 없지."

1 영국의 만찬 코스에서 단 후식 다음에, 마지막으로 제공되는 짭짤한 음식.

"아무래도 우리가 이 사건에서 완전히 벗어난 것 같지 않아. 어딘지 석연치 않은 구석이 있어. 랜들이 뭔가 알고 있어."

"알다니, 뭘?" 가이가 읽고 있던 신문에서 재빨리 시선을 떼며 물었다.

"딱 잡아떼더라. 그런데……." 스텔라는 잠시 말을 끊었다가 다시 이었다. "경찰이 랜들을 주시하는 것 같아."

"네가 그걸 어떻게 알아? 누가 말해줬어?"

"누구한테 들은 게 아니야. 그냥 알아." 홀을 걸어오는 고모의 발소리가 들리자 스텔라는 더 자세한 질문을 하려고 입술을 벌리는 가이의 입을 눈짓으로 막았다. "지금은 안 돼. 고모가 오고 있어."

해리엇이 투덜거리며 들어왔다. 누군가 욕실을 쓰고 창문을 열어두는 걸 깜박하는 바람에 냄새가 빠지지 않았다는 것이다.

"죄송해요. 아마 제 새 목욕 소금 냄새일 거예요." 스텔라가 얼른 말했다.

"너는 절대 가난한 사람하고 결혼하면 안 되겠구나. 너라면 외모를 가꾸는 데 용돈을 흥청망청 쓰는 것보다 더 나은 일을 찾아낼 줄 알았는데. 내가 틀렸어. 어차피 내 말을 귀담아듣는 사람이 있을 거라 기대도 하지 않았지만."

"자몽 드실래요?" 아침이 차려진 작은 테이블 앞에 먼저 앉아 있던 스텔라가 물었다.

"토스트 몇 장하고 차 한 잔이면 돼. 오늘 아침은 영 몸이 좋지 않구나. 요즘 내가 겪은 일들을 생각하면 놀랄 일도 아니지. 거기다 가이는 매일 집에서 점심을 먹었지. 그것 가지고 잔소리하는 게 아니라 그러면 내 일이 많아진다는 뜻이야. 거트루드는 왜 여기 와서 내가 준비한 음식에 불평이나 늘어놓는지 모르겠……"

해리엇이 불평을 늘어놓기 시작하자 가이가 재빨리 말을 끊었다. "어제 드신 정어리 카나페 때문에 탈이 나셨는지도 몰라요."

해리엇은 가이의 고약한 말에 어찌나 분통이 터졌는지 말이 나오지 않아 그저 노려볼 수밖에 없었다. 그러더니 자신의 속이 좋지 않은 게 정어리와 아무 관계도 없다는 걸 보여줄 심산으로 자리에서 벌떡 일어나 베이컨 한 장을 가져와 꾸역꾸역 먹었다. 그녀가 베이컨을 먹는 동안 주위는 섬뜩할 정도로 조용했다.

그 상황에서 베이컨은 좋은 선택이 아니었던 듯했다. 삼십 분 후, 2층으로 올라가던 스텔라는 빈 약병을 들고 두 손 두 발 다 들었다는 표정으로 해리엇의 방에서 나오고 있는 라일락색 실내복 차림의 조이와 딱 마주쳤다.

"엄마! 고모 상태가 더 나빠졌어요?" 스텔라가 물었다.

원래 조이는 이 집에서 아파도 되는 권리는 자신의 특권이라고 여겼기 때문에 이렇게 대답했다. "더 나빠지다니 그게 무슨 말이니? 속이 메스꺼운 것뿐인데."

"고모가 아침에도 속이 안 좋다고 하셨거든요. 가이 오빠가 어제저녁에 먹은 정어리 탓인지도 모른다고 했어요. 속에 받지 않았다고요. 약을 드렸어요?"

"마틴 선생이 내게 처방해준 용한 약을 줬어. 약을 먹을 정도는 아닌 것 같지만 네 고모는 조금만 어디가 안 좋아도 호들갑을 떠는 사람이잖니. 가끔은 네 고모가 나처럼 병약했다면 평소에 어떻게 굴었을지 궁금하다니까. 하여간 침대에 뜨거운 물병을 넣어줬단다. 이왕 아플 거라면 다른 날 아프면 얼마나 좋아. 지난주에 어찌나 정신적으로 힘들고 긴장을 많이 했던지 나도 간신히 버티고 있는데. 얘, 마침 엄마도 상태가 좋지 않으니 나 대신 네가 장을 봐줘야겠다. 오늘 도저히 그 일까지 할 상태가 아니야."

"알았어요. 그러면 제가 비처 부인에게 가서 이야기할까요?" 스텔라가 고분고분하게 말했다.

"그래, 그래주렴. 그리고 스텔라! 비처 부인에게 오늘 점심은 가볍게 준비해달라고 전해. 서대기 요리 정도면 충분할 거야. 디저트는 수플레로 내고."

스텔라가 씩 웃으며 말했다. "해리엇 고모가 오늘 점심으로 차가운 양고기를 내라고 말해뒀을 텐데요."

"그래. 하지만 네 고모가 속이 안 좋으니 고기는 잠시 멀리하는 편이 현명하지 않겠니." 조이는 오로지 도와주고 싶은 마음뿐이라는 듯한 표정이었다.

스텔라는 짐짓 엄숙한 태도로 맞장구를 쳤다. "물론이죠. 들고 계신 빈 병은 제가 가지고 내려갈까요?"

"괜찮다, 이건 내 거야. 내가 직접 씻는 게 마음 편해. 비처 부인에게 네 고모가 아파서 누워 있으니 괜히 방해하지 말라고 전해주렴. 그리고 저녁으로는 닭고기를 내달라고 하고. 소화가 아주 잘되는 걸로 말이야."

"고모가 알면 기절하실 거예요." 스텔라가 말했다.

주방에 있던 비처 부인은 스텔라를 보며 환하게 미소를 지었다. 그녀는 해리엇이 아프다는 말에 혀를 끌끌 차더니 그럴 줄 알았다며 이렇게 말했다.

"어제저녁에 나간 음식들이 형편없었어요. 생선만 해도 그래요. 그걸 내면서 얼마나 낯이 화끈거리던지! 이걸 보시면 주인어른이 무덤에서 돌아누울 거라고 남편에게 말할 정도였지 뭐예요. 오늘은 스텔라 아가씨가 음식을 지시하실 건가요? 언젠가 직접 살림을 하게 될 때를 대비해서 연습을 해두면 좋을 거예요, 그렇죠?"

요리사의 기습적인 질문에서 스텔라와 필딩과 조만간 결

혼을 할 건지 떠보려는 속셈이 빤히 보였다. 그녀는 미소를 지으며 맞장구를 치면서 대화의 주제를 닭 요리로 바꿨다. 잠시 후, 스텔라는 차를 몰고 엄마 대신 물건을 사러 갔다가 정오가 거의 다 되어서 돌아왔다. 집에 들어서자 엄마가 방에서 나와 곧장 아래층으로 내려오는 중이었다. 스텔라가 물었다.

"고모는 좀 어때요?"

"지금 자고 있어. 조금 전에 살짝 들여다봤는데 깊이 잠든 것 같아서 깨우지 않았단다." 조이가 대답했다.

그날 해리엇은 점심을 먹으러 내려오지 않았다. 조이는 해리엇이 누워 있는 시간이 한 시간씩 늘어날 때마다 한숨을 푹푹 쉬며 순교자라도 된 것처럼 굴더니 스텔라에게 고모에게 가서 일어날 건지 아니면 방에서 점심을 먹을 건지 알아보라고 했다. "형님도 참. 자기 일을 죄다 내 어깨에 내려놓지 않아도 지금 충분히 힘든데, 하필 이런 때 앓아 눕다니 너무 하잖아."

스텔라가 자기 엄마가 어떤 논리를 펼칠지 너무나 잘 알기 때문에 그날 아침 해리엇 고모가 할 일을 떠맡은 사람은 자신이라는 말을 입 아프게 떠들지 않기로 했다. 대신 잠자코 오빠에게 눈을 찡긋한 후 고모의 방으로 발걸음을 떼기 시작했다.

스텔라는 고모의 방을 조용히 두드렸지만 아무 소리도 들리지 않았다. 그래서 잠시 기다렸다가 손잡이를 살며시 돌려 문을 열고 안으로 들어갔다.

커튼이 드리워져 햇빛을 가린 탓에 방 안이 어슴푸레했다. 해리엇은 눈을 감은 채 모로 누워서 미동도 하지 않았다. 스텔라는 고모를 깨울지 말지 마음을 정하지 못한 채 침대로 다가갔다. 고모를 가까이서 보자마자 아파 보인다는 생각부터 들었다. 그래서 몸을 숙이고, 침대에 축 늘어져 누워 있는 고모의 몸에 한 손을 조심스럽게 올렸다.

예상과 달리 고모의 몸은 열이 나거나 뜨겁지 않았다. 뜨겁기는커녕 기이하리만치 차가웠다. 스텔라는 공포와 충격으로 헐떡이듯 흐느끼며 몸을 움츠렸다. 꼼짝도 않고 누워 있는 고모에게서 눈을 떼지 못한 채 문으로 뒷걸음질을 치는데 다리가 덜덜 떨렸다. 마침내 스텔라는 문을 당겨 연 후 아래층을 향해 소리쳐 가족들을 불렀다.

"엄마! 오빠! 얼른 여기로 와봐요! 얼른요! 빨리요!"

그녀의 목소리에서 공포가 느껴졌다. 좋지 않은 예감에 가이는 계단을 두 칸씩 뛰어 올라갔다.

"무슨 일이야? 무슨 일인데 그래?"

"해리엇 고모가!" 스텔라는 간신히 말문을 뗐다. "해리엇 고모가……."

가이는 하얗게 질린 스텔라의 얼굴을 보자마자 동생을 지나쳐 고모의 방으로 들어갔다.

스텔라는 마음을 가라앉히고 싶었지만 차마 자신이 서 있는 문간을 넘어 다시 방 안으로 들어갈 용기가 나지 않았다. 그래서 손수건으로 입가를 누른 채 문 옆의 벽에 기대 있었다. 방 안을 들여다보니 오빠가 고모의 어깨에 손을 올리고 흔들고 있었다. 가이가 충격과 두려움으로 날카로워진 목소리로 애원하듯 말하는 소리가 들렸다.

“고모! 일어나보세요! 해리엇 고모!”

“오, 그만해! 직접 보고도 모르겠어?” 스텔라가 속삭이듯 말했다.

그는 창가로 성큼성큼 다가가 커튼을 열어젖혔다. 커튼이 열리자 청동 커튼 봉에 걸린 쇠고리들이 딸그락거렸다. 마침내 그는 고개를 들어 맞은편에 있는 스텔라를 바라보았다.

“스텔라…… 스텔라, 이제 어떻게 해야 하지?”

휘둥그레 뜬 눈으로 오빠의 눈을 바라본 스텔라는 그의 생각을 읽을 수 있었다. 두 사람 중 누가 먼저 말을 할 겨를도 없이 조이가 불쑥 방으로 들어왔다. “형님, 좀 어때요? 얘들아, 왜 이렇게 야단법석이니?”

스텔라가 용기를 내 말했다. “엄마, 해리엇 고모가 돌아가셨어요.”

“돌아가셨다고?” 조이가 되물었다. “그게 무슨 소리야! 네가 지금 무슨 말을 하는지 아니? 일단 비켜봐, 지나가게! 넌 정말, 왜 이렇게 호들갑을……."

하지만 그녀도 스텔라처럼 해리엇의 손을 만진 후 말문이 그대로 막히고 말았다. 얼굴에서 핏기가 싹 사라졌지만 완벽한 화장 덕분에 표가 나지는 않았다. 하지만 가이와 스텔라는 엄마가 일순 얼어붙는 모습을 똑똑히 지켜보았다. 그녀는 재빨리 고개를 돌려 두 사람에게 최대한 목소리를 자제하며 말했다. "네 고모에게 뇌졸중이 왔나 봐. 의사를 불러야겠구나. 가이, 가서 필딩에게 전화를 걸어. 스텔라, 거기 그렇게 바보처럼 우두커니 서 있지 마! 이건 그냥 뇌졸중이야!"

"고모가 돌아가셨어요, 삼촌처럼. 고모가 돌아가셨다고요."

조이가 딸에게 다가가 손을 잡았다. "스텔라, 너는 지금 충격을 받은 상태야. 흥분하기도 했고. 그런 말을 하면 안 돼. 지금은 네 방에 가서 잠시 누워 있는 게 좋겠다. 어차피 고모를 위해 네가 할 수 있는 일이 없잖니. 의사 선생이……."

"누구는 뭔가 할 수 있나요? 왜 고모가 아프다고 하셨을 때 데릭을 부르지 않으셨어요? 왜요?"

"스텔라, 그때는 의사를 불러야 할 정도가 아니었어. 제발 마음을 가라앉히렴. 이렇게 될 줄 누가 알았겠니. 아까만 해도 가벼운 위장 장애 이상도 이하도 아니었어. 게다가 네 고모도 잠시 누워서 조용히 쉬고 싶다고만 했고. 엄마가 탄산암모늄을 줄 테니까 마시고 머리를 좀 식혀. 자, 이제 네 방에 가서 진정될 때까지 쉬렴."

스텔라는 엄마를 따라 엄마의 방으로 가서 고분고분하게 따라 준 물약을 마셨다. 자신의 방으로 가고 싶지는 않았다. 그대로 층계참에 있는 의자에 앉아 더이상 딱딱 소리가 나지 않도록 이를 악 물었다.

마침 필딩이 점심을 먹기 위해 집으로 돌아와 있었기 때문에 연락한 지 오 분만에 포플러스 저택에 도착했다. 그는 가이를 따라 곧장 2층에 있는 해리엇 매슈스의 방으로 향했다. 조이는 침대 발치에 서 있다가 의사가 들어가자 인사를 하며 상황을 설명했다. 태도는 침착했지만 목소리가 갈라진 것으로 보아 그녀도 꽤 충격을 받았다는 사실을 알 수 있었다.

"뇌졸중이 왔나 봐요. 선생님이 오실 때까지 기다리는 편이 좋을 것 같아서 아무 처치도 하지 않았어요. 아까만 해도 몸이 안 좋은가 보다 했지만 이런 일이 일어날 줄은 꿈에도 상상하지 못했어요. 가여운 형님! 아주버님의 죽음 때문에……."

필딩이 몸을 똑바로 세우며 말했다. "매슈스 부인, 해리엇 양은 사망하셨습니다. 사망한 지 두 시간은 된 것 같습니다. 왜 저를 더 일찍 부르지 않으셨습니까?" 그의 말투는 무자비할 정도로 차가웠다.

"죽었다고요?" 조이가 되묻더니 한 손으로 눈을 가리며 고개를 살짝 숙였다.

가이가 끼어들었다. "돌아가셨는지 몰랐어요! 어떻게 알겠어요? 고모가 속이 안 좋다고만 하셨는데. 우리는 몸에 맞지 않는 음식을 드셔서 탈이 났을 거라고만 생각했어요. 그때만 해도 상태가 그렇게 심각해 보이지 않았죠, 안 그래요 엄마?"

"전혀 심해 보이지 않았어요. 살짝 메스껍다고만 했죠. 그래서 내가 처방받아놓은 약을 먹이고 침대에 눕혔어요. 조용히 쉬고 싶다고 했거든요." 조이가 착 가라앉은 목소리로 말했다.

"어디가 어떻게 안 좋다고 하시던가요?" 의사가 다시 물었다.

"이런 일이 일어나리라 짐작이 갈 만한 증상은 없었어요. 현기증이 난다고 하더군요. 두통도 왔고."

"구토는요?"

"살짝 속이 메스껍다고 했어요. 그래서 내 약을 줬죠. 처방이 훌륭하거든요."

"근육 경련이 온 것 같다는 말씀은요? 손발이 떨리거나 팔이 가렵다고 하지 않으셨나요? 호흡이 불편해 보이지는 않던가요?"

조이가 고개를 가로저었다. "아뇨, 그런 증상은 없었어요! 그랬다면 당장 선생님을 불렀겠죠. 해리엇은 내가 준 약을 먹고 상태가 좋아지는 것 같았어요. 나른하다고 해서 잠시 눈을 붙이라고 이불을 덮어주고 나왔죠. 나는 인간의 치유력을 굳게 믿고 있어요. 그 약이……."

"필딩, 사인이 뭡니까?" 가이가 물었다.

의사가 두 사람을 번갈아 바라보았다. 그의 얼굴에 깊은 주름이 잡혔다. "부검을 해보지 않으면 대답할 수 없을 것 같습니다."

조이가 침대의 가로널을 양손으로 잡고 신경질적으로 숨을 가쁘게 쉬었다. "그런 건 필요 없어요. 내 보기엔 분명히 뇌졸중이 온 거예요. 오빠가 죽은 충격으로."

"저는 명확한 결론을 내릴 수 없습니다, 매슈스 부인. 죄송합니다. 지금은 사망증명서에 서명을 할 수 없습니다. 이건 검시관이 다루어야 할 사건이에요."

"오, 맙소사!" 가이가 신음을 내뱉었다.

조이가 떨리는 목소리로 말했다. "어처구니가 없군요! 해리엇 형님은 최근 큰일을 겪었어요. 젊은 나이도 아닌데다가 얼마 전부터 건강이 점점 나빠지는 징후 같은 것도 몇 번이나 보였고요."

"잠깐만요. 속 시원히 말해봐요! 뭘 의심하는 겁니까?" 가이가 의사에게 다가가며 소리쳤다.

필딩이 가이의 분노에 찬 눈빛을 싸늘하게 응수하며 대답했다. "해리엇 양의 사인은 독극물 중독일지도 모릅니다."

"말도 안 되는 소리!" 가이가 말했다.

"입 다물어!" 조이가 기계적으로 아들을 진정시키며 말했다. "터무니가 없군요. 정말 터무니가 없어요. 가여운 해리엇 형님을 독살하고 싶을 사람이 어디에 있겠어요? 무섭고 끔찍하다기보다 어이가 없군요! 끔찍한 검시 배심에 우리가 또 참석해야 한다고 생각하면, 선생님, 제발 마음을 바꿔서……."

"매슈스 부인, 이 문제에 대해서 더이상 이야기하지 않겠습니다. 저는 해리엇 양의 임종 순간에 없었습니다. 처음 증세가 나타났을 때 아무도 저를 부르지 않았고요. 양심상 이런 상황에서 사망증명서에 서명을 할 수는 없습니다. 자, 이제 두 분은 아래층으로 내려가세요. 저는 경찰이 현장을 맡을 때까지 방을 잠가두겠습니다."

"이 일이 우리 가족에게 뭘 의미하는지 생각조차 못 하시겠죠. 추문이라고요. 관련된 사람 모두에게 불필요하고 끔찍하기만 한 추문 말이에요! 누군가 해리엇 형님을 독살했다고 진지하게 생각하시는 건 아니죠? 세상에, 도대체 누가 무슨 목적으로 그런 짓을 하겠어요?"

의사는 어깨를 으쓱했다. "그건 제게 하실 질문이 아닙니다, 매슈스 부인. 저는 해리엇 양이 병사했다는 주장에 결코 수긍할 수 없다는 말씀밖에 드리지 못합니다."

가이가 어머니의 팔을 잡으며 말했다. "일단 내려가요, 엄마. 여기서 옥신각신해봐야 소용없어요. 의사가 납득할 수 없다면 경찰에게 알려야 해요."

조이는 아들을 따라 방에서 나가 계단을 내려갔다. 필딩은 밖에서 문을 잠그고 열쇠를 뺀 후 두 사람의 뒤를 이어 계단을 내려갔다. 바로 그 순간 지금껏 층계참에 놓인 의자에 앉아 있던 스텔라가 벌떡 일어나 필딩을 불러 세웠다.

"데릭, 제발 말해줘요! 진심으로 그렇게 생각하는 건 아니죠? 방에 들어가지는 않았지만 여기서도 다 들렸어요. 고모가 독살되셨을 리 없어요!"

"유감이에요." 의사의 어투는 사무적이고 무뚝뚝했다. "하지만 나도 어쩔 수 없어요. 알다시피……."

"삼촌이 그렇게 돌아가시지 않았다면 당신은 독을 의심하지도 않았을 거잖아요!"

"이번에는 경우가 달라요. 당신 삼촌은 이미 심장병이 있었죠. 하지만 해리엇 양은 지난번에 진찰했을 때만 해도 심장과 혈압에 어떤 문제도 없었어요. 설령 지금 매슈스 씨가 살아 계신다 해도 나는 해리엇 양의 사인이 평범하지 않다고 생각했을 거예요."

"하지만 데릭, 해리엇 고모라고요! 누가 고모를 죽이고 싶어 하겠어요? 착각이 아닌 게 확실해요?"

"스텔라, 정말 유감이라고 했잖아요. 그렇지만 당신이 듣고 싶은 말을 해줄 수는 없어요. 이 문제는 지금 즉시 검시관에게 통보되어야만 해요. 그건 명확해요."

스텔라가 양손을 비틀어 쥐었다. "그럼 우리는 이제 어떻게 해야 하죠?"

"아무도 당신 가족이 이 일에 관련되었다고 생각하지 않을 거예요. 이것 봐요, 나는 지금 당장 이 사건을 신고해야 해요. 걱정하지 말아요!" 필딩은 대답하기 불편한 듯 말하더니 마지막으로 이렇게 덧붙였다. "정말 유감이에요!" 그런 다음 스텔라를 남겨두고 서둘러 계단을 내려갔다.

조이는 도서실에 있었다. 그녀는 소파에 앉아 한 손에 손수건을 쥔 채 다른 손으로 원피스 주름을 신경질적으로 만지작거렸다. 가이는 창가로 다가가 밖을 내다보았다. 홀에서 필딩이 비처에게 하는 말소리가 들리나 싶더니 잠시 후 전화기를 드는 소리가 들렸다. 가이는 엄마를 힐끗 곁눈질했다. 그녀는 가이가 있건 말건 전혀 신경 쓰지 않는 것 같았다. 그저 입술을 굳게 다물고 맞은편 벽을 뚫어져라 응시할 뿐이었다.

의사가 떠나자 백지장처럼 하얗게 질린 비처가 여전히 충격에서 빠져나오지 못한 모습으로 도서실에 들어왔다. 그는 시선을 아래로 떨어뜨린 채 낮은 목소리로 점심을 드실지 물어보려고 왔다고 했다.

하지만 조이는 움직이지도 대답을 하지도 않았다. 보다 못한 가이가 그녀를 불렀다. "엄마!"

조이는 움찔하더니 멍한 상태에서 깨어나 흐릿한 눈빛으로 가이와 집사를 번갈아 바라보았다. "점심? 오! 아니. 지금은 무엇도 목으로 넘기지 못할 것 같구나. 너는 스텔라와 함께 점심을 먹도록 하렴."

"저도 생각 없어요. 스텔라도 그럴 거예요."

집사는 알겠다는 듯 고개를 숙인 후 방을 나갔다. 조이가 눈꼬리를 꾹 누르며 말했다. "도무지 실감이 나지 않아. 해리엇 형님이 죽다니! 벌써부터 그립구나."

가이의 얼굴이 더욱 핼쑥해졌다.

"엄마, 제발 그런 소리는 그만하세요!"

"그래, 네 고모는 말도 못하게 짜증나는 사람이었어. 하지만 같이 살다 보면 어떻게든 적응하는 게 사람 사는 순리 아니니. 해리엇 형님이 없는 이 집을 상상할 수가 없구나. 마음이 아파."

"엄마, 지금 이런 이야기나 하고 있을 때가 아니에요. 모르시겠어요? 금방이라도 경찰이 들이닥칠 거예요. 그 사람들에게 뭐라고 하죠?"

조이는 아들을 물끄러미 바라보더니 마침내 평소와 비슷한 모습으로 이렇게 말했다. "있는 그대로 이야기하면 돼. 우리는 할 수 있는 조치는 다 취했어. 이 점만 기억해. 무슨 짓을 해도 네 고모가 독살당했다고 밝혀질 일은 없을 거다. 내 느낌에 사인은 뇌졸중이야."

그때 스텔라가 방으로 들어왔다. 안색이 여전히 창백했지만 그래도 꽤 진정된 것 같았다. 그녀는 문가에 서서 이렇게 말했다. "거트루드 고모에게 연락해야 해요. 내가 전화해요?"

"애들아, 잠시만이라도 조용히 있게 해주지 않겠니? 내 심정을 헤아려주는 사람은 아무도 없구나. 네 고모와 내가 항상 마음이 맞았던 건 아니야. 하지만 우리는……."

스텔라는 마음을 바꾸지 않았다. "거트루드 고모는 자매예요. 그러니 알려야 해요."

조이가 마음대로 하라는 듯 손짓했다. "알리고 싶은 사람에게 다 알려. 지금 내가 얼마나 상심했는지 안다면 날 더이상 괴롭히지 말아다오."

스텔라가 방에서 나가자 조이가 양손에 얼굴을 파묻고 중얼거렸다. "지금은 정말이지 거트루드 형님을 만날 기분이 아니야. 방에 가서 누워 있어야겠어."

"만나셔야 해요. 고모가 보자고 할 거예요. 분명해요." 가이가 말했다.

잠시 후 스텔라가 다시 들어와 거트루드 럽턴이 곧 도착할 거라고 간단히 알렸다.

"고모가 뭐라셔?" 가이가 물었다.

"별말 없으셨어. 처음에는 상당히 충격을 받으신 것 같았어. 그러더니 곧 오겠다고 하셨어. 십 분 정도면 도착하실 거야."

세 사람은 가만히 앉아서 기다리기 시작했다. 영원히 흐르지 않을 것 같은 시간이 기어이 흐르고 마침내 조약돌이 깔린 진입로로 들어오는 자동차의 타이어 소리가 들렸다. 그후 일이 분 정도 지나 거트루드가 도서실로 들어왔다.

느닷없이 모든 것이 뒤틀려버린 세상에서 평소와 조금도 다르지 않은 거트루드 럽턴을 보니 가족들은 오히려 마음이 놓였다. 그녀는 방을 둘러보더니 분노에 찬 목소리로 당당하게 말했다. "스텔라가 한 말이 도대체 무슨 소리야?"

"말 그대로예요. 해리엇 고모가 돌아가셨어요." 가이가 대답했다.

"말도 안 돼! 믿을 수 없어." 그러나 곧 왈가왈부해봐야 소용이 없다는 사실을 깨달았는지 거트루드는 이야기의 방향을 바꾸었다. "어떻게 이런 일이! 나도 내가 무슨 말을 하는지 모르겠구나. 어떻게 된 일이야? 어제만 해도 멀쩡했잖아!"

"뇌졸중이었을 거예요." 조이가 말문을 열었다. "해리엇 형님을 보자마자 제가 그랬죠. 뇌졸중일 거라고. 아주버님이 돌아가신 후 신경 쓸 곳이 많았잖아요. 정신적으로 많이 힘들었나 봐요."

"뇌졸중이라고? 해리엇이?" 조이와 조카를 번갈아 본 거트루드가 마침내 의자로 다가가 앉으며 말했다. "여기서 무슨 일이 있었는지 어서 말해봐!"

"고모가 아침에 속이 안 좋다고 하셨어요. 그래서 우리는 몸에 안 맞는 걸 드셨나 보다 했죠." 가이가 대답했다.

"그럴 수도 있겠지. 하지만 소화불량으로 죽었다는 이야기는 들은 적이 없어. 그래서 어떻게 했지?"

"고모는 2층에 있는 본인 방에서 누워 쉬고 계셨어요. 점심을 먹을 때가 되어서 스텔라가 고모에게 가보니 돌아가신 후였죠."

"죽었더라고?" 거트루드가 충격에 휩싸여 되물었다.

"네."

거트루드는 한 손을 들어 눈을 가렸다. "말도 안 돼! 처음에는 그레고리가 떠나더니 이번에는 해리엇이! 무슨 말을 해야 할지 모르겠구나. 당장이라도 기절할 것 같아. 가여운 해리엇! 도무지 이해가 되지 않아. 조이, 해리엇에게 뇌졸중이 왔다고?"

"분명 그랬을 거라고 생각해요. 그나마 마지막 순간이 고통 없이 짧았으리라는 사실에 감사해야겠죠."

"마지막 순간이라고! 세상에, 조이. 내 동생이 살 가망이 없는 환자였던 것처럼 말하는군! 해리엇은 더할 나위 없이 건강했어! 앞으로도 한참을 더 살 수 있었다고!" 거트루드가 버럭 화를 냈다.

그러자 스텔라가 불쑥 끼어들었다. "곧 부검을 할 거예요. 데릭이 고모가 독살당한 것 같대요."

스텔라의 목소리에서 의사를 감싸는 듯한 느낌이 전해졌다. 그 말에 아까보다 더욱 놀란 거트루드 럽턴은 한동안 멍한 표정으로 말을 잇지 못했다.

"말도 안 돼!"

조이의 입에서 작은 한숨이 새어 나왔다. "물론 말도 안 되는 소리죠. 그게 아니어도 우리는 이 상황이 너무나도 고통스럽잖아요."

"나는 필딩이 그리 미덥지 않던데. 그레고리가 죽었을 때도 전혀 알아차리지 못했던 위인이 이번에는 무슨 근거로 독살이라는 거지? 게다가 어느 누가 해리엇을 죽이고 싶어 하겠어? 누군지 얼굴 한번 보고 싶군. 그런 짓을 벌일 동기가 조금이라도 있을 만한 사람이라면 조이, 자네 말고 또 누가 있을지 모르겠어." 거트루드가 말했다.

"됐으니 그만하세요! 엄마에게 무슨 동기가 있다고 그러세요? 세상에 어느 배심원단도 그런 주장은 받아들이지 않을 거예요!" 가이가 발끈해서 소리쳤다.

"그렇게 어머니 편을 들다니 기특하구나!" 이렇게 쏘아붙이는 거트루드의 말투에서 잔인함마저 느껴졌다. "하지만 너도 지금 눈앞에 놓인 사실을 직시해야 할 거야. 네 엄마는 해리엇을 독살할 만한 확실한 동기가 있었어. 물론 정말로 그랬을 거라는 말은 아니다. 경찰이 네 삼촌의 죽음을 아직도 조사중인 걸 알면서도 그런 짓을 저지를 만큼 멍청하지는 않을 테니. 하지만 경찰이 네 어머니의 오늘 행적을 집중적으로 조사하지 않을 거라고 생각한다면 헛된 희망일 거다, 가이. 그러니 그런 태도를 빨리 버릴수록 네 자신에게 더 유리할 거야."

바로 그때 조이가 자리에서 벌떡 일어나 비통한 모습으로 말했다. "형님, 지금 진심이에요? 방금 한 말씀이 제게 얼마나 깊은 상처가 되었는지 모를 거예요. 내 방으로 가겠어요. 더이상은 못 견뎌요."

거트루드는 굳이 조이를 붙잡지 않았다. 그녀는 조이가 방을 나가는 모습을 지켜본 후 자리에서 일어나더니 죽은 동생을 보겠다고 했다.

"필딩이 문을 잠가놓았어요." 가이가 짧게 말했다.

그 말에 거트루드가 다시 씩씩거리기 시작했다. "필딩이 주제넘게 나섰구나. 내가 보기에 그 의사는 거들먹거리기만

하고 실력 없는 애송이 멍청이야!"

필딩에 대한 매슈스가의 입장은 거트루드의 말로 확고해진 것 같았다. 그녀는 의사를 만나자마자 불만을 털어놓겠다고 큰소리를 치더니 무슨 일이 생기면 곧장 전화로 알려달라는 말을 남긴 후 포플러스 저택을 떠났다.

조이는 해리엇의 시신을 내어 간 후에야 아래층으로 내려왔다. 스텔라와 가이는 도서실에 둘만 있을 때면 암묵적으로 합의하기라도 한듯 고모의 사인에 대해 절대 입에 올리지 않았다. 그런데 조이가 도서실로 내려오더니 그 주제를 다시 꺼냈다.

"지금까지 내가 거듭 생각을 해봤는데, 해리엇이 뇌졸중으로 죽었다는 가설이 가장 신빙성이 있어 보여. 너희들도 알잖니. 그레고리가 죽은 후 네 고모는 계속 몸이 안 좋았잖아. 경찰이 오면 우리는 최대한 단순하게 사실대로 말해야 해. 숨길 게 없잖니. 그러니까 너희도 제발 평소처럼 굴어. 괜히 감정에 휘둘려서 경거망동하지 말고. 너희를 잘 모르는 사람들은 뭔가 드러날까 봐 두려워서 그런다고 생각할지도 몰라."

스텔라가 고개를 들어 엄마를 보았다.

"뭐라고 하면 돼요, 엄마?"

그러자 조이가 맑은 눈으로 딸을 마주 보며 대답했다.

"스텔라, 도대체 왜 그러는지 모르겠구나. 네가 아는 대로만 말하면 돼."

"엄마가 고모에게 약을 주셨다는 사실도요? 엄마가 직접 데릭에게 말했잖아요."

"당연히 내가 말했지. 경찰에게도 말할 거고, 경찰에게 직접 그 병을 조사하게 할 거야."

가이가 고개를 돌려 두 사람을 보았다. "벌써부터 이런 이야기를 할 필요는 없어요. 부검을 해보지 않으면 경찰이 관여할 사건인지 아닌지 확실하지도 않잖아요. 필딩은 전에도 틀렸으니까 이번에도 틀릴지 몰라요."

"물론 그렇지." 조이가 맞장구를 쳤다. "그저, 최악의 사태가 벌어질 경우 우리가 어떻게 해야 할지 미리 생각을 해두는 것뿐이야. 내가 독살 주장을 믿는다고 성급하게 결론 내리지는 말거라."

그때 비처가 들어왔다. 그는 여전히 충격이 가시지 않은 것 같았다. 아무 감정이 느껴지지 않는 집사의 목소리를 듣자 스텔라는 문득 조만간 집사가 일을 그만두겠다고 말할 것 같은 예감이 들었다. 다 같이 사임 소식을 알릴 것이다.

"럼볼드 씨가 마님을 뵈러 오셨습니다."

"여기로 모셔 와." 조이가 말했다.

럼볼드는 벌써 비보를 들은 게 분명했다. 겉만 봐서는 비처보다 그가 훨씬 더 큰 충격을 받은 듯했다. 그는 평소와 달리 흥분에 들뜨고 공포가 엿보이는 목소리로 위로를 건넸다. "매슈스 부인, 소식 들었습니다. 어떻게 이런 일이 다 있습니까!"

조이는 손을 내민 채 고개를 옆으로 돌리며 그를 외면했다. "맞아요, 다 사실이랍니다. 우리도 좀처럼 실감이 나지 않아요. 가여운 해리엇 형님!"

그는 조이의 손을 꼭 잡더니 자신도 의식하지 못한 듯 좀처럼 손을 놓지 않았다. "포플러스 저택의 하녀가 우리 집 요리사에게 소식을 알렸습니다. 도무지 믿어지지 않더군요. 무슨 말씀을 드려야 할지. 가엾게도……."

가이가 몸을 돌려 그를 바라보며 말했다. "럼볼드 씨, 우리는 고모가 뇌졸중으로 돌아가셨을 거라고 생각해요."

럼볼드가 순간 그의 얼굴을 바라보았다. "뇌졸중이라고! 필딩이 그렇게 진단했니?"

"필딩은 아무것도 몰라요. 고모가 왜 돌아가셨는지도 모르는 걸요. 우리는 뇌졸중일 거라 확신해요."

럼볼드는 그제야 조이의 손을 놓고 불길한 분위기를 감지한 듯한 표정으로 앉아 있는 그녀를 내려다보았다. "필딩이 뭐라고 했나요? 말씀해주세요, 매슈스 부인."

세 사람은 럼볼드가 그때만큼 단호하게 자신의 의사를 밝히는 모습을 처음 보았다. 그 기세에 조이가 고분고분 대답했다. "럼볼드 씨, 이렇게 흉악한 일도 또 있을까요! 필딩은 형님이 독살당했다고 생각해요."

"이보다 어처구니없는 소리를 들어보셨나요?" 가이가 물었다. 가이의 눈을 바라보는 럼볼드는 말이 없었다.

"럼볼드 씨, 어느 누가 해리엇 고모를 독살하고 싶어 하겠어요! 설마 우리 중 누군가가, 우리 중 누가……."

스텔라가 다급한 목소리로 말하자 럼볼드가 서둘러 그녀를 안심시켰다.

"설마, 그럴 리가. 절대 그럴 리 없어. 세상에! 필딩이 독을 의심한다니 보통 일이 아니군!"

그때 창가에 서 있던 가이가 소리쳤다. "해너사이드 경정과 동료가 진입로로 들어왔어!"

그 말에 조이가 화들짝 놀랐다. "오, 가이. 말도 안 돼! 벌써 경찰이 들이닥치다니!"

가이가 다급하게 방을 가로질러 엄마의 곁으로 갔다. "괜찮아요, 엄마. 질문이 있어서 왔을 거예요. 지금은 아무것도 할 수 없잖아요. 아직 해리엇 고모의 사인이 독인지 경찰도 모르는걸요."

"독살당했다는 말 좀 그만해!" 마치 온 신경이 뚝뚝 끊어지기라도 한 것 같이 조이가 울부짖었다. "독이 아니야! 그럴 리가 없잖아!" 조이는 간신히 에드워드 럼볼드에게 몸을 돌려 죽어가는 목소리로 애원했다. "제발 여기 계셔주세요! 조언을 구할 사람이 아무도 없어요. 너무 당혹스러워서 제 몸 하나 추스르기도 힘드네요."

"도울 수 있는 일이라면 뭐든 하겠습니다. 경찰이 무슨 질문을 하든 솔직하게 대답하세요. 당연히 그러시겠지만. 겁내실 일은 없습니다." 럼볼드가 말했다.

바로 그때 도서실의 문이 열리더니 비처가 파멸을 예고하는 듯한 목소리로 알렸다.

"경찰이 왔습니다, 마님."

조이는 자신을 바라보는 가이와 스텔라의 시선을 느꼈다. 그녀는 미소를 지으며 등을 꼿꼿이 세우고 앉아 집사에게 대답했다. 평소대로 돌아온 목소리는 차분했고 감정도 절제되어 있었다.

"알았네, 비처. 여기로 안내해줘."

잠시 후 해너사이드가 도서실로 들어왔다.

조이가 살짝 고개를 숙여 인사했다. "어서 오세요, 경정님. 절 만나러 오셨나요?"

"해리엇 매슈스 양이 사망한 일로 몇 가지 질문을 드리려고 왔습니다, 부인."

그녀가 눈썹을 치켜올리며 물었다. "이 일을 경찰이 나서야 할 사건이라고 판단하시다니 아직은 시기상조 아닌가요?"

해너사이드는 의자에 앉은 조이를 내려다보며 되물었다. "제 질문을 거부하신다는 뜻인가요, 매슈스 부인?"

"이런 이야기를 나누어야 한다는 것만으로도 저는 너무 힘겹답니다." 조이가 비통한 표정으로 우아하게 대답했다.

"그 심정은 충분히 이해합니다. 이런 시기에 불쑥 찾아와 죄송합니다. 하지만 상황이 상황인 만큼 경찰이 나서야 한다는 점을 이해해주시리라 믿습니다."

"그렇겠죠." 조이가 한숨을 쉬며 대답했다. "하지만 필딩의 조치가 유별났다는 느낌을 지울 수가 없네요. 우리는 뇌졸중이 사인이라고 생각해요."

"그건 부검을 해보면 알 수 있겠죠. 해리엇 양이 몸이 안 좋다고 한 게 언제입니까?" 해너사이드가 물었다.

"그 질문은 스텔라나 가이에게 하셔야 할 것 같군요. 저는 아침을 먹으러 내려가지도 않았어요. 몸이 안 좋으시다는 이야기도 형님이 위층으로 다시 올라온 후에나 들었답니다."

해너사이드가 스텔라를 향해 몸을 돌리자, 그녀가 눈치 빠르게 대답했다. "고모가 아침을 드시러 오셨는데, 속이 안 좋다고 하셨어요. 아마 9시가 되기 조금 전이었을 거예요."

"증상이 언제부터 시작되었다고 고인이 말씀하셨습니까?"

"아뇨, 그런 말씀은 없으셨던 것 같아요. '오늘 아침은 속이 별로 좋지 않구나' 이런 식이었어요."

"아침 식사 전에 다른 걸 드셨나요? 이를테면 이른 홍차라던가."

"네, 고모는 항상 식전에 차를 드셨어요."

"차는 누가 갖다드렸죠?"

"음, 하급 하녀요. 대개는 상급 하녀가 하는데, 지금은 없거든요."

"그 하녀가 차도 직접 준비하나요?"

"그건 모르겠어요. 하녀나 요리사가 준비하겠죠."

"또 해리엇 양이 드신 건 없나요? 약은 안 드셨나요?"

스텔라가 답을 바라는 듯한 표정으로 엄마를 바라봤다. 그러자 그녀가 고개를 가로저으며 대답했다. "경정님, 해리엇이 뭘 먹고 안 먹었는지 전혀 아는 바가 없어요."

해너사이드는 식전에 먹은 음식에 대해 더이상 캐묻지 않았다. 대신 스텔라에게 해리엇이 아침으로 무엇을 먹었는지 물었다. 차와 베이컨 한 장밖에 먹지 않았다는 대답에 그가 물었다. "고인은 스텔라 아가씨와 가이 씨가 마신 것과 같은 차를 드셨습니까?"

"저는 커피를 마셨어요. 오빠는 차를 마셨지?" 스텔라가 물었다.

"응. 같은 찻주전자에서 따른 차였어요."

"그러면 아침을 드시고 고인은 무엇을 하셨습니까?"

"아, 그 질문이라면 제가 도움을 드릴 수 있겠네요." 조이가 불쑥 끼어들었다. "일어나서 씻으려고 나갔는데 형님이 2층으로 올라오더군요. 저를 보더니 몸이 안 좋고 머리가 어지럽다고 했어요. 그때만 해도 위급해 보이지 않았어요. 구토 증세가 살짝 있는 정도구나 싶었죠. 그렇지만 형님 정도의 나이가 되면 조심해서 나쁠 게 없잖아요. 그래서 뜨거운 물병을 가지고 누워서 쉬게 했죠."

"구토 증세에 약 같은 걸 주셨습니까, 매슈스 부인?"

"네. 소화가 안 될 때 제가 먹는 약을 줬어요. 아주 효과가 좋은 약이죠. 할리 스트리트의 허버트 마틴 선생이 제 주치의인데, 그분이 처방해준 거예요. 제 경험으로 볼 때……."

"그 약과 약을 덜어준 약병을 당장 보고 싶습니다." 해너사이드가 말했다.

"그러세요. 하지만 약병은 물로 씻어서 치워버렸는데 어쩌죠." 조이는 떼쓰는 아이의 비위를 맞추는 듯 가볍게 말했다.

"뭐라고요? 해리엇 양의 방에서 약병을 치우셨습니까?"

"오, 그럼요!" 조이가 눈썹을 찌푸리며 말을 이었다. "그 약병을 왜 거기에 두겠어요? 제 약병인걸요. 게다가 제가 그런 물건에 좀 유난스럽게 구는 편이거든요. 말끔하게 씻어서 잘 치워두지 않으면 마음이 편치 않아요."

"약병을 손수 씻으셨습니까?"

그녀는 한 손으로 이마를 짚으며 대답했다. "그건 잘 기억나지 않아요. 그랬을 수도 있고, 식기실에 갖다 놓은 걸 누가 씻었을 수도 있고요."

"하인들에게 물어보면 확인할 수 있을 겁니다." 해너사이드가 별일 아니라는 듯 말했다. "해리엇 양에게 의사를 불러 주어야겠다는 생각은 안 드셨나요?"

"네. 형님이 의사를 불러달라고 하지도 않았고 제가 봐도 진찰을 받을 정도는 아닌 것 같았거든요."

"해리엇 양이 의사는 부르지 말라고 말했습니까?"

"정확히 그렇게 말했는지는 확실치 않아요. 하지만 형님은 평소에도 선뜻 의사를 불러 진찰을 받는 분이 아니었어요. 이렇고 되고 보니 그 점이 아쉽네요. 좋은 의사에게 진찰을 받았다면 몸 어디가 어떻게 안 좋았든 제대로 치료를 받을 수 있었을 텐데. 그러면 지금쯤 우리와 함께 있겠죠. 분명히 우리 중 누구도 몰랐던 무슨 문제가……."

"그렇다면 고인을 방에서 쉬게 하셨을 때만 해도 크게 걱정할 만한 낌새는 보이지 않았다는 거죠?"

"그렇다니까요!" 조이가 진지하게 대답했다.

"증세가 점점 심해지는데도 걱정이 안 되시던가요?"

"나는 전혀 몰랐어요!" 조이가 발끈했다. "형님을 방으로 들여보내고 나서 12시쯤까지는 다시 가보지도……."

그때 해너사이드가 그녀의 말을 끊었다. "잠깐만요, 매슈스 부인. 그 뒤로 12시경까지 고인의 방에는 한 번도 가지 않으셨다는 거죠? 그렇다면 그 방에서 언제 나오셨습니까?"

조이는 원피스의 주름을 아까보다 더 신경질적으로 펴기

시작했다. "그런 건 잘 모르겠어요. 시계를 보지 않았으니까요. 그리고 제가 왜 시간을 꼬박꼬박 확인하겠어요?"

"평소에 몇 시에 일어나십니까, 매슈스 부인?"

"음, 식구들이 아침을 먹고 나서요! 아침은 차와 토스트 약간이면 충분하지만……."

"잠깐만요. 제가 궁금한 건 오늘 몇 시에 깨어나셨느냐는 겁니다."

"경정님은 제가 시간표대로 움직이는 사람이라고 생각하시나요?"

그때 에드워드 럼볼드가 처음으로 말문을 열었다. "매슈스 부인, 항상 같은 시간에 일어나시지요, 그렇죠? 그렇다면 대충 9시 반에서 10시 사이가 아닐까요?"

"네, 대개는 그래요." 조이가 뚱하니 대답했다. "어머, 이분은 럼볼드 씨에요, 경정님. 우리 가족과 아주 가까운 친구분이죠. 누구보다 친절하시고……."

"부인, 경정님은 지금 제가 얼마나 친절한 사람인지 궁금하지 않으실 것 같군요." 럼볼드가 조이를 만류하며 말했다. "스텔라, 이 문제는 네가 도와줄 수 있지 않니?"

스텔라가 머뭇거리며 대답했다. "그러니까 엄마가 해리엇 고모를 언제 방으로 데리고 가셨느냐는 거죠?"

"그래. 지금 네 어머니가 흥분한 상태라 기억이 또렷하지 않으신 것 같구나. 그렇지만 경정님 입장에서는 시간을 정확하게 아셔야 하지 않겠니. 혹시 알고 있으면 말씀드리렴." 럼볼드가 격려하듯 말했다. 스텔라가 겁을 먹은 표정으로 바라보자 럼볼드가 다시 차분하게 물었다. "알고 있니, 스텔라?"

"음, 네. 제가 2층으로 올라갔을 때가 10시 정각이었어요. 홀에 있는 괘종시계가 10시를 알렸거든요. 그때 엄마가 고모 방에서 나오고 계셨어요. 그리고……." 그녀는 자신을 뚫어져라 바라보는 엄마를 보더니 그만 입을 다물었다.

"그리고요, 스텔라 양?"

스텔라가 살짝 웃었다. "그러니까 실내복을 입고 계셨다고요. 하지만 그런 건 상관없겠죠." 그녀는 경정이 자신을 빤히 바라보는 것을 알아차리고 살짝 얼굴을 붉히며 덧붙였다. "저는 고모의 상태가 더 심각해졌는지 여쭤봤어요. 엄마는 크게 걱정할 정도는 아니지만 침대에 눕히고 약을 좀 주셨다고 하셨죠. 이야기를 마친 후에 저는 부엌으로 내려갔고 바로 장을 보러 나갔어요."

"고맙습니다." 해너사이드는 이렇게 말한 후 다시 조이에게 질문을 했다. "그렇다면 부인은 10시에 고인의 방에서 나오셨군요. 그후에 외출은 하지 않으셨습니까?"

"외출요?" 조이가 이렇게 되물은 후 대답했다. "아뇨. 처리해야 할 집안일이 있었어요."

“그렇다면 10시에서 12시 사이에 해리엇 양의 방에는 한 번도 가지 않으셨군요?”

“네. 그동안 편지를 몇 통 썼어요. 그러고 나서 화병의 꽃을 갈아야 했죠.”

“혹시 해리엇 양에게 필요한 게 없는지 방을 들여다볼 생각은 들지 않으셨습니까?”

그 질문에 조이가 위엄을 갖추고 대답했다. “네. 제가 방을 나섰을 즈음 형님은 잠들었어요. 푹 자도록 내버려두는 편이 좋을 거라고 생각했죠.”

해너사이드는 이 대답을 순순히 받아들이고는 다음 질문으로 넘어갔다. “12시에 해리엇 양을 찾아가셨을 때, 이상한 점은 없으셨습니까?”

“저는 형님이 자고 있는 줄 알았어요. 문을 조용히 열고 안을 살짝 들여다봤죠. 모로 누워 있어서 꼭 자고 있는 것 같더군요. 커튼이 쳐져 있어서 실내가 잘 보이지도 않았어요. 그래서 문을 닫고 물러갔다가 점심을 먹을 때가 되어서 딸에게 형님의 상태가 어떤지 보고 오라고 했어요. 그때만 해도 이런 변고가 생겼으리라고는 상상도 못 했어요. 숨이 끊어졌다는 이야기를 듣고도 실감이 나지 않더군요. 아들이 당장 의사를 불렀죠. 끔찍한 소식을 알려준 사람이 바로 의사 선생님이었어요.”

"고맙습니다."

해너사이드가 이번에는 가이에게 질문을 던졌다.

"가이 매슈스 씨, 오늘 아침에 댁에 계셨습니까?"

"네." 가이가 짧게 대답했다.

"오전 내내요?"

"네. 바로 이 방에서 일을 했습니다. 더 말씀드려야 하나요?"

"됐습니다, 고맙습니다. 일단 아침에 해리엇 양에게 차를 내온 하녀와 이야기를 하고 싶군요."

"알겠습니다. 여기로 오라고 하죠." 가이는 이렇게 말한 후 벨을 누르러 갔다.

"가능하다면, 다른 방에서 따로 볼 수 있겠습니까?"

해너사이드의 말에 가이가 얼굴을 붉혔다. "오, 그러세요! 편하신 곳에서 이야기하세요!"

바로 그때 조이가 다소 뻣뻣한 태도로 끼어들었다. "해리엇 형님이 독살당했다는 증거가 나오기 전까지 기다려주시면 좋겠군요. 상황이 어수선하다 보니 하인들이 무척 불안해하고 있답니다. 안 그래도 지금 하인이 부족한 형편이에요. 게다가 저희보다 메리가 뭔가 더 알고 있을 리도 없고요. 그 애는 아무것도 몰라요."

"그렇다면 그 아가씨를 오래 붙잡고 있지 않겠습니다, 매슈스 부인."

그때 비처가 도서실로 들어오자 가이가 말했다. "그래, 내가 불렀어, 비처. 경정님을 오전용 거실로 모시고 메리를 거기로 보내도록 해."

"알겠습니다." 비처는 해너사이드를 위해 문을 잡아준 후, 홀을 가로질러 오전용 거실로 안내했다.

잠시 후 메리가 왔다. 그녀는 문가에 서서 더 들어오려고 하지 않았다. 메리는 눈을 동그랗게 뜨고 겁먹은 표정으로 양손을 뒤로 맞잡은 채 가만히 서 있었다. "부르셨어요?" 겁에 질려 목소리도 잘 나오지 않는 것 같았다.

해너사이드가 그녀에게 인사를 한 후 이름부터 물었다. 메리가 대답을 하자 경정이 말했다. "오래 걸리지는 않을 겁니다. 오늘 아침 일찍 해리엇 양에게 내어 간 차를 누가 준비했고 누가 가져갔는지 알려주면 됩니다."

"비처 부인이요. 차는 늘 부인이 준비하세요. 그리고 쟁반 두 개를 저와 주방 하녀가 가지고 갔어요."

"해리엇 양의 차 쟁반은 둘 중 어느 쪽이었습니까?"

"그건 잘 모르겠어요. 주방 하녀는 쟁반 두 개를 가지고 계단을 올라와 층계참에 있는 탁자에 내려놓기만 했어요. 그중에서 어떤 걸 해리엇 양에게 드렸는지는 기억나지 않아요."

"주방 하녀는 쟁반을 모두 탁자에 내려놓은 후 다시 아래층으로 내려갔습니까?”

“네, 경정님! 주방 하녀는 거기까지만 가져다 놓았어요. 절대 차를 가지고 방에 들어가지는 않아요.”

“알겠습니다. 그러면 당신은 누구의 방에 먼저 차를 가지고 들어갔습니까?”

메리가 얼굴을 붉히며 한쪽 발에 체중을 실었다. “저, 가이 씨요. 그분은 아주 뜨거운 차를 좋아하시거든요.”

“그 방에 오래 있었습니까?”

메리가 깜짝 놀랐다. “아뇨, 그럴 리가요! 저는 침대 옆에 쟁반을 내려놓고 커튼을 걷은 다음에 이런저런 일을 해놓고 나왔어요.”

“이런저런 일이라니요?”

“음, 방을 정리했고요. 면도하실 물을 세면대에 채우고 깨워드렸어요.”

“그렇다면 그 방에서 머무른 시간은 길어야 오 분가량이겠군요?”

“네, 그럴 거예요.” 메리가 대답했다.

“방에서 나왔을 때 혹시 층계참에 누군가 있었습니까?”

“아뇨! 그 시간에 누가 있겠어요?” 메리가 되물었다.

“그냥 확인해보고 싶었을 뿐입니다. 다음으로 차를 가져간 방은 어디였습니까?”

"매슈스 부인에게 뜨거운 물을 가져다드렸어요. 부인은 차를 안 드시거든요."

"매슈스 부인도 아가씨가 깨웠습니까?"

메리가 고개를 가로저었다.

"부인은 항상 아침에 일어나 계세요. 6시 넘어서까지 주무시는 법이 없죠. 그렇게 말씀하셨어요."

"그렇습니까? 다음은 누구 차례였죠?"

"해리엇 양요. 그분도 일어나 계셨어요."

"아가씨가 보기에 몸 상태가 괜찮아 보였습니까? 아니면 어디가 아프다는 말을 하던가요?"

"아뇨, 편찮으시다는 말씀은 없으셨어요. 평소와 다름없어 보였어요."

"오전 중에 해리엇 양의 방에 다시 들어간 적 있습니까?"

"아니요. 그게 마지막이었어요. 매슈스 부인이 해리엇 양을 깨우지 말라고 하셨거든요." 메리가 금방이라도 눈물을 흘릴 것처럼 글썽이며 대답했다.

해너사이드는 그 질문을 끝으로 메리를 내보내며 집사를 불러달라고 했다. 필딩이 해리엇의 방을 잠근 후 열쇠를 집사에게 맡겼기 때문이다. 그때까지 하인들을 대상으로 탐문 수사를 한 헤밍웨이 경사가 경정과 합류했다. 이윽고 두 사람은 비처의 안내를 받으며 함께 2층으로 올라갔다.

해리엇의 방으로 들어가자마자 휙 둘러봤지만 특별한 점은 눈에 띄지 않았다. 경정은 집사를 내보낸 후 문을 닫았다.

"독살된 거라면 분명히 아침에 마신 차에 독이 있었을 거야. 하녀가 가이 매슈스의 방에 차를 가지고 들어간 뒤 몇 분 동안 나머지 쟁반은 층계참 탁자에 무방비 상태로 놓여 있지 않았나. 그게 아니면 매슈스 부인이 준 약에 들어 있었겠지. 약을 준 걸 보면 해리엇 양이 평범한 이유로 몸이 안 좋았다고 짐작했을 거야."

그때까지 통 말이 없던 헤밍웨이가 비로소 입을 열었다. "이런 사건이 바로 대담한 범죄라는 겁니다, 경정님. 이번에도 니코틴이 사용되었다면 두 건의 범인은 동일 인물이겠죠. 감쪽같이 살인을 저지르고 나면 자신이 대단해진 것처럼 우쭐해서는 다시 사람을 죽여도 빠져나갈 거라 믿는 사람들을 전에도 봤어요. 하지만 경찰이 최초 사건을 해결하기도 전에 다시 살인을 저지르다니 순수한 광기로밖에 설명할 수 없어요! 해리엇 양이 살해된 것으로 밝혀진다면 기회가 있었던 사람은 매슈스 부인뿐입니다. 그녀는 어떻게 반응하던가요?"

"노발대발하지. 하지만 무엇 하나 정확하게 대답하는 게 없으니 그 여자를 어떻게 판단해야 할지 모르겠네."

"이럴 때 심리적인 면을 고려해야죠."

"조언 고맙네. 나도 지금 동기를 생각해보고 있네. 매슈스 부인은 그레고리 매슈스를 살인할 동기가 충분해. 하지만 이 집을 독차지하기 위해 해리엇 양을 독살하다니, 동기치고는 너무 약하지 않나?"

사건을 다각도로 살펴보던 헤밍웨이가 대답했다. "모르겠습니다. 지금껏 수사한 살인 사건들을 되돌아보면 남들 눈에는 아무것도 아닌 이유인데도 악랄하게 사람을 죽인 자들도 있지 않았습니까. 지금 제가 궁금한 건 따로 있습니다. 우리 친구 하이드는 이 상황에서 무슨 역할을 했을까요?"

해너사이드가 고개를 절레절레 저었다. "나도 도무지 모르겠군. 이번 사건과 무관할지도 모르지. 어쩌면 우리가 그를 추적하느라 시간만 허비했을지도 모르고."

그가 방을 둘러보며 말을 이었다.

"헤밍웨이, 독이 들어갔을 가능성이 있는 것들을 찾아내야 해. 모두 모아놓게, 알겠나? 알약을 포함해서 각종 약과 얼굴과 몸에 바르는 화장품까지 전부 말일세."

"알겠습니다!" 헤밍웨이가 빠릿빠릿하게 대답했다. "하지만 아직 독살인지 모르지 않습니까?"

"자네도 필딩의 말을 들었지 않나. 그는 이미 니코틴 독살 사건을 경험했어. 그래서 이번도 같은 사건이라고 생각하네."

"음, 그 의사의 생각이 맞는다면 이 사건의 범인은 상당히 무자비하겠군요. 동일범이라고 해도 사건이 더 단순해진 것도 아니고요. 물론 매슈스 부인이 범인이라면 사건은 금방 해결되겠죠. 하지만 그 경우에는 하이드에 대해서도, 랜들의 행동에 대해서도 설명이 되지 않으니 그것대로 석연치 않아요. 하이드는 정말 껄끄러운 수수께끼예요. 당연히 의심을 하지 않을 수 없죠. 게다가 랜들은 분명히 뭔가를 숨기고 있어요."

그가 세면대로 가더니 구강 청결제 병을 유심히 살폈다.

"그런데 범인이 그 둘 중 하나라면 왜 아무 죄 없는 해리엇 양을 죽여야만 했을까요? 도무지 이해가 안 돼요. 이 구강 청결제는 어떻게 할까요? 챙길까요?"

"그래. 거기 있는 연고 튜브도 잊지 말게."

"이건 연고가 아니라 치약인데요. 여기 같은 게 한 통 더 있네요. 그런데 다 쓴 거예요." 헤밍웨이가 말했다.

"어쨌든 그것도 챙기게. 이번에는 만에 하나의 가능성도 놓치지 않겠어."

"알겠습니다, 경정님. 하지만 혹시 제 의견이 궁금하시다면, 독은 차나 매슈스 부인이 준 약에 들어 있었을 가능성이 제일 크다고 말씀드릴 겁니다."

"맞아. 하지만 할 수 있는 건 다 해봐야지. 찻잔과 찻주전자는 몇 시간 전에 다 씻었고 약병도 마찬가지야." 해너사이드는 이렇게 말한 후 잠시 생각에 잠기더니 불쑥 말했다. "바닥을 쓸 때 보면 가끔 찻잎이 먼지에 섞여 떨어져 있기도 하지 않나?"

"그럴 때도 있죠." 헤밍웨이는 맞장구를 치며, 들고 있던 목사탕 통을 내려놓았다. "오늘 아침에 쓸어 모은 쓰레기가 아직도 있는지 알아보겠습니다."

금세 돌아온 헤밍웨이는 고개를 가로저으며 말했다. "남은 쓰레기가 없었습니다. 이 집은 진공청소기를 주로 쓴다더군요. 사람들이 왜 기계화 시대의 저주에 대해서 떠드는지 이제 아시겠죠. 찻잎이 있었다 해도 다른 쓰레기와 함께 벌써 다 타버렸을 거랍니다."

그런 다음 해너사이드가 그동안 모아놓은 용기와 병들을 자신의 가방에 넣기 시작했다.

"하인들 사이에서 말이 많아요. 매슈스 부인을 싫어하더군요. 그레고리 매슈스가 죽은 후로 소위 말하는 알력이 지독했나 봐요. 스텔라 양은 고모와 살기 싫어서 집을 나가려고 했답니다. 요리사는 매슈스 부인이라면 치를 떠는데다 지난주에는 해리엇 양이 미친 사람처럼 굴었다더군요. 절약을 해야 한다고 사람들을 잡았나 봐요. 이 정도면 매슈스 부인에게 혐의를 둘 근거가 충분하지 않습니까."

두 사람은 아래층으로 다시 내려가다가 에드워드 럼볼드와 마주쳤다. 럼볼드는 홀에서 두 사람을 기다리고 있었다.

"이제 가십니까, 경정님? 매슈스 부인이 부검 결과를 언제쯤 알 수 있을지 궁금해하더군요.”

“그건 말씀드릴 수 없습니다. 오래 걸리지는 않을 겁니다.” 해너사이드가 대답했다. 그는 럼볼드를 요모조모 뜯어보더니 불쑥 질문을 던졌다. “럼볼드 씨, 이 가족과 가까우신가요?”

“바로 옆집에 삽니다. 그러니 상당히 가까운 관계라 할 수 있겠군요.”

“돌아가신 매슈스 씨를 잘 아셨습니까?”

럼볼드가 희미하게 미소를 지으며 대답했다. “과연 그런 사람이 있을지 의문이군요. 물론 알기는 했죠.”

“그렇다면 조사에 도움을 주실 수 있겠군요. 매슈스 씨가 관심을 두고 있는 사업에 관해 이야기한 적이 있습니까?”

럼볼드가 이맛살을 찌푸렸다. “무슨 말씀을 하시는지 잘 모르겠군요. 사업 투자를 말씀하시는 겁니까? 염두에 둔 투자 건에 대한 제 의견을 한두 번 물어본 적은 있습니다.”

“아뇨, 그런 뜻이 아닙니다. 혹시 고인이 가족에게는 알리지 않고 운영하는 사업이 있었을까요?”

“그레고리가 설령 그런 사업을 하고 있었다고 해도 제게는 말한 적 없습니다만 어떤 사업인가요?” 럼볼드가 되물었다.

“그건 말씀드릴 수 없습니다. 매슈스 씨가 럼볼드 씨에게는 털어놓았을지도 모른다고 생각했습니다.”

럼볼드가 고개를 저었다. “아뇨. 그런 이야기는 한 적 없습니다."

해너사이드가 한숨을 푹 쉬더니 이렇게 말했다. "입이 무척 무거운 사람이었나 봅니다. 혹시 그가 죽던 날 그를 보셨습니까?"

"아뇨, 저는 그때 여행중이었습니다. 지난주에 돌아왔죠."

"오, 그러셨군요! 그렇다면 신경 쓰지 마십시오. 별로 중요한 일도 아니니까요." 해너사이드가 얼버무렸다.

럼볼드는 매슈스 가족이 있는 도서실로 돌아갔다. 그는 경정과의 대화에 대해서는 입을 다물고 해너사이드가 부검 결과를 언제쯤 받아볼 수 있을지 말해주지 않았다고만 전했다.

"그게 뭐가 중요해요? 사실을 알아내봐야 무슨 소용이 있겠어요! 고모가 독살당했다는 사실을 모르는 사람이 있어요?" 스텔라가 짜증을 숨기지 않았다.

"얘야, 우리는 아직 아무것도 몰라. 제발 자중하렴." 조이가 말했다.

"엄마는 약병을 직접 씻으셨으면서 왜 기억이 나지 않는 척하셨어요? 도대체 왜요?" 스텔라가 따졌다.

조이가 다시 옷의 주름을 펴기 시작했다. "스텔라, 그만해! 너도 알다시피 내 기억력이 별로잖니. 오늘은 약병 말고도 더 중요한 일들을 몇 개나 생각해내야 했어. 그깟 약병을 누가 씻었는지 뭐가 대수니?"

"약병은 항상 엄마가 씻으신다면서요. 제게 그렇게 말씀하셨잖아요!"

"그래, 알았어. 그렇다면 내가 씻은 거겠지. 어차피 그렇게 중요한 일도 아니잖니."

스텔라는 아무 대꾸도 없이 몸을 돌렸다. 가이는 마치 연습이라도 한 것처럼 슬그머니 다른 이야기를 꺼냈다. "해리엇 고모의 유산은 제가 받나요? 어머니는 아세요?"

"유산이라고!" 조이가 소리쳤다. "네 고모는 그런 말은 일언반구도 하지 않았다. 바보 같은 소리 마, 가이. 고모가 네게 돈을 남겼는지 아닌지나 신경 쓰다니 보기 좋지 않구나. 고모가 죽은 지 얼마나 되었다고."

"유산이 4천 파운드가량 될 거예요. 그 돈만 있으면 어떻게든 해볼 텐데."

스텔라는 목이 콱 막힌 듯한 소리를 내며 도서실에서 홀로 뛰쳐나왔다. 그때 문득 탁자 위에 있는 전화기가 눈에 들어왔다. 그녀는 그 자리에 시선을 고정한 채 가만히 서 있다가 충동적으로 수화기를 들고 전화를 걸었다.

잠시 후 똑 부러지는 말소리가 수화기를 통해 들렸다. 스텔라는 랜들 씨와 통화를 할 수 있는지 물었다.

"랜들 씨는 지금 안 계십니다." 상대가 말했다.

"어머! 그럼 언제 돌아오죠?" 스텔라가 물었다.

"저도 모릅니다. 전하실 말씀이 있습니까?"

"아뇨, 괜찮아요. 아, 잠깐만요! 돌아오면 곧장 스텔라에게 전화하라고 전해주세요."

스텔라가 수화기를 내려놓고 돌아섰다. 어느새 가이가 도서실에서 따라 나와 그녀를 바라보고 있었다.

"랜들은 왜 찾니?" 가이가 물었다.

스텔라가 얼굴을 붉히며 대답했다. "랜들은 이제 이 집의 가장이야. 이 사건을 끝까지 주시하겠다고 말하기도 했고. 게다가 우리가 모르는 뭔가를 알고 있는 게 분명해."

"우리가 그렇게 생각하기를 바라는 거겠지." 가이가 비웃으며 말했다. "무슨 이유로 그 자식이 해리엇 고모를 없애고 싶어 했을까? 네가 빌어먹게 똑똑했더라면 그걸 설명할 수 있을 텐데. 랜들은 삼촌의 죽음에도 손을 썼을걸. 물론 뭘 어떻게 했는지는 여전히 모르겠지만. 그런데 고모가 돌아가실 때 랜들이 여기 없었다는 사실을 제쳐놓는다 해도, 그 자식이 왜 고모를 죽여야 했을까?"

"나도 몰라. 그러니까 난 랜들의 짓이라고 생각하지 않는다는 말이야. 모든 게 악몽처럼 끔찍하지만 적어도 랜들은 제정신이야." 스텔라는 신경질적으로 양손을 꼭 맞잡았다. "오빠는 무슨 생각으로 해리엇 고모의 유산 이야기를 꺼낸 거야?"

가이가 웃음을 터뜨렸다. “못 할 말은 아니잖아. 어차피 이야기가 나올 텐데 내가 굳이 모르는 척할 이유가 있니?”

“오빠, 어리석은 행동 하지 마, 알겠지?” 스텔라가 불안한 듯 말했다.

“걱정하지 마. 너나 진정해.” 그는 이렇게 말한 후 오전용 거실 쪽으로 걸어갔다.

랜들과는 저녁 식사가 끝난 후에야 연락이 닿았다. 그의 부드러운 음성을 듣고 스텔라가 말했다. “드디어 통화하게 되었네! 하루 종일 어디서 뭐 했어? 내가…….”

“경마장에 있었어. 그나저나 소인에게 무슨 용건이오신지?”

“랜들, 끔찍한 일이 벌어졌어. 해리엇 고모가 돌아가셨어.”

수화기에서는 잠시 아무 소리도 들리지 않았다.

“해리엇 고모가 뭐 어쨌다고?”

“돌아가셨다고. 오늘 아침에. 경찰은 독살이라고 생각해.” 스텔라가 간단하게 소식을 알렸다. 다시 찾아온 침묵이 아까보다 훨씬 더 길어질 기미가 보이자 스텔라가 초조함을 이기지 못하고 랜들을 불렀다. “듣고 있어? 그 사람들이 고모가 독살되었다고 생각한다니까.”

“잘 듣고 있어. 좀 놀라서 그만. ‘그 사람들’이라니 그게 누군데?”

"데릭 필딩과 경찰이지, 누구겠어. 전화로는 자세하게 전할 수 없어. 곧 부검을 할 거래."

"그래서 내가 뭘 어떻게 해주기를 바라는 거야?" 랜들이 물었다.

"이 일이 어떻게 될지 지켜볼 거라면서!"

"나도 참 경솔하게 입을 놀렸네."

"올 수 있어?" 스텔라가 초조하게 말했다.

"갈 수야 있지만 당장은 안 가. 내일 갈게. 내가 보고 싶어?"

"오빠가 이 사건을 말끔하게 정리해주면 좋겠어. 오빠가 말했……."

"동생아, 내가 무슨 말을 했건 다 잊어도 돼. 해리엇 고모가 독살당하셨다면 내가 한 말은 아무 의미도 없으니까. 내일 갈 테니까 그때 보자."

스텔라는 이 정도에서 만족해야만 했다. 그녀는 엄마에게 랜들이 올 거라는 말을 하지 않았다. 이왕이면 엄마가 교회에 가고 없을 때 랜들이 오기를 바랐다. 하지만 조이가 에드워드 럼볼드까지 데리고 교회에서 돌아온 후에도 랜들은 도무지 나타날 기미가 보이지 않았다. 12시 반이 거의 다 되어갈 즈음 벤츠가 진입로로 미끄러져 들어오더니 잠시 후 랜들이 저택으로 들어왔다.

랜들이 방으로 들어갔을 때는 간밤에 잠을 푹 자지 못한 듯 얼굴이 푸석푸석한 조이가 한창 교회에서 느꼈던 평화로운 분위기에 대해 럼볼드에게 설명하던 중이었다. 랜들의 등장으로 이야기가 툭 끊어지자 그녀의 기분은 평화로부터 멀어졌다.

"랜들! 누가 널 기다렸나 보구나."

"누구는 그런 것 같은데, 확실히 누군가는 아닌가 보군요." 랜들이 말했다. "저는 신경 쓰지 말고 이야기를 계속해주세요. 숙모님의 영적인 경험은 언제 들어도 흥미진진하니까요."

"랜들 군, 자네의 숙모님은 큰 충격을 받으셨네." 럼볼드가 조용하게 타일렀다.

"우리 모두 큰 충격을 받았죠. 조이 숙모님, 많이 놀라셨나요? 아마도 사람 좋은 경정님도 그러실 거예요."

"왜 그렇게 생각하나?" 럼볼드가 물었다.

"글쎄요." 랜들은 벽난로 선반 위에 걸려 있는 거울로 자신의 넥타이를 요모조모 뜯어보며 대답했다. "지난번에 만났을 때 보니 미지의 인물에게 죄를 묻느라 바쁘셨더라고요."

"그게 무슨 말이야? 또 실없는 소리야?" 스텔라가 불쑥 말했다.

"귀여운 녀석! 이렇게 엄숙한 분위기에?" 랜들이 거울에 비친 그녀와 눈을 맞추며 대답했다. 그리고 거울에 비친 숙모를 보기 위해 스텔라 뒤쪽을 바라보았다. 조이는 럼볼드와 함께 소파에 앉아 있었다.

"그렇다면 그 미지의 인물이 누군데?"

"바보 같은 소리 그만해." 랜들은 여전히 넥타이 매무새가 마음에 안 드는지 만지작거렸다. "당연히 아무도 모르지. 그 사람의 이름은 하이드야. 존 하이드. 혹시 존 하이드라고 아세요, 숙모님?"

"아니, 모르는 사람이구나. 네가 무슨 말을 하는지 도통 모르겠어, 랜들."

그때 럼볼드가 물었다. "존 하이드라는 사람이 해리엇 양의 죽음에 무슨 관계가 있다는 건가? 그 사람이 누군가? 그러니까 내 말은……."

"경찰도 그 점이 궁금해서 사방을 샅샅이 뒤졌죠. 존 하이드를 찾아내려고요. 하지만 그자가 가여운 해리엇 고모님의 죽음에 연루되지는 않은 듯해요. 벌써 죽은 사람이거든요."

"죽었다고?" 럼볼드가 깜짝 놀라 되물었다.

"정확히는 며칠 전 신문에 부고가 실렸다고 해야겠죠."

럼볼드가 그를 빤히 바라보았다. "부고가 실렸다고? 랜들 군, 지금 무슨 이야기를 하는 건가? 방금 경찰이 하이드라는 남자를 수색중이라고 하지 않았나. 그래놓고 지금은 부고가 신문에 실렸다는 건가? 어느 쪽이 사실인가?"

“오, 당연히 양쪽 모두죠!” 랜들은 거울에서 시선을 떼고 돌아서서 그를 마주 보았다. “경찰은 사망설에 회의적이거든요. 그들은 하이드가 어딘가에 살아 있다고 생각해요. 제 짐작대로라면, 경찰은 하이드가 그레고리 삼촌을 살해하고 모습을 감췄을 거라고 보는 것 같아요. 그런데 돌연 해리엇 고모님이 돌아가셨으니 그 사람들도 황당할 겁니다. 이렇게 되면 하이드가 끼어들 여지가 없어지거든요.”

어리둥절한 표정으로 대화를 듣고 있던 스텔라가 물었다.

“그런데 그 정체 모를 남자가 우리 집에서 벌어진 일과 무슨 사이가 있다는 거야? 그러니까 그 사람이 삼촌과는 무슨 관계였어? 왜 삼촌을 죽여야만 했던 거야?”

“왜냐고?” 랜들이 물었다.

“그래, 무슨 근거로 경찰이 그 사람을 의심하는 거야?”

“음, 이미 말했다시피 그 사람이 흔적도 없이 사라졌거든.”

“그건 알겠어, 그런데…….”

“스텔라, 질문은 거기까지만 하고 스스로 생각이라는 걸 해보면 어떨까? 경찰은 훌쩍 모습을 감추는 사람을 좋아하지 않아. 적절하지 않은 행동이거든.”

“그건 잘 알겠네. 하지만 모습을 감췄든 사망했든 경찰이 그 사람을 의심할 만한 이유가 분명히 있지 않겠나.” 럼볼드가 끼어들었다.

"오, 물론 그렇죠. 삼촌이 그자와 모종의 거래 관계에 있다는 사실을 경찰이 알아냈어요. 그래서 그 사람의 거처를 찾아갔지만 그곳엔 아무도 없었죠. 하는 수 없이 그의 서류를 찾아보려 했지만 서류도 찾을 수 없었어요."

"'그곳'이라니 어딜 말하는 건가?"

"귀중품 보관소죠. 전부 수수께끼에 싸여 있어요. 나머지는 경정님에게 직접 물어보세요."

조이가 피곤하다는 듯 한숨을 내쉬었다. "이렇게 뜬금없는 이야기가 네 고모의 죽음과 무슨 관계가 있다는 건지 모르겠구나, 랜들."

"역시 조이 숙모님, 평소처럼 정곡을 찌르시는군요. 아무 관계도 없죠."

"그런데 왜 이런 이야기로 시간을 낭비하는 거니? 분명히……."

"분위기를 바꿔보려고요. 하지만 돌아가신 해리엇 고모님에 대한 이야기가 더 마음에 드신다면 그렇게 하죠. 고모님은 언제 어떻게 돌아가셨나요?"

랜들이 상냥하게 묻자 조이가 진저리를 쳤다.

"미안하구나, 랜들. 그 이야기는 도저히 못 하겠구나."

"스텔라, 네가 말해줘야겠다." 랜들이 그녀를 돌아보며 물었다. "느긋하게 드라이브라도 하면서 이야기할까?"

스텔라가 잠시 망설이더니 대답했다. "그러지, 뭐. 어차피 오빠도 알아야 하는 일이니까. 가서 모자 쓰고 올게."

그때 가이가 퍼뜩 고개를 들며 그녀를 불렀다. "저, 스텔라……" 그렇지만 어떻게 이야기를 풀어나가야 할지 모르겠다는 듯 우물쭈물하기만 했다.

그 모습을 본 랜들이 다정하게 말했다. "부끄러워할 필요 없어, 가이. 쓸데없는 소리는 하지 말라고 경고하고 싶은 거잖아."

가이는 그만 말문이 막혀 랜들을 노려보는 것밖에 할 수 없었다. 랜들은 미소를 지으며 스텔라가 나갈 수 있도록 문을 잡아주었다.

오래 지나지 않아, 외출 준비를 서둘러 마친 스텔라가 랜들의 차로 와서 그의 옆자리에 앉았다. "삼십 분만이라도 집을 벗어날 수 있어서 정말 다행이야. 너무 끔찍해, 오빠."

"그래. 나와 단둘이 있고 싶어서 냉큼 따라 나온 게 아니라는 것쯤은 나도 알아." 랜들이 클러치를 밟으며 대꾸했다.

"미안. 못되게 굴 생각은 아니었어."

"스텔라, 너답지 않게 왜 그래. 너무 예민하게 반응할 필요 없어."

랜들의 말에 스텔라가 어색한 웃음을 터뜨렸다. "그럴 수밖에 없잖아. 오빠가 도와줘야 해."

잠시 아무 대꾸도 하지 않던 랜들이 유난히 느릿느릿하게 말했다. “무슨 근거로 내가 도울 수 있다는 거니?”

“오빠가 지난번에 그랬잖아. 알고 있는 게 있다고.”

“상상력을 너무 발휘했는걸. 나는 수수께끼가 풀리지 않기를 바란다고 했어.”

“무슨 소리야, 풀려야지!” 스텔라가 발끈해서 소리쳤다.

“난 혹여라도 수수께끼가 풀릴까 걱정이야.”

“오빠, 도대체 뭘 알고 있는 거야? 왜 그런 말을 하는 거야? 오빠가 고모를 죽인 것도 아니잖아!”

“그건 그렇지. 오히려 고모께서 돌아가시는 바람에 사건만 복잡해졌어. 무슨 일이 있었는지 자세히 들려줘.” 랜들이 차분하게 말했다.

“아침을 드시러 내려오셨는데 몸이 안 좋다고 하셨어. 어제저녁에 나온 음식이 형편없었거든. 그래서 가이 오빠가 어제 드신 음식 탓에 탈이 난 게 아니냐고 했지.”

“걱정을 한 거야, 아니면 괜히 비꼬아본 거야?”

“비꼬아본 거지. 오빠가 하듯이.” 스텔라가 말했다.

“나를 좀더 높이 평가하는 법을 배워야겠구나. 내 방식은 독보적이야.”

“그래, 그렇다 치고. 아무튼 고모는 짜증을 내면서 베이컨을 드셨어. 정어리 때문에 탈이 난 게 아니라는 사실을 증명하려고 말이야."

"잠깐만. 그때 상황을 좀더 명확하게 알고 싶어. 정어리가 이 이야기에서 중요한 역할을 하니? 그렇다면 어떤 역할을 했는지 자세하게 들려줘." 랜들이 스텔라의 말허리를 끊었다.

"아냐, 저녁 식사에 정어리 카나페가 세이버리로 나왔을 뿐이야. 별거 없어."

"그게 사실이라면 해리엇 고모께서 처절할 정도로 허리띠를 졸라 맸다는 뜻이잖아."

스텔라는 잠시 웃음을 터뜨렸지만 이내 표정을 굳혔다.

"랜들, 농담하지 마. 재미없어. 이런 일을 비웃다니 너무 무정하잖아."

"좀 봐줘. 네가 웃는 모습이 보고 싶어서 그런 거니까."

그녀는 고개를 돌려 사촌 오빠를 보며 물었다. "어째서?"

랜들이 미소 지었다. "너무 진지하니까. 나는 그런 스텔라는 싫거든. 어서 넋이 나갈 정도로 재미있는 이야기를 계속해줘."

"더 해줄 얘기 없어. 고모는 아침을 드시고 나서 상태가 더 나빠진 것 같았어. 그래서 방으로 올라가셨는데 우연히 마주친 엄마에게 몸이 안 좋다고 하셨대. 엄마는 고모에게 방에 가서 쉬라고 한 후에 약을 좀 드렸어. 그리고…… 그리고 고모는 잠이 온다고 하셨대. 그후 정오 무렵에 엄마가 방안을 들여다보셨는데, 깊이 잠드신 것 같아서 깨우지 않으셨다는 거야. 그러다 점심을 먹을 때가 되어서 내가 고모에게 가봤더니 이미 돌아가신 후였지."

랜들은 속도를 높여서 앞서가는 화물차를 추월한 후 다시 속도를 늦췄다.

"이제 네가 빼놓은 부분을 마저 들려줘."

"그, 그런 거 없어. 정말이야. 굳이 말하라면 경찰이, 음, 엄마가 고모의 죽음과 무슨 관련이 있다고 생각하는 것 같다는 느낌을 지울 수 없다는 것 정도."

"그렇게 생각하는 사람이 경찰만은 아닐 텐데."

"무슨 뜻이야?" 스텔라가 되물었다.

"성녀와 다름없는 네 엄마가 사건과 아무 관계가 없다고 생각한다면 네가 걱정할 게 뭐가 있겠어? 전부 털어놓아."

"분명히 말하는데, 엄마가 범인이라고 생각하지 않아. 그건 절대 아니야! 나는 그저 엄마가 수상하게 보일까 봐 걱정이 돼. 뭘 어떻게 해야 할지 모르겠어. 약을 덜어서 고모에게 드렸던 약병은 엄마가 직접 씻어버렸어. 게다가 방에 아무도 들어가지 말라고도 하셨고. 그리 특이한 행동은 아니잖아? 하지만 경찰은 그 약을 의심하는 것 같아. 엄마도, 엄마도 자신의 행동이 수상하게 비칠 수 있다는 걸 알고 계시고. 그래서 약병을 누가 씻었는지 기억이 안 난다고 하셨어. 똑똑히 기억하시면서 말이야. 뿐만 아니라 자꾸 뇌졸중 탓이라는 말을 반복하셔. 병과 연결 지을 만한 걸 찾아내려고 하시고. 데릭과 이야기하면서도 의심받을 행동만 하셨어. 물론 나도 데릭의 판단을 전적으로 신뢰하지는 않아. 하지만 무엇보다도, 이전에 엄마가 부검에 얼마나 반대하셨는지 데릭이 경찰에 말했을까 걱정이야. 경찰이 엄마를 체포할까?"

"일단 독살 여부부터 확인해야 하지 않을까?" 랜들이 되물었다.

"랜들, 왜 알고 있는 사실을 말해주지 않는 거야? 어느 정도 확신이 있지 않았다면 데릭은 절대 그런 이야기를 꺼내지 않았을 거야. 만약 독살로 밝혀진다면 엄마나 가이 오빠, 어쩌면 내가 유일하게 동기가 있는 용의자들일까?" 스텔라가 애원하듯 말했다.

"동기라면 내게도 있어. 모두 정신만 잘 차리면 교수대는 피할 수 있을 거야."

"그런 말 하지 마! 처음에는 오빠가 점잖아진 것 같아서 이 상황을 진지하게 받아들이려나 보다 했어. 지금 보니 단지 비웃을 생각뿐이잖아?"

"사랑하는 스텔라, 믿기지 않겠지만 나는 지금 이 상황을 어느 때보다 진지하게 받아들이고 있어."

스텔라가 호기심 어린 표정으로 랜들을 바라보았다. "해리엇 고모를 좋아했어?"

"전혀. 하지만 돌아가시는 것보다 살아 계시는 편이 더 좋아."

"왜 그런 말을 하는 거야?"

"왜냐하면 스텔라, 고모가 돌아가시는 바람에 상황이 완전히 꼬였거든!"

13

남은 일요일은 어색하고 불편한 가운데 지루하게 흘러갔다. 랜들은 점심을 먹자마자 포플러스 저택을 떠났고 조이는 휴식하러 방으로 올라갔다. 가이와 스텔라는 집에만 있기 영 힘들어서 산책을 나갔다. 조이는 저녁을 먹는 동안 해리엇 형님이 없으니 집이 텅 빈 것 같다는 말을 세 번이나 했다. 그러자 더이상 버티지 못한 가이는 엄마가 고모와의 한집 살림을 점점 견디지 못한다는 인상을 줄곧 받았다며 신랄하게 쏘아붙였다. 그 말에 조이는 어리석게 굴지 말라고 일장연설을 했으며, 잠자리에 들러 갈 때까지도 자신은 화가 난 게 아니라 마음의 상처를 입은 거라고 주장했다. 스텔라는 괜히 말꼬리를 잡는다며 오빠를 나무랐는데, 가이는 엄마가 (혹은 다른 사람이) 그런 말을 조금만 더 했다면 말싸움보다 더 끔찍한 일이 벌어졌을 거라고 쏘아붙인 뒤 문을 쾅 닫고 나가버렸다. 그후 스텔라도 방으로 돌아가 잠을 청했지만 아침까지 악몽에 시달렸다.

다시 출근하겠다던 가이의 기특한 결심은 역시나 없던 일이 되었다. 아침을 먹으러 내려온 그는 안색이 파리하고 눈가에는 졸음기가 남아 있었다. 그는 굉장히 진한 차를 잔뜩 마시더니 토스트는 먹지도 않고 만지작거리다 바스러뜨렸다. 스텔라가 말을 걸어도 짧은 대답만 돌아올 뿐이라, 결국 스텔라는 대화하기를 포기하고 아침 식사를 마친 후 요리사를 만나러 갔다.

비처 부인이 한 달 후에 일을 관두겠다고 하는 바람에, 그렇지 않아도 악재가 끊이지 않는 그녀에게는 걱정거리가 하나 더 늘었다. 요리사는 자신도 남편도 무척 미안하게 생각하고는 있지만 이대로는 어수선하고 불안해서 견딜 수 없다고 했다.

"뭐, 놀랄 일도 아니죠." 스텔라가 솔직하게 인정했다.

"아가씨, 아가씨의 잘못이 아니에요. 하지만 저희도 저희 몸은 스스로 챙겨야지 않겠어요. 사실이야 어떻든 남편도 저도 일주일 중 엿새는 사람이 독을 먹고 죽어 나가는 집에서 살고 싶지 않아요. 이런 건 정상이 아니잖아요."

"맞아요." 스텔라가 선선히 그렇게 대답했다. 너무 의기소침해진 나머지 요리사의 말이 너무 과장되었다는 사실을 지적할 기분도 나지 않았다. "지금 외출할 건데 장 봐올 거라도 있어요?"

비처 부인은 무언가 빼곡이 적힌 종이를 건네주며 자신이 필요한 것은 소소한 것 한두 개뿐이라고 말했다.

스텔라는 목록을 받아 들고 엄마와 상의하기 위해 위층으로 올라갔다.

스텔라가 방으로 들어갔을 즈음 조이는 막 잠자리에서 일어나려던 참이었다. 가이처럼 졸음으로 눈이 흐리멍덩한 그녀는 간밤에 잠을 설쳤다고 말하곤, 딸이 건넨 요리사의 구매 목록을 보더니 끙 소리를 내며 이런 것으로 자신을 성가시게 하지 말라고 툴툴거렸다.

"지금 이게 문제가 아니에요." 스텔라가 목록을 주머니에 넣으며 말을 이었다. "비처 부부가 그만둔대요. 이달 말까지만 일하고 싶대요. 직업소개소에 전화해봐야 할까요?"

조이는 대뜸 이 세상에서 자신밖에 모르는 사람들을 떠올리면 너무나 마음이 아프다며 장장 오 분 동안 그들에게 닥친 난관에 대해 떠들어댔다. 하지만 어차피 그레고리가 자신에게 저택을 물려주었다면 비처 부부를 내보내려고 했다는 기억을 뒤늦게 떠올리곤, 오히려 잘된 일이라고 여겼다. 스텔라는 새 하인들을 뽑을 계획에 정신이 팔린 엄마를 내버려두고 장을 보러 나갔다.

약 한 시간 후, 스텔라가 저택에 돌아오니 가이가 홀에서 서성거리고 있었다. 그 모습을 보고 그녀가 오빠에게 한 소리하자 가이가 하얗게 질린 채 돌아보며 말했다. "경찰이 와 있어. 고모가 독살당하셨대."

스텔라는 별다른 대꾸도 없이 짐 꾸러미를 탁자 위에 조심스럽게 내려놓았다. "예상하고 있었잖아. 무슨 독이었대?"

"니코틴. 삼촌하고 똑같아."

그녀가 고개를 끄덕였다.

"그럴 것 같더라. 경찰은 어디에 있어?"

"도서실. 어머니와 함께 있어. 나보고 나가 있으래."

"독이 어디에 들어 있었는지 알아냈대?"

"아니. 아직 거기까지는 알아내지 못했나 봐. 경찰이 고모 방에서 약통이며 이런저런 물건들을 잔뜩 가져간 게 토요일이었잖아. 그걸 다 분석할 시간은 없었을 거야."

스텔라가 느릿느릿 장갑을 벗은 후 손가락 부분을 바르게 폈다. "고모가 독을 먹은 경위를 경찰이 밝혀내지 못했다면 우리도 당황할 필요 없어."

"누가 당황했다는 거야?" 가이가 짜증스럽게 말했다. "하지만 이제부터 경찰이 동기를 파고들 거야. 내가 범행 동기를 샅샅이 짚어봤어. 삼촌이 돌아가셨을 때는 상관없었어. 누구라도 범행이 가능했으니까. 하지만 고모의 경우엔 용의자가 두 사람으로 압축돼. 바로 엄마와 나야. 무엇보다도 엄마와 내겐 두 사람 모두에게 살해 동기가 있다는 사실이 중요해. 다른 사람들에겐 고모를 죽일 동기가 없잖아. 명백한 사실을 외면해봐야 소용없어. 곧 엄마나 내가 체포될 거야. 아니면 둘 다 그렇게 되겠지."

"말도 안 되는 소리 하지 마! 경찰은 엄마나 오빠에 대해서 아무것도 증명할 수 없어, 그렇지?" 스텔라가 말했다.

계속 서성거리던 가이가 우뚝 멈춰 서더니 탁자로 다가왔다. 그리고 건너편에 서 있는 동생을 마주 보았다.

"정에 치우치지 말고 객관적으로 상황을 봐. 그러면 경찰이 엄마와 내게 얼마나 무시무시한 혐의를 두고 있는지 잘 알 수 있을 테니까." 그는 목소리를 쥐어짜듯 힘겹게 말을 이었다. "나는 지금 막다른 상황에 몰렸어. 삼촌이 아무리 날 회유하고 설득해도 남미에는 절대 가고 싶지 않았다, 그래서 삼촌을 독살했다, 얼마 후 고모가 내게 유산을 남겼다는 사실을 알게 되었다, 돈이 궁해지자 고모마저 독살했다."

"누가 고작 4천 파운드 때문에 사람을 죽여?" 스텔라가 반박했다.

"과연 그럴까? 너는 내 말이 안 믿기나 보지? 훨씬 더 적은 돈 때문에 살인을 하는 사람들도 있어."

"그렇게 따지면 내가 고모를 죽였을지도 모르지. 고모 때문에 이 집이 지긋지긋했으니까."

"아니. 물론 네가 삼촌을 죽였을 수는 있어. 삼촌이 필딩의 장래를 망치겠다고 위협했으니까. 하지만 같은 이유로 고모까지 살해했을 리 없어. 필딩과 너는 이미 끝난 사이잖아. 경찰이 의심하는 사람은 엄마야. 경찰이 찾아왔을 때 엄마가 옷을 갈아입는 중이라 내가 먼저 면담을 했는데 경정이 잔뜩 질문을 하더라고. 전부 곤란한 질문뿐이더라.

빌어먹을 하인들이 다 떠벌린 게 분명해. 너도 찬찬히 생각해보면 얼마나 수상쩍게 보이는지 알 거야. 브라질 건으로 엄마와 삼촌과 싸웠던 거 기억하지? 당연히 너도 기억하겠지. 이 집에서 처음이자 마지막으로 엄마와 삼촌이 작정하고 싸웠으니까. 이 집 사람들은 다 알 거야. 그런데 내 생각에는 말이야, 엄마가 느닷없이 싸움을 멈추고 삼촌의 비위를 맞추는 바람에 다른 꿍꿍이가 있는 것처럼 보였을 수도 있을 것 같아."

"엄마는 원래 그런 사람이잖아! 선한 기독교도라면 그래서는 안 된다고 생각하셨겠지. 한편으로는 삼촌을 어떻게든 구슬려볼 작정이셨을 거야. 엄마를 아는 사람이라면 다 그렇게 생각할걸."

"경찰은 엄마를 모르잖아. 나만 해도 엄마가 순식간에 태도를 바꿔서 놀랐는걸! 분명히 엄마는 경찰에게 브라질 건은 심각하게 생각하지 않았다고 주장하셨을 거야. 그건 새빨간 거짓말이지. 하인들은 질문을 받자마자 매슈스 부인의 상태가 그 어느 때보다 심각했다고 증언할 게 뻔해. 너도 엄마가 어떤 분인지 알잖아. 언제나 세상만사가 당신이 원하는 대로 돌아간다고 믿으시지. 갓난아기라도 꿰뚫어 볼 멍청한 거짓말을 늘어놓으시고."

"그건 그래. 하지만 엄마가 고작 저택을 독차지하려고 고모를 죽였다고 생각할 리 없잖아?"

가이가 손바닥으로 탁자 상판을 탁 치며 말했다. "바보 같은 소리 좀 작작해! 삼촌이 이 저택의 관리비로 일 년에 2천 파운드의 신탁을 남긴 거 모르니? 생각해봐. 고모와 같이 살림을 꾸려나갔다면 2천 파운드는 그저 충분한 정도였겠지. 그런데 고모가 죽고 없으니 이제 2천 파운드는 단순히 충분한 정도가 아니야! 이제 알겠니?"

"아니, 그 돈은 어차피 고모가 마음대로 쓸 수 있는 돈도 아니었어." 스텔라가 고집스럽게 말했다.

"고맙지만 나도 그 돈의 용도는 잘 알고 있어. 수탁자는 그 돈으로 지방세 같은 비용을 처리해야 하지만 그후 잔액은 분기별로 은행으로 입금돼. 그러니까 돈을 지나치게 쓰는 것만 아니면, 어느 누가 지출 방식에 대해 왈가왈부하겠어?"

"그건 나도 알아. 그렇지만 엄마를 그런 식으로 생각하다니 너무해. 엄마에게 단점이 적지 않은 건 사실이지만."

"내가 그렇게 생각한다는 게 아니야. 경찰이 그렇게 생각할 거라는 거지." 가이가 대꾸했다.

"그렇다면 엄마를 체포하기 전에 경찰이 다시 생각해보겠지. 엄마가 고모를 죽이고 싶었다면 분명히 삼촌 사건이 해결될 때까지 기다렸을 거야. 지금 시점에 일을 벌이는 건 자기 무덤을 파는 짓이잖아!"

"아니, 내 생각은 달라. 엄마라면 삼촌 사건에 대한 경찰의 수사가 제자리걸음일 때 더 안전하다고 판단하셨을 거야. 계속 기다렸다가는 유일한 용의자가 될지도 모르니까. 엄마라면 분명히 그렇게 생각하셨을 거야."

스텔라가 몸서리쳤다. "너무 끔찍해. 그런 이야기는 이제 그만해! 랜들이 말했던 남자는 어떻게 되었대? 이름이 뭐였더라?"

"누구? 아, 그 헛소리! 몰라. 랜들이 웃자고 하는 소리 아니었니?"

"그렇지 않아. 그 이야기는 진짜야."

"그럼 그 사람이 해리엇 고모의 죽음과 어떤 식으로 연관되어 있다는 거야?"

"아무 관계도 없어. 랜들도 그렇게 말했고." 스텔라가 도서실의 문을 힐끔 보았다. "경찰이 엄마를 데리고 들어간 지 얼마나 지났어?"

"이십 분 정도." 가이는 다시 홀을 서성거리기 시작했다.

"엄마를 이해할 수가 없어! 평소에는 제대로 대답해주지도 않으시면서. 삼촌이 돌아가셨을 때도 마찬가지였잖아. 그런데 이번에는 꽤 동요하시는 것 같아."

"누구라도 놀랄 만한 사건이잖아."

"제발 사람들 앞에서 고모가 그리울 것 같다느니 고모가 죽어서 가슴이 아프다느니 하는 말 좀 안 하셨으면 좋겠어. 맘에도 없는 소리일 게 빤하잖아!"

스텔라는 그의 말을 잠시 생각해보았다.

"오빠, 꼭 그렇게 생각할 일도 아니야. 정말 고모를 그리워하실지도 모르잖아?"

가이가 동생을 빤히 바라보았다. "두 분은 걸핏하면 요란하게 싸웠잖아!"

"그래, 그러셨지. 하지만, 하지만 두 분은 끔찍할 정도로 서로에게 익숙했어. 때로는 손을 잡고 삼촌이나 거트루드 고모에게 맞서기도 했고. 둘 중 한 분이 몸이 안 좋기라도 하면 당장 살펴보러 오시곤 했잖아."

"차라리 그러지 않으셨으면 좋았을걸! 왜 그러신 거야! 왜 고모에게 당신이 처방받은 약을 줬을까? 얼른 의사부터 부르지. 무슨 생각으로 고모의 방에 얼씬도 못 하게 하신 거야? 하인들은 이구동성으로 엄마가 절대 고모를 방해하지 못하게 했다고 증언했어. 게다가 오늘은 그날 아침 메리에게 층계참을 쓸지 못하게 하셨다는 증언도 나왔어."

"누구라도 그렇게 했을 거야. 고모가 졸리다고 하셨잖아. 그러니 메리가 고모 방 근처에서 수선을 피우지 못하게 하신 건 당연해." 스텔라는 계속 어머니를 옹호했다.

가이가 반박하려고 입을 여는 순간 도서실의 문이 벌컥 열렸다. 재빨리 고개를 돌리자 조이가 문고리를 잡고 서서 다 죽어가는 목소리로 딸을 불렀다. "스텔라, 이리 좀 오겠니."

스텔라와 가이가 당장 어머니에게 달려갔다. 스텔라는 어머니의 허리를 팔로 감싸며 부축했다. "기운 내세요, 엄마. 우리 여기 있어요. 무슨 일이에요?"

조이는 스텔라를 도서실로 데리고 들어갔다. "얘야, 기억을 잘 더듬어서 경정님에게 말씀드리렴. 고모가 편찮으셔서 필딩 선생을 부를지 말지 같이 의논했던 거 기억나니?"

"그럼요, 기억하죠." 대답은 그렇게 했지만 스텔라는 어머니가 의사를 부르지 말자고 한 기억밖에 떠오르지 않았다. 그녀는 방 건너편에 서 있는 해너사이드를 바라보았다. 요모조모 뜯어보는 듯한 그의 시선에 주눅 들지 않고 맞받아쳤다.

"의사를 부를 필요가 없어 보였어요."

해너사이드는 스텔라의 말에 대답하지 않고 조이에게 말했다. "부인, 이러셔도 아무 소용 없습니다. 부인처럼 알 만하신 분이, 해리엇 양의 몸 상태가 상당히 나쁜 게 뻔히 보이는

데도 의사를 부르지 않았다는 사실은 변하지 않으니까요."

스텔라는 자신의 팔을 쥐고 있는 엄마의 손에 무의식적으로 힘이 들어가는 걸 느꼈다. "그렇게 심각해 보이지 않았다니까요!" 조이의 낮은 목소리는 흔들리고 있었다. "그냥 속이 메스꺼운 줄만 알았어요. 안색이 나쁘기에 급성 소화불량인가 보다 했죠. 게다가 형님은 평소에도 절대 건강한 낯빛이 아니었어요, 언제나 그랬다고요!"

"부인, 해리엇 양에겐 메스꺼움 말고도 다른 증상이 더 있었을 겁니다. 경련이나 팔에 소름이 돋았다는 말은 없었습니까? 손발이 얼음장 같지는 않았나요?"

"속이 메스껍고 현기증이 난다는 말 외에는 잘 기억나지 않아요. 으슬으슬 춥다는 말을 한 것도 같은데, 그건 당연하다고 생각했죠. 그래서 뜨거운 물을 담은 병을 줬어요."

"그런데 말이죠, 해리엇 양이 방으로 가던 중에 홀에서 집사를 마주쳤습니다. 그때 집사는 깜짝 놀랐다더군요. 숨을 제대로 쉬지 못하는 것처럼 보였다면서요. 마치 달리기라도 한 것처럼 말입니다."

"당연히 그렇게 말하겠죠! 하인들은 원래 터무니없이 이야기를 부풀리니까요!" 가이가 불쑥 끼어들어 비꼬았다.

"집사가 지어낸 이야기라면 그것참 신기한 우연의 일치군요. 그가 증언한 호흡곤란이야말로 니코틴중독의 증상 중 하나니까요. 그런 증상을 알아채지 못하셨나요, 매슈스 부인?"

"알아차렸다고 해도 현기증 때문이라고 생각했을 거예요." 조이가 말했다.

"해리엇 양이 부인에게 몸이 많이 안 좋다고 하지 않던가요?"

그 말에 조이가 잠시 웃음을 터뜨렸다. "가여운 해리엇 형님은 절대 자신의 고통을 사소하게 여기지 않는 사람이었어요. 몸이 많이 안 좋다고 말했겠죠. 하지만 나는 형님이 아주 조금 아픈 것만으로도 호들갑을 떠는 데 익숙해요. 그래서 그날도 형님의 말에 크게 신경 쓰지 않았어요. 그때는 분명히 배탈이 심하게 난 것 같았어요. 그래서 아이들이 배탈이 났을 때 대처하던 방식대로 했을 뿐이에요."

그러자 해너사이드가 차분하면서도, 무엇에도 절대 흔들리지 않을 확신이 느껴지는 말투로 반박했다. "하지만 지난 칠 년 반 동안 해리엇 양을 지켜본 비처 부인은 그녀가 고분고분하게 남의 말을 들을 성격이 아니었다던데요."

조이의 눈빛이 매섭게 빛났다. "비처 부인이 뭘 알겠어요! 형님이 일개 요리사에게 다 떠벌렸을 리 없어요. 스텔라, 지난번에 네 고모가 코감기로 얼마나 유난을 떨었는지 기억하지, 그렇지?"

"부인, 여기서 무슨 말씀을 하셔도 따님은 어머니에게 장단을 맞춰줄 겁니다. 그러니 그런 증언은 제게 아무 의미도 없다는 사실을 명심하시기 바랍니다."

"그러니까 경정님은 지금 내 말보다 하인들의 증언을 더 신뢰하신다는 말씀이시군요!" 조이가 발끈해서 따졌다.

"아니죠. 이런 의미입니다. 부인은 내내 솔직하지 않았고 지금도 여전히 숨기는 게 있습니다. 솔직히 말씀드리면 부인의 증언을 완전히 신뢰할 수 없습니다. 미리 경고하죠. 분명 똑똑하게 기억하시고 계실 당시 정황에 대해 자꾸 기억이 희미하다는 말을 고집하신다면 매우 심각한 결과가 뒤따를 겁니다."

그때까지 문을 등지고 말없이 서 있던 가이가 갑자기 방 한가운데로 걸어오더니 이렇게 말했다. "스텔라, 엄마를 자리에 앉혀드려. 이보세요, 경정님. 제 어머니는 두 건의 살인 사건과 아무 관계도 없습니다. 그러니 경정님이든 누구든 어머니를 위협한다면 가만히 있지 않을 겁니다! 비처 부부가 한 말은 진실을 한참 비켜 갔어요. 그 사람들은 어머니를 좋아하지 않아요. 게다가 곧 일을 그만둔다고 한 상태고요. 돌아가신 고모님은 아침을 드실 때만 해도 경정님이 말씀하신 증상에 대해서는 한마디도 없으셨어요. 저와 제 동생도 고모님이 특별히 아파 보인다고 생각하지 않았고요."

"그럴 수도 있겠군요. 두 분이 아침에 해리엇 양을 보았을 때와 홀에서 집사가 그분과 마주쳤을 때는 어느 정도 시차가 있으니까요. 이 문제에 대해 어떤 의견을 갖고 있는지는 잘 알겠습니다, 가이 씨. 하지만 이런 식의 참견은 결코 도움이 되지 않습니다."

"경정님께서 놓치신 부분이 있는 것 같군요." 가이가 해너사이드의 경고를 무시하며 말을 이었다. "고모님은 아침 식사 때 속이 좋지 않다고 말씀하셨어요. 그 점은 저와 제 동생이 증명합니다. 제 어머니와 마주치기 전이었죠. 만약 어머니가 고모님께 드린 약에 니코틴이 들어 있었다고 생각하신다면 이 점을 상기시켜 드려야겠군요. 고모님은 증상이 시작되고 최소 한 시간이 흐른 후에야 그 약을 받았습니다. 비처가 한 말을 그토록 염두에 두고 계신다니 말인데, 고모님께서 약을 받은 건 집사가 홀에서 고모님을 마주치고 깜짝 놀란 후라는 사실도 잘 알고 계시겠군요."

"잘 알고 있습니다, 가이 씨."

"정말 터무니없는 소리지만," 조이가 손수건으로 입가를 누르며 말을 이었다. "경정님은 네 고모가 식전에 마신 홍차에 내가 끔찍한 독을 탔다고 보시는 것 같구나." 그녀는 파리한 얼굴로 미소를 지었다. "이토록 사람의 감정을 아프게 후벼 파는 끔찍한 생각만 아니었다면 크게 웃었을 소리지! 식전차에 뭔가를 타다니 금시초문이야. 게다가 나는 하녀가 방에 들어온 후에야 일어났는데, 그런 내가 어떻게 네 고모의 찻주전자에 손을 댔다는 건지 도무지 알 수가 없구나."

"매슈스 부인, 지금 하녀가 방에 온 후에야 일어났다고 하시는데 하녀는 방에 들어갔을 때 부인께서 일어나 계시더라고 증언을 했습니다. 사실대로 말씀하시는 게 확실합니까?"

"지금 보니 경정님은 마음대로 절 모욕하실 작정이시군요. 이제 저를 체포하기만 하면 되나요? 솔직히 아무 조치도 취하지 않으신 게 더 놀랍네요."

해너사이드는 아무 말도 하지 않았다. 그때였다. 식전 차 이야기가 나오자 움찔하던 가이가 경악에 찬 표정으로 여동생을 바라보았다. 그는 엄마가 앉아 있던 의자의 등받이에서 손을 치우며 말했다.

"아무도 엄마를 체포하지 않을 거예요, 제가 보증해요. 경정님, 아주 영리하시군요. 그래요, 고모님을 독살한 사람은 어머니가 아니에요. 바로 접니다."

"오빠, 그게 무슨 소리야!" 스텔라가 놀라서 소리쳤다.

그는 여동생을 본체만체하며 해너사이드를 똑바로 쳐다보았다. 조이는 경악을 금치 못하며 외쳤다. "거짓말이에요! 저 애 말은 듣지 마세요! 사실이 아니에요."

수수께끼 같은 표정을 한 채, 반항심으로 번득이는 가이의 두 눈을 쏘아보며 해너사이드가 물었다. "어떻게 고인이 독을 마시게 했습니까, 가이 씨?"

"차에 독을 탔습니다. 고모가 아침을 드실 때 마셨던 차에요. 제가 제일 먼 자리에 앉았거든요. 여동생은 늘 커피를 마시죠. 그날 제게 차를 마셨냐고 물어보셨을 때 거짓말을 했습니다. 저는 마시지 않았어요. 대신 커피를 마셨습니다."

"아니야. 가이, 그러지 마! 무슨 말을 하는지 알고 하는 거야? 경정님, 내 아들은 나를 보호하려고 저러는 거예요! 지금 한 말은 모두 새빨간 거짓말이에요! 잘 생각해보세요."

"삼촌을 독살한 사람도 당신입니까, 가이 씨?" 해너사이드가 물었다.

"맞습니다. 위스키소다에 독을 탔죠." 가이가 경박하게 인정했다.

그러자 스텔라가 분을 이기지 못하고 소리쳤다. "연극은 집어치워! 그런 형편없는 연기로 뭘 얻겠다는 거야? 오빠는 그날 아침 커피를 마시지 않았어. 다른 날도 마찬가지고! 오빠는 커피를 좋아하지 않잖아! 지금 싸구려 소설 속 등장인물처럼 굴고 있는 거 알아?"

가이가 스텔라에게는 조금도 신경 쓰지 않고 경정에게 말했다. "저를 체포할 영장은 챙겨 오셨습니까?"

"아닙니다. 가져오지 않았습니다." 해너사이드가 대답했다.

"그렇다면 얼른 영장부터 신청하시죠!" 가이가 말했다.

"영장을 신청할 근거를 충분히 확보하면 당연히 그렇게 할 겁니다." 해너사이드가 약속하듯 말했다.

"이 이상 뭘 더 원하시는지 모르겠군요!" 가이는 어쩐지 맥이 빠진 듯한 목소리였다.

그 순간 헤밍웨이 경사가 도서실로 들어와 경정에게 봉인된 봉투를 하나 건넸다.

"실례하겠습니다." 해너사이드는 정중하게 양해를 구한 뒤 봉투 안에서 종이 한 장을 꺼내 펼쳤다. 그는 타자기로 작성한 글을 읽은 후 고개를 들어 가이를 바라보았다. 그 모습을 전부 지켜본 가이가 말했다. "제 어머니를 계속 추궁해봐야 시간 낭비일 뿐입니다. 무슨 일이 벌어졌는지 제가 다 말씀드리지 않았습니까. 현실을 인정하고 저를 체포하세요!"

"미안합니다, 가이 씨. 하지만 당신을 체포할 영장을 신청하려면 지금까지 들은 증언으로는 충분하지 못합니다. 방금 고인의 차에 독을 탔다고 증언하셨죠? 하지만 해리엇 양의 죽음을 몰고 온 니코틴은 피해자가 삼킨 음식물에 들어가 있지 않았습니다."

그 말에 급작스럽게 주위가 고요해졌다. 가이가 부자연스러운 침묵을 깨고 물었다. "그게 무슨 말입니까? 먹은 게 아니라니요? 당연히 독을 삼켰겠죠!"

"역시, 큰소리를 치는 데 비해 당신이 알고 있는 건 별로 없다는 내 짐작이 맞았군요. 니코틴은 위에서 흡수된 게 아닙니다. 구강 조직을 통해 흡수되었죠." 이렇게 말하며 해너사이드는 조금 전 받은 종이를 들었다. "여기 분석 보고서가 있습니다. 아까부터 기다리고 있었죠. 고인이 독에 중독되게 한 물질은 튜브에 든 치약이었습니다."

"튜브에 든 치약이라고요?" 가이가 멍한 표정으로 경정의 말을 되풀이하더니 입을 다물었다.

해너사이드는 보고서를 접어서 자기 수첩에 끼워 넣었다. 경정의 신중한 손놀림을 지켜보던 스텔라는 탄복하는 듯했다. 할 말을 잊은 그녀의 시선이 홀린 듯이 그를 따라다니는 동안, 스텔라의 머릿속에는 온갖 생각이 차례로 떠올랐다 사라졌다. 어지러운 생각이 어느 순간 한 문장에 집약되어 자신도 모르게 입 밖으로 툭 튀어나왔다. "그렇다면 누구라도 범행을 저지를 수 있었잖아요!"

"전 그렇게 생각하지 않습니다, 스텔라 양."

어느덧 평소의 느긋한 분위기를 되찾은 조이가 끼어들었다. "스텔라, 가만히 있어. 너는 이런 일에 대해 아무것도 모르잖니. 그리고 그렇게 불쑥 끼어들면 안 돼." 그런 다음 해너사이드를 돌아보며 우아하게 말했다. "경정님이 얼마나 터무니없는 의심을 하셨는지 이제 잘 아셨겠죠. 하지만 그 부분은 문제 삼지 않겠어요. 직무상 경정님은 사람을 의심할 수밖에 없으니까요. 그건 그렇고 분석 결과가 너무나 놀랍군요! 치약이라니! 그렇다면 주사 같은 걸 사용해서 독을 치약 안에 주입했다는 말씀인가요? 분명 피하 주사기를 썼을 거예요. 하지만 우리 집에서 그런 물건을 가지고 있는 사람은 없을 거예요. 너무나 끔찍한 일이군요. 불쌍하게도 형님이……."

가이가 엄마의 입을 막기라도 하려는 듯 짜증스러운 몸짓을 했다.

"어떻게 된 일입니까? 말씀해주실 수 있나요?"

"물론이죠. 매슈스 부인의 짐작대로 범인은 피하 주사기로 독을 주입했을 겁니다. 튜브 뒤쪽에서 바늘을 찔러 넣어서 그보다 조금 위쪽에 독을 주입했죠. 튜브의 가장 뒤쪽 치약에서는 독이 검출되지 않았습니다. 제일 앞쪽에서도 독은 검출되지 않았을 겁니다."

가이가 한결 누그러진 목소리로 말했다. "이럴 수가, 참으로 교활하군요! 그렇다면 독은 언제든지 넣을 수 있었겠군요. 며칠에 걸쳐 치약을 쓰다 보면 결국 독이 있는 부분까지 도달할 거고요!"

"끔찍해! 악마적인 발상이야!" 스텔라가 말했다.

"너희 고모가 아무것도 몰랐음을 감사해야겠구나." 조이가 짐짓 점잖은 목소리로 말했다.

"세상에, 고모가 도축장에 끌려간 양이라도 된 것처럼 말씀하지 마세요!" 혐오감을 이기지 못한 스텔라가 파리한 얼굴로 엄마에게 대들었다.

"스텔라, 입조심해!" 조이가 엄한 목소리로 말하곤 다시 경정에게 관심을 돌렸다. "충격적이군요. 하지만 아들의 말이 옳아요. 독은 언제든지 넣을 수 있었겠죠."

"하지만 아무나 넣을 수는 없죠, 매슈스 부인." 해너사이드가 대답했다.

조이는 양손을 넓게 벌리며 말했다. "이 집에 익숙한 사람이라면 누구나 기회가 있었을 거예요, 경정님."

"그럴지도 모르죠. 하지만 해리엇 양을 죽일 만한 동기가 있는 사람은 극소수죠."

"맙소사, 또 시작이군요." 가이가 끙 하며 투덜거렸다.

조이가 안타깝다는 듯 고개를 가로저었다. "경정님, 한번 생각해보세요. 우리는 서로의 삶에 대해 뭘 얼마나 알고 있었을까요? 그렇게 해리엇 형님과 가까웠던 저조차도 그녀의 적을 다 알고 있었는지 선뜻 장담하지 못하겠어요. 형님은 괴상하고 괴팍한 사람이었어요! 때로는 과거에 있었던 일이 그녀가 보여주는 기행의 상당 부분을 설명해줄 수 있지 않을까 생각해보기도 했답니다. 분명히 비뚤어진 천성이 그렇게 자주……."

"그렇게 해리엇 양과 가까운 사이였던 부인께서, 그녀가 과거에 겪은 불길한 사건에 대해 아는 게 없으시다면 해리엇 양에게 그런 일은 없었다고 봐도 되겠군요." 조이의 말을 끊는 경정의 목소리에는 경멸하는 기색이 역력했다. "잠시 생각해 보면 아시겠지만, 독이 어디에 있었는지 알아낸다고 해서 용의자의 범위가 더 넓어지지는 않습니다."

스텔라가 의자 등받이를 움켜쥐고 지푸라기라도 잡는 심정으로 말했다. "하지만 우리 세 사람 중 누구에게도 해리엇 고모를 죽일 동기가 없어요. 제 말뜻은, 동기다운 동기가 없다고요! 악몽을 꾸는 것 같네요! 이런 일이 일어날 리 없잖아요! 날 좀 내버려두세요, 엄마! 입 다물고 가만히 있을 생각 없으니까요!"

그녀는 경고하듯 자신의 팔을 가볍게 잡은 엄마의 손을 뿌리치며 소리쳤다. 그러더니 떨리는 목소리로 말을 이었다.

"누가 범인인지는 모르겠어요. 하지만 고모는 뭔가를 알아냈는지도 몰라요. 그 때문에 위험에 처하신 거고요. 경찰에서 찾고 있는 그 남자에 대한 것일지도 모르죠. 행방불명이라는 그 사람 말이에요."

"뭐라고요?" 해너사이드가 되물었다.

스텔라는 불쾌한 표정을 지었다. "오, 저는 아무것도 몰라요. 제가 어떻게 알겠어요? 그런데 경찰은 왜 그 남자를 더 적극적으로 찾지 않죠? 사촌이 얘기해줬어요. 경찰이 그 남자가 삼촌의 죽음과 연관되어 있을 거라고 의심하고 있다고요. 고모가 그 남자에 대해 뭔가를 알아냈을지도 몰라요. 생각해보면 우리 가족이 처음부터 이 집에 산 것도 아니잖아요. 그러니 과거에 무슨 일이 있었는지 우리가 어떻게 알겠어요. 엄마 말씀이 맞아요! 경정님은 제 삼촌에 대해 모르시잖아요. 해리엇 고모가 삼촌을 얼마나 증오했는지도 모르시죠. 혹시 고모가 삼촌을 살해할 계획에 가담한 건 아닐까요? 그랬는데, 오, 말도 안 되는 소리라는 건 저도 잘 알아요. 하지만 어머니가 이 집을 독차지할 속셈으로 잔인하고 냉혹하게 고모를 살해했으리라는 가정에 비하면 그렇게 헛소리만도 아닐걸요!"

스텔라의 목소리가 갈라졌다. 하지만 이내 침착함을 되찾고 이렇게 덧붙였다.

"엄마에게 살해 동기가 있다면 제게도 있어요!"

"나도 있어. 아마 너보다 더 강력할걸." 가이가 말했다.

"아니, 그렇지 않아. 해리엇 고모는 우리 중 유일하게 오빠만 좋아했어! 엄마와 내가 고모와 맞설 때도 오빠만 혼자 고모 편을 들었잖아. 오빠 말이라면 반대하지도 않았어. 고모는 오빠를 아꼈어!"

"재산을 내게 남길 정도로 말이지. 그 점을 잊지 마."

"어차피 그 돈을 원한 것도 아니잖아! 경정님, 고모의 유산 이야기는 다 헛소리에요! 고모의 재산이라고 해봐야 얼마 되지도 않아요. 게다가 그레고리 삼촌이 돌아가셨으니 오빠는 자기 돈을 맘대로 할 수 있다고요!"

스텔라는 자신의 말이 또 어떻게 해석될 수 있을지 불현듯 깨닫고는 황급히 입을 다물었다. 그리고 그 어느 때보다 얼굴이 하얗게 질린 채 더듬거렸다. "아니에요. 제 말은, 그러니까 그런 뜻이 아니라……."

그 순간 문이 열리는 소리가 나더니 곧이어 달콤한 목소리가 들렸다. "이렇게 다시 만나니 꿈만 같군요! 너무 늦지 않게 모두와 자리를 함께할 수 있어서 정말 다행입니다. 경정님을 뵙지 못했다면 무척 아쉬웠을 겁니다."

"오, 랜들 오빠!" 스텔라는 깜짝 놀라며 잡고 있던 의자의 등받이를 놓았다. 그리고 얼른 그에게 달려가 매달리듯 양팔을 붙잡았다.

랜들이 눈썹을 치켜올리며 의아한 표정으로 스텔라를 내려다보았다. 동생의 느닷없는 행동에 깜짝 놀란 가이는 스텔라를 내려다보는 랜들의 푸른 눈동자가 반짝하는 순간을 분명히 보았지만 어떤 의미인지 갈피를 잡을 수 없었다.

랜들이 스텔라의 두 팔을 잡았다. 하지만 그것은 자신의 소매를 붙잡고 있는 손을 떼어내기 위해서였다.

"사랑하는 스텔라, 이 오빠의 옷에 좀더 신경을 써주면 좋겠구나." 그가 부드러운 음성으로 나무라듯 말했다. "내가 너를 아무리 아껴도 이 특별한 코트를 마구잡이로 다루는 건 용서 못 해."

랜들은 이렇게 말하며 스텔라의 팔짱을 끼고 그녀의 손가락을 가볍게 감싸 쥔 채 방 안으로 나란히 들어왔다. 그는 한자리에 모인 사람들을 둘러보며 말했다.

"이제 누가 좀 설명해주시죠. 제 귀여운 사촌 동생이 왜 이렇게 흥분했죠? 경정님, 혹시 스텔라에게 고모님을 살해한 혐의를 씌우신 겁니까?"

"아닙니다. 그런 적 없습니다."

"전부 말씀해주시죠. 여러분 모두 제게 들려줄 이야기로 머리가 터져나가기 직전이신 듯한데." 랜들이 사근사근하게 말했다.

"랜들! 무슨 그런 말을!" 조이가 꾸짖듯 말했다.

"독이 어디에 들어 있었는지 경찰이 밝혀냈어." 가이가 대답했다.

"정말이야? 그거 잘됐네. 어디에 들어 있었대?" 랜들이 물었다.

"치약." 가이가 짧게 대답했다.

랜들은 스텔라를 의자로 데려갔다. 그는 어쩐지 가이가 들려준 놀라운 소식보다 스텔라가 자리에 잘 앉았는지에 더 신경을 쓰는 듯했다. 하지만 그런 모습은 말 그대로 순식간에 사라졌고, 랜들은 이렇게 대꾸했다. “그래? 분명히 아주 영리한 자의 소행이겠군.”

“내 생각도 그래. 빌어먹게 똑똑한 녀석이야.”

마침내 스텔라로부터 주의를 돌린 랜들이 은근히 관심을 드러내며 가이를 바라보더니 부추기듯 말했다.

“계속해봐. 또 무슨 생각을 했지?”

“또 무슨 생각을 해야 할지 나도 모르겠는데.” 가이가 느릿하게 말했다.

랜들이 케이스에서 담배를 한 개비 꺼내 입에 물며 말했다. “지병, 아니면 친척 간의 관용?”

“둘 다 아니야. 형이 막 도착했을 때 스텔라는 행방불명되었다는 남자와 해리엇 고모가 어떤 식으로든 접점이 있을지 모른다는 이야기를 하고 있었어. 어쩌면 고모가 위험한 사실을 너무 많이 알았을지도 몰라. 그래서 독살당한 거겠지.”

랜들이 담배에 불을 붙이고 입에 물었다. “이 스릴 넘치는 이야기의 내일 연재분은 무슨 일이 있어도 놓치면 안 되겠어. 제목이 뭐야? ‘죽음의 손길’? 경정님이 이 이야기에 얼마나 흠뻑 빠지셨는지 알겠네. 그리하여 해리엇 고모는 자신의 비밀을 무덤까지 가지고 갔다! 이런, 이런!”

“재미없어!” 가이가 쏘아붙였다.

“전혀 재미없지. 너무 감상적이야.” 랜들도 가차 없이 말했다.

"나는 그 가설이 무용지물이라고 생각하지 않아. 따져보면……."

그러자 랜들이 끙 하는 소리를 내며 한 손으로 눈을 가렸다. "어리석기는. 너는 터무니없다는 무슨 뜻인지 모르니?"

"랜들 오빠, 우리가 모르는 사실이 있을지도 모르잖아." 스텔라가 나지막한 목소리로 친오빠의 편을 들었다.

랜들은 그녀를 힐끔 내려다보았다. "해리엇 고모의 인생에? 정신 차려."

바로 그때였다. 거트루드 럽턴이 도서실로 당당하게 들어오더니 주위를 둘러보았다. 그리고 거들먹거리는 말투로 말했다. "이럴 줄 알았어."

랜들이 즉시 고모를 돌아보며 물었다. "그것참 흥미롭군요. 뭐가 말인가요?"

"나는 너와 말다툼이나 하려고 여기 온 게 아니야, 랜들. 이 저택에서 무슨 일이 벌어지고 있는지 알아보려고 왔지. 두 경관이 여기 있는 것을 보니, 도저히 믿기지 않지만 해리엇이 독살당한 게 확실하겠구나. 무슨 일이 벌어진 건지 빠짐없이 알아야겠어!"

"음, 방금 전까지 저희는 해리엇 고모께서 사악한 비밀을 알고 있었던 탓에 살해당했다는 매력적인 가설에 대해 논의

하는 중이었죠." 랜들이 대답했다.

거트루드가 무시무시한 눈빛으로 랜들을 쏘아보았다. "해리엇은 평생 비밀을 지킨 적이 없어. 그런 헛소리를 누가 지껄였는지 모르겠지만 확실히 말해두지. 나는 그런 이야기에 절대 동의할 수 없다."

그녀는 이번에는 해너사이드를 노려보며 말했다. "해리엇이 어떻게 독살당했는지 알아냈나요? 아니면 아직도 오리무중인가요?"

"해리엇 양은 튜브형 치약에 주입된 독에 중독되어 사망했습니다." 뒤로 살짝 물러나 그들이 하는 이야기를 들으며 관찰하고 있던 해너사이드가 대답했다.

"튜브형 치약이라고요?" 거트루드가 경정의 말을 되풀이했다. "이런 이야기는 처음 듣는군요!"

"아주 소중한 지식이네요, 고모님! 이 심포지엄에 크게 기여하셨습니다!" 랜들이 빈정거렸다.

"누구 짓이죠? 내가 알고 싶은 건 바로 범인이에요! 경찰이라면 이것부터 알아내야 하는 거 아닌가요! 세상에, 경찰은 뭘 알고 있는 거죠? 한 명도 아니고 두 명이나 이 집에서 살해되었는데 이 사건에 대해서 아무것도 한 게 없잖아요?" 거트루드가 따지듯 물었다.

"고모님, '이 사건'이 아니라 '이 사건들'이겠죠." 랜들이 짜증스러운 목소리로 고모의 말을 고쳤다.

"나는 사실을 있는 그대로만 볼 겁니다." 그녀는 랜들이 끼어들거나 말거나 신경 쓰지 않고 계속했다. "나는 진실이 아무리 추악하더라도 절대 움츠러들지 않아요. 내 동생들이 잔인하게 살해당했어요. 그리고 그것이 가능했던 유일한 사람도 알고 있죠. 아니 그럴 동기가 있는 유일한 사람이에요!"

그 말에 조이가 벌떡 일어났다. "혹시 저를 말씀하시는 거라면 그냥 그렇다고 하세요, 형님! 피도 눈물도 없는 악독한 사람이라는 비난에는 이제 익숙하니까요! 하지만 이것만큼은 저도 궁금하네요. 도대체 제가 무슨 수로 니코틴을 손에 넣었다는 건가요?"

"자네가 병이나 약물과 관련된 주제에 얼마나 병적으로 관심이 많은지 여기서 모르는 사람이 있나? 원하기만 한다면 어디서 니코틴을 손에 넣을 수 있을지 금방 알아냈겠지."

그러자 스텔라가 자리에서 일어나 따졌다. "니코틴은 살 수 있는 물건이 아니에요. 담배에서 추출해야 한다고요. 데릭이 그랬어요. 엄마가 무슨 수로 추출법을 아시겠어요?"

"그렇다면 필딩 말고 또 누가 그런 걸 알겠어?" 이렇게 말한 가이는 재빨리 고개를 들어 맞은편에 있는 사촌을 바라보았다. 문득 그의 눈이 가늘어졌다. "이런, 아니면 랜들인가?"

랜들은 이런 공격에 전혀 동요하지 않았다. 그는 담뱃재를 털며 말했다. "스텔라의 잠자리 이야기책에 등장하는 수수께끼의 살인자로 조만간 내가 지목될 줄 알았어."

거트루드가 차가운 눈빛으로 랜들을 노려보았다. 그녀가 천천히 말을 시작했다. "그래. 더할 나위 없는 사실이야. 물론 네가 무슨 이유로 해리엇을 독살했는지는 도무지 알 수가 없지만. 네 아버지가 세상을 떴을 무렵 네가 의대에 재학중이었다는 사실 정도는 경정님께서 이미 알고 계시겠지?"

"네, 럽턴 부인. 알고 있습니다." 해너사이드가 대답했다.

"그 사실이 이 사건과 특별히 관계가 있다고 말하지는 않으마. 하지만 네가 의학 지식을 가지고 있다는 사실은 변함없어. 게다가 네게는 그레고리를 죽일 강력한 동기도 있었지." 거트루드가 말했다.

스텔라가 의자 팔걸이를 움켜쥐며 소리쳤다. "아니에요! 아니라고요. 랜들에게는 동기가 없어요. 삼촌의 돈을 원하지도 않는걸요. 그 돈을 포기할 거라고 내게 말했어요."

스텔라의 폭로에 놀란 사람들은 그만 말문이 막혔다. 랜들을 유심히 지켜보던 해너사이드는 그가 얼굴에 짜증스러운 기색을 언뜻 비추더니 스텔라에게 재빨리 경고의 눈빛을 보내는 모습을 놓치지 않았다.

마침내 가이가 침묵을 깼다. "형, 정말, 삼촌의, 돈을, 원하지 않는 거야? 그게 무슨 헛소리야! 이렇게 말도 안 되는 얘기는 평생 처음 들어!"

그러자 랜들이 웃음을 터뜨렸다. 하지만 해너사이드의 질문에 웃음소리가 뚝 멎었다. "정말 흥미로운 이야기군요, 랜들 씨. 유산을 원하지 않는 이유를 말씀해주시겠습니까?"

"뻔한 이야기 아니겠어요? 그렇게 말해야 삼촌을 독살했다는 의심을 받지 않으니까 그랬겠죠." 가이가 비꼬듯 말했다.

"고맙습니다, 가이 씨. 하지만 나는 지금 당신이 아니라 당신의 사촌인 랜들 씨에게 물었습니다."

랜들이 인상을 쓴 채 담배의 끄트머리를 물끄러미 바라보았다. 그는 해너사이드의 질문에 고개를 들고 생각에 잠긴 목소리로 대답했다. "음, 경정님께서도 아시다시피 제가 가끔 한 번씩 가족에게 충격을 안겨주는 일을 즐기지 않습니까."

"그렇다면 스텔라 양에게 한 말은 털끝만큼도 진심이 아니었다는 뜻인가요?"

랜들의 입꼬리가 냉소하듯 말려 올라갔다. "그렇게 큰 재산을 어느 누가 포기하고 싶어 하겠습니까? 그 질문의 대답은 속마음을 숨기지 못하는 제 가족들의 표정에 다 드러나 있습니다. 저 사람들은 제가 삼촌과 고모를 살해했다고 해도 지금보다 덜 놀랄 거예요"

랜들은 조소하며 탁자로 다가가 재떨이에 담배를 비벼 껐다.

"하지만 제가 유산을 어떻게 처리할 작정인지는 지금 이 일과 하등 관계없습니다. 경정님은 비탄에 빠진 제 가족이 이 허심탄회한 대화를 계속하게 만들고 싶으시겠죠. 제가 그걸 모를 거라고 생각하지 마세요. 저는 그렇게 할 생각이 없습니다, 경정님. 그러고 싶지 않아요! 지금은 고모님의 죽음에만 집중하죠, 네? 설마 제가 이 죽음에 관여했다는 억측을 진심으로 믿으시는 건 아니죠?

아하, 스텔라의 매력적인 가설은 옆으로 미뤄두죠. 친애하는 거트루드 고모님처럼 경정님도 조이 숙모님이 범인이라고 의심하시나요? 그걸로 경정님을 비난할 생각은 없습니다. 심지어 거트루드 고모님에 대해서도요. 숙모님은 스스로 자신에 대한 혐의를 입증할 근거를 키웠어요. 자업자득이죠. 그런데 지금 그 사실이 경정님 마음에 걸리시겠죠, 그렇죠? 해리엇 고모의 갑작스러운 죽음이 지금까지 공들여 세운 가설을 무너뜨렸지 않습니까. 사실, 아주 엉망진창이죠."

랜들이 잠시 입을 다물자 해너사이드가 짧게 말했다. "계속해보세요, 랜들 씨."

"저도 마음에 걸리더군요. 하지만 저는 경정님보다 좀더 유리한 입장이죠. 제 가족의 괴상한 면에 대해 더 많이 알고 있으니까요. 사실 살해 방법을 알기 전까지만 해도 저 또한 한 치 앞이 보이지 않는 안개 속에 갇힌 기분이었습니다. 하지만 그 방법을 듣고 나니 한 가지 생각이 떠오르더군요." 그는 주위를 둘러보며 말을 이었다. "혹시 그레고리 삼촌이 쓰던 치약이 어떻게 되었는지 아십니까?"

한동안 아무도 대답하지 않았다. 모두 멍한 표정으로 랜들만 바라보았다. 다음 순간 스텔라가 자리에서 벌떡 일어나는 바람에 반들반들하게 광을 낸 바닥 위로 의자가 끌리면서 날카로운 소리를 냈다.

"랜들! 오빠 생각이 맞아! 고모가 그 치약을 가져가셨어!" 그녀가 소리쳤다.

"그럴 줄 알았어." 랜들이 말했다.

조이가 얼빠진 표정으로 말했다. "해리엇이 아주버님의 치약을 가져갔다고? 그걸 쓰려고? 정말이야? 그런 비위 상하는 짓을 왜 한 거야?"

"확실합니까, 스텔라 양?" 해너사이드가 확인했다.

"네, 확실해요! 랜들이 이 이야기를 꺼낼 때까지 까마득하게 잊고 있었는데 지금 기억이 났어요. 우리가 삼촌의 시신을 발견한 바로 그날이었어요. 고모가 삼촌의 방을 정리하라고 하셨죠. 저는 마침 고모와 층계참에서 마주쳤는데, 그때 고모가 방에서 챙긴 삼촌의 물건을 잔뜩 안고 계셨어요. 정확히 뭘 챙기셨는지는 모르겠어요. 하지만 삼촌의 목욕 수건을 챙기신 건 기억해요. 걸레로 쓸 거라고 하셨거든요. 그리고 제게 치약을 보여주신 것도 똑똑히 기억해요. 반쯤 쓴 치약이었어요. 아직 남은 치약을 버려야 하는 이유를 모르겠다고 하시면서 쓰시던 걸 다 쓰면 그걸 쓸 거라고 하시더군요."

그때까지 귀를 쫑긋 세운 채 잠자코 이야기를 듣고 있던 헤밍웨이 경사가 드디어 입을 열었다. "우리가 빈 튜브를 찾은 것도 설명이 되네요, 경정님. 원래 누가 쓰던 치약을 가져와 끝까지 다 쓴 거였어요. 며칠 쓴 것 같은 치약이 있는데 빈 튜브가 세면대에 있어서 조금 이상하다고 생각했거든요."

해너사이드가 고개를 끄덕이는데 가이가 소리쳤다. "그, 그렇다면 고모가 순전히 사고로 돌아가셨다는 말이야?"

거트루드가 깊은 한숨을 내쉬었다. "그게 사실이라면 해리엇이 자초한 일이라는 것밖에 더 할 말이 없구나. 극성스럽게 아껴봐야 아무 소용없다고 그렇게 말했건만. 내 이야기를 귓등으로도 듣지 않더니 어떻게 되었는지 좀 보라고! 이제 더이상 못 참겠어. 아주 욕지기가 올라와!"

"형님, 지금 고인을 흉보는 거예요." 조이가 나무랐다.

해너사이드가 스텔라를 가만히 바라보았다. "스텔라 양, 혹시 해리엇 양과 마주친 시간을 기억하십니까?"

스텔라는 잠시 생각에 잠겼다. "글쎄요. 정확하게는 기억나지 않아요. 점심을 먹기 전이라는 건 확실해요. 정오 무렵이었을 거예요. 확답은 못 하겠지만요. 그 이후일 수도 있어요."

"그보다 전은 아니고요?"

"네. 확실히 그보다 이른 시각은 아니었어요."

"고인이 그 방을 정리하는 동안 그레고리 씨의 욕실은 잠겨 있었습니까?"

스텔라가 고개를 가로저었다. "아뇨, 삼촌의 욕실은 잠겨 있지 않았어요."

"그렇다면 누구든 다른 사람의 눈을 피해서 몰래 욕실로 들어갈 수 있었겠군요. 그렇습니까?"

"네, 아마도요. 그렇지만 왜 그런…… 아차! 치약을 가져가서 태워버리기 위해서군요!" 스텔라가 어리둥절한 표정으로 주위를 둘러보았다. "하지만 아무도 그러지 않았어요. 그렇다는 말은 이 집에 사는 사람은 범인이 아니라는 뜻이네요, 그렇죠?"

"필딩이 그러려고 했는지 어쨌는지 지금으로서는 확실히 알 수 없지만, 만약 그 사람이 범인이라도 그럴 기회가 없었을 거야. 삼촌의 방까지 비처가 따라갔으니까." 가이가 말했다.

"데릭은 절대 아니야." 스텔라가 짧게 대꾸했다.

"그렇다면 랜들은? 순전히 궁금해서 그러는데 친애하는 형이 그날 계단 꼭대기에서 스텔라와 이야기를 하는 모습을 내가 봤거든. 그때 형은 층계참에서 뭘 하고 있었던 거야?"

"계단 꼭대기에서 스텔라와 이야기를 하고 있었단다, 친애하는 동생." 랜들이 사근사근하게 대답했다.

"스텔라, 랜들이 뭘 하고 있었어?"

스텔라는 랜들을 힐끔 보았다. 그는 엷은 미소를 띈 채 그녀를 보고 있었다.

"나도 몰라. 오빠가 직접 물어보면 되잖아. 어차피 그 무렵 랜들은 며칠 동안 이 집 근처에도 오지 않았……." 스텔라가 문득 말을 멈추고 눈을 휘둥그레 떴다.

"바로 그거야!" 가이가 의기양양해서 소리쳤다. "그때 랜들은 며칠 동안 저택에 얼씬도 하지 않았어. 그래서 삼촌이 돌아가신 후에도 랜들은 전혀 의심을 받지 않았지. 하지만 치약에 독을 주입하는 일이라면 언제든 할 수 있었어. 랜들의 완벽한 알리바이는 더이상 존재하지 않아!"

스텔라를 제외한 모든 사람의 시선이 랜들에게 쏠렸다. 스텔라는 분을 참지 못하고 소리쳤다. "오빠는 생각하는 게 어쩌면 그렇게 썩어빠졌어! 랜들은 한 번도 오빠를 범인으로 몰지 않았는데!"

"랜들은 걸핏하면 우리 모두에게 야비한 독설을……."

"그랬지. 왜냐하면 우리가 그런 취급을 받을 만한 짓을 했으니까! 랜들은 한 번도 오빠의 등에 칼을 꽂은 적은 없어. 오빠도 잘 알잖아!"

"너 도대체 왜 그러니?" 가이가 너무 놀라 주위 사람들의 존재를 잊은 채 따졌다. "너도 그랬잖아. 랜들이 능글능글한 뱀 같다고!"

남매의 말다툼이 이어지는데 어디선가 "후후" 하는 웃음소리가 들렸다.

"너 정말 그렇게 말했어? 욕을 하려거든 창의적으로 해봐." 랜들이 말했다.

"전에 한 번 그랬어. 하지만……."

"오! 한번 뱉은 말은 주워 담지 마!" 랜

들이 말했다. "나는 그 말이 마음에 들거든. 그리고 속 좁은 오빠의 머리는 그만 물어뜯어. 그럴 필요 없어. 가이 말대로 나는 알리바이가 없어. 완벽한 진실이야. 가이보다 더 이해력이 좋은지는 모르겠다만 적어도 그와 비슷한 수준인 해너사이드 경정님도 아마 방금 전 그 사실을 깨달으신 것 같아.

여러분이 경정님을 주의 깊게 지켜봤더라면 살짝 짜증스러운 표정이 나타났다 사라지는 모습을 보셨을 겁니다. 보기에 따라서는 분한 표정이었다고도 할 수 있겠네요. 왜냐하면 경정님은 가이와 달리 경정님은 제가 용의자 그룹에 들어가면 다른 사람들의 혐의가 벗겨지는 게 아니라, 용의자의 범위만 늘어날 뿐이라는 사실도 같이 깨달으셨거든요."

해너사이드는 전혀 변하지 않은 표정으로 잠자코 이야기를 듣다가 특유의 인간미 없는 말투로 이렇게 말했다. "랜들 씨 말이 맞습니다. 하지만 동시에……."

"게다가……." 랜들은 그가 계속 말하도록 내버려두지 않았다. 그는 새 담배에 불을 붙이며 말했다. "경정님은 다른 사람들의 혐의를 입증할 수 없듯이 제 혐의 또한 입증하실 수 없을 겁니다. 대충 조사해보기만 하셔도 제가 재산을 흥청망청 써버렸다는 친척들의 생각과는 달리 삼촌의 유산이 필요한 처지가 아니라는 걸 알게 되실 테니까요."

"그것도 사실일지 모르죠. 하지만 지금 이 자리는 그 문제를 이야기하기에 적당하지 않군요."

해너사이드의 말에 랜들이 주위를 둘러보았다.

"그렇네요. 여기는 사람들이 너무 많아요." 랜들은 맞장구를 치더니 스텔라에게 말했다. "스텔라, 여기서 나가자. 그러면 거트루드 고모도 이 집에서 당신을 반기는 사람이 아무도 없다는 사실을 떠올리실 거야."

그는 이렇게 말하며 스텔라의 손목을 잡더니 문으로 이끌었다. 헤밍웨이 경사가 해너사이드 경정을 재빨리 바라보았지만 그는 꿈쩍도 하지 않았다. 거트루드 럽턴이 랜들에게 저런 무례한 태도 외에 뭘 바라겠냐며 호통을 쳤다. 정작 랜들은 고모의 불호령을 다 듣지도 않고선 스텔라를 데리고 쌩하니 도서실을 나가버렸다.

그는 홀까지 와서 우뚝 멈춰 서더니 스텔라를 내려다보았다. 그녀를 바라보는 그의 입가에 미소가 어른거렸다.

"말해봐, 내 사랑하는 사촌. 어째서 삼촌의 욕실에서 나오는 나와 마주쳤다는 이야기를 경찰에게 하지 않았지?"

"몰라." 스텔라가 아이처럼 대답했다.

"일단 오전용 거실로 가자. 네게 더 지독한 질문을 해야 하니까."

스텔라는 순순히 랜들을 따라 오전용 거실로 향하면서도 이렇게 말했다. "좋아. 그렇지만 얼른 끝내. 나는, 나는 오래 머무를 수 없으니까."

랜들은 그녀의 말을 들은 척도 하지 않고, 오전용 거실로 들어가 문을 닫자마자 갑자기 분위기가 돌변해 진지하게 물었다.

"스텔라, 아까는 왜 구원자라도 본 것처럼 내게 달려왔지?"

스텔라의 얼굴이 발갛게 물들었다. "어머, 그런 거 아니었어! 그러니까, 오빠가 그랬잖아. 끝까지 지켜볼 거라고. 그, 그래서 우리를 도와줄 수 있을 것 같았어. 내가 좀 흥분했었나 봐." 그녀는 어색함을 무마하려는 듯 살짝 웃었다. "근사한 코트를 쭈글쭈글하게 만들어서 미안해!"

그 순간 랜들의 얼굴에서 미소가 사라졌다. 기다란 속눈썹 아래로 불쑥 나타나곤 했던 조롱의 눈빛조차 보이지 않았다. "코트는 중요하지 않아."

"그때 오빠가 어떻게 행동했는지 봤다면 누구도 그렇게 말하지 않을……."

"스텔라, 우리 관계가 여기까지 왔는데 내가 너를 그냥 놓아줄 거라고 생각했니?"

"날 놓아주다니……." 스텔라는 목이 메어 잠시 말을 잇지 못했다. "지금 무슨 말을 하는지 모르겠어. 하지만……."

"망설이지 마, 스텔라. 어때, 내 회색빛 홀이 우리의 결혼에 극복할 수 없는 장애가 될까?"

"당연하지!" 스텔라는 자신의 대답에 놀라 서둘러 덧붙였다. "아니, 내 말은……."

"그렇다면 네가 좋을 대로 다시 꾸미도록 해. 하지만 미리 말해두는데, 절대 가이에게 맡기면 안 돼."

스텔라는 눈앞의 세상이 휙휙 돌아가는 것 같았다. 그녀는 웬일인지 우물쭈물했다. "지금 하는 이야기 전혀 재미없거든. 이런 걸 농담이라고 생각하나 본데, 나는 아니야."

랜들이 그녀의 두 손을 잡으며 말했다. "농담하는 거 아니야. 청혼하는 거야. 나랑 결혼해줄래?"

"아니! 당연히 아니지!" 스텔라는 도대체 왜 자신의 무릎이 달달 떨리는지 모르겠다는 생각밖에 들지 않았다.

랜들은 그녀의 손을 한참 잡고 있다가 마침내 손을 놓고 문으로 걸어가기 시작했다. 스텔라는 뒤돌아서 걸어가는 랜들을 당혹스러운 표정으로 바라보았다. 그녀는 더이상 참지 못하고 떨리는 목소리로 그를 불렀다.

"오빠, 이대로 가는 거야?"

"보다시피."

"하지만, 나를, 아니 우리를 이렇게 내버려두고 가면 안 돼!"

"어느 쪽인지 똑똑히 말해. 너야, 너희야?" 랜들이 되물었다.

"우리지! 우리 모두 말이야. 이렇게 가면……."

"가지 왜 못 가!" 랜들은 냉기가 흐르는 목소리로 쏘아붙인 후 문손잡이에 손을 올려놓았다.

스텔라가 불안에 휩싸여 말했다. "협박 때문에 오빠와 결혼하겠다고 하지는 않을 거야!"

그가 스텔라를 향해 고개를 돌렸다. 속내를 짐작할 수 없는 묘한 표정을 하고 그녀를 빤히 바라보았다.

"넌 왜 이러는 거니? 혹시 숙모님이 체포될까 봐 걱정하는 거라면 확실히 말해주지. 지금 경찰은 네 어머니보다 나를 체포하고 싶어서 몸이 달아 있어."

"그런 게 아니야! 그러니까 그것때문만은 아니라고. 오, 랜들, 그렇게 밉살스럽게 굴 필요는 없잖아!"

"그 표현은 별로야. 능글능글한 뱀 쪽이 훨씬 나아."

스텔라는 허둥지둥 손수건을 찾으며 훌쩍거렸다. "앞으로 죽을 때까지 우려먹을 작정이군. 도대체 무슨 바람이 불어서 내게 청혼을 한 거야? 뭐에 홀린 거 아니야?"

"그 질문의 해답은 잠 못 이루는 밤을 너와 함께 지새울 수수께끼로 남겨둘게." 랜들이 말했다.

"정말로 나와 결혼할 생각이 없다는 건 누구보다 오빠 자신이 잘 알잖아!"

랜들이 지겹다는 듯한 표정을 지었다. 그는 어깨를 문에 기댄 채 말했다. "그렇게 얼빠진 말까지 내가 대꾸해줘야 하니?"

"오빠 눈에 나는 얼빠지고 어리석은데다 취향도 형편없는 여자잖아. 그걸 뻔히 아는데 어떻게 오빠의 청혼이 진심이라고 생각하겠어! 앞뒤가 안 맞잖아! 왈가왈부해봐야 뭐 해!"

"지금 이 일로 왈가왈부하려는 게 아니라는 건 너도 잘 알고 있을 텐데." 랜들이 느릿느릿 말했다.

스텔라는 못된 표정으로 그를 바라보며 말했다. "난 얼마든지 오빠와 친구처럼 지낼 생각이……."

"그래, 그렇겠지. 하지만 나는 너와 '우정'을 쌓을 생각은 추호도 없어." 랜들이 딱 잘라 말했다.

"잘 알았어. 그럼 잘 가!" 스텔라는 이렇게 쏘아붙인 후 몸을 홱 돌려 창밖을 멍하니 바라보았다. "나는 상관없으니까."

문이 열리고 곧이어 닫히는 소리가 들렸다. 스텔라는 그만 서러움이 북받쳐 울음을 터뜨렸다. 그녀는 손수건을 꺼내 얼굴을 파묻고 소리를 죽여 울기 시작했다.

그때 바로 뒤에서 랜들의 상냥한 목소리가 들렸다.

"내 손수건 써. 이게 더 크니까."

스텔라는 뛸 듯이 놀라며 떨리는 목소리로 말했다. "소름 끼쳐! 내가 오빠를 얼마나 싫어하는지 모를 거야!"

"모르긴 왜 몰라." 랜들은 그녀를 품에 안고 그녀의 손수건을 받아 들었다.

"내가 코트에 눈물 콧물 다 묻히면 후회할걸." 스텔라가 그의 어깨에 얼굴을 파묻은 채 말했다.

"내 아름다운 코트는 그만 잊어버려!" 랜들이 말했다.

스텔라는 더듬더듬 그의 손수건을 찾았다. 그가 손수건을 주자 스텔라는 조심스럽게 눈가의 눈물을 훔쳤다.

"내가 오빠와 결혼을 한다면 오빠를 사랑해서가 아니야. 왜냐하면 나는 오빠를 사랑하지 않으니까!"

"좋아, 그럼 내 돈을 보고 해." 그가 담담하게 말했다.

울음을 그친 스텔라가 랜들의 손수건을 가슴 주머니에 마구잡이로 쑤셔 넣었다. "오빠처럼 말을 밉살맞게 하는 사람은 본 적이 없어!" 그녀의 말은 진심이었다. "어떻게든 이 집을 나가고 싶지 않았다면 하늘이 무너져도 오빠와 결혼할 생각은 하지 않았을 거야. 오빠와 결혼하면 이 집에서 사는 것만큼 끔찍한 생활이 기다리고 있을지 몰라. 아니 어쩌면 그보다 더 끔찍할 수도 있어." 스텔라가 앙갚음이라도 하듯 독설을 퍼부었다.

"여기서 사는 것보다 더 끔찍한 일이 어디 있다고. 내가 못돼먹은 남편이 될지도 모르지. 하지만 적어도 나와 함께 살면 절대 지루하지 않을걸. 그건 그렇고 결혼할 거야 말 거야?" 랜들이 천연덕스럽게 말했다.

스텔라는 답을 가르쳐주기를 바라는 듯 그가 입은 조끼의 제일 위 단추를 물끄러미 바라보았다. 그랬더니 코트 깃에 파우더가 묻어 있는 게 보였다. 그녀는 얼른 손가락으로 옷깃에 묻은 화장품을 닦았다.

손 하나가 불쑥 올라오더니 스텔라의 손을 잡고 가만히 있었다.

"대답할 시간이야."

그녀는 고개를 들어 랜들을 바라보았다. 수줍은 듯 양 볼이 붉게 상기되어 있었다. 그녀가 작은 목소리로 물었다. "랜들, 정말 나를 원하는 거야?"

"그걸 말로 해야 알아?" 랜들은 이렇게 말하며 그녀에게 입을 맞췄다.

그로부터 십 분 동안 스텔라는 딱 두 마디밖에 하지 못했는데, 그 두 마디조차도 헉헉거리는 소리와 비슷해 이성에서 비롯된 말소리라고 하기 어려웠다. 랜들은 스텔라의 첫 번째 말에는 "내 사랑!" 하고 대답했으며 두 번째 말에는 "바보 같은 나의 귀염둥이!" 하고 대꾸했다. 스텔라는 양쪽 모두 매우 마음에 드는 것 같았다.

잠시 후 정신을 차린 스텔라가 말했다. "내 머리가 갑자기 어떻게 됐나 봐! 오빠는 내 이상형도 아닌데. 엄마와 가이 오빠에게는 또 뭐라고 하지? 내 말을 절대 안 믿을 거야!"

"아침부터 그런 모습을 보였으니 최악의 사태에도 마음의 준비가 되어 있을 거야. 널 위해 이 소식을 터뜨리는 건 내가 맡을게."

"어머, 안 돼. 절대 안 돼. 무슨 소동이 벌어질지 뻔해! 랜들, 내게 맹세해! 두 사람을 자극하는 말은 단 한 마디도 꺼내지 않겠다고."

"맹세할 수 없어. 그러니 네게 맡길게." 랜들은 손목시계를 힐끔 보더니 말했다. "이제 가봐야겠어. 내가 안 가면 경정이 누군가를 체포할 거야. 십중팔구, 그 사람은 나겠지."

스텔라가 그의 손을 잡으며 물었다. "랜들, 오빠 짓이 아니지? 사건과 아무 관계도 없지, 그렇지?"

"그럼. 어딜 어떻게 봐도 그렇게 보이겠지만 나는 결백해."

그녀가 랜들을 바라보았다. "오빠는 범인이 누구인지 알아?"

그는 곧장 대답하지 않았지만, 이윽고 스텔라의 손을 꼭 쥐며 말했다. "그래, 짐작 가는 사람이 있어."

"충격적인 일이 벌어질까?"

"그래, 분명히 그럴 거야. 오, 조이 숙모님은 아니야, 내 사랑. 그렇지만 네게 큰 충격을 줄 것 같아."

"경찰에게 말할 거야?"

"그래야 해. 경찰들이 진실을 알아내지 못하도록 최선을 다했지만, 내가 그들을 너무 철저하게 방해하는 바람에 이제 우리 가족 모두가 체포당할 위기에 놓였어. 느닷없이 고모도 돌아가셨고! 제대로 보면 고모의 죽음에는 꽤 흥미로운 반전이 숨어 있는 것 같아."

"가르쳐줄 수 있어, 랜들? 알고 싶어."

"지금은 안 돼, 스텔라. 꼭 해야만 하는 일이 있어. 그 일을 끝낼 때까지는 나만 알고 있는 편이 좋을 것 같아."

"그럼 한 가지만 말해줘. 경찰이 아직도 못 찾았다는 그 남자 말이야. 그 남자와 관계가 있어?"

"처음부터 끝까지 관계가 있어." 랜들은 이렇게 대답한 후 그녀에게 입을 맞추고 소파에서 일어났다. "오늘 밤에 전화할게, 나의 스텔라. 아무 걱정 하지 마."

"오빠가 떠난 사이에 엄마나 가이가 체포되지만 않으면 걱정할 게 뭐가 있겠어."

스텔라는 여전히 걱정을 지울 수 없었다.

"경찰이 그렇게 하지는 않을 거야. 새로운 사실을 알아내기 위해서 몇 가지 질문 정도는 하겠지. 해너사이드가 체포 영장을 청구할 생각을 할 정도로 가이가 무턱대고 날뛸 수 있을 것 같지도 않고. 게다가 지금 경정은 내 뒤를 캐느라 바빠. 몇 시간 후면 최근 며칠 동안의 내 행적을 조사하고 있을 게 분명해."

역시나 상황은 랜들의 짐작대로 돌아가는 듯했다. 이십 분

후 스텔라와 마주친 해너사이드는 아직도 랜들이 포플러스 저택에 있는지 물었다. 그녀가 고개를 가로젓자 경정은 그녀를 빤히 바라보았다. (어쩌면 그녀의 착각이었을지도 모른다.) 그러더니 랜들이 어디로 갔는지 물었다. 랜들의 행선지를 모르기에 떳떳하게 모른다고 대답하면서도 스텔라는 그만 뺨을 붉히고 말았다. 경정은 그녀의 반응을 알아차리지 못한 건지, 알아차렸다고 한들 신경 쓰지 않는 것인지, 랜들의 집으로 가면 만날 수 있을 거라는 말만 남긴 채 경사와 함께 그곳을 떠났다.

헤밍웨이는 줄곧 생각에 잠겨 있는 것처럼 보였다. 진입로를 걸어가는 동안 그는 도통 입을 열지 않았다. 저택 대문에 다다르자 헤밍웨이가 입을 열었다. "경정님, 사건의 진상을 저보다 더 많이 파악하고 계시겠죠. 아무리 그렇기로서니 그자가 도망치게 내버려두시다니요! 너무 놀라서 누가 손만 대도 쓰러질 것 같습니다."

"그를 체포할 영장이 없다는 걸 자네도 알지 않나." 해너사이드가 대꾸했다.

"어차피 그자에게 질문할 생각도 없으셨잖습니까?" 헤밍웨이가 계속 물고 늘어졌다.

"그때 그 저택 안에서는 그랬다네. 그의 집으로 직접 찾아가 만날 거야. 거기라면 우리를 방해할 신경질적인 젊은이들도, 집요한 부인네들도 없으니까." 해너사이드의 분위기가 심상치 않았다.

"그자의 짓이라고 생각하십니까, 경정님?"

"아니, 그렇게 생각하지 않아."

"그렇게 생각하지 않으신다고요?" 헤밍웨이는 해너사이드의 말을 듣자마자 그 자리에 우뚝 선 채 그의 말을 되풀이하더니 이렇게 다시 물었다. "삼촌의 유산을 포기한다는 폭로에 그자가 늘어놓은 변명을 어떻게 판단해야 할까요?"

"랜들은 그런 이야기는 일언반구도 하지 않았어." 이 상황에서도 해너사이드는 침착하기 그지없었다.

"랜들이 그 아가씨에게는 다 털어놓은 것 같아요." 헤밍웨이가 다시 상사와 보조를 맞춰 걸으며 말했다.

"그건 다른 문제네."

"그렇죠? 솔직히 저는 전혀 몰랐어요. 금방 알아차리지는 못했죠."

"아하, 여기가 바로 심리학이 등장할 지점이군!" 해너사이드가 장난스럽게 말했다. "스텔라 양이 입을 열자 랜들은 언짢은 기색이더군."

경사가 경정을 곁눈으로 쳐다보았다. 할 말이 많은 표정이었지만 정작 그는 한 가지 질문밖에 하지 않았다. "랜들이 우리를 갖고 놀기는 했지만 살인은 저지르지 않았다고 가정한다면, 그자는 지금 무슨 게임을 벌이고 있는 걸까요?"

"아마 우리가 진실을 알아내지 못하도록 방해하는 거겠지."

해너사이드의 말에 헤밍웨이가 정색을 하며 물었다. "경정님, 짚이는 구석이 있으신 거군요!"

"진상이 어렴풋이 보이는 것 같네." 해너사이드가 선선히 인정했다. "그래서 랜들 매슈스와 단둘이 대화할 수 있는 곳에서 만나고 싶은 거라네. 그 친구가 입을 열게 만들어야 해."

랜들의 집에는 집사 벤슨뿐이었다. 그는 주인이 외출중이며 저녁이 되어야 돌아올 거라고 전하면서 은근히 고소해하는 기색을 드러냈다.

헤밍웨이는 집사의 말을 믿지 못해서 발끈했다. "뭐라고요? 혹시 머스Merc를 몰고 나갔습니까?"

그러자 벤슨이 대답했다. "혹시 메르세데스-벤츠를 말씀하시는 거라면 아닙니다. 그 차는 지금 차고에 있습니다, 경사님."

"그렇다면 랜들 씨가 여기에 들렀다가 다시 나간 지 한 시간이 안 되었겠군요." 해너사이드가 물었다.

"그렇습니다." 벤슨은 이렇게 대답하더니 마지못해 덧붙였다. "랜들 씨께서 혹시 두 분이 찾아오실 때를 대비해 전갈을 남기셨습니다."

"뭐라고요?"

"오늘은 하루 종일 집을 비울 예정이니 9시경에 와주시면 기쁘게 만나 뵙겠다고 하셨습니다." 벤슨이 말했다.

"그렇다면 그때쯤 다시 찾겠다고 전해주시오." 해너사이드는 이렇게 말한 후 계단으로 발걸음을 옮겼다.

"이제 어떻게 하실 작정인지 여쭤도 되겠습니까?" 헤밍웨이가 물었다.

"묻는 건 괜찮네만 솔직히 나도 뭐가 뭔지 모르겠어. 이유는 알 수 없지만 그가 몇 시간 동안 날 피해 있으려는 것 같아."

"이러다가 대륙 어딘가에서 그자의 소식을 듣게 되면 우리 꼴이 우습게 될걸요." 기가 팍 죽은 헤밍웨이가 툴툴거렸다.

해너사이드는 부하가 안쓰러운 듯 물었다. "자네가 늘 살피는 심리적 측면은 어떻게 되었나?"

"그건 잘 살펴보고 있습니다. 그런데 경정님이 제 상관이 아니라면 말이죠, 분명히 '아니라면'이라고 했습니다. 어째서 느닷없이 우왕좌왕하시냐고 물었을 겁니다. 물론 실행에는 못 옮기겠죠."

"걱정 말게! 우왕좌왕까지는 아니니까. 랜들의 집에 감시를 붙이게. 그래야만 마음이 편하다면 말이지. 무슨 일이 생기면 지체 말고 보고하라고 하고. 특히 랜들이 돌아오는 즉시 보고하도록."

"네, 아무것도 안 하는 것보다는 낫겠네요. 그러면 성과가 있으리라 보십니까?"

"그건 아니네. 하지만 이왕이면 신중을 기하는 편이 좋지 않겠나."

랜들의 집을 감시하던 형사는 8시가 되어서야 비로소 경찰청에서 대기중이던 헤밍웨이에게 연락을 취했다. 그는 오 분 전에 랜들이 귀가했다고 보고했다.

그는 이 소식을 상관에게 전한 후 지시가 떨어지기를 기다렸다.

"8시 정각에 돌아왔군." 해너사이드가 손목시계를 보며 말했다. "이제부터 저녁을 들겠지. 젭슨에게 두 눈을 부릅뜨고 감시하라고 하게. 만약 랜들이 다시 외출하면 미행하고."

하지만 랜들은 더이상 집 밖으로 나오지 않았다. 해너사이드는 9시에 랜들의 집에 도착했다. 그는 곧장 도서실로 안내받았다. 랜들은 커다란 안락의자에 깊숙이 기대 앉아 있었고 의자 옆의 키 낮은 탁자에는 커피 쟁반이 놓여 있었다.

랜들은 피곤해 보였고 기분도 저조한 것 같았다. 그의 검은색 눈썹 사이로 주름이 패고, 입매에서는 지금껏 한 번도 그에게서 보지 못한 진지한 분위기가 느껴졌다. 그가 방으로 들어온 경정을 보고는 의자에서 일어나 진지한 표정으로 인사를 건넸다. 지금까지 해너사이드의 신경을 그렇게 긁었던 엷고 냉소적인 미소를 짓지 않은 건 이번이 처음이었다.

"어서 오십시오. 경정님의 위성은 같이 오지 않았습니까?"

"혼자 왔습니다." 해너사이드가 대답했다.

랜들이 그를 바라보며 말했다. "다행이군요! 혼자 오시면 좋겠다고 생각했거든요."

"그러실 것 같더군요."

랜들이 해너사이드를 물끄러미 바라보더니 탁자 위로 몸을 숙여 커피 주전자를 들었다. "그러셨습니까? 경정님이 똑똑하신 분이라는 사실을 이제 잘 알겠군요."

그러자 해너사이드가 이렇게 받아쳤다. "나는 진작부터 랜들 씨가 똑똑하다고 생각했습니다. 비록 그 재능을 쓰는 방식은 용납할 수 없지만요."

그 말을 듣자 랜들의 눈에 순식간에 웃음이 스치고 지나갔다. "쯧쯧, 경정님도 참." 그는 섬세하게 장식된 찻잔과 잔 받침을 해너사이드에게 건네며 말했다. "브랜디, 아니면 베네딕틴. 어느 쪽으로 하시겠습니까?"

"브랜디로 하죠. 고맙습니다."

랜들이 커다란 유리잔 두 개를 브랜디로 채우며 말했다. "오늘을 기념해야겠군요. 경정님께서 처음으로 제 집에서 음료를 드시겠다고 하셨으니까요."

해너사이드가 브랜디를 따른 컵을 받으며 말했다. "그렇군요. 한편으로는 여태껏 당신이 어떻게든 숨기려고 했던 사실을 털어놓을 날이라는 점도 축하해야겠죠."

"경정님의 팔꿈치 쪽에 담배가 있습니다. 한마디로 욕지기가 나는 사건이죠. 지나가는 말이지만, 돌아가신 고모님에 대한 추억이 결코 아름답지는 않네요." 랜들은 중얼거리고는 브랜디를 한 모금 마셨다. "경정님이 런던 경찰청 범죄수사과 소속이라는 사실을 염두에 두어야 할까요? 아니면 있는 그대로 털어놓을까요?"

"있는 그대로 다 들려주시기 바랍니다."

"알겠습니다. 그렇게 하죠." 랜들이 느릿하게 대답했다. "하지만 경정님도 아무 선입견 없이 들어주셔야만 합니다."

해너사이드가 잠시 머뭇거리더니 대답했다. "나는 아무것도 약속할 수 없습니다. 하지만 당신이 가명과 색안경을 사용해 하이드의 서류를 빼돌린 행위를 추궁하기 위해서가 아니라 살인 사건을 해결하기 위해 왔다는 점을 알아주시기 바랍니다."

"시시껄렁한 짓거리였습니다, 그렇죠?" 랜들이 선선히 인정했다.

"그보다는 고약했죠. 어쨌든 그 서류를 가져간 건 정당한 권리 행사였다고 생각합니다."

랜들이 생각에 잠긴 표정으로 앉아 있는 경정을 바라보았다. "언제 알아차리셨습니까?"

"당신이 유산을 포기할 거라고 스텔라 양이 폭로했을 때였죠."

"아! 그건 확실히 제 실수였어요." 랜들은 이렇게 말하며 맞은편에 있는 책상으로 걸어갔다. 그리고 그곳에 놓아둔 석간신문을 집어 들고 천천히 경정이 있는 곳으로 돌아왔다.

"경정님 입장에서는 지금부터 제가 들려드릴 이야기에서 이 부분이 가장 중요할 겁니다." 그는 이렇게 말하며 신문을 해너사이드에게 내밀었다. "두 번째 단락을 보세요."

해너사이드는 랜들의 표정을 재빨리 살핀 후 신문이 반으로 접힌 곳 바로 아래에 있는 기사로 시선을 돌렸다.

기사의 제목은 "피커딜리선 지하철에서 일어난 사고"였다. 제목 아래로 오후 3시 직후에 하이드파크코너 역에서 중년 남성이 급행열차에 몸을 던진 사건 설명이 간략하게 정리되어 있었다. 밝혀진 바에 따르면 사망자는 그린리히스에 있는 홀리 로지 저택에 사는 에드워드 럼볼드로, 시티 사람들 사이에서 양모 수입사 사장으로 잘 알려져 있는 인물이었다.

해너사이드는 기사를 꼼꼼히 읽은 후 신문을 내려놓았다. 그가 굳은 표정으로 물었다. "내게 들려줄 이야기가 잔뜩 있겠죠, 랜들 씨? 우리 사건에 이 자살 사건을 어떻게 끼워 맞춰야 할까요?"

랜들이 다 마신 브랜디잔을 뒤쪽 벽난로 선반에 내려놓더니 이렇게 대답했다. "이제 더이상 사건은 일어나지 않을 겁니다."

"그 사람이 당신의 삼촌을 죽였습니까?"

"못 믿으시겠죠? 그렇지만 엄연한 사실입니다. 하지만 저는 그걸 살인이라고 생각하지 않습니다. 제 삼촌이 지난 몇 년간 그분을 협박했거든요."

"그레고리 매슈스 씨가 존 하이드였습니까?" 해너사이드가 재빨리 되물었다.

"네, 그렇습니다. 이미 짐작하고 계신 것 같군요. 삼촌이 고른 가명을 잘 생각해보세요. 그분도 나름 유머 감각이 있었나봅니다. 안 그렇습니까?"

"이 사실을 언제 알게 되었습니까?" 경정이 물었다.

"확신하게 된 때요? 경정님의 친구인 브라운을 찾아간 날이겠죠. 그 사람이 저와 만난 적이 있다고 생각하더군요. 제가 삼촌과 꽤 닮았거든요."

"하지만 의심은 그보다 앞서 시작되었겠죠?"

"그렇습니다. 꽤 이전부터입니다."

해너사이드가 한 손으로 무릎을 짚었다. "이제 알겠군요. 당신이 서랍에서 뭘 눈여겨봤는지!" 그의 목소리에서 짜증스러운 기색이 묻어났다. "더 일찍 알아차렸어야 했는데!"

랜들이 희미한 흥미를 보이며 경정에게 물었다. "무슨 서랍을 말씀하시는 겁니까?"

"그레고리 매슈스 씨의 책상 서랍 말입니다. 그 안에 뿔테 선글라스가 하나 있지 않았습니까. 그때 나는 당신이 서랍에서 찾을 줄 알았던 물건을 못 찾았다고 생각했죠."

랜들이 가볍게 웃으며 말했다. "오, 그런 건 아닙니다! 삼촌은 절대 선글라스를 쓰지도 않았고 그걸 쓰는 사람들을 비웃기까지 했죠. 그래서 책상 서랍에서 선글라스를 보고 이상하다고 여겼을 뿐입니다. 이러지 말고 어떻게 된 일인지 차근차근 설명을 드려야겠군요."

해너사이드는 고개를 끄덕이며, 랜들이 안락의자로 다가와 의자의 팔걸이에 걸터앉는 모습을 주시했다.

랜들은 담배에 불을 붙이더니 인상을 쓴 채 말없이 담배만 피웠다. 일 분이 족히 지났을까, 그가 마침내 이야기를 시작했다.

"이 모든 재앙의 화근이 비롯된 때로 거슬러 가면, 당시 에드워드 럼볼드 씨는 오스트레일리아에 아내가 있었습니다. 홀리 로지의 럼볼드 부인은 이 사실을 전혀 모르죠. 사실 '럼볼드'가 우리 친구의 본명도 아니니 영국의 부인에게 지난 십 년 동안 남편이 중혼죄를 범하고 있었다는 사실을 말해줄 필요는 없을 것 같더군요, 그렇죠?"

"모르겠습니다. 이야기부터 계속하세요!"

"제 삼촌은 럼볼드 씨가 중혼을 저지를 무렵에도 이미 존 하이드라는 가명으로 협박을 일삼고 다녔습니다. 규모를 크게 벌이지 않았지만 수익이 꽤 짭짤했죠. 무슨 계기로 그런 일을 시작하게 되었는지 저는 모릅니다. 제일 처음 누구 혹은 무엇 때문에 그 사람의 과거를 캐기 시작했는지도 마찬가지입니다. 남아 있는 서류를 살펴본 결과 삼촌이 모은 정보는 영리함보다 근성의 산물이었습니다. 삼촌은 대개 평범한 방법으로 정보를 잔뜩 긁어 모았습니다. 하지만 럼볼드 씨가 숨겨온 과거에 대해서만큼은 멜버른의 사립 탐정으로부터 정보를 받았더군요. 진짜 럼볼드 부인의 성은 플레처인데 독실한 로마가톨릭교 신자입니다. 그래서 그는 이혼할 수가 없었죠."

랜들은 여기까지 말한 후 바닥에 담뱃재를 털었다.

"음, 그렇게 재미있는 이야기는 아닙니다. 우리의 매력적인 삼촌께서 담당하신 부분으로 곧장 넘어가죠. 삼촌은 알아낸 사실들을 종합했습니다. 그때는 럼볼드 씨 부부가 옆집으로 이사 오기도 전이었죠! 삼촌은 럼볼드 씨를 협박해 평소처럼 원하는 결과물을 얻어냈습니다. 그런데 이번만큼은 사람을 잘못 본 겁니다. 그는 꼬박꼬박 돈을 지불했습니다. 계속 지불했죠. 한편으로는 협박범의 정체를 알아내리라 마음먹었습니다. 그는 협박범이 그레고리 삼촌인 줄은 몰랐습니다. 대신 신문 가게를 주시했죠. 그곳을 감시한 지 몇 주 만에, 그 가게를 주기적으로 방문해 한동안 머물렀다 가는 선글라스를 쓴 남자가 하이드라고 확신하게 된 겁니다. 그때부터는 하이드를 미행하기 시작했습니다. 그 결과 하이드가 그레고리 매슈스라는 결론에 도달했어요.

그게 사 년 전이었죠. 그 무렵부터 제 삼촌을 죽이겠다는 집념을 키운 것 같아요. 당연한 일입니다만, 삼촌께서 조만간 자신의 희생물 중 한 명에게 살해되리라는 사실을 몰랐다는 점이 유감일 따름입니다. 삼촌은 럼볼드 씨에게 정체를 들킨 줄은 꿈에도 몰랐죠. 럼볼드 씨가 홀리 로지로 이사를 왔을 때도 마찬가지였습니다. 그는 당시 홀리 로지에 사는 세입자의 임대 계약이 이 년 후면 만료된다는 사실을 확인하고 그 집을 구입했습니다. 계약이 만료되자 당장 아내와 함께 이사를 왔죠.

저는 럼볼드 씨가 존경스럽습니다. 그는 절대 서두르지 않았죠. 무엇보다 옆집 사람들과 사이좋은 이웃이 되려고 공을 들였어요. 그 결과 매슈스 가족의 이상적인 친구가 되었습니다. 심지어 삼촌과 체스 친구가 되었고 매번 져주었죠. 상상해 보세요. 분명히 삼촌은 이 상황을 엄청나게 재미있어했을 겁니다. 그건 럼볼드 씨도 마찬가지였죠. 꼬박 일 년 반 동안 공을 들인 끝에 제 가족들과 친분을 쌓아 포플러스 저택에서 페르소나 그라타[1]가 되었죠. 그가 홀리 로지에 이사 온 지 이 년이 흘렀고, 그 정도면 그린리히스에서 의심스러운 외지인 꼬리표를 떼기에 충분했어요.

경정님도 알아차리셨겠지만, 럼볼드 씨는 사 년 동안 절치부심했던 계획을 마침내 실행에 옮겼습니다. 화학을 겉핥기식으로라도 안다면 담배에서 니코틴을 추출하는 건 그리 어렵지 않습니다. 게다가 독을 주입한 치약을 삼촌이 사용하는 치약과 바꿔치기할 기회도 언제든 잡을 수 있었죠. 어느 날 그는 아내와 함께 포플러스 저택을 찾아와 제 숙모와 고모에게 일주일에서 열흘 일정으로 바닷가로 여행을 다녀올 거라고 알렸습니다. 바로 그날 치약을 바꿔치기 한 겁니다. 그리고 아내와 함께 여행을 떠나 삼촌이 죽은 후에도 한동안 돌아오지 않았습니다."

랜들은 여기까지 단숨에 말한 후 해너사이드를 바라보았다.

"믿기 어려운 이야기죠? 그는 이 계획에서 어떤 것도 운에 맡기지 않았습니다. 절대 서두르지도 않았죠. 계획대로만 된다면 범인인 자신을 제외하고 아무도 그레고리 매슈스가 독살되었다는 사실을 알 리 없었습니다. 그래도 만약의 사태를

[1] 언제든지 환영받는 사람.

대비해 철통같은 알리바이를 만들어둔 겁니다. 그런데 예상을 벗어난 사건이 두 가지 일어났습니다.

첫째, 고집불통인 거트루드 고모님께서 부검할 것을 고집했습니다. 그분이 갑자기 무슨 생각으로 그런 고집을 부리셨는지, 신이 아니고서야 누가 알겠습니까?

둘째, 불쌍한 해리엇 고모님이 구두쇠 본능을 발휘해 독이 든 치약을 챙겼습니다.

럼볼드 씨는 홀리 로지로 돌아오자마자 제일 먼저 문제의 치약을 찾아서 없애야 했습니다. 그는 제 숙모와 고모에게 조의를 표한다는 구실로 아내를 데리고 포플러스 저택을 찾아왔죠. 그리고 해리엇 고모의 의도치 않은 도움을 받아 온실에서 화분을 만져 일부러 손을 더럽혔습니다. 그런 다음 손을 씻는다는 핑계로 2층에 있는 삼촌의 욕실에 올라갔습니다. 하지만 그곳에는 아무것도 없었죠. 그때 처음으로 뭔가 잘못되고 있다는 낌새를 느꼈습니다. 걱정이 되어 해리엇 고모에게 아무렇지도 않은 척 질문을 했는데, 마침 저도 그 자리에 있었습니다. 그때 럼볼드 씨는 아무도 쓰지 않을 것 같은 삼촌의 유품들을 모두 태워버렸다는 사실을 알게 되었습니다. 당연히 그 치약도 같이 태워버렸을 거라고 생각했겠죠.

그후로도 그는 우리 가족의 완벽한 친구 역할을 계속했습니다. 우리 가족이 겪고 있는 불행에 대해 진심으로 미안했던 겁니다. 그래서 최선을 다해 위로를 하고, 걸핏하면 흥분하는 제 가족들을 진정시키려고 노력했습니다. 그런데 그가 예상하지 못한 사항이 또 있었습니다. 필딩에게 살인을 저지를 동기가 있다는 사실이었죠. 그는 가이가 용의자로 몰릴 줄 알았습니다. 하지만 경정님처럼 유능한 분이라면 가이가 그럴 만한 재목일지 의심할 거라고도 생각했죠. 역시 경정님은 가이의 능력에 회의적이셨더군요."

해너사이드가 이내 수긍했다. "그렇습니다. 처음부터 알아봤죠. 희귀한 독을 쓸 부류가 아니니까요. 지금은 이야기를 마저 하시죠."

랜들이 다시 이야기를 시작했다.

"필딩. 음, 필딩은 상황을 복잡하게 만드는 요소였습니다. 럼볼드 씨는 자신의 범죄에 무고한 사람이 말려드는 걸 원하지 않았어요. 최악의 상황이 꼬리를 물고 이어지면 직접 상황을 정리할 마음의 준비를 했습니다. 하지만 일단은 정신을 바짝 차리고 상황이 어떻게 전개될지 지켜볼 수밖에 없었습니다. 사건은 흐지부지 끝날 것 같았습니다. 그는 몰랐지만 제가 뒤에서 움직이고 있었으니까요.

그런데 생각지도 못한 재앙이 벌어졌습니다. 돌연 해리엇 고모가 돌아가신 겁니다. 그는 자신의 신변이 위태로워질까 겁이 난데다가 고모의 죽음에 크게 동요했습니다. 조이 숙모님이 어떤 혐의를 받고 있는지 듣자 자신이 당장이라도 체포될 숙모님을 구해야 한다는 사실을 깨달았죠. 제가 포플러스 저택에 들러 하이드라는 인물에 대해 떠들어대자 그는 제가 뭔가를 알고 경정님에게 다 털어놓으리라 짐작했습니다. 그 무렵 저는 정말 다 말씀드려야 하나 망설이던 중이었죠. 그런 상황에서조차 위선적인 조이 숙모님은 두려움에 빠져서 허무맹랑한 거짓말로 자기 무덤을 팠죠. 가이는 이대로 두면 엄마가 교수대로 끌려갈 것 같아 갸륵한 효심을 발휘해 고귀한 행동을 했고요. 하지만 그 행동이 역효과를 내는 바람에 경정님은 숙모님을 전보다 더욱 의심하게 되었죠. 그런데 그때 경찰이 독이 들어있던 물건을 찾아내면서 상황은 최악으로 치달았습니다.

일단 거기까지 알아냈으니 경정님은 더이상 사건 해결을 지체하고 싶지 않았습니다. 알리바이도 의미가 없어졌으니 조만간 체포될 가장 유력한 용의자는 분명 저였겠죠. 음, 경정님, 저는 럼볼드 씨를 이해합니만, 아무리 그렇기로서니 럼볼드 씨나 제 가족의 명예를 지키기 위해 진실을 밝히지 않고 제가 모든 것을 안고 갈 수야 없죠. 경정님이 저든, 숙모든, 결백한 가이든 체포하시려고 했다면 저는 그 자리에서 전부 털어놓아야 했을 겁니다. 저는 그런 소란이 딱 질색이거든요. 이게 그가 자살을 선택한 이유입니다. 말하자면, 일시적인 정신

착란을 일으켰다고 할까요? 또 그런 연유로 경정님이 여기까지 오셔서 제 이야기를 편견 없이 듣고 계신 거죠."

해너사이드가 벌떡 일어서며 말했다. "랜들 씨! 이 사건에서 당신이 무슨 짓을 했는지 알기나 합니까?"

"이보다 더 잘 알 수는 없을 겁니다. 분명 사후종범이겠죠." 랜들이 대답했다.

"내가 이 사실을 모른 척 넘어갈 것 같습니까?"

"음, 그러면 어떻게 하시려고요? 검사에게 이미 죽은 사람에게 혐의를 물어 기소하라 하실 겁니까?" 랜들이 싹싹한 태도로 물었다.

"지금까지 한 말을 뒷받침할 증거가 있습니까?"

"럼볼드 씨의 자필 진술서가 있을 겁니다. 게다가 제가 경정님을 위해 하이드 삼촌의 서류에서 찾아낸 증거를 모아두었죠. 유언집행인의 자격으로 다른 서류는 다 태웠지만 럼볼드 씨 사건과 관련된 서류는 남겨두었습니다. 경정님의 부서에서 최대한 조용히 이 서류들을 처리해주시리라 기대합니다. 협박범이 살해당하는 살인 사건들이 까다롭지 않습니까, 그렇죠? 그런 사건의 희생자를 동정하는 사람도 별로 없을 테고요. 물론 경정님께서 저를 증거은닉죄로 기소하실 수도 있겠죠. 하지만 그랬다간 정황상 여러 사람이 곤란해질 겁니다. 괜히 잔잔한 물을 휘저어 흙탕물만 만든 꼴이 되시겠죠. 위스키소다 한잔 드릴까요?"

"그러시죠!" 해너사이드의 목소리가 어쩐지 발끈한 것처럼 들렸다.

랜들이 부드러운 목소리로 웃으며 벽에 붙여 세워놓은 탁자로 다가갔다. 그 위에는 위스키 디캔터가 있었다. 그는 음료 두 잔을 만들어 경정에게 돌아와 한 잔을 내밀었다.

"드시죠, 경정님."

해너사이드가 다시 자리에 앉으며 비꼬듯 말했다. "남은 이야기를 마저 들려주시죠. 내가 당신을 법정에 세우려고 작정을 한다면 기소할 증거는 내 증언밖에 없겠군요."

"경정님을 절대 거역하면 안 되겠군요." 랜들의 목소리는 감미롭기 그지없었다.

"럼볼드 씨를 언제 만났습니까?"

"오늘, 그린리히스를 떠나자마자요."

"어디에서요? 그의 집에서는 아니겠죠?"

"그럼요. 그의 사무실에서요. 제가 올 줄 짐작하고 마음의 준비를 했더군요. 나가서 함께 점심을 먹었습니다. 제가 방금 들려드린 이야기는 럼볼드 씨가 식사 자리에서 털어놓은 겁니다. 그래서 저도 이 사건에서 제가 어떤 역할을 하고 있는지 말했습니다. 사건의 진상이 절대 럼볼드 부인의 귀에 들어가지 않도록 최선을 다하겠다는 약속도 했고요."

랜들의 목소리에선 아무런 감정도 드러나지 않았다. 해너사이드는 기민한 눈빛으로 그를 힐끔 보며 한층 누그러진 목소리로 말했다.

"그리 유쾌한 점심은 아니었겠네요."

"완곡하게 표현하자면 그렇죠." 랜들이 심드렁하게 대답했다.

"어떤 심정이었을지 짐작이 갑니다." 해너사이드가 고개를 끄덕였다.

"이 이야기는 이제 그만할까요?" 랜들의 목소리에는 어느새 날이 서 있었다.

해너사이드는 잠자코 위스키소다를 마셨다. 이윽고 그가 침묵을 깼다.

"그래서 오늘 하루 종일 일부러 저를 피하신 겁니까? 럼볼드 씨에게 자살할 시간을 벌어주기 위해서?"

"그걸 증명하려면 꽤 고생하셔야 할 겁니다."

해너사이드가 온기라고는 느껴지지 않는 차가운 미소를 지었다. 그는 감정을 억누른 채 이렇게 질문했다.

"내가 캐링턴 씨와 함께 포플러스 저택을 방문한 날 말입니다. 혹시 고인의 책상에서 하이드의 서류를 찾을지도 모른다고 생각하셨습니까?"

"아뇨. 그때는 거기까지 생각이 미치지 않았습니다. 그날 우리가 서랍에서 봤던 것 정도를 기대했죠. 헨리 고모부의 불륜에 관한 편지들 말입니다. 다행히 그렇게 지독하지는 않았죠."

순간 해너사이드는 웃음을 참을 수 없었다. "그날 당신 정말 고약했어요, 랜들 씨."

"그래도 두 분을 위해 거트루드 고모님을 방에서 내보내드렸지 않습니까? 게다가 무슨 낌새를 알아채지 못하게 막는데도 효과적이었죠."

"맞습니다, 그랬죠." 해너사이드도 그 공은 인정하지 않을 수 없었다. "그렇다면! 그때 선글라스를 보고 진상을 깨달은 겁니까?"

"보자마자 깨달은 건 아닙니다. 정확히 언제부터 의심을 하게 되었는지는 저도 잘 모르겠군요. 돌아가신 제 아버지는 삼촌에 대해 꽤 거침없는 말씀을 하셨는데, 늘 그분을 '고약한 악당'이라고 하셨죠. 그런 소리를 듣고 자랐으니, 삼촌이 악인일 가능성을 처음부터 고려했다는 점에서는 제가 경정님보다 유리했을 겁니다. 게다가 그간 삼촌이 헨리 고모부와 필딩을 대하는 모습을 봐왔던 것도 도움이 되었고요. 삼촌이 사람들을 겁박하듯 대하는 모습을 지켜보면서 제 머릿속에 어떤 생각의 씨앗이 뿌려졌을 겁니다. 그러던 어느 날 경정님이 저를 찾아와 하이드라는 이름에서 생각나는 게 없느냐고 질문을 하셨을 때 짜잔 하고 씨앗이 꽃을 활짝 피웠죠. 그때 제가 좀 경박하게 까불었던 것 같군요, 경정님."

"몹시 경박했죠." 해너사이드가 힘주어 말했다. "공원 운운하다가 스티븐슨도 꺼냈고요."

"'두 개의 인격'이라는 발상이 퍼뜩 머릿속에 들어온 것과 스티븐슨이라는 말이 입 밖으로 나온 건 거의 동시에 이루어진 일이었습니다. 다른 가설은 상상할 수도 없더군요. 경정님이 하이드의 주소를 알려주셨고 저는 당장 브라운을 찾아갔습니다. 그 이야기는 이미 말씀드렸죠."

"오, 전부는 아니죠, 랜들 씨!"

랜들이 미소를 지었다. "흠, 경정님이 알아두셔야 할 부분은 다 말씀드렸다고 하죠. 브라운이 하이드가 금고 열쇠를 보관하는 곳을 불었을 때, 저는 비로소 하이드의 정체가 삼촌이라고 확신했습니다. 이제 와서 하는 말이지만 그 사실을 알아내고 꽤 유쾌했죠."

해너사이드가 단도직입적으로 물었다. "그래서 당신과 삼촌 사이에 공감대가 있었으리라고 짐작했을 때 금방이라도 살인을 저지를 것처럼 험악한 표정을 지은 겁니까?"

"제가 그랬나요? 확실히 칭찬으로 받아들이기는 어려웠겠죠."

"금고 열쇠는 언제 손에 넣었습니까?"

"삼촌의 장례식 날에요. 자질구레한 장신구가 주렁주렁 달린 시곗줄이 삼촌 방 화장대 서랍에 있더군요."

그러자 해너사이드가 착 가라앉은 목소리로 말했다. "그 후에 내가 붙인 형사가 당신을 감시하는 걸 그만두게 만들고, 그 틈을 타서 귀중품 보관소에 다녀왔겠군요."

랜들의 눈이 반짝하고 빛났다. "경정님, 어떻게 그렇게 말씀하십니까? 저는 단지 형사분의 부츠에 대해서 불평했을 뿐입니다."

"그렇다고 칩시다. 당신이 신문에 하이드의 부고를 실었고, 그래서 금고에 든 하이드의 서류를 손에 넣을 수 있었겠죠."

"전부터 꼭 여쭤보고 싶었는데 말이죠. 장군님은 어떻게 해결하셨습니까?" 랜들이 속닥거리며 물었다.

"지금 그 부분은 넘어가죠. 일단 금고에서 서류를 전부 빼돌린 다음에 몽땅 태웠다고요?"

"전부 다 태웠죠. 럼볼드 씨와 관련된 서류만 빼고요. 그건 만약을 위해서 보관해뒀습니다."

"이 사건을 그대로 묻고 넘어가려고 했습니까? 럼볼드 씨가 그냥 빠져나가게요?"

"경정님, 제가 경찰이 아니라는 점을 기억해주세요. 저는 단지 가족의 명예가 땅에 떨어질까 걱정스러웠을 뿐입니다."

"아무리 개인적으로는 당신의 주장에 공감하더라도 당신의 행동이 잘못되었다는 사실은 변하지 않습니다!"

"음, 그 점은 별로 걱정되지 않는군요." 랜들이 침착하게 말했다.

해너사이드가 이야기의 주제를 돌렸다. "날 위해 맡아두었다는 진술서는 어디에 있습니까?"

랜들이 재미있다는 표정으로 경정을 물끄러미 바라보더니 대답했다. "이런, 경정님! 영리하신 경정님답지 않군요! 제가 덮어놓고 순진하게 진술서를 내드릴 줄 아셨습니까?"

"어디에 있습니까?" 해너사이드가 고집스럽게 물었다.

랜들이 잔에 남은 술을 한입에 털어 넣더니 대답했다. "당연히 우체국에 있죠. 내일 아침이면 런던 경찰청의 경정님 앞으로 배달될 겁니다."

해너사이드가 억지로 미소를 지었다.

"일 처리에 빈틈이 없습니다, 그렇죠?"

"뭐, 꼭 그렇지도 않습니다." 랜들이 겸손하게 말했다.

마침내 해너사이드가 잔을 내려놓고 일어났다. "가서 잠이나 자야겠군요. 덕분에 제가 할 일이 별로 없군요. 이 난장판을 수습하기만 하면 되겠어요."

"저를 오해하시는군요. 난장판이랄 것도 없습니다. 적어도 경정님이 만들어놓으신 것에 비하면 별거 아니죠."

"그렇군요." 해너사이드가 순순히 인정했다. "당신의 입장에서는 충분히 그렇게 보이겠군요. 럼볼드의 진술서에 당신 이름은 없겠죠?"

"오, 그럼요!" 랜들은 노곤한 미소를 지으며 마지막으로 이렇게 말했다. "저는 이 사건에 아예 등장하지도 않으니까요, 친애하는 경정님."

작가 정보

조젯 헤이어

Georgette Heyer

미국 독자들에게는 "제인 오스틴의 전통을 따르는" 작가로 소개되기도 했던 조젯 헤이어의 첫 번째 전문 분야는 단연코 역사 로맨스 소설이다. 그러나, 비교적 덜 알려져 있기는 하지만 헤이어는 탐정소설의 황금시대를 대표하는 두 여성 작가, 애거사 크리스티와 도러시 세이어스에 이어 심심치 않게 거론되는 미스터리 작가이기도 하다.

1902년 8월 윔블던에서 태어난 조젯 헤이어는 어떤 종류든 가리지 않고 독서하도록 자녀들을 장려한 아버지의 영향으로 늘 책을 곁에 두며 성장했다. 독서는 자연스럽게 글쓰기로도 이어졌는데, 혈우병의 일종을 앓느라 몸이 약한 동생 보리스를 즐겁게 해주기 위해 17살에 처음으로 이야기를 만든 것이 그 시작이었다. 헤이어의 아버지 또한 그의 소설을 읽기를 즐겼고, 출판을 해보는 건 어떻겠느냐고 직접 권유하기도 했다. 그리하여 1921년, 헤이어는 데뷔작 『검은 나방The Black Moth』을 선보이며 로맨스 작가로서 명성을 얻기 시작했다.

탐정소설 작가로의 데뷔

이미 로맨스 소설로 성공적인 길을 걷고 있던 조젯 헤이어가 탐정소설을 쓰게 된 데에는 법정 변호사였던 남편 조지 로널드 루지에의 역할이 컸다. 그는 본래 엔지니어였으나 자기 직업에 만족하지 못했고, 결혼 후 헤이어의 재정적 지원을 받아 학업을 계속하여 법정 변호사가 된다. 그후 루지에는 헤이어에게 탐정소설을 써보라고 격려했고, 1932년 헤이어의 첫 번째 미스터리 소설 『어둠 속의 발소리Footsteps in the Dark』가 출간되었다. 책이 출간된 날은 마침 아들 리처드의 생일이기도 했는데, 공교롭게도 양쪽 모두 헤이어와 그의 남편이 함께 이룬 결실이기도 했다.

헤이어의 탐정소설은 대체로 남편과의 협력으로 완성되었다. 루지에는 이전에도 헤이어의 소설에서 그가 발견하지 못한 오류를 잡아주곤 했는데, 탐정소설을 쓰는 과정에서는 보다 더 협업에 가까운 작업 형태를 갖추었다. 루지에가 인물의 행동을 설명하는 방식으로 사건과 플롯을 제공하면, 헤이어는 등장인물들을 구체적으로 조형하고, 그들 간의 관계를 만들고, 활기 넘치는 대화와 분위기를 더해 이야기를 장식했다.

헤이어는 때때로 기술적인 면에 집중한 남편의 플롯을 바탕으로 인물과 이야기를 만들어나가는 데에 어려움을 느끼기도 했다. 『왜 집사를 쐈는가?Why Shoot a Butler?』의 플롯을 완전히 이해하지 못했다고 고백한 적도 있었으며, 집필을 마무리 짓기까지 적어도 한 번은 남편에게 사건이 어떻게 이뤄진 것인지 다시 설명해달라고 요구해야만 했다.

리전시 로맨스와 미스터리의 결합

헤이어의 탐정소설은 대단히 새로운 트릭을 선보이며 독자에게 충격을 안겨주지는 않는다. 대신 그는 본인이 완성한 리전시 로맨스[1]라는 틀에 범죄 사건을 끌고 들어가 사뭇 다르게 보이는 장르를 매끈하게 봉제한다. 그의 탐정소설은 상류계급 가족들에게 벌어진 살인 사건을 다루며, 언제나 런던의 저택을 무대로 삼는다.

헤이어는 또한 로맨스 장르에서 보여준 자신의 강점을 미스터리에서도 유지하는데, 정확한 시대 묘사는 물론이며 제각기 강렬한 성격의 인물들, 그들 간에 이뤄지는 아이러니와 재치가 넘치는 대화, 잘 짜인 플롯은 훌륭한 페이지터너가 되어 단번에 독자를 사로잡았다.

도러시 세이어스는 1935년에 발표된 헤이어의 네 번째 미

1 로맨스 소설의 하위 장르 중 하나로, 주로 조지 4세가 왕위에 오르기 전 아버지 대신 섭정 통치했던 기간인 1811~1820년을 배경으로 삼는다. 등장인물들은 대체로 상류계급에 속하며, 결혼과 재산상속이 주요한 갈등 요소가 되곤 한다. 제인 오스틴의 소설이 대표적이다.

스터리 작품 『차꼬를 찬 시체Death in the Stocks』를 읽고 "헤이어의 작품 속 인물과 대화는 내게 변치 않을 즐거움을 준다"고 언급하기도 했다.

헤이어의 탐정 콤비

1935년에 발표된 헤이어의 네 번째 미스터리 작품 『차꼬를 찬 시체』에는 그의 탐정 콤비 해너사이드와 헤밍웨이 경관이 처음으로 등장한다. 그들은 이후 출간된 헤이어의 탐정소설 8권 중 7권에서 활약하는데 (두 사람이 늘 함께 등장하는 건 아니다) 크리스티의 에르퀼 푸아로나 세이어스의 피터 윔지 경만큼의 큰 인기는 누리지 못했으나 그들 못지않게 유쾌하고 매력적으로 그려진다.

해너사이드와 헤밍웨이가 함께 등장하는 시리즈는 크리스티의 '토미와 터펜스' 시리즈 혹은 세이어스의 초기작에서 엿보이는 재기 있는 분위기에 비견되기도 한다. 상관인 해너사이드는 유창한 말주변을 자랑하거나 재치가 넘치지는 않지만, 주변 환경에 흔들리지 않고 묵묵히 사건 수사에 최선을 다하는 투지를 지닌 인물이다. 한편 그의 파트너이자 조수인 헤밍웨이는 쾌활하고 호감 가는 인상을 지닌 인물로, 시시때때로 '심리학'을 운운하거나 유독 장식적인 표현을 입에 올리는 습관이 있다. 헤이어의 특기인 유려한 말솜씨는 두 사람의 대화에도 십분 발휘되는데, 그런 탓에 언뜻 잔혹할 수 있는 사건에도 불구하고 수사 과정은 즐겁고 경쾌하게 흘러가곤 한다.

헤이어의 작가로서의 성취는 미스터리보다 역사 로맨스 분야에서 비교할 수 없을 만큼 두드러지는 것처럼 보인다. 그의 로맨스 소설이 대개 십만 부 이상이 판매된 것에 비해, 미스터리 소설은 만 육천 부가량만이 팔려나갔기 때문이다. 더욱이, 『차꼬를 찬 시체』와 『완성되지 않은 단서An Unfinished Clue』에 대해 논평을 쓴 도러시 세이어스를 제외하고는 비평가들로부터 특별히 주목을 받지도 못했다. 하지만 평론가들로부터의 긴 논평이 부재했더라도 헤이어의 미스터리는 상당수의 대중을 매료하였으며, 그가 영국 탐정소설의 황금시대에 기여했다는 사실은 부정할 수 없다.

작품 목록

Footsteps in the Dark (1932)

Why Shoot a Butler? (1933)

The Unfinished Clue (1934)

Penhallow (1942)

해너사이드&헤밍웨이 형사 시리즈

Death in the Stocks (1935, 미국 판 제목은 'Merely Murder')

Behold, Here's Poison (1936)

They Found Him Dead (1937)

A Blunt Instrument (1938)

헤밍웨이 형사 시리즈

No Wind of Blame (1939)

Envious Casca (1941)

Duplicated Death (1951)

Detection Unlimited (1953)

단편집

Pistols for Two (1960, 수록된 단편 중 「Night at the Inn」만 미스터리 소설이다.)

해설

리전시 로맨스와 미스터리의 밀회

번역가 **이경아**

2021년, 넷플릭스를 뜨겁게 달군 전 세계의 드라마 중 〈브리저튼〉이라는 역사 로맨스물이 있다. 19세기 영국의 리전시 시대에 브리저튼 가문의 여덟 남매가 각자 진실한 사랑을 찾아가는 내용으로, 로맨스 소설 팬들 사이에서 유명한 작가 줄리아 퀸이 쓴 동명의 시리즈가 원작이다. 여기서 우리는 배경이 '리전시 시대'라는 사실에 주목해야 한다.

'리전시regency'는 '섭정'이라는 뜻으로, 리전시 시대는 건강이 악화된 조지 3세를 대신해 훗날 조지 4세로 즉위할 왕세자가 섭정으로 국정을 이끌어 간 1811년부터 1820년까지를 의미한다. 좀더 시대를 넓혀서 조지 1세부터 조지 4세까지의 재위 기간(1714~1830년)을 '조지 시대'라고 하는데, 소설을 좋아하는 독자라면 설령 이 시대를 모른다고 하더라도 이 시대를 풍미한 작가들을 모를 수는 없을 것이다. 그도 그럴 것이 『오만과 편견』의 제인 오스틴이 리전시 시대의 대표적인 작가이며, 메리 셸리가 『프

랑켄슈타인』을 처음으로 발표한 것도 바로 이 시기이다. 조지 시대가 막을 내리면, 고전 추리소설 팬의 마음의 고향인 '빅토리아 시대'가 열린다.

전설의 시작

줄리아 퀸이 창조한 '브리저튼' 시리즈는 로맨스 장르 중에서도 리전시 시대를 배경으로 하는 하위 장르인 '리전시 로맨스'물에 속한다. 그런데 이 리전시 로맨스를 창조한 작가가 바로 조젯 헤이어다.

빅토리아 시대가 막을 내리고 20세기가 갓 시작된 1902년에 영국에서 태어난 조젯 헤이어는 로맨스 소설 애호가라면 모를 수 없는 로맨스 시대물의 대가다. 독서를 장려하는 집안에서 성장한 조젯 헤이어는 자신의 이야기를 사람들에게 들려주기를 좋아했다. 그러다가 동생이 휘말린 사기 사건을 소재로 첫 소설 『검은 나방The Black Moth』을 완성했고, 이 작품으로 1921년에 소설가로 데뷔하기에 이른다.

『검은 나방』의 주인공 잭은 도박판에서 부정행위를 한 동생 리처드의 추문을 대신 뒤집어쓴다. 이로 인해 사교계에서 추방되어 영국을 떠났던 잭은 은밀하게 고국으로 돌아오나, 실추된 명예를 회복할 수 없기에 신분을 숨긴 채 노상강도가 된다. 그러던 어느 날, 잭은 앤도버 공작에게 납치될 위기에 처한 다이애나라는 아가씨를 구해준다. 두 사람은 사랑에 빠지지만, 추문을 쓰고 노상강도로 몰락한 잭은 선뜻 다이애나의 마음에 응할 수 없다. 그 무렵 잭의 아버지인 윈챔 백작이 사망하고 작위를 물려받아야 할 동생 리처드는 양심의 가책으로 괴로워한다. 리처드의 아내인 라비니아는 백작 부인의 지위를 순순히 포기할 생각이 없다. 한편 다이애나를 납치하려 했던 앤도버 공작은 라비니아와 남매 사이다. 백작의 작위를 형에게 돌려주려는 리처드와 공작이 연정을 품은 여자를 손에 넣으려는 순간을 방해한 것으로도 모자라 그 여자의 마음마저 훔친 잭 형제. 남편을 백작으로 만들고 싶은 부정한 아내 라비니아와 목적을 위해 수단을 가리지 않는 앤도버 공작 남매. 서로의 속셈을 알 길이 없는 네 인물은 로맨스 소설의 법칙을 고스란히 따르며 해피 엔딩을 향해 달려간다.

처음 출간한 책이 상업적으로 성공을 거둔 후, 조젯 헤이어는 1974년 폐암으로 숨을 거둘 때까지 50편이 넘는 장편을 발표했다. 작품 활동을 처음으로 시작한 몇 해와 말년에 건강을 해쳐 사망할 때까지 몇 년을 제외하면 매년 작품을 발표한 셈이다. 그렇게 왕성한 작품 활동을 하면서도 조젯 헤이어가 절대 양보하지 않은 점은 역사적 고증이었다. 실제 리전시 시대에 활동한 작가는 제인 오스틴이지만, 리전시 시대의 풍습과 생활상을 마치 그 시대 사람처럼 알려주는 작가는 조젯 헤이어라는 말이 있을 정도다. 그렇게 꼼꼼한 자료 조사를 바탕으로 조젯 헤이어는 리전시 로맨스를 처음으로 창시하고 그 틀을 확고하게 다졌다.

그녀는 1934년에 첫 번째 리전시 로맨스를 발표하는데, 바로 『편리한 결혼The Convenience Marriage』이다. 이 작품을 필두로 조젯 헤이어는 평생 28권의 리전시 로맨스를 출간했다.

사실 이 작품은 지금의 독자들이 읽기엔 불편한 구석이 없지 않다. 무엇보다 여자 주인공인 호레이시아 윈우드의 나이는 고작 열일곱 살인 반면, 남자 주인공은 그의 두 배인 서른다섯 살이다. 이 점에 대해서는 남자 주인공도 할 말이 있으니, 애초에 그가 청혼을 한 상대는 호레이시아의 큰언니인 엘리자베스였다. 하지만 엘리자베스는 따로 사랑하는 사람이 있었기에 호레이시아는 언니의 결혼 상대와 담판을 짓는다. 자신과 결혼해주면 사생활은 간섭하지 않는다는 '편리한 결혼'을 제안한 것이다.

이 작품에는 이제는 로맨스 소설의 클리셰가 된 모든 등장인물이 등장한다. 주관이 뚜렷하지만 무일푼이나 다름없는 평범한 외모의 여주인공과 미남에 제멋대로지만 부유한 남주인공, 앙심을 품고 복수를 다짐하는 악당과 남주인공의 정부, 이런 전형적인 등장인물이 조젯 헤이어가 정교하게 재현한 섭정 시대를 배경으로 살아 움직이는 사람처럼 서로를 미워하고 사랑한다.

앞서 말했다시피 조젯 헤이어는 고증을 몹시 중시했다. 리전시 소설의 배경은 섭정 시대에 한정되어 있지만, 조젯 헤이어의 로맨스 소설은 1700년대 중반에서 섭정 이후까지 걸쳐 있다. 소설 속에 이 시대가 박제된 것처럼 느껴지는 것은 철저한 자료 조사의 결과였다. 그녀가 평생 작품 활동을 하며 참고 서적으로 모은 역사서는 천 권이 넘었다고 한다. 그녀가 남긴 메모에는 당신의 드레스나 모자 같은 의상에 대한 지식은 물론 특정 연도의 양초 가격 같은 정보도 있다니, 자신이 묘사하는 시대를 최대한 정확하게 전달하기 위한 조젯 헤이어의 마음가짐을 잘 알 수 있다.

로맨스 작가의 외도

『검은 나방』으로 로맨스 소설의 대가로서의 자리를 점점 굳혀가던 조젯 헤이어는 1932년에 『어둠 속의 발소리』라는 추리소설을 발표한다. 이 작품을 발표한 후로 약 이십 년 동안 조젯 헤이어는 해너사이드 경정과 그의 부하인 헤밍웨이 경사[1]가 사건을 수사하는 시리즈 8편과 스탠드얼론 3권을 더 발표했다.

1 헤밍웨이는 후에 경위로 승진한다.

조젯 헤이어가 왜 추리소설에 관심을 가지게 되었는지 정확히는 알 수 없다. 게다가 그녀의 추리소설은 주력 분야인 로맨스 소설에 비해 판매량도 훨씬 저조했다. 그럼에도 10권이 넘는 추리소설을 출간한 것을 보면 조젯 헤이어가 미스터리에 관심을 가진 것은 분명하다. 그 관심의 크기가 끈질기게 작품을 발표할 정도는 되어도 본격적으로 이 장르를 파고들 만큼은 아니었던 것 같지만 말이다. 이는 애초에 추리소설을 대하는 태도가 진지하지 않은 데서 기인했을 것이다.

조젯 헤이어의 아들은 그녀가 "사람들이 십자말풀이를 풀듯이 추리소설을 집필했다"고 말했다. 다시 말해서 "살면서 해결해야 할 더 어려운 과제에 직면하기 전에 잠시 머리에 딴 생각을 할 시간을 주듯이" 추리소설을 쓴 것이다. 그렇기에 그녀가 쓴 추리소설은 대체로 까다로운 트릭이나 복잡한 수수께끼 해결 과정이 없다. 대신 그녀는 개성 넘치는 등장인물을 여럿 등장시켜 알 수 없는 공포나 의심을 자아내게 하다가 스르르 문제를 해결해버린다. 그런 탓인지 고전 추리소설의 백미라고 할 수 있는 명탐정과 그 조수 격인 해너사이드 경정과 헤밍웨이 경사는 그리 인기를 얻지 못했다. 『조심해, 독이야!』를 보면 두 사람의 희미한 존재감이 수긍이 된다.

그레고리 매슈스는 상당한 재산을 소유한 독신자로 남동생이 죽자 그의 아내(조이)와 두 조카(가이와 스텔라)를 자신의 집인 포플러스 저택으로 불러들여 지내게 한다. 여기까지만 보면 몹시 마음이 너그러운 사람 같지만, 오히려 그 반대이다. 그는 자신의 저택에서 철저하게 돈이 부여하는 권력을 휘두르는 가부장이었다. 이 저택에는 그의 여동생이자, 저택의 살림을 책임지고 있는 구두쇠 해리엇도 산다. 그녀는 반반한 외모를 무기로 그레고리를 구워삶으려 하는 조이와 앙숙 관계다. 한편 조이의 두 아이 가이와 스텔라는 자식이 없는 그레고리에게 어느 정도 애정을 받지만, 그것도 그레고리의 지시를 거역하지 않을 때로 한정된다. 여기에 출가한 매슈스가의 장녀 거트루드와 오래전에 죽은 남동생이 한 명 더 있다. 이 죽은 남동생의 아들이 랜들로, 고약한 성격으로 가족 모두를 적으로 돌린 수수께끼 같은 인물이다. 장녀 거트루드는 그레고리와 쌍둥이처럼 성격이 똑 닮아서, 자신의 가정에서 가모장으로 남편과 아이들을 손아귀에 넣고 흔든다.

소설은 하녀가 차가운 시신으로 변한 그레고리 매슈스를 침실에서 발견하며 시작된다. 매슈스가 사람들은 그레고리의 막대한 유산의 행방에 촉각을 곤두세우는 한편 점점 서로를 의심한다. 게다가 평소에는 런던에서 지내는 랜들이 수시로 저택을 찾아와 독설과 조롱을 날리며 집안 분위기를 한층 아슬아슬하게 몰아간다. 런던 경찰청에서 파견된 해너사이드와 헤밍웨이는 정석대로 가족들을 만나 질문을 하고 주변의 탐문 조사를 실시하지만, 언제나 범인으로 짐작되는 인물에게 한 발씩 뒤처진다.

추리소설 팬의 입장에서 가장 안타까운 인물이 이 두 형사다. 열디열은 존재감에도 불구하고 그들이 사건을 풀어나가는 모습을 보면 결코 무능해 보이지 않기 때문이다. 그들은 형사의 감을 갖추었으며 현장을 꼼꼼하게 살피고 발품을 아끼지 않는 성실함도 지녔다. 사건의 추이를 제대로 짚어나가고 핵심을 놓치지 않는 실력도 보여준다. 그런데도 범인인 듯한 인물은 늘 선수를 친다.

두 형사는 직업적인 면에서만 아니라 인간적으로도 꽤 매력적이다. 해너사이드는 오랫동안 경찰에 몸담은 형사로서 관록이 느껴진다. 그를 보좌하는 헤밍웨이는 아직 젊고 경험이 부족하다. 그렇지만 끊임없이 좌절을 겪는 매슈스가 살인 사건 수사에서 그의 경쾌하고 선선한 태도는 분위기를 끌어올리는 역할을 한다. 두 사람은 형사로서나 인간적으로나 잘 어울리는 콤비이다. 다만 조젯 헤이어는 그들의 매력과 장점을 사건 해결이 아니라, 그들이 범인으로 점찍은 인물을 한층 의문스럽고 신비롭게 만드는 장치로 활용한다.

『조심해, 독이야!』는 본질적으로 연애소설이다. '로맨스'라는 외래어보다 '연애'라는 표현이 딱 어울리는 소설이다. 이 소설에서 벌어지는 모든 사건과 사고는 결국 두 젊은이가 비로소 서로를 향한 사랑을 확인하게 만드는 장치일 뿐이다. 그러므로 해너사이드와 헤밍웨이가 얼마나 유능하든 혹은 무능하든 사건의 추이에는 큰 영향을 미치지 못한다. 그들과 상관없이 사건은 풀리게 되어 있다. 두 젊은이의 사랑이 해피 엔딩을 맞이해야 하기 때문이다.

추리소설의 팬으로서는 그 부분에서 심술이 나기도 한다. 왜 연애에 추리가 이용되어야 하는가? 두 가지를 따로 또 같이 흐르는 이야기의 두 줄기로 이끌어 나갈 수는 없는가? 하지만 그런 심술이 쑥 들어갈 정도로 두 젊은이의 연애 이야기는 감칠맛 나게 재미있다.

이 소설은 1936년에 처음으로 출간되었다. 조젯 헤이어가 주로 집필한 로맨스물과 당시 추리소설은 집필 당시가 시대적 배경이다. 두 젊은이가 처음부터 앙숙이었던 점과 더불어 노골적으로 애정을 표현하지 않는 시대적 분위기가 맞물려 두 사람이 감정을 확인하는 과정은 은근하고 은은하다. 로맨스물을 많이 읽지 않은 독자라면, 다 읽고 나서야 '이건 연애소설이잖아!'라며 뒤늦게 무릎을 탁 칠지도 모르겠다.

조젯 헤이어가 추리소설 집필을 머리를 식히는 가벼운 지적 활동으로 대했기에 그 결과물도 가벼운 소설이 되고 말았다. 물론 가볍다는 말은 경박스러운 소설이라는 뜻이 아니다. 본격적으로 깊이 있게 들어가지 않았다는 뜻이다. 하지만 그녀의 작품은 장르에 상관없이 소설적 재미가 있다. 그렇기에 언뜻 고리타분해 보이는 시대물인 그녀의 작품 대다수가 지금도 많은 독자에게 새롭게 읽히고 있다. 평가는 천차만별이다. 별 다섯 개도 있고 별 하나나 두 개도 있다. 그러나 그들은 조젯 헤이어의 다음 작품으로 또 손을 뻗는다.

그녀의 명성을 생각하면 우리에게 너무 늦게 소개된 감이 없지 않다. 자신이 확립한 장르에서 훌륭한 작품을 다수 창작했으며 후대의 작가들에게도 엄청난 영향을 미친 작가가 과연 몇이나 되겠는가. 그런 점에서 단지 추리소설만이 아니라 소설 자체를 좋아하는 독자라면 조젯 헤이어의 작품을 꼭 읽어보아야 한다.

트렌트 최후의 사건
에드먼드 벤틀리 지음
유소영 옮김

우리는 언제나 성에 살았다
셜리 잭슨 지음
성문영 옮김

구석의 노인 사건집
에마 오르치 지음
이경아 옮김

나의 로라
비라 캐스퍼리 지음
이은선 옮김

오시리스의 눈
리처드 오스틴 프리먼 지음
이경아 옮김

영국식 살인
시릴 헤어 지음
이경아 옮김

요리사가 너무 많다
렉스 스타우트 지음
이원열 옮김

화형 법정
존 딕슨 카 지음
유소영 옮김

붉은 머리 가문의 비극
이든 필포츠 지음
이경아 옮김

어두운 거울 속에
헬렌 매클로이 지음
권영주 옮김

가짜 경감 듀
피터 러브시 지음
이동윤 옮김

환상의 여인
윌리엄 아이리시 지음
이은선 옮김

||| 미스터리 책장 전체 목록 |||

철교 살인 사건
로널드 녹스 지음
김예진 옮김

조심해, 독이야!
조젯 헤이어 지음
이경아 옮김

마녀의 은신처
존 딕슨 카 지음
이동윤 옮김

밀랍 인형
피터 러브시 지음
이동윤 옮김

벨벳 속의 발톱
얼 스탠리 가드너 지음
하현길 옮김

흑백의 여로
나쓰키 시즈코 지음
추지나 옮김

법정의 마녀
다카기 아키미쓰 지음
박춘상 옮김

새벽의 데드라인
윌리엄 아이리시 지음
이은선 옮김

세 개의 관
존 딕슨 카 지음
이동윤 옮김

내 무덤에 묻힌 사람
마거릿 밀러 지음
박현주 옮김

독 초콜릿 사건
앤서니 버클리 지음
이동윤 옮김

제목	지은이	옮긴이
살인해드립니다	로런스 블록 지음	이수현 옮김
엿듣는 벽	마거릿 밀러 지음	박현주 옮김
상복의 랑데부	코넬 울리치 지음	이은선 옮김
특별 요리	스탠리 엘린 지음	김민수 옮김
처형 6일 전	조너선 래티머 지음	이수현 옮김
소름	로스 맥도널드 지음	김명남 옮김
그리고 누군가 없어졌다	나쓰키 시즈코 지음	추지나 옮김
제비뽑기	셜리 잭슨 지음	김시현 옮김
시간의 딸	조지핀 테이 지음	권도희 옮김
황제의 코담뱃갑	존 딕슨 카 지음	이동윤 옮김
힐 하우스의 유령	셜리 잭슨 지음	김시현 옮김
유괴	다카기 아키미쓰 지음	이규원 옮김

옮긴이 이경아

한국외국어대학교 러시아어과와 같은 대학 통역번역대학원 한노과를 졸업했다. 현재 영어와 러시아어 전문 번역가로 활동중이다. 옮긴 책으로 『오시리스의 눈』, 『영국식 살인』, 『붉은 머리 가문의 비극』, 『탐정 매뉴얼』, 『주홍색 여인에 관한 연구』, '탐정 글래디 골드' 시리즈 외 다수가 있다.

조심해, 독이야!
BEHOLD, HERE'S POISON

초판 발행 2022년 12월 15일

지은이 조젯 헤이어 | 옮긴이 이경아

책임편집 김유진 | 편집 임지호
아트디렉팅 · 표지디자인 이효진 | 본문디자인 이현정
저작권 박지영 형소진 이영은 김하림
마케팅 정민호 이숙재 박치우 한민아 이민경 안남영 왕지경 김수현 정경주
브랜딩 함유지 함근아 김희숙 고보미 박민재 박진희 정승민
제작 강신은 김동욱 임현식 | 제작처 천광인쇄사

펴낸곳 (주)문학동네 | 펴낸이 김소영
출판등록 1993년 10월 22일 제2003-000045호

주소 10881 경기도 파주시 회동길 210
문의 031-955-2637(편집) 031-955-3578(마케팅) 031-955-8855(팩스)
전자우편 editor@elmys.co.kr | 홈페이지 www.elmys.co.kr

ISBN 978-89-546-9849-8 03840

엘릭시르는 출판그룹 문학동네의 장르문학 브랜드입니다.

잘못된 책은 구입하신 서점에서 교환해드립니다.
기타 교환 문의 031) 955-2661, 3580